2014 gelesen

Udo Scheu
Kains Tattoo

Udo Scheu

KainsTattoo

Ein Frankfurt-Krimi

SOCIETÄTS
VERLAG

Die Romanfiguren sind ausnahmslos Geschöpfe des Autors, die gesamte Handlung ist seiner Fantasie entsprungen. Jede Übereinstimmung mit lebenden Personen oder tatsächlichen Geschehnissen wäre rein zufällig.

Satz: Nicole Ehrlich, Societäts-Verlag
Umschlaggestaltung: Nicole Ehrlich, Societäts-Verlag
Umschlagabbildungen: © Artem Furman - fotolia.com
Druck und Verarbeitung: freiburger graphische betriebe
Printed in Germany 2013

ISBN 978-3-95542-037-6

„Ich stell mir einfach vor, es (Anm.: das zerbrochene gläserne Einhorn) hat eine Operation gehabt. Das Horn wurde ihm abgenommen, damit es sich nicht mehr vorkommt – wie eine Missgeburt! (...) Jetzt wird es sich bei den anderen Pferden wohler fühlen ...“

(Tennessee Williams, Die Glasmenagerie)

Der Herr machte dem Kain ein Zeichen, damit ihn niemand erschlage, wer immer ihn finde.

(Die Bibel, Altes Testament, 1. Buch Moses, 4, 15)

Prolog

Der kleine Junge schrak aus dem Schlaf auf. Er schaute sich um. Sein neues Zimmer war ihm noch nicht vertraut. Erst vor zehn Tagen hatten seine Eltern das elegante Haus im Dichterviertel des Frankfurter Stadtteils Eschersheim bezogen. Die herrschaftliche Villa war zuvor noch monatelang renoviert und den Ausstattungsansprüchen der heutigen Zeit angepasst worden.

Das Kind rieb sich die Augen. Es musste schlecht geträumt haben. Da war dieses hämmernde Ticken gewesen, das sich mehr und mehr und immer lauter in seinem Kopf eingenistet hatte. Irgendwann hatte dann seine jüngere Schwester in das Konzert eingestimmt und begonnen, pausenlos zu heulen. Nur, dass ihm ihr Gejammer nicht fremd war. Sie schrie vielmehr ständig. Tag und Nacht. Das war ihm zur Gewohnheit geworden.

Ärgerlich schaute der Junge auf seinen Wecker neben dem Bett. Es war erst kurz vor sechs Uhr. Von draußen fielen die ersten Sonnenstrahlen auf die Fensterscheiben. Mit beiden Händen schlang sich der Junge sein Kopfkissen um die Ohren. Er wollte noch schlafen. Darauf hatte er sich mächtig gefreut, als er vor wenigen Tagen sein glänzendes Versetzungszeugnis in die vierte Klasse erhalten hatte und in die Sommerferien verabschiedet worden war.

Das Ticken hörte nicht auf. Mit penetrantem Rhythmus bohrte es sich durch die Daunen. Also doch kein Traum!

Der Junge nahm sich vor, nicht hinzuhören. Es gelang ihm nicht. Er warf sein Kissen zu Boden, setzte sich im Bett auf und lauschte. Ein heller Doppelton, danach eine kurze Pause. Dann wieder der Doppelton. Was mochte das sein? Es hörte sich wie sein kleines Radio an, wenn er an den Knöpfen herumdrehte und keinen Sender fand.

Das Kind knöpfte seine rot-weiß gestreifte Schlafanzugjacke zu und stand auf. Es zog die Hosen hoch, streifte mit dem Zeigefinger unterhalb der feuchten Nase entlang und ging auf den Flur. Das Geräusch verstärkte sich. Es kam offenbar aus dem Erdgeschoss. Mit seinen nackten Füßen lief der Junge die geschwungene Holztreppe hinunter. Weil der geblümte Teppichläufer die Treppenränder aussparte, blieb er auf der Mitte der Stufen. Die äußeren Holzdielen vermied er sorgfältig, weil sie ihm zu kalt waren.

Am Ende der Treppe blieb er stehen. Sein Atem ging schnell. Er sah sich nach allen Seiten um und horchte. Da war es wieder. Tick, tick. Pause. Tick, tick. Er suchte nach Erklärungen, um sich zu beruhigen. Vielleicht hatten Vater oder Mutter vergessen, ein elektrisches Gerät auszuschalten.

Es kam von rechts. Der Junge wandte sich den dortigen Türen zu, die alle geschlossen waren. Er marschierte von Tür zu Tür und legte jeweils sein Ohr an die Füllung. Da sie erst ein paar Tage hier wohnten und nicht alles fertig eingerichtet war, fehlte ihm noch die Vorstellung, wie die Räume im Einzelnen genutzt wurden.

Als er sein Ohr gegen die dritte Tür presste, stockte er. Dies musste das Zimmer sein. Er konzentrierte sich. Obwohl das fortwährende Kreischen seiner Schwester ihn störte, war er sicher, dass das Ticken hier am stärksten zu hören war.

Sein Herz klopfte. Die Stimme klang zaghaft und brüchig. „Mama?"

Nichts! Keine Antwort. Er holte tief Luft und straffte seinen Oberkörper. Behutsam legte er seine kleine Hand auf die Türklinke. Fast verließ ihn der Mut, in das angrenzende Zimmer zu schauen.

Mit einem Mal schämte er sich. Was sollte das? Es gab hier nichts, was ihm hätte gefährlich werden können. Sollte er den Angsthasen spielen, sich heimlich wieder zurückziehen und das ganze Haus zusammenrufen und aufwecken? Sein Vater würde ihn mit Sicherheit auslachen. Und wenn er, wie so häufig, noch übermüdet wäre, würde er ihn überdies noch mit irgendeinem Verbot bestrafen. Oder sich über ihn lustig und ihn zum Gespött machen. So, wie er es gerne vor allen Leuten tat.

Nein, er wollte sich nicht blamieren und dem Vater den Triumph gönnen. Diesem Spielverderber, der sonst bei allem einen Rückzieher machte, weil er längst zu alt für Kinderspäße war.

Mit sachtem Griff öffnete der kleine Junge einen Spaltbreit die Tür. Er streckte den Kopf hindurch und musste zunächst seine Augen an das Dämmerlicht im Raum gewöhnen. Die Rollos waren bis zu den Fensterbänken heruntergezogen.

Nach und nach füllte sich der Raum mit Konturen. Sein Blick fiel auf ein breites Bett, über dem ein Wandregal angebracht war. Er begriff, dass er sich im Schlafzimmer seiner Mutter befand, die von seinem Vater getrennt schlief, weil sie schnarchte.

Genau von dem Holzbrett an der Wand kam das impertinente Geräusch, dieses infernalische Ticken. Der Junge strahlte übers ganze Gesicht. Na also! Sein Mut hatte sich gelohnt. Hier war die Quelle seiner Schlafstörung. Ein dämlicher Wecker, den seine Mutter offenbar vergessen hatte auszuschalten. Da, links auf dem Regal, stand das kleine silberne Ding. Ein Knopfdruck würde genügen, diesen nervigen Dauerton zu beenden.

Das Kind pfiff eine Melodie vor sich hin und bewegte sich Richtung Wandregal. Mit einem Mal zuckte es zusammen und blieb wie angewurzelt stehen. Warum brachte seine Mutter den Wecker nicht selbst zum Schweigen? Wo war sie überhaupt? Das Bett sah zerwühlt aus. Wie nach einem bösen Traum. Oder gar einem Kampf?

Wieder stieg Angst in dem Jungen auf. Er musste mehrmals hart schlucken. Verlegen fuhr er sich durch das Haar. Dann ging er auf Zehenspitzen weiter, als habe er Furcht, eine lauernde Gefahr würde über ihn hereinbrechen. Sein Rufen war kaum hörbar. Nur ein Hauch. „Mama?“

Stille! Bis auf das Ticken. Aufdringlich und unbarmherzig.

Er ballte die Fäuste als Mittel gegen die Angst und schlich näher, bis er vor dem Bett stand. So hätten die furchtlosen Helden, die er in Comics und Fernsehserien ständig bewunderte, auch gehandelt.

Alles unverändert. Doch um an den Wecker zu kommen, musste er zur Längsseite des Bettes gehen.

Er bog um das Bettende und blieb wie auf Knopfdruck stehen. Was er jetzt sah, ließ ihn seinen eigenen Zustand nicht mehr spüren. Sein ganzer Körper zitterte. Der Schweiß, der auf seiner Stirn ausbrach, vermischte sich mit dicken, kullernden Tränen und rann in Strömen über die Wangen. Dann tropfte er von der Kinnspitze auf die Schlafanzugjacke und hinterließ dort feuchte, dunkle Flecken. Die Zähne klapperten unkontrolliert in einem Rhythmus, der groteskerweise dem Ticken des Weckers glich. Tick, tick. Pause. Tick, tick.

Seine Fingernägel bohrten sich in die Handballen, bevor er die Hände zum Mund führte. Dann erschütterte ein spitzer, langer Schrei die Villa.

Alles blieb still. Nur das unaufhörliche Ticken und das Greinen der Schwester legten sich als monotoner Dauerschall über die gespenstische Kulisse.

Der Blick des Jungen glitt wieder zu Boden. Dort lag eine nackte Frau, die zu Lebzeiten höchstens dreißig Jahre alt gewesen sein mochte. Ihre Augen standen offen. Sie zeigten diese gebrochene Starre, wie sie nur im Tod geboren wird. Die Haare waren verklebt, der Mund stand weit offen. Wie ein bläulicher, geschwollener Klumpen drückte die Zunge gegen den Gaumen. Die Arme waren ausgebreitet, die Hände völlig verkrampft. Sie bezeugten einen letzten schweren und schmerzhaften inneren Kampf.

Neben der Frau waren unzählige Tablettenschachteln und -röhrchen verstreut. Vor ihr lagen eine leere Wasserflasche und ein umgekipptes Glas. Eine Handbreit von ihrem Gesicht entfernt lag ein Briefbogen.

Der Junge wischte mit dem Ärmel über seine verweinten Augen und sah zur Tür hin. Sein Aufschrei hatte noch immer niemanden herbeigerufen. In seinem Kopf hämmerte es. Was sollte er weiter tun? Er schluchzte laut auf. „Mama?“

Seine Mutter gab keine Antwort mehr. Nie mehr!

Unter Aufbietung aller Kräfte fasste er den Entschluss, der Leiche näher zu kommen. Dazu kniete er sich zuerst auf den Boden und krabbelte dann auf allen Vieren. So fühlte er sich stabiler.

Dann fiel sein Blick wieder auf das Blatt Papier. Jetzt sah er, dass es beschrieben war. Es war die Schrift seiner Mutter. Er kannte sie von der Kontrolle der Hausaufgaben her. Im Zeitlupentempo näherte er sich. Er streckte seinen Arm weit aus, um dem Leichnam nicht zu nahe zu kommen. Endlich hielt er das Blatt in der Hand. Die Schrift seiner Mutter war ordentlich. Eine Schönschrift. Er konnte sie gut lesen. Schritt für Schritt gelang ihm die Entzifferung.

Seid mir nicht böse. Auch unser Herrgott wird mich verstehen und bei sich aufnehmen. Obwohl ich alle Schuld trage. Das hast Du, Harry, mir immer wieder vorgehalten. Ich sah keinen anderen Ausweg. Ich habe Euch alle lieb. Alle!

Eure Mama.

Der Junge ließ das Blatt fallen. Ein erneuter Weinkrampf überkam ihn. Was um Himmels willen bedeutete dieser Brief? Verstanden hatte er nur, dass mit Harry wohl sein Vater Harald gemeint war. Mutter hatte ihn immer Harry genannt. Aber warum war sie jetzt tot? Irgendetwas Furchtbares musste passiert sein. Den Vater zu fragen, würde er sich nicht trauen. Der war immer so streng zu ihm. Aber was sollte er tun?

„Mama?" Keine Antwort. Noch immer kniete er. Er betrachtete das entstellte Gesicht der Mutter und begann unter Tränen zu beten. War das ein Lächeln, das sie ihm eben geschenkt hatte? Plötzlich war er ganz ruhig. Ihm war kalt. Er wollte wieder ins Bett gehen. Das Ticken des Weckers und das Schreien der Schwester waren ihm auf einmal gleichgültig. Er fühlte sich unsagbar einsam und verlassen.

Mutterseelenallein.

1

Die Presse im Rhein-Main-Gebiet sprach am Morgen von einer Sensation. Selbst überregionale Zeitungen brachten die Nachricht auf der ersten Seite. Die lokalen Radiosender meldeten den Fund der Skulptur als Jahrhundertereignis und überboten sich in den Interviews mit Archäologen und Historikern. Das hessische Regionalfernsehen kündigte für den Abend eine Sondersendung an.

Es war noch nicht lange her, seit der Erdboden im Nordwesten von Frankfurt dem Spaten der Bauarbeiter bei Ausschachtungsgrabungen Widerstand geleistet hatte. Genau dort, wo vor Jahrhunderten das Römerkastell und die Lagerstadt *Nida* gestanden hatten, stießen die Werkzeuge in gehöriger Tiefe auf ein unnachgiebiges Hindernis.

Der Grabungstechniker war zunächst von einem Stück Fels ausgegangen. Er hatte die Parole ausgegeben, die Umrisse abzuklären, um den Brocken mit geeignetem schweren Gerät heben und entfernen zu können. Bei näherer Prüfung war jedoch aufgefallen, dass der Stein in einer ungewöhnlich weißen Farbe leuchtete und offenbar behauen, geglättet und poliert war. Dies war Anlass genug gewesen, die weiteren Arbeiten sofort einzustellen.

In einem nächsten Schritt hatte der Vorarbeiter den Architekten verständigt. Dieser hatte sich mit dem Direktor des *Liebieghauses,* einem auf der Sachsenhäuser Seite am Mainufer gelegenen Skulpturenmuseum, in Verbindung gesetzt. Unter einigen Auflagen hatte der Museumschef vom Landesamt für Denkmalpflege die Nachforschungsgenehmigung erhalten. Zuvor war er zu der Baustelle gefahren und hatte den freigelegten Teil des Fundstücks besichtigt. Auf den ersten Blick war ihm klar, dass es sich um ein Kunstwerk aus Marmor handeln musste.

Die Archäologen und Kunsthistoriker hatten den heutigen Tag für den Abschluss der Ausgrabungs- und Freilegungsarbeiten festgesetzt und Kommunalpolitiker wie auch Medienvertreter für den Vormittag zu einer öffentlichen Präsentation der Fundstücke eingeladen. Das gesamte Gelände ähnelte in der Seitenansicht einem Blätterteig. Die Grabungsfläche, ein rechteckiges, aus der Umgebung herauspräpariertes Areal, war mit Kleinwerkzeug von jedem losen Sandkorn befreit worden, um die Bodenstrukturen besser ablesen zu können.

Bereits eine Stunde vor Beginn der Festreden glich die komplette Umgebung einem Tollhaus. Übertragungsfahrzeuge sämtlicher gängiger Fernseh- und Radiosender standen um die Absperrungen herum. Eine Unzahl von Reportern drängte sich durch den schmalen Zugang zur Baustelle und kämpfte vor dem provisorischen Rednerpult am Eingang eines dunkelbraunen Zeltes um die besten Plätze.

Ein kleinerer Kreis von Journalisten lief auf dem Ausgrabungsgelände herum, schoss Fotos und holte sich von dem Grabungstechniker und Entdecker ein paar Informationen. Eines der Teams bat sogar einen Mann mit einem gelben Schutzhelm auf dem Kopf, eine Spitzhacke in die Hand zu nehmen und die Szene nachzustellen, bei der ein Werkzeug auf die Marmorskulptur aufgeschlagen war. Die zwischenzeitlich aufgestellte Zeltstadt passte allerdings nicht mehr so recht zu diesem Motiv.

Pünktlich auf die Minute setzte die herbeigeeilte hessische Ministerin für Wissenschaft und Kunst zu einer Begrüßungs- und Dankesrede an. Vom Kreis der Zuhörer aus war ihr Gesicht kaum zu erkennen. Ein riesiger bunter Pulk von Mikrofonen streckte sich wie eine Ansammlung von Gummibällen ihrem Mund entgegen. Die vielfarbigen Ummantelungen hätte man aus einiger Entfernung für einen Strauß von Frühlingsblumen halten können.

Als weitere Redner folgten die Oberbürgermeisterin, der Landesarchäologe und der kommunale Kulturdezernent, alle unter dem sogleich gebrochenen Versprechen, sich kurz fassen zu wollen. Schließlich beseitigten einige umstehende Fachleute die Sichtblenden von einer überdachten Lafette, wobei die anwesenden Politiker mithalfen, solange sich die Reporter für diese Arbeiten interessierten. Kameras begannen zu surren. Ein Blitzlichtgewitter entlud sich auf der mannsgroßen weißen Marmorstatue eines Jünglings, einem römischen Kunstwerk von erlesener Schönheit. Das Gesicht zeigte weiche, mädchenhafte Züge. Die Schulter war leicht gedreht. Die Arme hingen herab. Mit dem rechten Bein deutete die Skulptur einen Schritt nach vorn an. Auf dem Sockel prangte in großen eingemeißelten Buchstaben der Name **ANTINOOS**.

Der Direktor des *Liebieghauses*, Doktor Jonas Stadelmann, sah sich unauffällig um und registrierte zufrieden, dass sich die Aufmerksamkeit der Reporter anderen Personen zugewandt hatte. Er zupfte den Landesarchäologen Moritz Haverkamp am Ärmel seines wollweißen Staubmantels und machte mit dem Kopf eine Bewegung zu einem weiter hinten gelegenen Zelt hin. Anschließend arbeitete er sich mit kleinen Schritten rückwärts aus der Hauptansammlung von Menschen heraus. Dabei nahm er eine gebückte Haltung ein, weil er befürchtete, mit seiner überdurchschnittlichen Körpergröße entdeckt und von seinem Vorhaben abgehalten zu werden. Er erreichte das Zelt fast zeitgleich mit Haverkamp, der seinen Rückzug aus der Menge aufgrund seines bemerkenswerten Bauchumfangs nur unter heftigem Drängen und mit einigen Entschuldigungsfloskeln erkämpfen konnte.

Stadelmann schob die Zeltplane vor dem Eingang zurück und trat ein. Bevor er sein maßgeschneidertes Sakko ablegte und sich auf einen der umstehenden Regiestühle setzte, warf er noch einen Blick in einen übergroßen Spiegel, der in ein Regal eingelassen war. Er ordnete sein gewelltes graues Haar und schob die randlose Brille von dem langen Nasenrücken zu den wasserblauen Augen. Es gehörte zu seinem Ritual, dass er dabei seine eingefallenen Wangen aufblies und ein unterdrücktes

Grunzen von sich gab. Anschließend bot er mit einer ausholenden Handbewegung dem zwischenzeitlich eingetretenen Haverkamp einen Platz an.

Haverkamp ließ sich ungebremst in den Stuhl fallen. Er wischte sich mit dem Handrücken über seine faltige, schweißnasse Stirn und fuhr sich dann mit der feuchten Hand über seinen Ostfriesenbart. „Ich will nicht unverschämt sein. Hätten Sie vielleicht etwas zu trinken für mich? Solche Auftritte sind nichts für mich. Das schafft mich völlig. Ich bin mehr ein Kind der Wissenschaft."

Kaum wahrnehmbar nickte Stadelmann mit dem Kopf und stand auf. Er drehte sich zu einem am Boden stehenden Kasten mit Mineralwasser, sodass sein spöttischer Blick für den Gast nicht sichtbar wurde. Es kostete ihn einige Anstrengung, bei dem Anblick des aufgelösten Schwergewichts nicht laut zu lachen. Vor einigen Tagen hatte er Haverkamp in dessen Büro in Wiesbaden besucht. Haverkamp hatte ihm gesagt, in welchem Umfang das Land Hessen seine Nachforschungen finanziell unterstützte. Außerdem hatte er ihm noch Spenden der Deutschen Forschungsgemeinschaft in Aussicht gestellt. Dafür hatte Stadelmann auf sein Recht verzichtet, als Ausgräber zuerst die Ergebnisse veröffentlichen zu dürfen. Zugleich hatte er regelmäßige Berichte über die Grabungsfortschritte versprechen müssen. Am Ende des Gesprächs hatte er Haverkamps Bitte entsprochen, ihn in seinem Auto mit nach Frankfurt zu nehmen. Als er von der Bahnhofstraße nach rechts Richtung Autobahn abgebogen war und dabei leicht den Bordstein gestreift hatte, war sein Fahrzeug tatsächlich auf der Beifahrerseite leicht aufgesetzt. Mit einem unbeeindruckten Schmunzeln hatte er dies auf die imponierende Leibesfülle von Haverkamp zurückgeführt. Stadelmann gab sich einen Ruck, um wieder ernst zu werden. Er griff nach einem Glas, das wegen der Staubentwicklung umgedreht auf dem Regal stand, goss es voll und drückte es seinem Gast in die Hand. „Stellen Sie Ihr Licht nicht unter den

Scheffel. Was heißt hier Kind? Man merkt Ihnen sofort an, dass Sie ein sehr gewichtiger Vertreter der Wissenschaft sind."

In einem Zug leerte Haverkamp das Glas und nahm es von einer Hand in die andere. Sein Gesichtsausdruck offenbarte eine Mischung aus Verlegenheit und Ratlosigkeit. Während Stadelmann ihm das Glas abnahm, rutschte Haverkamp auf seinem Stuhl nach vorn und presste die Arme auf die Lehnen. „Lassen wir das mal so stehen. Sagen Sie mir lieber, warum Sie mich hier unter vier Augen sprechen wollten. Ich verstehe sowieso den ganzen Trubel nicht. Wieso haben Sie die Figur nicht, wie sonst üblich, erst geborgen und danach die Presse informiert? Dann hätten wir eine ordentliche Ausstellung gemacht und in Ihrem Büro einen schönen Sekt auf den Erfolg trinken können."

Stadelmann winkte ab. „Das wäre mir auch lieber gewesen. Leider hatte jemand vom Ausgrabungsteam unsere Entdeckung frühzeitig an eine Boulevardzeitung verraten. Der Reporter war drauf und dran, den Fund umgehend als Schlagzeile zu präsentieren. Mit großer Überredungskunst versprach ich ihm einige exklusive Informationen und konnte ihn so davon abhalten, sein Vorhaben umzusetzen."

Der erhobene Zeigefinger, die hochgezogenen Augenbrauen und die ratlose Miene Haverkamps verdeutlichten, dass er voller Sorgen und Bedenken war. „Damit haben Sie allerdings die Fundstelle und den Erfolg der Ausgrabungen einem erheblichen Risiko ausgesetzt. Stellen Sie sich einmal vor, diese Zeitungsleute wären heimlich auf das Gelände vorgedrungen, um Fotos zu machen. Was hätte da nicht alles zerstört werden können. Außerdem hätten sie etwas mitgehen lassen können. Hatten Sie mir nicht gesagt, dass Sie außer der Statue noch eine Reihe anderer Sachen ausgegraben haben?"

Der Rücken Stadelmanns versteifte sich. Dadurch überragte er sein Gegenüber selbst im Sitzen um mehr als einen halben Kopf. Er amüsierte sich, beherrschte jedoch sein Lächeln, um seine Verachtung für die Ängstlichkeit Haverkamps nicht allzu sichtbar werden zu lassen. Bei diesem Beamtentyp passte eben alles ins Bild. Das Wesen harmonierte nach Stadelmanns Ansicht prächtig mit dem billigen Konfektionsanzug, den Haverkamp heute trug. Wie jedes Mal, wenn sie sich trafen. „Alles der Reihe nach. Hätten Sie denn eine Idee gehabt, wie wir die Bewachung der Ausgrabungsstätte rund um die Uhr finanzieren sollen? Die Polizei würde dies kaum übernehmen. Ein privates Sicherheitsunternehmen kostet ein Vermögen. Also blieb nur übrig, mit dem Reporter zu verhandeln."

Haverkamps Miene drückte Zweifel aus. „Belassen wir es dabei. Zum Glück ist weiter noch nichts passiert. Und heute wollen Sie ja die Statue und die anderen Fundstücke abtransportieren lassen. Können Sie in Ihrem Museum dafür garantieren, dass wir keine unangenehmen Überraschungen erleben?"

Die Stimme Stadelmanns klang nun gereizt. „Es ist nur noch die Skulptur auf dem Gelände. Alles Übrige haben wir längst weggeschafft. Darüber verlieren wir auch kein Wort gegenüber der Presse. Erst wollen wir alles sorgfältig auswerten und entschlüsseln."

Das Gehabe und der Tonfall Haverkamps wurden plötzlich schulmeisterlich. „Ihnen ist aufgefallen, dass die Figur nicht ganz vollständig ist?"

„Natürlich. Ich habe sie immerhin mit ausgegraben."

Eine steile Falte über der Nasenwurzel gab Haverkamps Gesicht ungewollt eine komische Note. „Ich sage Ihnen jetzt meine Ansicht zu der Sache: Da ist nichts abgebrochen. Dieser Defekt sollte so sein. Der Künstler hat die Teile mit Absicht weggelassen."

Stadelmanns Lächeln kehrte zurück. Er nestelte an seiner Brille herum, setzte sie ab und putzte mit einem Taschentuch über die Gläser. Aus den Augenwinkeln beobachtete er dabei Haverkamp, der aufgeplustert im Regiestuhl thronte und sich mit den Fingernägeln über den Bart strich. Stadelmann fiel ein, dass Haverkamp sein Jahrgang sein musste, da er ihn im vergangenen Jahr anlässlich seines sechzigsten Geburtstags in seinem Wiesbadener Büro besucht hatte. Bei allem Respekt war er überzeugt davon, jünger als sein Gast auszusehen. Zwar hatte Haverkamp noch volles blondes Haar, während er selbst schon lange ergraut war. Aber vom übrigen Aussehen her und was die geistige Fitness anlangte, meinte er einen deutlichen Vorsprung zu haben. Mit zufriedenem Grunzen setzte er seine Brille wieder auf und sah sein schwitzendes Gegenüber an. „Ich gebe Ihnen recht."

Ein leichtes Zucken der Augen ließ darauf schließen, dass Haverkamp von der widerspruchslosen Zustimmung überrascht war. Seine pausbäckigen Wangen zitterten. Das Spiel der Hände verriet Aufregung. „Haben Sie eine Erklärung dafür?"

„Nein. Noch nicht. Vielleicht geben uns die übrigen Fundstücke Aufklärung."

Haverkamp faltete die Hände über dem Bauch. „Werden Sie bitte deutlicher. Was genau haben Sie sonst noch ausgegraben?"

Wieder setzte Stadelmann sein spitzbübisches Grinsen auf. „Jede Menge Münzen. Überwiegend aus der Regierungszeit des römischen Kaisers Hadrian und der Zeit davor. Spätere Münzen gibt es keine. Außerdem haben wir an der äußersten westlichen Grabungsstelle in unmittelbarer Nähe der Fundstelle der Statue Fundamente und Mauerreste gefunden, die zu einem Tempel gehören könnten. Wie wir wissen, ließ Hadrian seinen Lustknaben Antinoos nach dessen Tod als Gott verehren."

Der Gesichtsausdruck und die Haltung von Haverkamp präsentierten erneut die Lehrerrolle. „Das mag alles sehr spannend sein, was Sie da erzählen. Was in aller Welt hat dies aber mit der Unvollständigkeit der Skulptur zu tun?"

Das laute Lachen von Stadelmann irritierte Haverkamp derart, dass er in sich zusammensackte und mit fahrigen Bewegungen an seinen Fingernägeln spielte. Stadelmann genoss es und zögerte noch mit seiner Antwort. In seiner Stimme schwang Belustigung mit. „Nichts. Gar nichts."

Haverkamp schüttelte sich. „Ich begreife nicht. Haben Sie meine Frage nicht verstanden? Wo ist der Schlüssel zu den weggelassenen Körperteilen? Die betreffenden Stellen an der Skulptur sind poliert. Ich wiederhole, dass damit ein Beweis für die vom Künstler beabsichtigte Unvollständigkeit vorliegt."

Sein Gefühl sagte Stadelmann, dass er Haverkamp jetzt lange genug hingehalten hatte. Er wollte sich die Sympathie des Mannes nicht verderben, zumal er nicht ausschließen konnte, ihn zu dem einen oder anderen Zweck noch als Partner zu benötigen. Gleichzeitig entschloss er sich, keinesfalls zuzugeben, dass er seine Antworten bisher überwiegend spaßhaft aufgezogen hatte. „Ich kann gar nicht so schnell antworten, wie Sie fragen. Noch habe ich keine sichere Erklärung dafür, warum der Figur sämtliche Finger fehlen. Vielleicht gibt es aber eine Chance, das herauszufinden."

„Und wie?"

„Wir haben noch mehr Sachen gefunden. Vor allem eine Menge Amphoren."

„Und die sollen uns Aufschluss geben?"

Stadelmann neigte den Kopf. Seine nahezu silbernen Haarlocken fielen ihm dabei in die Stirn. „Vielleicht. Eines der Gefäße war fast völlig unbeschädigt. Und es hatte einen außergewöhnlichen Inhalt."

Haverkamp rieb sich die verschwitzten Hände. „Spannen Sie mich nicht dauernd auf die Folter. Reden Sie schon weiter."

Als habe er nicht zugehört, sah Stadelmann plötzlich auf das leere Wasserglas neben Haverkamp. Sein Gesicht zeigte keine Regung, obwohl er innerlich sein Lachen kaum unterdrücken konnte. „Entschuldigen Sie bitte. Ich bin ein schlechter Gastgeber. Darf ich Ihnen noch etwas zu trinken anbieten?"

Die Miene von Haverkamp verfinsterte sich. Er winkte ab. „Hören Sie auf damit und erzählen Sie weiter. Sie merken doch, dass ich jetzt endlich wissen will, was los ist."

Stadelmann gab sich überrascht. „Tut mir leid. Es geht sofort weiter." Er fuhr mit der Hand zur Stirn. „Wo war ich eben noch stehen geblieben? Ach so, ja. Bei diesem Gefäß. Es war mit einer noch ungeklärten Substanz verschlossen und enthielt einen fragmentarisch erhaltenen Papyrus. Das ist, wie Sie wissen, für unsere Breitengrade neu. In den ewig trockenen Wüstenregionen hat man schon den einen oder anderen lesbaren Papyrus gefunden. Bei uns hier waren bisher alle ein Opfer der feuchten Witterung geworden."

Haverkamp rutschte so weit auf dem Regiestuhl nach vorn, dass er leicht kippte. Durch eine Gegenbewegung konnte er gerade noch verhindern, aus dem Stuhl zu fallen. „Und? Was steht darauf?"

„Das kann ich Ihnen noch nicht sagen. Wir haben das gute Stück erst einmal fachmännisch gesichert. Es wird jetzt vorschriftsmäßig präpariert. Danach können wir uns daranmachen, es zu lesen und auszuwerten. Wie Sie wissen, wollen wir in naher Zukunft eine große Ausstellung machen. Vielleicht sind wir bis dahin so weit. Vorläufig halten wir das alles noch geheim, um unsere Ruhe zu haben. Wenn wir unter Druck arbeiten müssen, kommt nichts dabei heraus."

„Darin haben Sie meine Unterstützung. Ihnen ist allerdings klar, dass ich sofort Bescheid wissen will, wenn es etwas Neues gibt. Sind Sie jetzt fertig mit Ihren Entdeckungen?"

Der selbstgefällige Tonfall Haverkamps verführte Stadelmann dazu, ihn noch einmal herauszufordern. „Falls Sie keine Zeit mehr haben und nach Wiesbaden zurück müssen, können wir unser Informationsgespräch gerne an dieser Stelle abbrechen. Ich will Sie nicht aufhalten."

Haverkamp winkte mit einer raschen Bewegung ab. Er schien unwirsch. Seine Stimme hob sich. „Manchmal glaube ich, dass Sie mich absichtlich missverstehen wollen. Selbstverständlich habe ich Zeit, sofern Sie mir noch etwas Wichtiges zu sagen haben. Nur so war meine letzte Frage zu verstehen."

Stadelmann entschloss sich, wieder einzulenken. „Schön, dass Sie noch ein paar Minuten übrig haben. Wie so oft im Leben kommt das Beste zum Schluss. Wir haben einen weiteren Fund gemacht, der in seiner Bedeutung dieselbe Aufmerksamkeit verdient wie die Skulptur."

„So kommen Sie doch endlich zur Sache."

„In der Erde war noch ein merkwürdiges Gefäß, das ebenfalls nahezu unversehrt war. Es verbarg einen seltsamen Gegenstand."

„Sie treiben meine Gelehrten-Neugier fast auf die Spitze. Weiter!"

„Der Topf war völlig verharzt. Hier gilt das Gleiche wie für den Papyrus. Wir müssen erst noch eine Reihe von Vorarbeiten leisten, damit der Fund nicht zerstört wird." Stadelmann konnte sich nicht zurückhalten, noch eine Kunstpause einzulegen, um den sichtlich nervösen Haverkamp einen weiteren Moment schmoren zu lassen. Er nahm seine Brille ab, hielt sie am ausgestreckten Arm von sich weg und beugte sich mit verschwörerischer Miene zu Haverkamp hin. Seine Stimme geriet zu einem Flüstern. „Trotzdem wissen wir schon, was sich in dem Harz verbirgt." Noch einmal zögerte er, bevor er fortfuhr. „Es dürfte sich um ein Knochenfragment handeln."

Die Aufregung stand Haverkamp ins Gesicht geschrieben. Seine aufgedunsenen Wangen färbten sich rötlich. Dadurch trat eine Reihe von Pusteln hervor. „Was für ein Knochen? Von einem Menschen?"

Stadelmann setzte ein Pokerface auf, um seine Unschlüssigkeit zu verbergen. Seine Lebenserfahrung sagte ihm, dass niemand außer seiner Ehefrau Karina, mit der er seit Jahrzehnten verheiratet war, den inneren Zwiespalt bemerken würde, in dem er sich mit der Antwort auf die gestellte Frage befand. Und selbst seine Karina hatte in der Vergangenheit bei den zahllosen Ausreden, zu denen er wegen seiner vielen Liebschaften mit jüngeren Frauen hatte greifen müssen, niemals Verdacht geschöpft. Da war er sich sicher. Genüsslich machte er sich einmal mehr klar, was für ein gut aussehender, aber auch im positiven Sinne durchtriebener Typ er war. Warum also sollte gerade Haverkamp, dieser unbedarfte Landesarchäologe mit seiner schlichten Beamtenseele, seine Heimlichkeiten durchschauen? „Hier tappen wir noch im Dunkeln. Sobald wir mehr wissen, werde ich Sie umgehend anrufen."

Haverkamp erhob sich. „Ich bitte sehr darum. Sie wissen, dass in Ihrer Nachforschungsgenehmigung die Auflage enthalten ist, regelmäßig an uns zu berichten. Falls Sie diese Verpflichtung nicht einhalten, entziehe ich Ihnen die Genehmigung."

Die Verabschiedung der beiden Männer fiel förmlich aus. Stadelmann begleitete Haverkamp nur wenige Schritte, bevor er sich rasch wieder vor der immer noch palavernden Menschenmenge in das Zelt zurückzog. Er ließ sich in seinen Stuhl fallen und dachte nach. Es war mehr ein Gefühl gewesen, das ihn bewogen hatte, Haverkamp nicht alles zu erzählen, was er bereits wusste. Eine unerklärliche Warnung in seinem Inneren hatte ihn davon abgehalten. Den Papyrus hatte er selbstverständlich einer vorläufigen Sichtung unterzogen und dessen Botschaft ihrem wesentlichen Inhalt nach gelesen. Das war ihm deshalb gelungen, weil der römische Verfasser vorsorglich seine Botschaft auch bestens erhaltenen Bronzeplättchen anvertraut hatte, wie sie damals für Militärdiplome benutzt worden waren. Ein Abgleich mit den Schriftresten auf dem Papyrus hatte Stadelmann die Identität der Mitteilungen bestätigt. Er rieb sich die Hände und grunzte. Die Veröffentlichung würde alle bisherigen historischen Erkenntnisse zu dem Liebesverhältnis zwischen Kaiser Hadrian und seinem Lustknaben Antinoos auf den Kopf stellen. Und erst recht der offenbar mumifizierte Knochen, der eine schreckliche Bestätigung der Behauptung in dem Papyrus bedeuten konnte. Dieser Knochen hatte einmal zu einem Menschen gehört. Er stammte vom Finger einer menschlichen Hand.

Mit einem Ruck stand Stadelmann auf und holte aus dem Seitenfach seines Schreibtischs eine Flasche Cognac und einen Schwenker. Er goss sich das Glas zu einem Drittel voll und nahm einen kräftigen Schluck. Sofort begannen seine Wangen zu glühen. Alkohol am Morgen war er nicht gewohnt.

Nachdem er wieder in seinem Stuhl saß und mit sanften Drehbewegungen den Rest des Cognacs unter seine Nase hielt, beschlich ihn ein Gefühl der Unsicherheit. Ob es ihm nach Jahren endlich gelänge, sich mit den Entdeckungen um die Antinoos-Skulptur einen Platz in der Reihe der unsterblichen Historiker zu erkämpfen? Er schätzte, dass die Chancen gut für ihn standen. Ein Traum würde in Erfüllung gehen. Das erkaufte Recht seiner Geldgeber, die Grabungsergebnisse zuerst veröffentlichen zu dürfen, wollte er auf gar keinen Fall respektieren.

Als Stadelmann endlich seinen Arbeitsplatz auf dem Ausgrabungsgelände verließ, ahnte er noch nicht, dass bei seinen weiteren Planungen der Tod mit am Tisch sitzen würde. Und eine maßlose Kette von Verbrechen unfassbarer Kaltblütigkeit und unerhörter, eisiger Gleichgültigkeit bei der Schändung der Opfer auslösen würde.

2

Die Endhaltestelle der Straßenbahn in der Rheinlandstraße im Frankfurter Stadtteil Schwanheim lag in einem diffusen Licht. Das kleine dunkelrote Backsteinhaus glänzte noch feucht von den morgendlichen Nebelschwaden, die sich erst spät verzogen und aufgelöst hatten. Es glich jetzt der Vorlage für einen ländlichen Bahnhof zur Ausstattung einer Modelleisenbahnanlage. Nur mühsam setzte sich die Sonne durch. Die Bahnsteige am Waldrand waren fast menschenleer. Es war beinahe Mittagszeit. Die Berufstätigen würden erst in einigen Stunden aus der Frankfurter Innenstadt und dem Umland zurückkehren. Auch in den Seitenstraßen zeigten sich nur vereinzelt Menschen. Sie huschten eilig an den Häuserwänden entlang, bis sie von irgendeinem der kleinen Cafés und Läden aufgesaugt wurden. Die wenigen Fahrzeuggeräusche wurden vom angrenzenden Wald verschluckt.

Als der Straßenbahnzug der Linie 12 mit quietschenden Bremsen nach mehrmaligem Rucken zum Stehen kam, musste Benjamin Zanker beim Aussteigen seinem silbergrauen Husky den Vortritt lassen, der das bevorstehende tägliche Programm erwartete und durch ein unbändiges Ziehen an der Leine seine Freude darüber zeigte. Am Ende der ausgeklappten Stufen drehte sich der Hund um und wartete. Zanker ging langsam hinterher. Fast wäre er gestolpert, da seine ganze Aufmerksamkeit dem Gesicht seines Vierbeiners gehörte. Seit mehr als fünf Jahren hielt er nun dieses Tier. Nach wie vor konnte er sich an den wasserblauen Augen und der schwarzen Maske nicht sattsehen, die seinem Husky ein nahezu diabolisches Aussehen verliehen.

Sie umrundeten den Klinkerbau neben dem Gleiskörper und näherten sich in westlicher Richtung einem Waldstück.

Nach dem Überqueren der Straße liefen sie in gemäßigtem Tempo auf die Reihe der öffentlichen Grillplätze zu. Zanker warf einen sehnsüchtigen Blick zurück zur Straße Alt Schwanheim hin. An deren Ende lag, wie er noch gut in Erinnerung hatte, der *Frankfurter Hof*, den die Einheimischen nur als *Seppche* kannten. Wie oft hatte er früher in dieser Apfelweingaststätte auf einer der langen Bänke gesessen und der Blaskapelle zugehört, die jeden Mittwochabend spielte. Anfangs hatte die etwa zwanzig Mann starke Gruppe immer bis in den späten Abend hinein gespielt. Dagegen hatte sich jedoch ausgerechnet ein Pfarrer gerichtlich gewehrt, der diese Form der Unterhaltung als Lärm ansah. Da er zum Leidwesen der Gäste auch noch Erfolg damit hatte, endeten die Darbietungen danach spätestens um 21 Uhr.

Die meisten Musiker waren im Rentenalter, was sie nicht hinderte, jeden spendierten Schnaps oder Schoppen mitzutrinken. Kein Wunder! Sie waren eben bis auf kleinere Wehwehchen immer noch gesund.

Zanker seufzte wehmutig. Das galt nicht für ihn. Jedenfalls nicht mehr, seit er im vergangenen Jahr kurz nach der Rückkehr aus einem erholsamen Urlaub diesen verdammten Schlaganfall erlitten hatte. Dies war jedenfalls die Diagnose der Ärzte in der Uniklinik gewesen. Zwar hatte er, wie durch ein Wunder, keine sichtbaren Folgen davongetragen. Keine schiefe Lippe, kein lahmer Arm. Aber er musste sich schonen. Und zwar auf Dauer. Vor allem sollte er auf unabsehbare Zeit die Finger vom Alkohol lassen. Damit war ihm der Spaß an der Blasmusik genommen.

Immerhin hatte die Krankheit seine vorzeitige Versetzung in den Ruhestand bewirkt. Darüber war er nicht böse, zumal er bei seinem Lebensalter und seiner Besoldungsstufe eine auskömmliche Pension empfing. Schon Jahre vorher hatte er sich ausgemalt, was er alles nach seiner Pensionierung tun wollte. Seine Tätigkeit im Ordnungsamt der Stadt Frankfurt am Main hatte ihm nie richtig gelegen. Deshalb fehlte sie ihm nicht. Immerhin hatte er es bis zum Stellvertreter des Chefs gebracht. Das war nicht ganz leicht gewesen. Er gehörte keiner politischen Partei an, was nach seiner Ansicht einen Nachteil bei Bewerbungen um eine höher bezahlte Stelle ausmachte. Jedenfalls glaubte er, für einen Chefposten das passende Parteibuch haben zu müssen. Das tröstete ihn darüber hinweg, dass ihm der ganz große Sprung an die Spitze nicht gelungen war. Andererseits bereute er seine parteipolitische Abstinenz nicht. Politische Themen gehörten zu seinem hauptsächlichen Interessengebiet. Allerdings passten seine Auffassungen zu keiner der existenten Parteien. Das konnte damit zu tun haben, dass er bereit war, aufgrund eines besseren Arguments auch einmal seine bisherige Meinung zu ändern. Wo kam so etwas heute noch in der Politik vor? Wer sich dort nicht streng an die vorgegebenen Sichtweisen hielt, riskierte, als Umfaller ausgegrenzt und mundtot gemacht zu werden. Das war nichts für ihn.

Natürlich waren die ganz wichtigen Dinge im Büro immer hinter seinem Rücken entschieden worden. Aber damit konnte er leben. Mochte er auch ein bisschen ehrgeizig gewesen sein, eitel war er jedenfalls nie. Und er hatte nie an seinem Büro gehangen. Dafür gab es einfach zu viele andere interessante Dinge, mit denen man sich beschäftigen konnte.

Etwas wie Langeweile kannte er nicht. Er ging gerne in Kaffeehäuser, betrachtete dort die Menschen und dachte über sie nach. Warum etwa das ältere Paar am Fenster seit einer Ewigkeit vor sich hinstarrte, ohne ein Wort zu reden. Oder warum jene zwei jungen Leute am Eingang sich ihre Rollen während des ganzen Aufenthalts in eine Rednerin und einen Zuhörer aufgeteilt hatten. Immerhin wirkte der junge Mann so, als habe er diese Aufgabe nicht ganz freiwillig übernommen.

Sobald Zanker sich genug mit den Gästen beschäftigt hatte, griff er zur Zeitung. Oder zu einem Buch. Er las gerne. Neben politischen Themen lagen ihm historische Betrachtungen sehr. Außerdem gab es zu Hause noch das Fernsehen. Es waren vor allem die Kulturprogramme, die ihn anzogen. Viele Abende brachte er damit zu, sich die Berichte über fremde Völker und

Sitten anzuschauen. Außerdem war da schließlich noch seine Frau. Gemeinsam kochten sie gerne und plauderten danach bei einem Glas Wein bis in die späte Nacht hinein.

Aber vor allem gab es da noch Yukon, seinen Husky, der nach und nach zu seinem wesentlichen Lebensinhalt geworden war. Zanker lächelte vor sich hin. Yukon zuliebe war er jetzt auch wieder hierher nach Schwanheim gefahren. Nur, damit sein Kumpel und Beschützer, wie er ihn nannte, auf seine Kosten kam. Diese Rasse brauchte viel Bewegung. Die musste er ihm bieten, koste es, was es wolle.

An den Grillplätzen war Hochbetrieb. Überwiegend ausländische Familien mit kleineren Kindern bevölkerten das Areal. Die Männer unterhielten die Feuer und legten Fleischstücke und Würste auf, während die Frauen auf bunten Wolldecken saßen und irgendwelche Salatzutaten verarbeiteten.

Einige Kinder kamen auf Zanker zugerannt und bestaunten in gebührendem Abstand den Husky. Lächelnd winkte er sie zu sich heran. „Kommt nur her. Yukon tut euch nichts. Er sieht nur ein bisschen gefährlich aus, ist aber ganz harmlos. Ihr dürft ihn sogar vorsichtig streicheln."

Die Kinder trauten dem Frieden nicht. Sie forderten sich lautstark gegenseitig auf, voranzugehen, machten voreinander ein paar wilde Gesten und vollführten tollkühne Sprünge. Näher als auf eine Körperlänge kam jedoch niemand heran.

Yukon würdigte das Theater um ihn herum mit keinem Blick. Er legte sich mächtig in sein Geschirr und versuchte, den Blick nach vorn, seinen Herrn zu einer schnelleren Gangart zu bewegen. Zanker tat ihm den Gefallen und ließ die Kinder hinter sich zurück.

Hinter dem Grillplatz öffnete sich eine Wiese, um die sich die angrenzenden Waldstücke wie ein Bilderrahmen legten. Zanker ließ Yukon von der Leine und genoss die strahlende Sonne, die heute fast eine goldene Farbe hatte. Trotzdem blies ein fühlbarer Wind. Er traf Zanker von der Seite. Zanker hielt den Kopf schief, weil er spürte, wie seine sorgfältig gekämmten

Haare in Unordnung gerieten. Seit langem hatte er die vorhandenen Strähnen über dem linken Ohr wachsen lassen, um sie über seine Halbglatze verteilen zu können. Vor einiger Zeit war ein guter Freund auf ihn zugegangen und hatte ihm einen Kurzhaarschnitt vorgeschlagen. Da er dunkle Haare habe, gleiche seine Frisur einem schlecht belegten Brötchen. Das sei unter aller Würde. Seine Würde sitze woanders, hatte Zanker geantwortet, und war bei seiner Frisur geblieben.

Mit der flachen Hand versuchte er jetzt vorsichtig, die Haare wieder in die Ausgangslage zu bringen. Es ärgerte ihn ein bisschen, dass er den Erfolg nicht überprüfen konnte. Ein wenig entmutigt stapfte er weiter. Yukon zerrte nun so stark an der Leine, dass er ihn losmachte. Der Hund nutzte die neu gewonnene Freiheit und jagte über die Wiese davon. Zanker folgte ihm in Gedanken verloren und wäre fast mit einer korpulenten älteren Dame zusammengestoßen, die ihm entgegenkam. Gerade noch rechtzeitig blieb er stehen und schüttelte über sich selbst den Kopf. „Entschuldigen Sie. Ich habe nicht aufgepasst."

Die Dame winkte ab. „Lassen Sie es gut sein. Es ist ja nichts passiert." Sie drehte sich zur Seite und zeigte mit dem Finger auf die Wiese. „Schauen Sie nur, wie schön unsere beiden Hunde spielen. Ist Ihr Husky ein Rüde?"

„Ja. Dann muss Ihr Labrador wohl eine Hündin sein. Meiner verträgt sich nämlich nicht mit anderen Männchen."

„Lena ist mein ganzes Leben, müssen Sie wissen. Ich könnte Ihnen da Geschichten erzählen. Da würde ein Vormittag nicht reichen."

Zanker konnte sich eben noch beherrschen, mit den Augen zu rollen. Nichts ödete ihn mehr an als diese endlosen Monologe von Hundebesitzern über ihre Lieblinge. Er streifte seinen linken Ärmel nach oben und schaute auf seine Armbanduhr. „Ein anderes Mal gerne. Ich bin ein wenig unter Zeitdruck und muss rasch nach Hause, sobald mein Yukon sein Geschäft gemacht hat. Wir werden uns ja sicher noch häufiger begegnen."

Dem Gesichtsausdruck der Dame war anzusehen, dass sie die Erklärung Zankers als Ausrede eingestuft hatte. Sie legte leicht den Kopf schief und spitzte den Mund. „Lassen Sie nur. Keine Sorge. Ich bin die Letzte, die aufdringlich sein will." Sie blies in ihre Büffelhornpfeife, die sie um den Hals hängen hatte, und schaute zu ihrem Hund. „Komm, Lena, wir gehen weiter."

Als Zanker mit seinen Blicken verfolgte, wie sich die Dame mit ausgreifenden Schritten von ihm entfernte, überkam ihn ein Gefühl der Peinlichkeit. Er hätte durchaus die Zeit gehabt, noch ein paar Minuten zu schwätzen. Aus irgendeinem unerfindlichen Grund hatte ihm seine innere Stimme davon abgeraten und ihn dadurch wie einen ertappten Schwindler aussehen lassen.

Die Auseinandersetzung mit sich selbst dauerte noch an, als Zanker den Waldrand auf der gegenüberliegenden Seite der Wiese erreichte. Sobald er in den Wald eintrat, fühlte er sich wohler. Hierhin verirrten sich keine Spaziergänger mehr, auch keine Hundebesitzer. An dieser Stelle begann die Einsamkeit, die er manchmal zum Ausgleich des Trubels in den Cafés der Innenstadt sehr mochte und brauchte. Ab diesem Punkt der Welt gehörte er sich. Er war allein mit der Natur. Sein Kopf wurde frei, er atmete kontrolliert tief ein und aus und konzentrierte sich auf die nahezu automatischen Bewegungen seiner Füße. Hier stapfte er gerne auch noch spätabends mit seinem Hund herum und lauschte auf die Stimmen der Vögel. Und genau hier hatte er vor ein paar Tagen einen Kauz dreimal hintereinander seinen klagenden Schrei ausstoßen hören. Kein gutes Omen. Seine Großmutter hatte ihn vor Jahren gelehrt, der dreifache Schrei eines Kauzes bedeute, dass es einen Toten geben werde.

Ein merkwürdiges Schnauben von Yukon ließ Zanker aufschauen. Diesen seltsamen Ton, mit dem sich der Husky bemerkbar machte, hatte er in den fünf Jahren, die er nun diesen Hund hielt, noch nie zuvor gehört. Etwas zwischen Grollen und Röcheln, das ihm Angst und Abwehrbereitschaft des Tieres zugleich signalisierte.

Zanker näherte sich dem Platz, wo Yukon wie angewurzelt stand. Es musste dort irgendetwas Ungewöhnliches geben. Yukon war kein Jagdhund. Normalerweise ignorierte er Spuren oder Ausscheidungen von Wild. Zanker bewegte sich mit dem Wind im Rücken auf die Stelle zu. Dennoch nahm er bereits einige Meter davor einen stechenden, abstoßenden Geruch wahr. In seinem früheren Beruf war es vorgekommen, dass er gelegentlich dem Tod begegnet war, hauptsächlich im Zusammenhang mit häuslichen Unfällen oder Opfern im Straßenverkehr. Und genau dieser Verwesungsgeruch lag jetzt über dem Platz, den Yukon beschnüffelte.

Als Zanker Yukon erreichte, musste er sich die Nase zuhalten und durch den Mund atmen. Anders war diese grauenhafte Dunstglocke nicht zu ertragen. Er hätte etwas darum gegeben, jetzt einen Schnaps trinken zu dürfen, um seinen aufkommenden Ekel und den sauren Geschmack, der in seinem Mund vom Magen her aufstieg, zu unterdrücken.

Auf dem Boden vor Yukon lag ein grauer Plastiksack, der ursprünglich wohl mit einem weißen Plastikband verschlossen worden war. Aus irgendeinem Grund war die Hülle des Müllsacks zerrissen. Zanker hielt es für möglich, dass sich ein Wildtier daran zu schaffen gemacht hatte. Der jetzige Zustand erinnerte ihn an die geöffnete Schublade eines Gefrierschranks. Zu seinem Bedauern war jedoch der Inhalt des Beutels nicht hart gefroren, was den unerträglichen Gestank sicher deutlich reduziert hätte. Vielmehr war er, mit allen Folgen, der Sonne ausgesetzt. Zanker war sofort klar, dass das Päckchen etwas Verderbliches enthalten musste. Vielleicht hatte es ein Jäger zurückgelassen, der ein Wild zerlegt und es aus ungeahnten Gründen nicht abtransportieren konnte. Jedenfalls roch es nach verwestem Fleisch. Ob es sich dabei um die Überreste eines Menschen handelte, vermochte er nicht zu erkennen.

Unschlüssig betrachtete Zanker die Tüte. Er war unsicher, wie er reagieren sollte. Natürlich waren ihm aus seiner Tätigkeit beim Ordnungsamt sämtliche Meldewege und Zuständigkeiten geläufig. Das war nicht der Punkt. Vielmehr bewegte ihn die Frage, ob er lieber das Forstamt oder gleich die Polizei verständigen sollte. Immerhin konnte er nicht verbindlich sagen, ob es sich um eine, wenn auch unappetitliche, Nachlässigkeit oder aber um ein Verbrechen handelte. Auf der anderen Seite würden sicherlich Spuren vernichtet werden, wenn er vor der Polizei noch weitere Menschen herbeirufen würde, damit sie sich eine Meinung bilden konnten.

Um dem Gestank zu entgehen und einen klaren Kopf zu bekommen, entfernte er sich einige Schritte gegen die Windrichtung. Er legte die Hände auf dem Rücken ineinander, schaute zu Boden, lief im Kreis herum und dachte nach. Schließlich entschied er sich dafür, es der Polizei zu überlassen, ob sie sich den Sack anschauen wollte. Er langte in seine Tasche, fischte nach seinem Handy und rief an.

Das Gespräch dauerte nicht lange. Jemand verband ihn mit einem Kriminalbeamten, der ihn nach einigen Fragen aufforderte, an der Fundstelle zu warten, und ankündigte, dass er umgehend erscheinen werde.

Zanker lief auf und ab und brütete. Was würde auf ihn zukommen, wenn jemand in der Plastiktüte lediglich ein paar Reste aus seiner Tiefkühltruhe entsorgt hatte, weil das Verfallsdatum überschritten war? Vielleicht hatte der Verantwortliche damit nur vermeiden wollen, dass sich der üble Geruch in seiner Mülltonne um das Haus herum ausbreitete. Die Polizei würde ihn sicher auslachen und ihn fragen, ob er schon alles aus seiner früheren Arbeit verlernt hätte. Was für eine Blamage!

Ein lang gezogenes Grunzen von Yukon schreckte ihn aus seinen Gedanken auf. Als er zu seinem Hund sah, stellte er fest, dass das Tier sich offenbar an dem Verschluss des grauen Müllsacks zu schaffen gemacht hatte. Oder war Yukon dabei, mit den Vorderpfoten im Boden vor der Tüte zu graben? Zanker wurde neugierig. Entweder hatte er sich inzwischen an den infernalischen Gestank gewöhnt, oder der Wind trieb die schlimmsten Ausdünstungen von ihm weg. Jedenfalls beschloss er, sich wieder seinem Hund zu nähern. Auf halber Strecke rief er ihn an und forderte ihn auf, zu ihm zu kommen. Das Tier gehorchte nicht. Offenbar war es so beschäftigt und abgelenkt, dass es den Befehl gar nicht aufgenommen hatte.

Als Zanker seinen Hund fast erreicht hatte, hob Yukon seinen Kopf und drehte sich zu ihm hin. Zanker schaute ihn an und erstarrte. Das war kein verkrümmter Ast, den der Hund quer im Maul hielt. Es war vielmehr ein längliches Stück Fleisch. Bräunlich gefärbt und teilweise zerfetzt. Zanker bückte sich, um besser zu sehen. Er streckte die Hand nach dem Maul des Hundes aus, zog sie jedoch sofort wieder zurück. Blankes Entsetzen stand ihm im Gesicht. Die Beute zwischen den Lefzen von Yukon war ein Arm. Der Arm eines Menschen. Oder vielmehr das, was nach dem mutmaßlichen Verbiss durch hungrige Tiere und einem mehrtägigen Verwesungsprozess davon übrig geblieben war.

Zanker lief eine Gänsehaut über den Rücken. Nur mit Mühe war er in der Lage, seine Gedanken und Bewegungen wieder unter Kontrolle zu bekommen. Spontan schoss ihm durch den Kopf, dass er jedenfalls die Polizei nicht ohne gewichtigen Anlass informiert hatte. Dann wandte er sich seinem Hund zu. „Aus, Yukon! Aus!“

Yukon legte den Arm ab, schaute zu seinem Herrn auf und wedelte mit dem Schwanz. Es war offensichtlich, dass er ein Lob und eine Belohnung erwartete. Zanker schüttelte den Kopf. Er war nicht in der Lage, mit Verständnis auf seinen Hund einzugehen. „Komm, Yukon! Weg hier!“

Der Hund legte den Kopf schief und sah kurz zu Zanker auf. Dann drehte er plötzlich den Kopf, verengte seine Augen und schaute in Richtung des geschotterten Weges, der am Waldrand entlang zur Wiese führte. Zanker folgte seinem Blick und sah, dass sich aus der Ferne mit hoher Geschwindigkeit ein Auto näherte. Obwohl es sich um ein Zivilfahrzeug handelte, nahm er an, dass es die Polizei sein würde. Er hob den Arm und winkte.

Nur wenige Sekunden später hielt das Auto neben ihm an. Die beiden Männer, die aus dem Vorläufermodell des Opel Vectra stiegen, hätten unterschiedlicher nicht aussehen können. Zwar waren beide mittleren Alters. Ansonsten schienen sie aber aus verschiedenen Welten zu kommen. Der Fahrer, ein dunkelhaariger Lockenkopf mit struppigem Vollbart und zahllosen kleinen Narben im gebräunten Gesicht, trug über einem roten T-Shirt einen hellblauen Jeansanzug. Sein Begleiter versteckte den leichten Ansatz zum Übergewicht in einer sportlichen Kombi mit geschmackvoll abgestimmter Krawatte. Seine auffällig roten Wangen waren glatt rasiert, die dunkelbraunen Haare gepflegt nach hinten gekämmt.

Als der Bärtige in gebührendem Abstand zu Yukon vor Zanker stand, griff er in seine Brusttasche und zog ein schwarzes Plastikmäppchen hervor. Dabei rutschte eine Karotte mit heraus und fiel zu Boden. Ungerührt hob er sie auf und steckte sie wieder ein. Beim Blick auf Yukon zuckte er mit den Schultern. „Die Möhre ist nicht für dich. Ich habe gerade aufgehört zu rauchen. Das ist meine Ersatzdroge."

Er klappte das Mäppchen auf und hielt Zanker seinen Dienstausweis unter die Nase. „Kriminalpolizei. Kriminalhauptkommissar Schreiner." Er deutete auf seinen Beifahrer. „Das ist mein Kollege, Kriminalhauptkommissar Köhler." Mit einem Gesichtsausdruck zwischen Misstrauen und Schlitzohrigkeit fixierte er Zanker. „Sie haben uns vorhin angerufen?"

Zanker nickte. „Das trifft zu."

„Sagen Sie uns bitte, wer Sie sind oder weisen Sie sich aus, und erzählen Sie ausführlich, weshalb Sie uns benachrichtigt haben." Schreiner hielt die Nase in die Luft und schnupperte. „Sie können sich wohl doch kurz fassen. Der wesentliche Anlass für Ihren Anruf bei uns sticht mir schon in die Nase."

Mit wenigen Worten erzählte Zanker von den Entdeckungen seines Hundes, seinen eigenen Beobachtungen und erwähnte schließlich seine frühere Tätigkeit beim Ordnungsamt. Er lächelte. „Wir sind gewissermaßen Kollegen. Deshalb dürfen Sie versichert sein, dass ich keine Spuren zerstört habe."

Auf den vielsagenden Blick von Schreiner hin, der sich genervt im Bart kratzte, griff Köhler in die Unterhaltung ein. „Dann wird Ihnen klar sein, dass in wenigen Minuten eine Armada von Kollegen hier alles wie mit einer Fräse durchkämmen und keinen Stein auf dem anderen lassen wird."

Köhler hatte noch nicht zu Ende gesprochen, als aus der Ferne ein Orchester von Martinshörnern zu hören war. Dann bog in mörderischem Tempo, wie an einer Perlenkette aufgezogen, eine Reihe von Polizeiautos auf den Waldweg ein. Schreiner musste trotz der ungewissen Situation laut lachen, als Yukon das martialische Hupkonzert mit einem anhaltenden Wolfsgeheul zu übertönen versuchte.

Ohne lange nach geeigneten Abstellplätzen zu suchen, ließen die Fahrer ihre Autos mitten im Gelände stehen. Eine Heerschar von Menschen stürzte herbei. Köhler gab einen Hinweis mit dem Kopf. Dann stürzten sich sämtliche Polizisten auf den Fundort. Es blieb dennoch kein Zweifel, dass hinter dem Einsatz Übung und Ordnung steckte und jeder seine Aufgabe kannte.

Schreiner grinste Köhler an und zeigte auf eine Gruppe von Kollegen, die von Kopf bis Fuß mit weißen Overalls verhüllt war und sich an dem grauen Plastiksack zu schaffen machte. „Sie sehen aus wie die Astronauten bei der ersten Mondlandung. Die Jungs machen in unseren Polizeiburkas eine richtig gute Figur."

Mitten in dem Getümmel wieselte eine kleine rothaarige Frau in ziviler Kleidung herum. Sie schien überall zu sein, redete ständig halblaut vor sich hin und gestikulierte pausenlos. Auf den fragenden Blick Zankers, der sich noch immer in Mutmaßungen erging, winkte Schreiner ab. „Das ist Frau Doktor Lubitsch vom Institut für Gerichtsmedizin. Unsere Leute hatten das Glück, dass sie gerade mitkommen konnte. Eine patente Frau, die ihren Job versteht." Er wandte sich zu Köhler und senkte seine Stimme zu einem Flüstern. „Und sie sieht auch noch gut aus. Das hat man nicht oft."

Köhler notierte sich die Personalien Zankers und bedeutete ihm, dass er jetzt gehen könne.

Zanker schien nicht zugehört zu haben. Ein fernes Lächeln umrahmte seine Gesichtszüge. Fasziniert schaute er dem Treiben der Polizisten zu. Dann blieb sein Blick auf der Rothaarigen haften, die gerade mit ausholenden Schritten herannahte. Frau Doktor Lubitsch trat auf die beiden Kriminalbeamten zu und schaute zu ihnen auf. Ihr unbeeindrucktes Erscheinungsbild verriet, dass sie schon viele Variationen menschlicher Tragödien erlebt hatte, und die gegenwärtige Herausforderung von ihr nicht als besonders außergewöhnlich empfunden wurde. Ihre spitzbübische Miene drückte Pfiffigkeit aus. „In aller Kürze. In der Plastiktüte ist der Rest von einem Menschen. Die Todesursache kann ich noch nicht angeben. Die Leiche ist stark verwest. Sie ist fast auseinandergefallen. Es könnte sich um Spuren von Tierfraß handeln. Dadurch sieht die Leiche verstümmelt aus. Aber das dürfte eher nicht vom Täter herrühren."

Schreiner schüttelte den Kopf. „Was heißt überhaupt *der Täter*? Kann es keine Frau gewesen sein?"

Frau Doktor Lubitsch lächelte. „Typisch für Sie, Herr Schreiner. Essen Sie rasch noch eine Möhre. Das verbessert die Gehirntätigkeit und baut frauenfeindliche Neigungen ab. Einem Berufsanfänger würde ich erklären, dass die Verpackung einer menschlichen Leiche in einen Müllsack und ihre Verbringung in ein Versteck im Wald einen erheblichen Kraftaufwand erfordert. Haben Sie es jetzt verstanden?"

Mit einer weit ausholenden Geste legte Schreiner ihr seinen Arm um die Schulter. „Sie haben gewonnen. Vertragen wir uns wieder?"

Sie spitzte die Lippen. „Ich kenne Sie eben lange genug. Deshalb kann ich Ihnen auch nicht böse sein. Aber Sie lenken mich dauernd von der Hauptsache ab, die ich noch sagen wollte."

Schlagartig wurde Schreiner ernst. Köhler rückte näher heran, um alles mitzubekommen. Frau Doktor Lubitsch genoss bei der Kriminalpolizei den Ruf, dass sie keine überflüssigen Worte machte und keine vieldeutigen Wichtigtuereien in den Raum stellte.

Auch der Gesichtsausdruck der Ärztin hatte sich jetzt vollständig verändert. Mit einem Mal zeigte ihr durchaus mädchenhaftes Gesicht die Konzentration und Härte einer in einem

Ausnahmeberuf gereiften, erfahrenen Frau. Sie stellte sich auf die Zehenspitzen und hob beide Zeigefinger, um sich die Aufmerksamkeit der Polizisten zu sichern. Mit dem Kopf machte sie eine Bewegung nach hinten. „Da drüben liegt der erheblich in den Verwesungszustand übergegangene Körper einer jungen Frau. Wann genau die Leiche hier abgelegt wurde, weiß ich noch nicht. Die Zersetzungen wurden durch die fast luftdichte Verschnürung des Plastiksacks gefördert. Außerdem spielt dabei die Außentemperatur eine Rolle. Wenn es heiß ist, geht der Prozess schneller vonstatten. Das müssen wir noch alles genau in der Gerichtsmedizin untersuchen."

Frau Doktor Lubitsch atmete tief durch. Die roten Wangen von Köhler hatten jetzt die Farbe von Kugeln an einem Weihnachtsbaum angenommen. „Ich will nicht unhöflich sein. Aber worin liegt die von Ihnen angekündigte Besonderheit?"

Die Ärztin legte den Kopf leicht schief und strahlte. „Sie müssen mich ausreden lassen. Das Wesentliche für Sie kommt noch. Meiner Meinung nach ein ausgezeichneter Ermittlungsansatz für Sie, um gezielt die Identität des Opfers aufklären zu können." Sie machte eine Kunstpause. „Die Tote war schwerbehindert. Körperlich und vermutlich auch geistig." Wieder hielt sie inne, um die Wirkung ihrer Mitteilung in Schreiners Gesicht abzulesen. „Soweit ich es im Augenblick sagen kann, gibt es noch etwas Ungewöhnliches. Die Leichenteile scheinen nicht ganz vollständig zu sein. Zumindest die Hände sind nur noch Stümpfe. Ob dies auf Verwesung, Tierfraß oder einem gezielten Vorgehen des Täters beruht, muss zur Zeit noch offen bleiben."

Schreiner legte seinen Arm auf Köhlers Schulter und sah Frau Doktor Lubitsch an. „Da mögen Sie richtig liegen. Wenn ich allerdings an den Kreis der möglichen Verdächtigen denke, werden wir es wahrscheinlich mit üblen Charakterschweinen zu tun bekommen."

Keiner der Anwesenden achtete jetzt mehr auf Benjamin Zanker, der seinem Hund ein Zeichen gab und sich langsam entfernte. Sein Blick war wie geistesabwesend in die Ferne gerichtet. Er musste an den dreifachen Klageschrei des Kauzes vor einigen Tagen denken. Da hatte sich doch die Prophezeiung der Großmutter in kürzester Zeit erfüllt. Zanker meinte sich plötzlich zu erinnern, dass der kleine Eulenvogel seine dreimalige Weissagung ein paar Mal wiederholt hatte. Eine furchtbare Ahnung überkam ihn, was dies zu bedeuten hatte.

3

Mitten auf dem *Friedrich-Stoltze-Platz* entdeckte Julia Mansfeld die Büste des gleichnamigen Frankfurter Mundartdichters, die auf einem von mächtigen Lindenbäumen umrahmten Sockel thronte. Wie von ihrem Freund Markus Jünger richtig beschrieben, befand sich zur linken Seite der Skulptur die *Café & Bar Celona*. Hier wollten sie sich heute Nachmittag treffen.

Als Julia Mansfeld auf das gut besetzte Straßencafé zuging, schmunzelte sie. Dieser Treffpunkt war so typisch nach dem Geschmack von Markus. Gäste jeden Alters saßen an den Tischen im Freien und plauderten. Das Bedienungspersonal bestand überwiegend aus hübschen jungen Mädchen, die, wie auf einem Karussell, ständig zwischen Innenraum und Terrasse ihre beladenen Tabletts balancierten und um die Gäste herumtänzelten. Dabei ließen die hautengen weißen Blusen die figürlichen Vorzüge klar hervortreten.

Beim Betreten des Cafés machte Julia – noch stärker, als es sonst ihre Gewohnheit war – ein Hohlkreuz. Diesen Gang hatte sie unzählige Male vor dem Spiegel geübt. Sie wusste, dass er ihre aufreizenden Proportionen vollendet zur Geltung brachte. Dabei gab sie vor, für ihre Umgebung keinen Blick übrig zu haben. Unter den halb geschlossenen Augenlidern beobachtete sie allerdings fortwährend die Gäste in ihrem Blickfeld. Mit großer Befriedigung stellte sie fest, dass es keinen Mann gab, der ihr nicht ruckartig den Kopf zuwandte und ihren Auftritt mit kaum verhohlener Neugierde verfolgte. Ein fast überschäumendes Glücksgefühl erfüllte sie, als sie registrierte, dass die männlichen Gaffer dabei die längste Zeit mit dem Studium ihrer Gesichtszüge zubrachten.

Julia Mansfeld setzte ihre unerhörte Schönheit und ihre unbestreitbare Ausstrahlung nicht ein, um Selbstbewusstsein zu tanken. Seit ihr Frauenarzt während eines Besuchs gesagt hatte, dass der liebe Gott bei ihrer Schöpfung offensichtlich einen außergewöhnlich guten Tag erwischt haben müsse, hatte sie letzte Zweifel abgelegt. Selbst Vergleiche mit anderen Frauen stellte sie seither nicht mehr an. Aus ihrer Sicht gab es eben im Leben nur eine Nummer Eins. Das war ohne Zweifel sie selbst.

Von da an definierte sie den Umgang mit anderen Menschen beiderlei Geschlechts zu einem Spiel. Vor allem packte sie immer wieder die Lust, ihre Wirkung auf die Männerwelt zu testen. Am liebsten täglich.

Aus den Lautsprechern entlang der Decke des Cafés schlug Julia laut Schlagermusik entgegen, die sie mit einem Nebengedanken den aktuellen Charts zuordnete. Sie steuerte zunächst auf die Spitze des lang gezogenen Tresens zu, der die Form eines Hufeisens hatte und den großen Raum in zwei gleiche Hälften teilte. Auch hier drinnen waren nahezu alle Tische besetzt. Dennoch hielt sich die Geräuschkulisse in Grenzen. Ein passendes Ambiente, um Menschen zu beobachten. So ganz auf die Neigung ihres Freundes Markus Jünger zugeschnitten.

Sie selbst fand das Café eher langweilig. Hier war nicht viel los. Keine Action, keine Events. Kein Wunder, dass ihr der Name nicht bekannt vorgekommen war, als ihr Freund Markus diesen Treffpunkt vorgeschlagen hatte.

Noch bevor sie einen Blick in die Runde werfen konnte, trafen ihre Augen auf einen Spiegel an einer Säule. Sie konnte nicht widerstehen, für einen Moment ihr Äußeres zu kontrollieren. Perfekt. Anders konnte man es nicht ausdrücken. Sie war nicht nur zufrieden. Sie war begeistert. Besser konnte eine Frau nicht aussehen. Ihr fiel keine echte Parallele ein, kein Abbild. Vielleicht mit Abstrichen noch die früher einmal hinreißende Elizabeth Taylor in einem ihrer ersten Filme, dem Drama „Die Katze auf dem heißen Blechdach“. Aber deren Schönheit war längst verblüht, während sie, Julia Mansfeld, gerade erst begonnen hatte, den Frauen den Atem und den Männern den Nachtschlaf zu rauben. Und außerdem hatte sie größere Augen, längere Beine und schönere Haare als die Taylor. Dicke braune Naturlocken fielen ihr bis auf die Schultern.

Durch ein Hüsteln versuchte sie auf sich aufmerksam zu machen. Da die erhoffte Resonanz ausblieb, ließ sie den Ärmel ihres gehäkelten weißen Spitzenjäckchens über die Armbanduhr rutschen und gleichzeitig ihren Arm auf eine Klingel fallen, die auf dem Tresen stand. Als der Kellner an der Kaffeemaschine sich zu ihr umdrehte, fragte sie ihn nach der Zeit. Dabei gab sie vor, ihre Stimme besonders heben zu müssen, um die Musik zu übertönen. Wie sie es erwartet hatte, sicherte ihr der schrille Tonfall die Aufmerksamkeit einer Reihe der um den Tresen platzierten Gäste. Sie gab sich erneut völlig desinteressiert. Mit dieser gespielten Teilnahmslosigkeit schaute sie zu dem Kellner hin. Tatsächlich genoss sie aus den Augenwinkeln die unverhüllte Faszination der männlichen Gäste und berauschte sich an dem spürbaren Neid der Frauen, der nur unzureichend und wenig überzeugend durch abfällige Gesten kaschiert wurde.

Mit der erprobten Fähigkeit, unauffällig zu beobachten, hatte sie längst den Tisch ausgemacht, an dem Markus Jünger saß und auf sie wartete. Gut schaute er aus. Optisch passte er zu ihr. Sie würde sich nicht blamieren, wenn sie jetzt auf ihn zugehen und seine Gesellschaft suchen würde. Sein Wesen, so hatte sie in den Monaten ihrer Bekanntschaft herausgefunden, hielt mit seinem Äußeren nicht Schritt. An einem italienischen Strand hätte er mit seinem Typ und seiner Figur bestimmt jeden Papagallo ausgestochen. Doch im Umgang wirkte er oft betulich und langweilte sie. Egal, sie wollte noch eine Weile an ihm festhalten. Dafür gab es immerhin gute Gründe.

Sie warf die Haare mit einer ruckartigen Bewegung zurück, schaute endlich zu seinem Tisch hin, winkte verhalten und warf ihm ein Handküsschen zu. Keine Reaktion. Unglaublich. Er musste der einzige Mann im Café sein, der sie bisher nicht wahrgenommen hatte.

Wieder setzte sie ihr Hüsteln ein, dieses Mal noch etwas lauter. Dabei schlängelte sie sich durch die eng gestellten Tische und Stühle und erzielte mit diesem Auftritt bei allen übrigen männlichen Besuchern sofort die von ihr so geliebte Wirkung.

Endlich sah Markus Jünger zu ihr hin. Er sprang auf, wollte ihr entgegengehen und kippte dabei fast den kleinen runden Tisch um. Verlegen schaute er umher, griff nach der Tischplatte und errötete. Schon war sie bei ihm, rief seinen Namen, drückte ihren Körper fest gegen seinen und gab ihm mit einem lauten Schmatz einen Kuss auf die Wange. Sie ließ sich in den kleinen Armlehnstuhl neben ihm fallen, legte die Beine übereinander und wippte mit den hinten offenen roten Stöckelschuhen, die sie zu einer hautengen weißen Jeans trug. Selbstverständlich nabelfrei. Nach ihrer Selbsteinschätzung gehörte sie zu den wenigen Frauen, die diese Mode von ihrer Figur her mitmachen konnten.

Demonstrativ zog Julia Mansfeld ihr knallrotes T-Shirt nach unten, um ihre Oberweite stärker zur Geltung zu bringen. „Na, Schätzchen, wartest du schon lange auf mich?"

Markus Jünger hatte sich offenbar wieder etwas von seinem Schreck erholt. Er fuhr sich mit einer langsamen Bewegung seiner Hände durch die pechschwarzen Haare. Seine hellblauen Augen verrieten Wärme und Zuneigung, als er sie anschaute. „Nein. Außerdem tue ich doch alles für dich."

Für einen kurzen Augenblick sah Julia ihn abschätzig an. Lange, bevor er es hätte bemerken können, veränderte sie ihren Gesichtsausdruck und bot nun die Miene einer frisch verliebten jungen Frau. „Du weißt, dass ich nie etwas von dir verlangen würde, was du mir nicht freiwillig geben wolltest."

Er wog den Kopf hin und her, rührte in seinem Milchkaffee und lächelte. „Na ja, so ganz bin ich davon nicht überzeugt. Gelegentlich kamst du mir schon sehr durchsetzungsfähig vor."

Eine hübsche Kellnerin mit blonden Locken trat hinzu, hielt den Kopf schief und sah Julia an. „Schon etwas gefunden?"

Julia spitzte den Mund und legte den Zeigefinger an die Lippen. „Einen Espresso und ein Glas Wasser, bitte."

Als sich das junge Mädchen durch das eng gestellte Mobiliar davongeschlängelt hatte, gab sich Julia kindlich betroffen. „Du Böser. Tust du nicht alles gern für mich?“

Markus schüttelte andeutungsweise den Kopf. „Darum ging es nicht, meine Liebe. Du weichst vom Thema ab. Das machst du sehr geschickt, aber nicht unauffällig genug. Ich bleibe dabei, dass du in unserer zarten Beziehung schon das eine oder andere Mal deine Wünsche deutlich aussprechen konntest.“

„Ist das schlimm?“

„Das ist es nicht. Wir wollen aber ehrlich miteinander umgehen.“

Ihre Haltung drückte jetzt Trotzigkeit aus. „Das ist typisch Jurist. Du kannst eben nicht aus deiner Haut heraus und wenigstens einmal fünf gerade sein lassen.“

Sein Rücken versteifte sich sichtbar. „Das ist es nicht. Ich möchte nur, dass du zugibst, kein Problem damit zu haben, Dinge von mir einzufordern.“

Sie schürzte die Lippen. Die Kellnerin kam vorbei und stellte die Getränke auf den Tisch. Julia rührte kurz in der kleinen braunen Tasse und nippte anschließend an dem Espresso. „Nämlich? Ich wüsste nichts.“

Er zog die Augenbrauen hoch, lehnte sich nach vorn und faltete die Hände. Seine Stimme geriet zu einem Flüstern. „Hast du vergessen, dass ich dich, vorsichtig formuliert, auf Händen durch dein Staatsexamen getragen habe?“

Julia lachte laut auf, bemühte sich dann aber doch um einen gedämpften Tonfall. „Du kommst immer wieder mit dieser alten Geschichte, wenn dir etwas an mir nicht passt. Was war für dich schon groß dabei? Du hast nur dem Zufall etwas nachgeholfen. Dass du ausgerechnet wissenschaftlicher Assistent des Professors warst, mit dem ich in der Prüfung am meisten zu tun hatte, war Schicksal und nichts Unrechtes.“

„Aber die Tipps und Korrekturen, mit denen ich dir geholfen habe, hatten nichts mehr mit Zufall zu tun. Das gibst du doch zu?“

„Sei nicht so kleinkariert. Du musst das alles als Einheit sehen. Du hast eben die Möglichkeiten eines wissenschaftlichen Assistenten voll ausgeschöpft. Mehr nicht."

„Und zwar nur zu deinen Gunsten. Außerdem war das noch lange nicht alles. Du hast vor allem von meinem Prof das Thema für deine Doktorarbeit bekommen, bei der ich dich im Augenblick ebenfalls maßgeblich unterstütze."

Julia griff nach seiner Hand und hielt sie fest. „Langsam, mein Lieber. Lass uns nicht streiten. Du liebst mich doch, oder? Habe ich mich nicht in viel größerer Weise bei dir revanchiert? Viel mehr als mit ein paar juristischen Spitzfindigkeiten." Sie warf sich in die Brust. „Ich habe mich dir hingegeben, mein Herz und meinen Körper. Verstehst du? Du hast ein paar handwerkliche Hilfeleistungen für deine Traumfrau erbracht." Mit einem aufgesetzten Lächeln strahlte sie ihn an. „Schau dich um! Siehst du nicht, wie dich jeder Mann hier im Raum beneidet? Was glaubst du wohl, wie gerne die mir alle geholfen hätten? Ich hätte nur den kleinen Finger ausstrecken müssen. Daran wirst du wohl nicht zweifeln. Also sei schön brav und tue immer lieb, was ich von dir verlange." Ihre Stimme hatte plötzlich etwas Drohendes. „Du willst mich sicher nicht verlieren."

Markus Jünger sackte leicht zusammen und musterte sie mit unverhohlener Bewunderung. „Du bist der unglaublichste Mensch, den ich je kennengelernt habe. Vor allem bist du auch unerhört unlogisch. Du kannst Dinge so verdrehen und wieder miteinander verknüpfen, dass man am Schluss nicht mehr weiß, worüber man eigentlich sprechen wollte."

„Dann musst du aber auch davon überzeugt sein, dass aus mir eine großartige Juristin wird. Du hast also deine Hilfe in meine berufliche Entwicklung gut investiert."

„Ich gebe es zu, wenn ich jetzt ebenfalls unlogisch werden darf."

Sie legte die Stirn in Falten und schaute ihn von der Seite an. „Na, was soll das nun wieder werden? Womit willst du mich drankriegen?"

Er grinste sie an. „Mit deinem Umfeld. Wann darf ich mir denn endlich mal deine Wohnung ansehen? Bisher sind wir immer nur zu mir gegangen. Jedes Mal, wenn ich dieses Thema anschneide, weichst du mir aus."

Julia warf die Augen zum Himmel. „So ein Quatsch. Immer wieder fängst du mit dieser alten Kamelle an. Bei dir ist es einfach gemütlicher und intimer. Du weißt, dass ich nach wie vor bei meinen Eltern wohne. Sie unterhalten mich und finanzieren mein Studium. Aber die Gastwirtschaft meines Vaters wirft nicht genug ab, um mir daneben noch eine schicke Wohnung zu bezahlen." Sie kniff die Augen zusammen und musterte ihn von oben bis unten. „Was willst du eigentlich? Hast du nicht alles, was du dir erträumt hast? Zumindest hast du mir das vor einigen Wochen noch erzählt. Vom Beginn unserer Beziehung an hast du davon geredet, du würdest erstmals in deinem Leben im siebten Himmel schweben. Noch nie hättest du jemanden so sehr wie mich geliebt. Ist das schon vorüber? Willst du jetzt plötzlich einen Rückzieher machen?"

Markus schlug sich mit der flachen Hand vor die Stirn. „Du verdrehst wieder alles. Nichts will ich weniger, als dich verlieren. Ich will dich heiraten, ich will Kinder mit dir, ich will, dass wir uns möglichst bald ein schönes Reihenhäuschen kaufen und darin glücklich sind."

Ausgerechnet jetzt tönte aus den Lautsprechern eines dieser seichten amerikanischen Liebeslieder. Als sie etwas von *everlasting love* hörte, verzog sie das Gesicht, als habe sie in eine Zitrone gebissen. „Du willst immer nur bestimmen, und zwar auch über mich. Das ist deine Vorstellung. Alles soll nach deinen Plänen laufen. Nach mir fragst du gar nicht. Vielleicht sind mir deine Ideen zu kleinbürgerlich oder zu festgelegt und unumstößlich. Was soll werden, wenn ich mir die Zukunft anders vorstelle? Bist du dann kompromissfähig? Oder muss ich mich in alles fügen, was der Herr für richtig hält?"

Sein Auflachen klang unterkühlt. „Nein und nochmals nein. Du machst alles so kompliziert. Ich möchte doch nur, dass du weißt, wie ernst ich es meine. Aber es ist dir wieder hervorragend gelungen, meiner Frage auszuweichen und mir den schwarzen Peter zuzuschieben." Er nahm ihre Hand. „Lass uns den Streit beerdigen und von etwas anderem reden."

Ihre Miene blieb frostig. Sie legte beide Arme nach hinten über die Stuhllehne, um ihre figürlichen Vorzüge stärker herauszustellen. „Das hält bei dir immer nur fünf Minuten an. Sei doch froh, dass du mich hast und ich dir bisher noch keinen Anlass für Eifersuchtsszenen gegeben habe. Was glaubst du, wie leicht das ginge. Alleine von den Männern hier im Café würde sich der größte Teil auf ein Augenzwinkern von mir sofort von seiner Freundin loseisen. Wollen wir aus Spaß einen Versuch machen?"

Markus winkte ab. „Ist ja schon gut. Du hast gewonnen. Gehen wir noch zu mir?"

Sie schüttelte den Kopf. „Das geht nicht. Du musst doch gleich zum Üben mit deiner Band. Sonst warten deine drei Mitstreiter und können nicht anfangen. Wie heißt die Band überhaupt?"

„Hell on Wheels."

„Seltsamer Name. Wie seid ihr darauf gekommen?"

„Das ist eine lange Geschichte. Zu lange für heute."

„Wie du mir erzählt hast, gehen sie doch alle arbeiten und müssen sich die Zeit fürs Proben mehr oder weniger erkämpfen."

„Das stimmt. Wir sind alle Amateure. Eben Hobbymusiker." Er holte seine Brieftasche hervor und zog ein Foto heraus, das die Band in Aktion zeigte. Mit dem Finger tippte er der Reihe nach auf die Gesichter und hielt ihr dabei das Foto hin. „Patrick Wach arbeitet in der EDV-Abteilung einer Pharma-Firma. Stephan Freiberg ist Historiker, zur Zeit allerdings als Buchhändler tätig, und Felix Tempel ist beruflich in die Fußstapfen seines Vaters getreten, der ein bekannter Chirurg war. Er operierte Promis. Soweit ich weiß, lebt er noch, ist aber schon sehr alt. Er kümmert sich jetzt nur noch um eine Handvoll Privatpatienten. Felix hat sich allerdings anderweitig spezialisiert. Erst vor kurzer Zeit hat er sich eine eigene Praxis eingerichtet. Erinnerst du dich an ihn? Tempel ist der Typ, den wir neulich vor dem *Starbucks* in der Schillerstraße getroffen haben."

Julia Mansfeld zuckte leicht zusammen. Ihre Augen formten sich zu schmalen Schlitzen und zeigten ein merkwürdiges Leuchten. Sie glich dabei einem wilden Tier, das sich gerade über seine Beute hermachte. Nur für einen Moment hatte sie nicht die Kontrolle über ihre Körpersprache, die von erkennbarer Neugierde geprägt war. Es gelang ihr jedoch, sofort wieder eine unbeteiligte Miene aufzusetzen. Sie wollte Markus nicht unnötig misstrauisch machen, auch wenn sie sicher war, dass er ihre Gedanken und Gefühle grundsätzlich nicht erraten konnte. „Das war doch dieser elegant gekleidete Angeber mit dem übertriebenen Selbstbewusstsein. Bevor er das erste Wort mit mir redete, drückte er mir seine Visitenkarte in die Hand. „Dr. Felix A. Tempel" stand in übergroßer Schrift darauf. Wofür steht eigentlich das A?"

„Keine Ahnung. Ich glaube, für Alexander. Warum?"

„Nur so. Er war mir nicht sehr sympathisch. Außerdem ist er einen halben Kopf kleiner als ich."

„Dafür hast du dich aber ziemlich interessiert mit ihm unterhalten. Er ist unser Bassist. Erstaunlich, wie er Lieder nur ein einziges Mal hört und schon die Harmonien kennt und die Akkorde nachspielt."

Sie schnalzte mit den Fingern. Ihr Tonfall geriet schnippisch. „Warum komponiert ihr nicht selbst? Als Coverband werdet ihr immer nur zweite Liga sein. Das würde mir nicht gefallen. Ich bin im Leben immer die Nummer Eins. Alternativen gibt es für mich nicht." Sie zog betont nachlässig die Finger durch ihre Haarlocken. „Tempel ist doch nach deiner Erzählung der Kerl mit den vielen Weibergeschichten. Hat er keine feste Freundin?"

Markus Jünger faltete die Hände über dem Bauch. Seine langsamen Bewegungen passten so gar nicht zu seinem anziehenden Äußeren. „Das waren jetzt zwei Fragen auf einmal. Vielleicht würden uns sogar ein paar gängige Melodien einfallen. Aber unsere Berufe lassen uns dafür keine Zeit. Wir spielen ja auch nur zum Spaß und nicht, um davon zu leben. Trotzdem haben wir mehr Angebote für Auftritte, als wir annehmen können." Er lächelte und hob seine Hände zu einer Geste der Ratlosigkeit. „Was ich dir über Tempels Frauengeschichten erzählt habe, stimmt alles. Er hat an jedem Finger zehn, wenn er nur will. Und wie er will. Er erzählt uns ständig von seinen Abenteuern. Bis in alle Details. Ob wir es hören wollen oder nicht. Seine Eroberungen rekrutiert er zum Teil sogar in der Praxis. Das ist ziemlich geschmacklos. Aber er ist trotz allem sehr nett. Ein feiner Kumpel und ein guter Musiker. Außerdem geht er in seinem Beruf als Arzt auf. Er hält nebenbei Vorträge und hat sich dabei auf irgendeine seltene Krankheit spezialisiert. Es handelt sich um eine Schwerstbehinderung. In den Veranstaltungen versucht er den Eltern der betroffenen Patienten dabei zu helfen, mit dem Schicksalsschlag besser umzugehen. Einzelheiten darüber weiß ich nicht." Der Blick, den er ihr zuwarf, geriet eher treuherzig als verliebt. „Seinen Kumpels gegenüber ist er großzügig und handelt pragmatisch. Wenn wir Medikamente brauchen, gibt er sie uns ohne großen Aufwand. Stephan Freiberg beispielsweise hat Zucker. Tempel behandelt ihn unentgeltlich und versorgt ihn mit allen notwendigen Medikamenten." Er zuckte mit den Schultern. „Der Rest interessiert mich nicht."

Mit gespieltem Interesse schaute Julia einer Kellnerin nach, die gerade einen Teller voll dampfender Empanadas an einen anderen Tisch trug. Dabei täuschte sie eine wachsende Begeisterung vor, den vorüberziehenden Essensduft zu schnuppern. Insgeheim lauerte sie, ob Markus noch mehr über Tempel erzählen würde. Als ihr klar war, dass nichts mehr kam, hakte sie nach. „Du wolltest noch ein paar Worte über seine Freundin verlieren."

Er grinste. „Wollte ich das? Na gut, wenn es dich interessiert. Sie sieht aus wie eine Spanierin, ist aber Deutsche. Sehr hübsch. Einen Kopf größer als Felix und auffallend schlank. Wie ein

Model." Mit ausgestrecktem Arm zog er Julias Kopf zu sich heran und küsste sie auf den Mund. „Aber nicht so hübsch wie du. Dafür ist sie pflegeleichter. Felix behauptet, dass er mit ihr machen kann, was er will. Und dass sie umgekehrt alles für ihn tut. Er ruft sie manchmal nachts an und fordert sie auf, zu ihm zu kommen. Dann schläft er mit ihr und schickt sie unmittelbar danach wieder nach Hause. Das lässt sie sich alles gefallen und kommt immer wieder zu ihm."

Sie zog eine Augenbraue hoch. „Das sollte er mit mir mal probieren. Da würde er seine Meisterin finden."

Markus musterte sie lange. „Du scheinst dich wohl doch mehr für ihn zu interessieren, als du mir gegenüber zugibst."

Mit Mühe behielt Julia ihre Gesichtszüge im Griff. Sie war verblüfft, dass Markus sie offenbar doch genauer analysierte. Sofort nahm sie sich vor, künftig vorsichtiger zu sein. Sie lachte laut auf. „Das ist der Jagdinstinkt der Frauen. Oder hast du geglaubt, dass nur ihr Männer auf die Pirsch geht?" Wieder das kalte, metallische Lachen, das so wenig zu ihrer äußeren Zartheit passte. Sie winkte ab. „Alles Quatsch. Über irgendetwas muss man sich ja unterhalten. Und was ist schöner, als über andere Menschen herzuziehen? So, und jetzt zahlen wir. Du musst zur Probe und ich habe auch noch Arbeit." Sie betrachtete ihre Hände. „Wenn ihr das nächste Mal übt, komme ich dich abholen und höre ein bisschen zu."

Markus Jünger wirkte mit einem Mal nervös. Seine Hände spielten fahrig mit seiner Sonnenbrille. „Was hast du denn noch für einen wichtigen Termin? Davon hast du mir noch gar nichts erzählt."

Julia gab vor, empört zu sein. „Du hast mir wieder mal nicht zugehört. Selbstverständlich weißt du davon. Morgen eröffnet die Sonderausstellung im *Liebieghaus.* Da muss ich hin. Sie präsentieren die Fundstücke aus der Römerstadt. Das kann für meine rechtsgeschichtliche Doktorarbeit wichtig sein. Ich habe mir ein Empfehlungsschreiben meines Doktorvaters geben lassen. Damit habe ich mich bei dem Museumsdirektor, Doktor

Stadelmann, telefonisch angekündigt. Er wird sich persönlich etwas Zeit für meine Fragen nehmen."

„Was hat das mit dem heutigen Abend zu tun?"

Sie kniff ihm in die Nase und strahlte ihn an. „Ich muss mich noch gründlich für morgen vorbereiten. Du willst doch nicht, dass ich mich blamiere?"

Markus Jünger zeigte Resignation. „Na gut. Dann sehen wir uns nach der Probe nicht mehr. Vielleicht gehe ich mit den Jungs noch einen trinken. Aber das nächste Mal holst du mich ab. Das hast du versprochen."

Mit der Faust pochte sie gegen seine Brust. „Großes Ehrenwort, Kumpel. Und ich wette mit dir, dass ihr alle zusammen meinetwegen die Probe unterbrechen werdet. Hältst du dagegen?"

Das Schulterzucken von Markus wirkte hilflos. Er schien nicht bei der Sache zu sein. Nachdem er gezahlt hatte, verließen sie das Café. Vor dem Eingang verabschiedeten sie sich mit einem lange anhaltenden Kuss. Markus sah ihr nach, wie sie mit aufreizendem Gang Richtung Hauptwache verschwand. Er drehte schon zur U-Bahn-Station ab, als er plötzlich verharrte.

Dann beschleunigte er seine Schritte und ging ihr nach.

4

Einen solchen Andrang hatte das *Liebieghaus* seit Jahren nicht mehr erlebt. Selbst das Wetter spielte mit. Eine karminrote Abendsonne lag warm auf dem Vorgartenbereich und hatte vermutlich noch die letzten unentschlossenen Neugierigen hierher gelockt. Die Menschenschlange vor dem leicht düsteren, schlossartigen Gebäude zog sich auf dem Gehweg am Mainufer bis um die Hausecke, wo die blauen Übertragungswagen des *Hessischen Rundfunks* geparkt waren. Eine Reihe von Reportern wieselte mit Kameras und Mikrofonen durch die Gegend, und vermittelte, überzeugt von der eigenen Bedeutung, dem Betrachter geschäftige Hektik, während sie sich aus den Augenwinkeln der Aufmerksamkeit der Besucher versicherte.

Das gesamte Areal beherrschte ein Fahnenwald. Auf hellblauem Grund waren die Umrisse der Antinoos-Skulptur skizziert. An den Metallstreben des Gartenzauns waren dicht an dicht Plakate mit demselben Bildnis befestigt. Auf dem gesamten Gelände vor dem Museum waren Bühnen, Buden und lange Tische mit Sitzbänken aufgestellt.

Das Angebot an Speisen und Getränken schien auf mehrere Tausend Menschen ausgelegt zu sein. Von Pizza bis Pasta, von Parmesan bis Parmaschinken und Pinot Grigio bis Prosecco reichte die Palette der italienischen Küche. Ein gehobener Stand kündigte auf einer Schiefertafel sogar gegrillten Fisch mit Knoblauch an. Die Kellner erfüllten die optischen Erwartungen durch ihre sauberen weißen Hemden und die ersichtlich frisch gebügelten schwarzen Hosen. Als eine junge Frau in knapp sitzender Bekleidung an ihnen vorbeistolzierte und ihre langen braunen Haare mit einer ruckartigen Bewegung nach hinten warf, stießen sie sich gegenseitig in die Rippen, flüsterten miteinander, lachten und pfiffen anerkennend durch die Zähne. Einer der Kellner legte seine Hand aufs Herz und stimmte mit lautem Tenor *Santa Lucia* an.

Auf dem gesamten Gartengelände tummelten sich Männer, die als römische Legionäre verkleidet waren. Sie exerzierten und präsentierten Schwertkämpfe sowie andere strategische Streitformen und antike militärische Auseinandersetzungen. Ihre Rüstungen waren von beeindruckender Qualität. Vermutlich hatte man einen Ausrüstungsverleih hinzugezogen oder sogar den Auftritt der gesamten Römer- und Gladiatorengruppe bei einem professionellen Anbieter gebucht.

Seitlich vom Eingang in das Museum war ein kleines Holzpodest aufgestellt. Auf ihm stand ein als hoher geistlicher Würdenträger kostümierter junger Mann. Er hatte das Gesicht weiß und die Lippen hellrot geschminkt. Sein Körper verharrte in einer Demutsgeste. Er präsentierte sich als lebende Statue und rührte sich keinen Millimeter. Sein Blick war auf eine vor ihm stehende Spendenschale gerichtet. Einige der an ihm vorüberschlendernden Gäste empörten sich über das gewählte Motiv. Andere wiederum lächelten und ließen im Vorbeigehen eine Münze in die kleine Schüssel fallen. Der Künstler honorierte dies jeweils mit einem Augenzwinkern und einer Verbeugung.

Aus Richtung der italienischen Kellner trippelte Julia Mansfeld leichtfüßig an den wartenden Menschen vorbei zum Eingang hin. Nicht mit einem einzigen Gedanken hatte sie erwogen, sich am Ende der Schlange anzustellen. Sie sah ausnahmsweise von ihrer üblichen verdeckten Kontrolle ab, ob sie tatsächlich Männer jeder Altersstufe anhimmelten. Einerseits hielt sie den engen schwarzen Hosenanzug, für den sie sich heute entschieden hatte, nicht für einen besonders aufregenden Blickfang. Auch wenn die knallrote Aktentasche, in der sie einige Unterlagen mitführte, einen auffälligen Kontrast dazu bildete. Sie sah deshalb auch von dem ihr sonst eigenen aufreizenden Bewegungsrhythmus ab. Zum anderen war ihr die geplante Begegnung mit Doktor Stadelmann, dem Direktor des Hauses, wichtiger, als begehrliche Blicke zu registrieren.

Am Einlass drängte sie sich an einen der Kartenverkäufer heran, schenkte ihm ein vereinnahmendes Lächeln und senkte die Augenlider zu einem verschwörerischen Blick. „Ich habe einen Termin bei Ihrem Chef, Herrn Doktor Stadelmann. Würden Sie so freundlich sein, mich bei ihm anzumelden? Mein Name ist Julia Mansfeld."

Ohne eine Antwort oder Reaktion abzuwarten, trat sie ein paar Schritte zurück und schaute sich in der Eingangshalle um. Überall hingen Texttafeln und Bilder mit den Konterfeis römischer Herrscher. Meist waren mit Lorbeer bekränzte Köpfe dargestellt. Julia erkannte als Hauptmotiv den römischen Kaiser Hadrian, neben ihm grundsätzlich ein Bildnis des Antinoos, der großen Liebe seines Lebens, auch über dessen Tod hinaus.

Sie spürte, wie ihr jemand ganz leicht auf die Schulter tippte und sofort wieder seine Hand zurückzog. „Sie sind Frau Mansfeld?"

Der warme Klang der Stimme gefiel ihr. Als sie sich umdrehte und den gut aussehenden Mann hinter sich erblickte, war sie vollends angetan. Zwar schon ein reiferer Jahrgang, aber durchaus sportlich, groß und ansehnlich. Und diese durchdringenden wasserblauen Augen. Sie setzte ein Lächeln auf, von dem sie annahm, dass ihr Gegenüber es als herzlich ansehen würde. „Ganz recht. Darf ich hoffen, dass Sie Herr Doktor Stadelmann sind?"

Stadelmann war deutlich anzusehen, dass er sich geschmeichelt fühlte. Seine Augen verrieten, dass er von Julias Äußerem stark angezogen wurde. Er strahlte und machte eine leichte Verbeugung. „Allerdings. Ich hoffe, dass ich Sie nicht enttäusche."

Julia lachte auf. „Wie meinen Sie das? Wir haben noch gar nicht über mein Anliegen gesprochen. Falls Sie die Chemie ansprechen, freue ich mich, so charmant aufgenommen zu werden."

Stadelmann glättete seine silbernen Haare. „Wie könnte ich mich den Wünschen einer Frau verschließen, die so hübsch und offen daherkommt? Ich muss Sie aber zunächst noch um etwas

Geduld bitten. Der offizielle Teil steht noch aus. Wollen Sie daran teilnehmen oder solange in meinem Büro auf mich warten?"

Sie sah ihn mit großen Augen an, spitzte den Mund und legte einen Zeigefinger an die Lippen. „Ich würde Ihnen lieber zuhören."

Er hakte sich mit den Fingerspitzen bei ihr ein. „Dann kommen Sie mit. Ich stelle Ihnen ein paar mehr oder weniger bedeutende Leute vor, die sich natürlich sämtlich sehr wichtig vorkommen. Das kann Ihnen vielleicht einmal nützlich sein."

Auf einem weiß eingedeckten Sideboard an der Wand waren Getränke abgestellt. Stadelmann schnappte sich zwei Gläser Sekt, schlenderte mit Julia durch die Vorhalle und machte sie mit einigen der umstehenden Menschen bekannt. Durch eine geöffnete Flügeltür fiel der Blick auf die Statue des Antinoos. Einige Meter davor war ein kleines Pult aufgebaut. Stadelmann schaute auf seine Armbanduhr. Er blies seine Wangen auf und ließ ein Grunzen hören. „Ich muss jetzt ein paar Begrüßungsworte sprechen. Gesellen Sie sich am besten zu Haverkamp. Das ist der korpulente Mann dort drüben mit dem Ostfriesenbart, den ich Ihnen vor ein paar Minuten vorgestellt habe. Er hält sich für wichtig, weil er Landesarchäologe ist. Machen Sie ihm schöne Augen. Er ist bestimmt anfällig dafür. Man weiß nie, wie Sie ihn noch brauchen können."

Julia folgte seinem Vorschlag. Haverkamp gönnte ihr den einen oder anderen vermeintlich wichtigen Hinweis. Dann begannen die Reden und Grußworte. Sie hörte kaum zu. Ihre Blicke wanderten die Reihe der Gäste entlang. Hier und da blieben sie länger haften, während Julia in ihre Gedankenwelt eines komfortablen Lebens nach ihren Wünschen versank. Sie merkte nicht, wie die Zeit fortschritt.

Nur einmal wurden ihre Gedanken unterbrochen, als ein nervöser jüngerer Mann mit weißen Haaren und runden Brillengläsern fahrig in der Gegend herum schaute. Er bewegte sich offenbar gezielt am Rande der Gesellschaft entlang und schien etwas zu suchen. Julia gelang es nur kurz, seinen Blick aufzufangen. Der Mann erinnerte sie an etwas, ohne dass sie einordnen konnte, ob sie ihn schon einmal gesehen hatte. Sie hielt es für möglich, dass er einer Personenbeschreibung entsprach, die ihr jemand gegeben hatte. Trotz aller Anstrengung war sie jedoch außerstande, sich an den Hinweisgeber zu erinnern.

Als Stadelmann plötzlich neben ihr stand, schrak sie auf. Er nahm sie am Arm und zog sie ein Stück mit sich. „Jetzt hätte ich etwas Zeit für Sie übrig. Wollen wir in mein Büro gehen?"

Nach wenigen Schritten betraten sie ein im Biedermeier-Stil möbliertes Zimmer, das großzügig geschnitten war. Ein Strauß weißer Lilien verströmte einen betörenden Duft. Stadelmann bot ihr einen Platz an und setzte sich gegenüber. Sie öffnete ihre rote Aktentasche und entnahm ein Schreiben, das sie vor ihn hinlegte. „Das will ich Ihnen der guten Ordnung halber zeigen. Dies ist die Bestätigung meines Professors, dass ich zur Zeit bei ihm meine Doktorarbeit schreibe."

Stadelmann schob es wieder zu ihr hin, ohne einen Blick darauf zu werfen. „So förmlich müssen wir nicht miteinander umgehen. Ich habe Vertrauen zu Ihnen. Womit kann ich Ihnen dienen? Wie lautet überhaupt das Thema Ihrer Arbeit?"

„Es geht um ein rechtsgeschichtliches Thema: *Die Rechtsstellung der Germanen zur Zeit Kaiser Hadrians.*"

Er schmunzelte. „Dazu lässt sich viel sagen. Jetzt verstehe ich, warum Sie anlässlich der Ausstellung zu mir gekommen sind. Wo soll ich anfangen? Haben Sie konkrete Fragen vorbereitet?"

Für einen Augenblick war Julia unsicher, überspielte dies aber, indem sie Stadelmann das Gesicht eines hilflosen kleinen Mädchens präsentierte. „Ich wollte erst einmal abwarten, was Sie mir zum Thema erzählen und anschließend prüfen, ob es für mich noch offene Punkte gibt."

Stadelmann nickte nur. „Bedenken Sie bitte, dass ich Historiker und kein Jurist bin. Dies vorausgeschickt, erfahren Sie heute von mir einige geheimnisvolle Dinge, die bisher nicht einmal alle der Forschung bekannt sind." Er beugte sich zu ihr hin. „Der römische Kaiser Hadrian lernte den jungen Antinoos vermutlich in Kleinasien auf einer seiner Reisen Anfang des zweiten Jahrhunderts nach Christus kennen. Er war sofort von dem hübschen Knaben fasziniert. Von diesem Zeitpunkt an begleitete Antinoos den Kaiser auf all seinen späteren Reisen in die römischen Provinzen. Natürlich besuchten sie auch den Limes, den Grenzwall der Römer, der damals zum Schutz des Reichs gegen die Einfälle der Germanen auch bis hierher in die Frankfurter Gegend reichte. Als Antinoos bei einem mysteriösen Bootsunfall ums Leben kam, ließ Hadrian in seiner unendlichen Trauer überall Bildnisse aufstellen. Über hundert sind uns bekannt. Antinoos wurde wie ein Gott in den Tempeln verehrt."

Es klopfte. Stadelmann sah zur Tür, die sich bereits einen Spalt öffnete. Eine ältere Frau steckte ihren Kopf hindurch. Als sie Stadelmann sah, gab sie ihm mit dem Finger ein Zeichen. „Wenn ich Sie eben stören darf. Sie müssten bitte kurz nach draußen kommen. Es ist wichtig."

Stadelmann entschuldigte sich bei Julia und verließ das Zimmer. Sie schaute sich um und studierte die Bilder an den Wänden, die sämtlich Pferde bei Dressurübungen darstellten. Dann fiel ihr Blick auf den Schreibtisch mit einigen Unterlagen und kleineren Gegenständen, die sie von ihrem Sitzplatz nicht genau erkennen konnte. Sie war in Versuchung, aufzustehen und nachzusehen. Bevor sie über ihr weiteres Vorgehen entscheiden konnte, kehrte Stadelmann zurück. „Ich muss nochmals um Vergebung bitten. Wegen der laufenden Ausstellung und der vielen Gäste werde ich Ihnen heute nicht allzu viel Zeit schenken können."

Julia atmete tief durch. Sie war erleichtert, nicht einfach aufgestanden und im Zimmer herumgelaufen zu sein. Mit kokettem Augenaufschlag zwinkerte sie Stadelmann zu. „Dafür habe ich jedes Verständnis. Mir war klar, dass Sie ein großes Opfer bringen mussten, um mich überhaupt empfangen zu können. Aus meiner Sicht muss es heute nicht unser letztes Treffen sein."

Stadelmann strahlte und nickte. „Das wollte ich gerade auch vorschlagen. Ich freue mich darauf." Er machte eine Pause und legte die Stirn in Falten. „Ich glaube, dass ich vorhin beim Limes stehen geblieben war. Natürlich kann ich Ihnen ein anderes Mal in diesem Zusammenhang eine Menge über die rechtlichen Auswirkungen dieser Grenzziehung auf die Germanen mitteilen. Bis in die heutige Zeit. So trägt der Frankfurter Stadtteil Heddernheim ein Konterfei des Kaisers Hadrian mit grünem Lorbeerkranz in seinem Wappen. Aber das führt heute alles zu weit."

Julia stemmte sich mit dem Arm auf die Stuhllehne und täuschte vor, aufstehen zu wollen. „Dann überlasse ich Sie jetzt wohl besser Ihren Gästen?"

Er schüttelte den Kopf. „Keinesfalls so rasch. Vorher will ich Ihnen wenigstens noch ein paar Hinweise auf die eine oder andere Besonderheit geben, damit Ihr Besuch nicht ganz umsonst war."

Julia fuhr sich durch ihre Haare und schüttelte sie zu einer Mähne auf. Sie spürte die interessierten Blicke Stadelmanns über ihr Gesicht und ihren Körper wandern. „Es war doch schon unglaublich zuvorkommend von Ihnen, mir an einem solch turbulenten Tag eine Privataudienz zu gewähren."

Stadelmann machte eine beschwichtigende Handbewegung. „Hören Sie nur zu, bevor Sie sich jetzt gleich noch genauer die Ausstellung ansehen. Ist Ihnen vorhin an der Skulptur des Antinoos etwas aufgefallen?"

Sie zögerte. „Nicht, dass ich wüsste."

„Haben Sie die Hände genauer betrachtet?"

„Nein, noch nicht."

„Der Figur fehlen die Finger. Sie sind nicht etwa abgebrochen, sondern der Marmor ist an diesen Stellen poliert."

„Gibt es dafür eine Erklärung? Was hat das zu bedeuten?"

Stadelmann straffte seinen Rücken und setzte eine wichtige Miene auf. „Ich will Sie als Zeichen meines Vertrauens in ein Geheimnis einweihen, das ich bisher noch völlig für mich behalten habe, obwohl insbesondere Haverkamp ständig an mir herumbohrt. Es gibt ein paar Dinge, die ich in der Nähe der Statue gefunden und nicht in die Ausstellung aufgenommen habe."

Julia beugte sich nach vorn. Sie presste ihre Hände zusammen, die Spannung in ihrem Gesichtsausdruck fiel fast überzogen aus. „Das interessiert mich ungemein. Ich bin überhaupt tief beeindruckt, was für einen aufregenden Job Sie haben. Darum beneide ich Sie richtig."

Stadelmann war anzumerken, dass er die Komplimente Julias für bare Münze nahm. Er gab sich wichtig. „Ich habe außerdem einen Papyrus gefunden und inzwischen entziffert. Jedenfalls weitgehend. Beigefügte Bronzeplättchen erleichterten mir die Rekonstruktion." Er hielt inne. „Zur Zeit Hadrians schrieb man längere Texte auf Papyrus, der aus Ägypten bezogen wurde. Kleinere Nachrichten kratzte man mit Stilos, eine Art Griffel der Antike, auf Wachstäfelchen. Pergament gab es erst in einer späteren Phase zur Zeit Kaiser Konstantins."

Das Telefon klingelte. Er hob ab, meldete sich, hörte zu und vertröstete dann den Anrufer auf eine kurze Zeitspanne. Dann sah er wieder zu Julia hin. „Ich bin zu weitschweifig. Das passiert mir immer wieder. Jetzt zur Hauptsache."

Julia streckte ihm die Hände entgegen. „Bitte lassen Sie es für heute gut sein. Ich habe ein ganz schlechtes Gewissen, dass ich Sie hier so lange von Ihren Gästen abhalte."

Stadelmann wehrte ab, ohne näher auf ihren Vorschlag einzugehen. Er deutete auf seinen Schreibtisch. „Dort drüben habe ich mir den wesentlichen Inhalt des Papyrus aufgeschrieben. Sie werden es nicht für möglich halten. Antinoos soll demnach ermordet worden sein. Und zwar von Kaiser Hadrian selbst. Er soll ihn bei einer gemeinsamen Bootsfahrt über Bord gestoßen haben."

„Wie konnte das passieren?"

„Hadrian hatte erfahren, dass Antinoos eine Verwandte geschwängert hatte. Das konnte er ihm nicht verzeihen, weil er die Liebe von Antinoos ungeteilt für sich verlangte. Er lud ihn auf das Boot ein, setzte sich unter Liebesbezeugungen mit dem Versprechen auf große Geschenke neben ihn auf den Bootsrand und bewegte ihn dazu, die Füße im Wasser baumeln zu lassen. Dabei zeigte er auf irgendeine Stelle im Wasser und täuschte etwas Sehenswertes vor. Als Antinoos sich nach vorn beugte, gab er ihm einen Stoß."

Julia riss die Augen auf. „Unglaublich." Sie sah Stadelmann mit einem verschwörerischen Lächeln an. „Wohin die Liebe doch führen kann."

Stadelmann wollte nach ihrer Hand greifen, zuckte dann jedoch zurück. Er wirkte aufgeregt. „Hadrian hat sein eigenes Handeln nie überwunden. In seiner abgöttischen Liebe zu Antinoos ließ er im ganzen römischen Reich diese Statuen fertigen und aufstellen, die ich vorhin erwähnte." Er schluckte. „Aber das ist noch nicht alles."

„Das ist wahnsinnig aufregend. Erzählen Sie bitte weiter."

Der Gesichtsausdruck Stadelmanns zeigte deutlich, wie ihn die zur Schau gestellte Faszination Julias fesselte. Seine Stimme überschlug sich fast. Sein nahezu pubertäres Gehabe machte überdeutlich, wie sehr er mit der Überhöhung der Geschichte Julias Bewunderung erringen wollte. „Es gibt einen mumifizierten Finger. Ich habe ihn ebenfalls an der Ausgrabungsstelle gefunden."

Er hielt inne und beobachtete Julias Reaktion. Julia war einerseits tatsächlich interessiert, steigerte jedoch Stadelmanns Erregung noch dadurch, dass sie mit ihren Fingern spielte und mit erwartungsvollen Augen an seinen Lippen klebte. „Tatsächlich? Ist er echt? Ich meine, von einem Menschen?"

Stadelmann nickte. „Nicht nur das. Es ist ein Finger des Antinoos. Er war in einer harzähnlichen Flüssigkeit eingelegt und wurde in einem Gefäß verwahrt."

„Woher wissen Sie das so genau? Der Finger müsste doch dann fast zweitausend Jahre alt sein. Kann man das nach so langer Zeit noch feststellen?"

„Sie vergessen den Papyrus. Er erzählt uns die Liebesgeschichte Hadrians zu Antinoos weiter." Stadelmann legte eine Kunstpause ein. „Nach dem Mord an seinem Lustknaben ließ Hadrian die Leiche bergen und ihr alle Finger abschneiden. Sie wurden mit dem Harz in Behältern vor Verwesung geschützt und als Reliquien in eigens für Antinoos gebauten Tempeln aufgestellt. Zur Anbetung vermutlich, wie im Christentum die Splitter vom Kreuz in Golgatha, wo Jesus hingerichtet wurde."

Julia faltete die Hände und setzte eine andächtige Miene auf. „Und das steht alles in dem Papyrus?"

Stadelmann bestätigte mit einem Kopfnicken. „Nicht nur das. Wir erfahren daraus, dass Antinoos verehrt wurde, wie man heute einen Popstar feiert. Sogar das Verfahren der Mumifizierung wird erläutert, mit dem man den Fans ein authentisches Stück ihres Lieblings erhielt. Wir könnten demzufolge wahrscheinlich heute dasselbe Harz herstellen wie die alten Römer zu Hadrians Zeiten." Er lehnte sich zurück. „Das alles wollte ich Ihnen erzählen, weil Sie mir so sympathisch sind und weil Sie vollständig mein Vertrauen gewonnen haben. Bitte behalten Sie es noch für sich. Es ist alles noch nicht wissenschaftlich gesichert." Sein Mund näherte sich ihrem Ohr, die Stimme geriet zu einem Flüstern. „Ich beabsichtige, mit diesen revolutionären Erkenntnissen an die Öffentlichkeit zu treten, sobald ich alle Fundstücke abschließend ausgewertet habe." Er fasste sie am Arm und zog sie noch näher zu sich heran. „Ganz im Vertrauen. Was ich Ihnen jetzt sage, würde ich niemals gegenüber anderen Menschen zugeben." Sein stierer Blick gewann jetzt nahezu einen hypnotischen Ausdruck. „Die Veröffentlichung dieser Auswertungsergebnisse würde meinem Ruf als Wissenschaftler einen bedeutenden Baustein hinzufügen. Sie verstehen, was ich meine?"

Bevor Julia ihre zustimmende Kopfbewegung mit Worten unterlegen konnte, klopfte es erneut. Wiederum schaute die ältere Dame durch den Türspalt. „Ich muss Sie leider schon wieder stören, Herr Doktor Stadelmann. Wenn Sie bitte noch einmal kurz in die Vorhalle kommen würden? Herr Haverkamp muss sich verabschieden und will Ihnen noch dringend etwas Wichtiges mitteilen."

Stadelmann schaute irritiert hin und her. „Ich bin hier sowieso gleich fertig."

Die Frau ließ sich nicht abschütteln. „Es ist nur so, dass sein Dienstwagen schon vorgefahren ist. Er muss eiligst einen weiteren Termin wahrnehmen."

Mit aufgeblähten Wangen und einem Grunzen erhob sich Stadelmann. Er sah zu Julia, zuckte mit den Schultern und ging zur Tür. „Ich bin sofort zurück."

Als Stadelmann das Zimmer verlassen hatte, zögerte Julia keinen Augenblick. Sie ging zum Schreibtisch und begann sich umzuschauen. Plötzlich schnalzte sie laut mit der Zunge. Sie war sich sicher, eine ausgezeichnete Idee geboren zu haben. Da hörte sie vor der Tür ein Geräusch. Sofort machte sie sich auf den Weg an den Pferdebildern vorbei zurück zu ihrem Stuhl. Bevor sie ihn erreichte, trat Stadelmann ein und sah sie an. Julia gelang es problemlos, in ihrem Auftreten keine Verlegenheit sichtbar werden zu lassen. „Die Bilder sind sehr schön. Ich liebe Pferde. Reiten Sie?“ Sie machte ein erschrockenes Gesicht und hielt die Hand vor den Mund. „Entschuldigen Sie bitte. Wir müssen jetzt sicher unbedingt Schluss machen. Sie sind ja schon mehrfach gerufen worden. Und ich bin daran schuld, dass Sie sich nicht um ihre übrigen Gäste kümmern können.“

Er lächelte sie an. „Unsinn. Die Verantwortung für unser etwas ausuferndes Gespräch trage ganz allein ich. Aber Sie haben recht. Jetzt müssen wir wirklich damit aufhören. Die Oberbürgermeisterin hatte sich vorhin verspätet, ist aber nun im Anmarsch. Ich muss sie persönlich begrüßen.“ Er griff in die Innentasche seines Jacketts und zog einen Terminplaner hervor. „Wir müssen einen neuen Termin machen, damit ich Ihnen noch einige brauchbare Sachen für Ihre Doktorarbeit mitteilen kann. Wie wäre es mit dem nächsten Donnerstag? Wenn Sie mich am vorgerückten Nachmittag hier abholen, können wir erst einmal nebenan in unser wunderschönes romantisches Gartencafé gehen. Danach sehen wir weiter.“

Julia sperrte die Augen weit auf. Sie schien nachzudenken. Dann schaute sie ihn strahlend an. „Das werde ich auf alle Fälle möglich machen.“

Stadelmann hielt ihr die Tür auf. „Jetzt habe ich Ihnen schon so viele geheimnisvolle Dinge erzählt. Haben Sie nicht auch ein paar Geheimnisse, die Sie mir beichten könnten?“

Sie schenkte ihm einen koketten Blick und zwinkerte ihm zu. „Mal sehen. Vielleicht am Donnerstag.“

5

Es klingelte Sturm. Traudel Schultz schob die ausgeleierte Ledersandale über den Fuß ihres Mannes, zog das Hosenbein seines dunkelblauen Anzugs herunter und legte sein rechtes Bein mit großer Vorsicht auf einen Polsterschemel. „Wer mag das sein?“

Die Stirnfalte von Staatsanwalt Hanspeter Schultz vertiefte sich. Er rutschte in seinem Sessel zurück und nestelte an der baumelnden Kette seiner goldenen Taschenuhr herum, bis er einen Blick auf das römische Ziffernblatt werfen konnte. Mit mürrischem Gesichtsausdruck steckte er die Uhr in die Westentasche zurück. Sein umfassendes Selbstmitleid, das er innerhalb der letzten halben Stunde aufgrund seiner als ungerecht empfundenen Hilflosigkeit an den Tag gelegt hatte, schlug jetzt noch in zusätzlichen Unmut um. Nicht nur, dass er einmal mehr einen dieser äußerst schmerzhaften Gichtanfälle hatte. Es war schon schlimm genug, dass ihm seine Frau bei der Toilette und beim Anziehen helfen musste. Nein, dieses Klingeln an der Haustür machte ihm überdeutlich, dass er alle Ideen, die mit Fortbewegung zu tun haben würden, für die nächsten sieben Tage vergessen konnte. Ausgerechnet jetzt, wo dieser mysteriöse Fall der aufgefundenen Leiche eines schwerbehinderten Menschen seinen vollen Einsatz verlangt hätte. „Es ist halb neun. Und es läutet, als stünde ein Einsatzwagen der Feuerwehr vor der Haustür. Das kann nur mein zwar sehr befähigter, aber auch überaus selbstbewusster Kriminalhauptkommissar Schreiner sein. Wärst du bitte so nett und würdest ihm öffnen?“

Traudel stemmte die Fäuste in die Taille. „Bist du nicht ein bisschen ungerecht? Ich habe mitbekommen, dass du ihn selbst wegen deiner gegenwärtigen Gehbehinderung hierher zu uns nach

Hause bestellt hast. Es ist doch außerordentlich freundlich von ihm, dass er den ganzen Weg nach Sachsenhausen gemacht hat."

Sie ging zur Tür. Bevor sie öffnete, sah sie auf den Bildschirm für die am Gartentor angebrachte Videoanlage. Als sie in das listig lächelnde Gesicht eines schwarz gelockten Mannes mit krausem Vollbart schaute, musste sie unwillkürlich lächeln. Dann gab sie die Gartentüre frei und erwartete Schreiner am Hauseingang. „Kommen Sie herein, Herr Schreiner. Mein Mann wartet schon auf Sie."

Schreiner drückte ihr die Hand und hielt ihr einen kleinen, bunten Blumenstrauß entgegen. „Für Sie. Ich dachte, weil ich Sie so selten sehe, sollte ich Ihnen eine Freude machen. Außerdem habe ich Ihrem Göttergatten auch etwas mitgebracht. Es wäre unanständig, wenn ich Sie dabei vergessen hätte." Er zeigte in den Hausflur. „Gehen Sie bitte voraus. Als Dame des Hauses kennen Sie sich besser aus."

Traudel Schultz schmolz dahin. „Das wäre doch nicht nötig gewesen. Ganz herzlichen Dank. Nichts liebe ich mehr als gute Umgangsformen. Und meinen Mann natürlich."

Das Lächeln von Schreiner fiel säuerlich aus. „Letzteres verstehe ich gut, wenn auch nicht immer."

Mit drohendem Zeigefinger machte Traudel Schultz den Spaß mit. „Lassen Sie ihn das nicht hören. Sie wissen doch, wie sehr er Sie schätzt."

Schreiner lachte so breit, dass sich die zahllosen kleinen Narben in seinem Gesicht wie ein Patchwork-Teppich präsentierten. „Ich ihn doch auch. Sie kennen ja den uralten Spruch: Was sich liebt, das neckt sich."

Traudel sah ihn von der Seite an. „Hoffentlich ist die Liebe nicht so weit gegangen, dass Sie ihm etwas zum Naschen mitgebracht haben. Wegen des Gichtanfalls bewegt er sich noch weniger als sonst. Das wirkt sich verstärkend auf seine Gewichtsprobleme aus. Zur Zeit hat er wieder einmal zu viel. Wir halten deshalb eine kleine Diät, um ein bisschen abzuspecken. Seine Anzugwesten schließen nur noch sehr sperrig."

Unter bedächtigem Kopfschütteln schloss Schreiner die Augenlider. „Mein kleines Präsent ist fast kalorienfrei."

„Ich will es lieber nicht genauer wissen und kein Spaßverderber sein." Am Ende des Flurs wies sie mit der Hand in einen mit gediegenen altdeutschen Möbeln ausgestatteten Raum, den man früher als Herrenzimmer bezeichnet hätte. Eine Wandtäfelung in halber Höhe aus dunkelbraunem Holz gab dem etwas zu düsteren Raum das Gepräge. Mehrere Bücherschränke, eine Raucherecke, ein schwerer Schreibtisch und ein langer, massiver Tisch mit schwarzer Lederbestuhlung rundeten das Bild ab. In der Ecke des Zimmers saß Hanspeter Schultz, wie Traudel ihn dort vor wenigen Minuten zurückgelassen hatte. In der Tat fiel ins Auge, dass die Weste über seinem Kugelbauch erheblich spannte. Mit ausgestrecktem Arm hielt er gerade die Fernbedienung in Richtung der Stereoanlage und bescherte Puccinis *Turandot* ein akustisches Ende.

„Hanspeter, hier bringe ich dir Herrn Schreiner, der mir, liebenswürdig wie er ist, ein paar Blumen mitgebracht hat. Nimm dir ein Beispiel. Ich lasse euch jetzt in Ruhe", sagte Traudel. „Allerdings störe ich gleich noch einmal, um einen Kaffee vorbeizubringen."

Sie verließ mit einem Kopfnicken zu Schreiner hin den Raum. Schreiner ging auf Schultz zu, griff in die Innentasche seiner Jeansjacke und holte eine Zellophantüte mit Nougatpralinen hervor. „Guten Morgen. Tut mir leid mit Ihrem Anfall. Ich habe zur Linderung Ihrer Gebrechen ein kleines Gastgeschenk für Sie. Gute Besserung."

Hanspeter Schultz schickte sich an, aufzustehen. „Das ist nett von Ihnen."

„Ich bin immer nett. Das wissen Sie doch."

Mit einem Seufzer ließ sich Schultz wieder in den Sessel fallen. Seine Miene hatte jetzt etwas von einem Oberlehrer. „Ich habe nicht gesagt, dass Sie nett sind, sondern die Geste, einem Kranken etwas mitzubringen. Wie fast immer haben Sie es falsch verstanden und sind darüber hinaus, wie üblich, auch noch selbstherrlich. Das ist leider typisch für Sie."

„Aber es ist doch die Wahrheit, dass ich ein überaus sympathischer Mensch bin. Manchmal ist Ihr Blick zu verstellt, um das in seiner vollen Bedeutung zu erkennen. Das ist für einen Juristen und besonders für einen Staatsanwalt sehr bedenklich."

Schultz konnte nicht verhindern, dass sich einige Lachfalten um seine Augen bildeten. Er überlegte, ob er zur Sache kommen sollte, entschied sich dann aber dafür, Schreiner noch ein wenig zu reizen. Diese Art Tischtennis zwischen ihnen war inzwischen schon zu einem beiderseits hoch geschätzten Ritual geworden. „Wollten Sie nicht vor ein paar Wochen Ihren Beruf an den Nagel hängen und in die Provence auswandern, um dort Ihre restlichen Tage bei Rotwein und Käse in einem klapprigen Wohnwagen zuzubringen? Das hatten Sie mir jedenfalls bei unserem letzten gemeinsamen Fall versprochen, als es um den Verbleib des Schmucks der Zarenfamilie ging. Warum sind Sie nicht nach Frankreich gegangen und vor allem, warum sind Sie nicht dort geblieben?"

„Das ist eine lange Geschichte. Sie hat private Gründe, was mich aber nicht davon abhält, sie Ihnen zu erzählen."

Hanspeter Schultz wehrte mit erhobenen Händen ab. „Um Gottes Willen. Nicht jetzt. Lieber ein anderes Mal." Er rieb sich die Hände. „Wir müssen endlich mit der Arbeit anfangen."

Die Augen Schreiners blinzelten. „Einen Moment noch. Wollen Sie dabei nicht eine Ihrer geliebten *Partagas-Zigarren* rauchen? Von mir aus können wir unser Gespräch gerne auf der Terrasse oder im Garten führen, damit Ihre liebe Gattin Sie nicht wegen des Qualms in den Vorhängen ausschimpft."

„Wenn meine Frau widerspricht, geschieht das nicht wegen der Gardinen, sondern meiner Gesundheit wegen. Als verständnisvoller Ehemann habe ich das Rauchen auf täglich drei Zigarren reduziert. Anders, als Sie es seit einiger Zeit praktizieren, habe ich keine Lust, auf Karotten als Nikotinersatz umzusteigen." Schultz fuhr sich mit der flachen Hand über seine kurz geschnittenen Haare und strich sich anschließend mit dem Zeigefinger über seinen Oberlippenbart, den er als sein besonderes

Markenzeichen ansah. Die Barthaare bildeten einen peinlich genau ausrasierten, horizontal bis zu den Ohrläppchen verlaufenden schmalen Streifen. „Ich würde Sie gerne nach draußen begleiten, um ihnen in meinem Rosenbeet ein Exemplar zu zeigen, dem ich Ihren Namen gegeben habe. Es ist eine leicht verdorrte Pflanze mit überdurchschnittlich vielen Dornen und ohne Blütenansätze. Aus irgendeinem Grund sind Sie mir dabei eingefallen."

„Das kann nur wegen der beeindruckenden Überlebensfähigkeit gewesen sein."

Schultz musste lachen. Mit geübtem Griff öffnete er das Mitbringsel, biss in eine Praline und tätschelte sich den Bauch. „Für einen durchschnittlich gebildeten Menschen sind Sie nicht auf den Mund gefallen." Er schob Schreiner die Tüte zu. „Bedienen Sie sich, bitte." Sein Zeigefinger deutete in Richtung seines Fußes. „Lassen Sie uns hier drinnen bleiben. Dann muss ich nicht schon wieder aufstehen. Es fällt mir zur Zeit sehr schwer."

Schreiner nickte. Traudel kam zurück, stellte ein Tablett auf den Tisch, servierte Kaffee und Kekse. Bevor sie den Raum verließ, wandte sie sich den beiden Männern noch einmal zu. „Wenn ihr jetzt noch etwas braucht, müsst ihr euch selbst helfen. Ich muss langsam zur Arbeit. In meiner Bank ist heute Abteilungsleiterbesprechung. Es wäre mit den Gepflogenheiten des Hauses unvereinbar, wenn ich zu spät käme. Das dürfen sich nur meine männlichen Kollegen erlauben."

Schultz machte gegenüber Schreiner eine einladende Handbewegung in Richtung eines Sessels. „Bitte sehr. Und jetzt sollten wir zur Sache kommen. Wie weit sind Sie mit Ihren Ermittlungen gekommen? Wissen wir schon, wie der Tote hieß?"

„Wir können bisher nur mit Sicherheit sagen, dass es sich bei der im Schwanheimer Wald aufgefundenen Leiche um eine Frau handelt. Die Obduktion hat keine Klarheit über die Todesursache gebracht. Es ist nicht auszuschließen, dass ein natürlicher Grund vorliegt. Hinweise auf ein Tötungsdelikt haben sich bisher nicht gefunden. Im gerichtsmedizinischen Institut untersuchen die Ärzte trotzdem noch weiter. Frau Doktor Lubitsch will einfach nicht unkritisch hinnehmen, dass man einen Menschen in eine Mülltüte verpackt und im Wald versteckt, wenn man ihn ebenso gut hätte auf dem üblichen Weg beerdigen lassen können. Außerdem ist sie sich noch nicht schlüssig, worauf die fehlenden Finger an den Händen der Leiche zurückzuführen sind. Falls es neue Erkenntnisse gibt, ruft sie an. Übrigens hat sie noch eine spannende Auffälligkeit gefunden."

„Heraus damit."

„Unter der Achsel der Toten hat sie ein Zeichen entdeckt. Dabei soll es sich um keine natürliche Veränderung der Haut handeln. Es sieht eher wie ein Stempelabdruck aus."

Schultz fuhr auf. Seine Empörung stand ihm ins Gesicht geschrieben. „Was? Das hört sich ja furchtbar an. Nach Freibank. Wie beim Vieh. Wie sieht denn der Abdruck aus?"

„Wie ein Haus. Mit spitzem Dach, Treppen und Säulen. Wir haben noch keinen Reim darauf."

Während Schultz noch über die rätselhaften Untersuchungsergebnisse grübelte, lugte seine Frau Traudel erneut ins Zimmer. „Es tut mir leid, wenn ich noch einmal stören muss." Sie sah zu ihrem Mann hin. „Hanspeter, ich habe da gerade Herrn Stadelmann in der Telefonleitung."

Schultz machte eine abweisende Handbewegung. „Ich kenne niemanden, der so heißt." Er schaute auf. „Was will er denn?"

Sie warf einen entschuldigenden Blick zu Schreiner hin, fixierte ihren Mann und setzte eine belehrende Miene auf. „Herr Stadelmann ist nicht nur der Chef des berühmten *Liebieghauses*, sondern auch ein geschätzter Kunde des Bankinstituts, bei dem ich arbeite. Er hat irgendein juristisches Problem und fragt, ob er dich einmal kurz sprechen könnte. Es ist privater Natur. Ich wäre dir dankbar, wenn du dir ein paar Minuten Zeit für ihn nehmen würdest."

Das Grummeln von Schultz sagte mehr als Worte. „Das passt jetzt gerade gar nicht in meine Planung." Er deutete auf Schreiner. „Wir sind mitten in der Arbeit. Und es ist wichtig."

Traudel legte die Stirn in Falten und reckte den Kopf nach vorn. „Hanspeter! Ich bitte dich. Tu mir den Gefallen. Ich möchte nicht, dass er uns für ungefällig hält. Das könnte ihn auch als meinen Kunden verprellen."

Sein Oberkörper versteifte sich, Schultz biss auf die Zähne. Dann entschloss er sich, nachzugeben, um vor Schreiner keine eheliche Auseinandersetzung eskalieren zu lassen. „Sage ihm, er möchte vorbeikommen. Am besten gleich. Solche Dinge eignen sich nicht für eine telefonische Erörterung. Bis er hier ist, werden Herr Schreiner und ich sicher fertig sein. Sonst muss Herr Stadelmann eben ein bisschen warten."

Der Blick von Traudel geriet nicht freundlich. Ohne weiteren Kommentar zog sie sich zurück. Schultz zeigte sich unbeeindruckt. Er kannte die kleinen Eigenheiten seiner Frau, die es nach seiner Ansicht ständig darauf anlegte, ihren Kopf durchzusetzen. Heute Abend bei einem Glas Wein wäre die kleine Kontroverse kein Thema mehr. Dafür würde schon die Neugier sorgen, die sie mit Sicherheit nach dem Anliegen Stadelmanns fragen lassen würde. Er wandte sich wieder Schreiner zu. „Gibt es eine zeitliche Vorstellung, bis wann Frau Doktor Lubitsch uns vielleicht doch etwas mehr sagen kann?"

„Es ist völlig unsicher, ob wir überhaupt noch eine weitere Auskunft zu erwarten haben. Ich konnte ihr keine konkrete Aussage dazu entlocken."

„Ihr Charme bröckelt, Herr Schreiner. Aber lassen wir das. Bevor wir durch meine Frau unterbrochen wurden, haben Sie meine Frage nach der Identität der Toten nur indirekt beantwortet. Aus all dem schließe ich, dass wir den Namen noch nicht kennen. Welche Nachforschungen haben Sie schon abgeschlossen, und welche Ermittlungen stehen noch aus?"

„Wir wissen noch nicht, wie sie hieß. Zunächst haben wir die Vermisstenkartei durchgearbeitet. Mit negativem Ergebnis."

Die vorletzte Praline verschwand im Mund von Schultz. „Was noch?"

Schreiner zeigte auf die Tüte und deutete an, zu applaudieren. „Alle Achtung! Es war ein halbes Pfund.“ Als Schultz säuerlich lächelte und eine vorwurfsvolle Miene aufsetzte, machte Schreiner eine Handbewegung, als wische er dessen Gewichtsprobleme mit einem Strich weg. „Spaß beiseite. Es läuft noch eine Reihe weiterer Überprüfungen auf Hochtouren. Wir haben eine Öffentlichkeitsfahndung in die Wege geleitet. Zur Zeit noch ohne Resonanz.“

„Haben Sie an die Versorgungsämter gedacht?“

„Na klar. Wir haben umgehend eine Abfrage gestartet. Aber es ist noch zu früh für positive Hinweise. So schnell geht es in der Bürokratie nicht.“

Mit aufopferndem Blick machte Schultz die Tüte leer, zerdrückte sie und warf sie in einen hinter ihm stehenden Papierkorb. „Wie steht es mit den Heimen? Vielleicht lebte die Tote nicht in einem privaten Haushalt, sondern war in einer entsprechenden Einrichtung untergebracht.“

Schreiner nickte. „Auch das haben wir angestoßen. Es ist eine riesig große Zahl, die dafür in Betracht kommt. Wir dürfen nicht nur an die Frankfurter Betreuungsanstalten denken.“

Die Türklingel läutete. Schultz zog seine goldene Taschenuhr aus der Weste. „Das wird dieser Herr Stadelmann sein. Sind wir für den Augenblick fertig?“

„Ich denke schon. Zumindest fällt mir momentan nichts mehr ein, was wichtig sein könnte.“ Schreiner erhob sich „Wir unterrichten Sie, sobald es Neuigkeiten gibt.“

„Finden Sie allein nach draußen? Es würde mir schwer fallen, Sie zu begleiten.“

Schreiner wehrte ab und drückte Schultz die Hand. Als er sich umdrehte, stand Traudel Schultz mit Stadelmann vor ihm. „Das trifft sich gut. Es ist wie im Taubenschlag. Der eine kommt, der andere geht.“ Sie stellte Stadelmann vor und bot ihm Schreiners bisherigen Platz an. Anschließend begleitete sie Schreiner zur Tür und ließ ihren Mann mit Stadelmann zurück.

Schultz registrierte, dass Stadelmann sich mit einer Selbstverständlichkeit setzte, als sei er zu Hause. Nach seinem ersten Eindruck empfand er nur mäßige Sympathie für seinen Besucher. Gleichzeitig hinterfragte er in seinem Inneren, ob er seinem Gegenüber etwa dessen imponierende Erscheinung neidete. Immerhin hatte Stadelmann ein prägnant geschnittenes Gesicht, das sicher seine Wirkung auf Frauen nicht verfehlte. Außerdem war er groß gewachsen und jedenfalls schlank, ja sogar athletisch. Wahrscheinlich würde er viel Sport treiben, also einen hohen Preis für seine elegante Figur zahlen. Schultz beschloss, seine vorläufigen Bewertungen abzubrechen und dem Bittsteller eine Chance zu geben. „Herr Stadelmann, willkommen. Ich habe meine Frau so verstanden, dass Sie eine gewisse Sorge umtreibt. Was führt Sie zu mir?"

Stadelmann lehnte sich zurück und legte seine Hände in den Schoß. „Zunächst einmal vielen Dank, dass Sie sich so schnell Zeit für mich genommen haben. Wie ich an Ihrem Fuß sehe, sind Sie nicht bei bester Gesundheit. Umso mehr schätze ich Ihr Entgegenkommen."

Die Miene von Schultz hellte sich auf. Immerhin schien sein Besucher ordentliche Umgangsformen mitzubringen. „Keine Ursache. Das tue ich gerne. Lassen Sie uns ohne Umschweife zum Kern Ihres Problems kommen. Meine Frau meinte, dass es Ihnen um eine juristische Beurteilung geht."

Als habe ihm Schultz gerade einen Revolver vorgehalten, hob Stadelmann beide Hände in Augenhöhe. „Ich bin mir gar nicht so sicher, wie man es einordnen muss. Vielleicht geht es mir noch mehr um eine Empfehlung, wie ich mit der vorgefundenen Situation umgehen soll. Darf ich etwas weiter ausholen?"

Langsam rückte Schultz von seiner ursprünglichen Bewertung ab. Stadelmann konnte offenbar differenzieren und agierte aus seiner Sicht mit ausreichender Zurückhaltung. „Fangen Sie mit Ihrer Geschichte am besten vorn an. Dann kann ich mir ein besseres Bild machen."

Wieder hob Stadelmann wie zum Segen die Hände. „Vielleicht haben Sie von der Ausstellung gehört, die ich derzeit in unserem Museum präsentiere? Im Zentrum steht die Figur des Antinoos, der offensichtlich mit künstlerischer Absicht die Finger fehlen. Die Hände sind unterhalb der Knöchel poliert.“ Er machte eine Pause und sah Schultz an. Erst als Schultz mehrmals nickte, fuhr er fort. „Bevor ich weitererzähle, muss ich Ihnen, der Vollständigkeit halber, ein kleines Geständnis machen und meine Karten auf den Tisch legen. Anderenfalls könnten Sie mir keinen brauchbaren Rat erteilen.“

Schultz konnte sein gesteigertes Interesse nicht verbergen. Seine Augen ruhten erwartungsvoll auf dem Gast, den er wegen seiner an den Tag gelegten Offenheit zu schätzen begann. Er klemmte die Daumen in die Ärmel seiner Weste. „Geständnisse sind bei mir bestens aufgehoben. Ich beginne, neugierig zu werden und bin gespannt auf Ihre Beichte.“

„Nun gut. Verstehen Sie bitte meine Vorfrage nicht falsch. Interessieren Sie sich ein wenig für Geschichte? Wenn dem so wäre, könnte ich meine Erzählung wesentlich kürzer fassen, weil ich dann das Wissen um die historischen Dinge voraussetze und davon ausgehe, dass Sie bei Unklarheiten einfach Rückfragen stellen.“

„Tun Sie das.“

Stadelmann holte tief Luft. „Außer der inzwischen weltberühmten Skulptur des Antinoos habe ich einen vergleichsweise sensationell erhaltenen Papyrus und einen mumifizierten Finger gefunden. In dem Papyrus, dessen nicht mehr gut lesbarer Inhalt sich durch Aufschriften auf beigefügten Bronzeplättchen rekonstruieren lässt, wird behauptet, Antinoos sei auf einer Bootsfahrt mit Kaiser Hadrian ertrunken, weil dieser ihn getötet habe. Der Kaiser soll zuvor entdeckt haben, dass Antinoos eine Dame aus seiner Verwandtschaft geschwängert hat. Dies habe er seinem Liebling nicht verziehen.“

Schultz betrachtete seine Fingerspitzen, um sich besser auf die Erzählung Stadelmanns konzentrieren zu können. „Interessante Entwicklung. Dann müssten die Geschichtsbücher neu geschrieben werden."

„Genau! Sie haben den entscheidenden Punkt meiner Sünde schon erkannt. Nämlich meine Eitelkeit. Aber zuvor will ich noch kurz auf den Finger eingehen." Stadelmann strich sich mit einer etwas zu weiblichen Geste über sein silbergraues Haar. „Glaubt man dem Papyrus, gehörte der Finger einmal Antinoos. Hadrian ließ nach seinem Tod zu seinen Ehren und zu seiner Anbetung zahlreiche Tempel errichten und stattete einige davon mit Fingern des Antinoos als Reliquien aus."

Nachdem Stadelmann eine Weile geschwiegen hatte, schaute Schultz zu ihm auf. Als er den Eindruck gewann, dass sein Besucher an dieser Stelle nicht weiter fortfahren wollte, legte er die Stirn in Falten und fuhr mit dem Finger seinen ungewöhnlichen Bartstreifen entlang. „Es ist angenehm, dass Sie sich so kurz fassen. Aber etwas weiter müssen Sie doch noch ausholen. Wo genau liegt nun Ihr Problem?"

Stadelmann lachte auf. „Wie ich schon sagte, in meiner Eitelkeit. Und wie Sie schon erkannt haben, muss die römische Geschichte zur Zeit Kaiser Hadrians umgeschrieben werden." Er seufzte. „Damit wollte ich mir ein Denkmal setzen."

Die Stimme von Schultz klang väterlich. „Das ist für sich allein nichts Verwerfliches."

Stadelmann schaute zerknirscht. „Sie wissen noch nicht alles. Die angesprochenen Fundstücke habe ich nicht alle preisgegeben. Ich wollte den Papyrus und den mumifizierten Finger alleine auswerten, um dann der staunenden Öffentlichkeit unter meinem Namen die Sensation zu präsentieren. Damit wollte ich meine Unsterblichkeit als Historiker sicherstellen."

„Ihr Vorgehen kann doch Ihrem Team nicht verborgen geblieben sein. Sie haben diese Gegenstände doch bestimmt nicht unbeobachtet entdecken, ausgraben und sichern können?"

„Natürlich nicht. Meine Mitarbeiter sind eingeweiht. Alle halten im eigenen Interesse zu mir. Sie sollen ja an dem zu erwartenden Ruhm teilhaben.

Schultz grübelte. „Sie durften selbstverständlich die Ausgrabungsgegenstände nicht abzweigen. Auch nicht zeitweilig. Schließlich sind diese nicht Ihr Eigentum. Für Ihre Arbeit werden Sie immerhin von anderer Stelle bezahlt." Als Stadelmann nickte, fuhr Schultz fort. „Ich empfehle Ihnen, möglichst umgehend den gesamten Schatzfund offenzulegen. Und zwar, bevor Sie irgendetwas dazu veröffentlichen. Sie werden sicher besser als ich wissen, an wen Sie sich dabei zu wenden haben."

„Sie kennen immer noch nicht die volle Wahrheit. Mein Problem sitzt noch tiefer. Ich habe den Inhalt des Papyrus, der sich noch mit weiteren Dingen außer dem Tod des Antinoos befasst, übersetzt und niedergeschrieben." Stadelmann schlug sich mit der flachen Hand gegen die Stirn und stöhnte. „Diese Aufzeichnungen von mir sind weg. Entwendet. Wenn dies die Öffentlichkeit erfährt, bin ich erledigt."

Mit beiden Händen umklammerte Schultz die Stuhllehnen. „Hierzu muss ich jetzt allerdings alle Einzelheiten erfahren. Wie sahen diese Schriftstücke aus? Wo bewahrten Sie die Unterlagen auf? Wann wurden sie gestohlen? In welchem Zusammenhang? Wer hätte Zugriff haben können? Bitte schildern Sie das alles ausführlich."

Stadelmann hatte viel von seiner Selbstsicherheit verloren. Seine Stimme klang gepresst. „Es handelte sich um eine lose Sammlung von Blättern, die ich in eine Plastikhülle eingelegt hatte, um sie griffbereit zu haben und ständig ergänzen zu können. Sie lagen meist auf meinem Schreibtisch. Abends verschloss ich sie in einer Schublade." Er machte eine Pause und schien sich zu konzentrieren. Erneut hob er die Hände in Kopfhöhe. Sein Gesichtsausdruck vermittelte eine gewisse Hilflosigkeit. Wieder sein Grunzen. „Selbstverständlich habe ich nicht mitbekommen, wann sie verschwunden sind. Sicher bin ich mir, dass sie am Tag der Ausstellungseröffnung noch vorhanden waren, weil ich einer jungen Doktorandin daraus ein paar Hinweise gab. Irgendwann später waren sie weg. Alle Welt kann sich daran vergriffen haben. Mein Büro stand offen. Das Vorzimmer ist räumlich nicht so angebunden, dass ein Besucher nur von dort hineinkommt. An diesem Abend waren zahllose Besucher im Museum, die kreuz und quer herumliefen, ohne dass jemand darauf achtete. Ich habe außer dieser jungen Dame noch einige andere Leute im Büro empfangen, darunter ein paar Prominente und den Landesarchäologen aus Wiesbaden, Herrn Haverkamp. Ein Kritiker und eine Art Konkurrent von mir."

Schultz merkte auf. „Wollen Sie damit einen leisen Verdacht gegen diesen Herrn aussprechen?"

„Nein. Ich will nur verständlich machen, dass es viel Trubel gab und ich den Überblick verloren hatte. Es war ein solches Durcheinander, dass ich Ihnen den Ablauf nicht präzise beschreiben kann."

„Halten Sie es von daher auch für möglich, dass Sie die Unterlagen nur verlegt haben?"

Stadelmann gewann wieder sein energisches Aussehen zurück. „Ausgeschlossen. Natürlich habe ich vorher alles abgesucht, bevor ich mich an Sie wandte. Ich bin mir völlig sicher, dass jemand die Mappe an sich genommen hat."

„Haben Sie geprüft, ob Ihre Vorzimmerdame vielleicht wegen des Trubels die Unterlagen ihres Chefs in Sicherheit gebracht hat?"

„Ja. Sie hat mein volles Vertrauen. Ich habe sie danach gefragt. Fehlanzeige."

Schultz dachte nach, wie er Stadelmann beraten sollte. Mit einer offiziellen Anzeige würde sich Stadelmann selbst in ein schräges Licht rücken. Eine Abfrage bei allen Gästen der Veranstaltung oder auch nur bei den Besuchern im Chefzimmer würde erfahrungsgemäß nicht weiterführen. Hatte jemand die Papiere aus Versehen eingesteckt, würden sie über kurz oder lang zurückgebracht. Sofern jemand absichtlich gehandelt hatte, war ein Eingeständnis unwahrscheinlich. Schultz stützte seine Hände auf den Oberschenkeln ab und behielt Stadelmann fest im Auge. „Wer außer Ihrem Team wusste noch von den weiteren Fundstücken und Ihren Aufzeichnungen?"

„In Ansätzen diese Doktorandin und der Landesarchäologe."

„Einen Verdacht gegen den Berufskollegen haben Sie schon ausgeschlossen. Was ist mit der Doktorandin?"

„Die dürfte kein Interesse an einem alten Papyrus und einem Finger in einer Harzflüssigkeit haben. Sie ist Juristin. Der Bezug zu meiner Arbeit ergibt sich nur, weil sie ein rechtsgeschichtliches Thema über einen römischen Kaiser bearbeitet." Stadelmann kratzte sich am Hinterkopf. „Ich will aber nicht ausschließen, dass ich auch da und dort ein paar Andeutungen zu noch bevorstehenden weiteren Sensationen und Überraschungen gemacht habe." Er zuckte mit den Schultern. „Manchmal redet der Mund schneller, als der Kopf denkt."

Die Selbstkritik Stadelmanns beeindruckte Schultz. Wieder war er bereit, seine ursprünglich abweisende Haltung ein Stück weit zu revidieren. „Was kann Ihnen passieren, wenn Sie sofort die Karten auf den Tisch legen? Ihr Fehler besteht dann nur darin, dass Sie die weiteren Fundstücke erst einmal vollständig und abschließend bewerten wollten, um deren Bedeutung und historischen Stellenwert richtig einschätzen zu können. Damit wollten Sie vorschnelle übertriebene Erwartungen verhindern, um hinterher nicht ausgelacht zu werden. Das wäre ein menschlich nachvollziehbares Motiv." Er schmunzelte. „Sie müssten ja nicht unbedingt jedem auf die Nase binden, dass Sie mit einer überraschenden Veröffentlichung Ihre wissenschaftliche Unsterblichkeit im Auge hatten."

Stadelmann gewann wieder sichtbar Oberwasser. „In der Tat. Das wäre ein Weg. Ich weiß gar nicht, wie ich Ihnen danken soll." Er erhob sich. „Bleiben Sie bitte sitzen. Ich finde hinaus." Er reichte Schultz die Hand. „Darf ich Sie nochmals in Anspruch nehmen, falls sich weitere Fragen ergeben?"

Schultz blieb zurückhaltend. „Man weiß nie genau, wie sich solche Situationen weiterentwickeln. Vielleicht wird es umgekehrt einen Anlass geben, weshalb *ich* auf *Sie* zukomme."

6

Fast geräuschlos kam das silbergraue Auto am Straßenrand zum Stehen. Nur ein feines Ohr hätte das leise Quietschen der Reifen gehört, als sie beim Einparken kurz die Kante des Bürgersteigs streiften. Noch ein verhaltenes Summen des Motors. Dann war Stille. Die Straße am Rande des Frankfurter Stadtteils Niederrad war an diesem späten Abend nur noch schwach beleuchtet, da die Stadt, wie üblich, um 22 Uhr das Licht der Straßenlaternen um fünfzig Prozent gedrosselt hatte. Damit wollte sie Kosten sparen.

Die Person hinter dem Steuer schaute prüfend durch die Frontscheibe und die Seitenfenster, bevor sie noch einen längeren Blick in den Rückspiegel warf. Dann ließ sie ein zufriedenes Grunzen hören. Eigentlich wollte sie nicht so dicht vor ihrem Ziel parken. Allein die Verkehrsverhältnisse in dieser Wohnlage ließen keine große Wahl. Wer überhaupt einen Parkplatz in der Nähe fand, musste sich glücklich schätzen. Das gleichförmige Wohnviertel wies keine Straßen der üblichen Art auf. Alle Gehwege waren mit Verbundsteinen gepflastert. Vor den Grundstücken der Häuser blieb je nur ein Stellplatz für Autos.

Nachdem die Person ausgestiegen war, suchte sie so schnell wie möglich Deckung. Ohne Umschweife schlich sie dicht an den Sträuchern der Vorgärten entlang ihrem Ziel entgegen. Für einen Dritten wäre sie dadurch kaum noch wahrnehmbar gewesen. Sie war komplett schwarz angezogen. Zur Abdeckung des Gesichts und der Haare trug sie eine schwarze Sturmhaube, die nur einen Schlitz für die Augen freiließ. Unter dem Arm presste sie eine schwarze Tasche gegen ihren Körper. Die Aufmachung verriet nicht einmal, ob es sich um einen Mann oder eine Frau handelte.

Am Gartentor eines der zweigeschossigen Einfamilienhäuser blieb sie stehen, schaute sich um und schlüpfte dann in den Vorgarten. Das Haus lag im Dunkeln. Die vermummte Gestalt bewegte sich zielstrebig in Richtung Haustür, nahm die Treppenstufen zum Eingang und kramte dann einen Schlüssel aus ihrer Hosentasche, der an einer langen Kordel baumelte. Ohne zu zögern, sperrte sie auf und verschwand im Haus. Vorher hatte sie noch einen kurzen Blick auf das Messingschild an der Tür geworfen, die von mehreren bräunlichen Glasscheiben durchbrochen war. Es wies auf „H. Neutze" als Bewohner hin.

Im Hausflur verharrte die Person einen Augenblick, bis sich ihre Augen an die Dunkelheit gewöhnt hatten. Dann nahm sie auf Zehenspitzen die Treppe zum ersten Stock. Durch die Fensterchen in den Zimmertüren war zu sehen, dass alle Räume dunkel waren.

Der Hausschlüssel passte auch zu der gesonderten Abschlusstür im Obergeschoss. Der Eindringling öffnete sie nur einen Spalt und drängte sich rasch hindurch. Erst danach holte er eine Taschenlampe hervor und knipste das Licht an. Dann nahm er seine Sturmhaube ab und steckte sie anschließend in die Tasche. Jetzt konnte er sich ungehindert umsehen.

Hinter dem Flur gingen mehrere weiß lackierte Türen ab. Der Eindringling ließ den Lichtkegel im Kreis wandern. Er blieb stehen, dachte nach. Es war noch nicht so lange her, seit er das letzte Mal hier gewesen war. Bei dieser Gelegenheit hatte er sich die einzelnen Räume zeigen lassen und sich die Lage der Zimmer eingeprägt. Anders war ein solch delikater Auftrag nicht zu erledigen. Höchste Perfektion war gefragt. Mit einem kurzen Nicken bestätigte er sich die Erinnerung, dass es die zweite Tür rechts sein musste.

Zuvor hielt er es für erforderlich, noch einen Blick in alle übrigen Räume zu werfen. Schließlich wusste man nie. Auf sich selbst konnte er sich verlassen. Was seinen Informanten anlangte, war er sich nicht so sicher. Ihm ging es nur um das Ergebnis. Die unbedingte Erledigung des Auftrags. Zwar hatte er hoch und heilig versprochen, die Wohnung würde leer sein. Doch das konnte auch Wunschdenken gewesen sein. Er musste unbedingt auf Nummer sicher gehen.

Mit schlangenartigen Bewegungen glitt die schwarze Gestalt wie ein Schatten durch die Zimmer. Die zweite Tür rechts vom Eingang hob sie sich bis zum Schluss auf.

Nachdem alles in Ordnung war, machte sie die Taschenlampe aus und huschte in den bisher ausgesparten Raum. Leise schloss sie die Tür hinter sich und blieb stehen. Sie atmete kontrolliert und gleichmäßig, bis sich das Herzklopfen gelegt hatte. Dann horchte sie konzentriert in die Stille hinein und gewöhnte ihre Augen an das Dunkel.

Nichts. Kein Laut.

Jetzt kam die Taschenlampe wieder zum Einsatz. Der Lichtkegel traf auf die beiden Fenster. Wie versprochen, waren die schweren Holzläden heruntergelassen und schirmten damit das Licht nach außen ab. Sie würden auch die Geräusche schlucken, die gleich nicht mehr zu vermeiden waren.

Die fremde Person leuchtete nun die Wand gegenüber an. Dort stand das Bett. Ebenfalls weiß lackiert und eingerahmt von stabilen Gitterstäben.

Auf den ersten Blick sah es leer aus. Nur hochgetürmte Kissen und durchwühlte Decken lagen darauf herum. Doch dort, ganz unten am Fußende, war der Haarschopf eines Mädchens zu erkennen, ausgebreitet wie ein Fächer auf dem weißen Bettlaken. Es schlief ganz ruhig. Dann drehte es sich mit einem lang gezogenen Stöhnen um. Unter der Decke zuckte es rhythmisch. Mit einem Mal bäumte sich der ganze Körper jäh auf. Ein markerschütternder Schrei folgte. Die junge Frau strampelte sich frei und sackte in sich zusammen. Noch ein paar motorische Zuckungen. Dann war es totenstill.

Der Eindringling musterte intensiv das verzerrte Gesicht und die verkrümmte Gestalt. Entsetzlich. War dies noch lebenswertes Leben? Sowohl für die Betroffene als auch für ihre Familie? Was mochte dieses entstellte Menschlein überhaupt wahrnehmen und empfinden, dieses im Wachzustand auf das Brüllen unartikulierter Laute und kratzende oder schlagende Bewegungen begrenzte Wesen? Jedenfalls unaufhörliche Schmerzen. Das ständige Auflehnungs- und Abwehrverhalten legte dies nahe. Und geistig? Gab es überhaupt Regungen, die über das schlichte Vegetieren hinausgingen? Das war sicher bei dieser Art Behinderung von Mensch zu Mensch verschieden. Selbst bei Schwerstbehinderten erzählten deren Eltern immer wieder von Zuneigungsbeweisen, von entrücktem Lächeln und Zeichen des Wiedererkennens. Aber wie verlässlich waren solche Mitteilungen? Wahrscheinlich bildeten sie sich das nur ein, um mit der Situation fertig zu werden und umgehen zu können. Um sich nicht nur als Opfer eines ungerechten Schicksals zu empfinden, das nach der gesellschaftlichen Werteordnung dazu zwang, jedes menschliche Lebewesens zu respektieren und für es zu sorgen. Ungeachtet der Dramen, die sich von dessen Geburt an in der Familie abspielten. Kein fröhliches Kind bereicherte in diesen Fällen die Familie. Nein! Ein menschlicher Hemmschuh, ein ausgestoßenes Wesen, ein Krüppel. Mit unerhörten Folgen für alle. Lebenslange Rücksicht. Verzicht auf fast alles, was in anderen Familien zum Alltag und zum gesellschaftlichen Leben gehörte. Und der ewige Kampf zwischen Mitleid und Abscheu.

Die fremde Person zweifelte nicht an der Rechtfertigung ihres Auftrags. Ja, sie hatte eine sittliche Aufgabe zu erfüllen. Sie musste der Erlöser sein, und sie wollte dies auch. Die Familie aus ihrer geistigen und seelischen Zwangsjacke befreien und dem Opfer die weiteren lebenslangen Schmerzen ersparen.

Dennoch! Ein undefinierbares Unbehagen blieb. Deshalb wollte sie so rasch wie möglich die Sache hinter sich bringen. Nicht mehr mit sich selbst über richtig oder falsch, über Recht oder Unrecht argumentieren.

Vorsichtig setzte sie ihre Tasche ab, die sie immer noch unter dem Arm hatte. Sie leuchtete hinein, um die Sachen zu finden, die sie zur Erfüllung ihrer Mission benötigte. Kein Zweifel. Es war alles vorhanden. Sie hatte an alles gedacht, alles perfekt vorbereitet.

Da! Es klingelte. Gott sei Dank nicht an der Wohnungstür. Es war nur das Telefon. Aber viel zu laut. Eine Melodie folgte dem Klingeln nach. Die ersten Takte von *The last time*, dem Megahit der *Rolling Stones*.

Verdammt! Der Eindringling fluchte vor sich hin. Damit hatte er nicht gerechnet. Er hielt die Luft an. Was sollte er tun? Jedenfalls nicht das Gespräch annehmen. Das stand für ihn fest. Plötzlich brach der Song mittendrin ab. Ein Summen signalisierte, dass der Anrufbeantworter angesprungen war. Erleichtert setzte sein Atem wieder ein. Wahrscheinlich irgendeine unbedeutende Botschaft. Wie sollte auch jemand Verdacht geschöpft haben?

Dann fiel sein Blick auf das Gitterbett. Das Bündel begann, sich unruhig hin und her zu wälzen. Ein Zucken, krampfartige Bewegungen. Ein Wimmern ging in einen spitzen Schrei über. Der ganze Körper warf sich zu ihm herum. Und plötzlich starrten ihn zwei kalte, dunkle Augen an, als wären sie ohne Leben, ohne Gefühl, ohne Seele. Mit einem Mal verengten sich die Pupillen und fixierten ihn mit einem Aufleuchten. Was war dies für ein Gesichtsausdruck? Hatte sie ihn wiedererkannt?

Zuerst erschrak er. Doch er beruhigte sich schnell. Unmöglich, sagte er zu sich. Das kann nicht sein. Wie sollte sie?

Unwillkürlich zögerte er. Was wäre, wenn sie entgegen allen Annahmen doch zu Erinnerungen fähig war und irgendwann zur Unzeit mit einem Hinweis reagieren würde?

Unfug, machte er sich klar. Außerdem würde es dazu nie mehr kommen.

Langsam fasste er in seine Tasche. Er fühlte die vertrauten Hilfsmittel. Noch ein paar kleine Vorbereitungen. Dann war er so weit. Er biss die Zähne zusammen. Blitzschnell beugte er sich über das Bett und drückte die junge Frau in die Kissen. Mit routinierten Handgriffen vollendete er in Sekundenschnelle an dem wehrlosen Mädchen sein tödliches Werk.

Der Schrei, den sie noch ausstieß, nahm er regungslos auf. Selbst wenn er von jemand gehört worden wäre, war dies kein Grund, sich zu sorgen. Im Gegenteil. Das Brüllen und Stöhnen war für ihre Mitmenschen längst zur Normalität geworden.

Mit sicherer Hand zog er sich wieder seine Sturmhaube über, packte seine Sachen zusammen und schlich in den Flur des Erdgeschosses. Durch die Scheiben der Haustür sah er, wie plötzlich draußen auf der Straße ein Licht aufflammte.

7

Der schlaksige Mann mit dem rötlich gewellten Haar drehte sich aus der Mitte des riesigen Festsaals der Gaststätte im Stadtteil Heddernheim zu dem etwa einen Meter hohen Podest, das eine der Breitseiten einnahm. Er wippte mit dem rechten Fuß und beugte den Oberkörper nach vorn, als wolle er in seinen Armen einen Säugling beschützen. Die Kuppe seines Zeigefingers krümmte sich mit einer routinierten Bewegung um den Stahldraht. Beim Auftreffen löste sie eine explosionsartige Schallwelle aus. Ein infernalisches Dröhnen ließ die Scheiben erzittern und die Dielen des Holzbodens vibrierten, als wollten sich die Planken unter dem enormen Druck öffnen.

Auf der Bühne türmten sich zahllose schwarze Musikboxen und Verstärker. Davor stand ein Schlagzeug, hinter dem ein weißhaariger und gleichwohl jugendlich aussehender Mann auf einem Schemel saß, mit zwei Stöcken über die Trommeln und Becken wirbelte und mit verträumtem Blick in den Tanzsaal schaute. Überall auf dem Boden verteilten sich Unmengen von Kabelsträngen.

Zwei weitere Männer hantierten an Schaltern und drehten an Knöpfen. Aufgrund der Tiefe der Bühne wirkten sie fast verloren. Beide hatten eine Gitarre umhängen. Plötzlich flammte Licht auf. Ein Netz von Halogenleuchtern an der Decke simulierte einen Sternenhimmel und tauchte mit seinen Strahlern die Bühne in ein gleißendes Licht.

Einer der beiden Gitarristen auf dem Podest war auffällig klein und zierlich. Seine pechschwarzen, kurz geschnittenen Haare, die stechenden Augen und seine stark hervortretenden Wangenknochen gaben ihm auf den ersten Blick ein etwas unheimliches Äußeres. Selbst als er jetzt lächelte, glich sein Gesicht einer undurchdringlichen Maske. Er ließ seine Finger spielerisch über die vier Saiten seiner Bassgitarre gleiten, hielt sein Ohr an eine der Boxen und streckte dann den erhobenen Daumen in Richtung des Rothaarigen im Zuschauerraum. „So könnte es gehen, Patrick. Oder?"

Patrick Wach machte eine unschlüssige Bewegung mit der Schulter. Seine Stimme klang pastoral. „Der Bass könnte stimmen, Felix. Sonst bin ich noch nicht überzeugt. Das Licht ist gut. Die Gesamtlautstärke auch. Wir müssen sie aber noch genauer auf die einzelnen Instrumente einstellen." Er wandte sich dem zweiten Gitarristen auf der Bühne zu. „Markus, gib mir mal ein A."

Markus Jünger trat zum Rand des Podests, beugte sich über sein Instrument und schlug eine Saite an. Er wartete, bis der Ton abgeebbt war. „Ist das okay so?"

„Nein!" Patrick Wach schüttelte den Kopf, während er sein Instrument am Gitarrenhals stimmte. Seine Miene fiel spöttisch aus. „Meine Gitarre muss stärker hervortreten als dein Rhythmus. Und deine Gesangslautstärke müssen wir auch noch verändern. Dreh erst einmal deine Rhythmusgitarre etwas leiser."

Mit einer Hand nestelte Markus am Schalter eines Verstärkers, mit der anderen schlug er immer wieder die A-Saite an. Felix Tempel legte seine Bassgitarre zur Seite und kam Markus zu Hilfe. „Lass mal Papa ran. Das haben wir gleich." Als dirigiere er eine Partitur, bediente er den Drehschalter, hob plötzlich den Arm und machte das Victory-Zeichen in Richtung des Saals. Patrick Wach nickte mehrmals und wedelte mit seinem Plektron. „Alles klar. Die Schießbude von Stephan passt auch. Jetzt will ich nur noch eine Gesangsprobe von dir haben, Markus. Dann können wir loslegen."

Stephan Freiberg nahm Patricks Bemerkung kommentarlos entgegen. Er rutschte mit seinem Schemel ein Stück näher zum Schlagzeug hin, zog seine Schiebermütze tiefer in die Stirn und schubste die goldene Brille mit den kreisrunden Gläsern auf den

Nasenrücken zurück. Seine Bestätigung drückte er mit einem Trommelwirbel aus. Wären nicht seine wehenden weißen Haare gewesen, hätte er optisch einen Verwandten von Leo Trotzki abgegeben.

Markus Jünger marschierte zum Standmikrofon am Bühnenrand. „I can't get no satisfaction!" Er schaute zu Patrick Wach. „Haut das hin?"

Wach stakste auf die Bühne zu und nahm eine kleine Seitentreppe nach oben. „Wir können." Er postierte sich seitlich des Standmikrofons. „Wir fangen wie üblich mit den Stones an. Markus hat ja schon die Vorgabe gemacht." Patrick Wach klopfte im Takt mit seinem rechten Fuß auf die Holzdielen des Bühnenbodens. „One, two, one, two, three, four."

Der einsetzende Geräuschpegel hätte gut zur Untermalung eines Fliegerangriffs in einem Kriegsfilm herhalten können. Der ganze Saal schien sich in Bewegung zu setzen. Die Schallkulisse machte einen bevorstehenden Weltuntergang nicht mehr völlig unwahrscheinlich.

Plötzlich öffnete sich langsam eine der hohen, weiß lackierten Seitentüren. Ein kugelrunder Männerkopf mit fettigen schwarzen Haaren schob sich durch den Türspalt, schaute zur Bühne und deutete mit dem Finger nach draußen. Tempel nahm den Mann zuerst wahr und gab den übrigen Bandmitgliedern ein Zeichen. Das Musikstück endete abrupt, einige Klangfetzen irrten noch im Raum umher. Dann trat in völligem Kontrast zu den sechshundert Watt, die eben noch den Saal beherrscht hatten, eine unheimliche Stille ein. Tempel ging zum Bühnenrand und wandte sich an den Eindringling. „Was gibt's, Herr Bösgrund? Sind wir zu laut? Fallen in der Kneipe die Gläser aus dem Regal?" Er lachte laut auf. „Bei dem Altersdurchschnitt Ihrer Gäste sind doch sowieso die meisten schwerhörig. Jedenfalls die meisten, die um diese Uhrzeit kommen."

Bösgrund gab sich beflissen. Er nahm das weiße Küchenhandtuch von seiner Schulter, wischte sich über sein speckiges Gesicht und rieb sich die Hände trocken. „Nein, nein. Von mir aus könnten Sie ruhig weitermachen, Herr Doktor. Schließlich habe ich ja was davon." Sein seifiges Lächeln fiel anzüglich aus. „Manchmal sogar mit einem schönen Mädchen."

„Um uns das zu sagen, haben Sie uns sicher nicht unterbrochen. Wir kennen Ihre vielen Affären doch schon bis ins Detail."

Die Handflächen von Bösgrund klatschten auf seine Oberschenkel. Er strahlte. „Immer wieder gut, was ich durch euch so kennenlerne. Da fällt sogar für Bösgrund was ab, auch noch mit Ende dreißig. Deshalb müsst Ihr ja auch für die Proben so wenig zahlen." Wieder das schmierige Lachen. „Aber jetzt ist eine aufgetaucht. Das ist eine Liga, von der ich nur träumen kann. Spitzentussi. Und sie will unbedingt zu euch. Zu euch allen. Sie sagt, sie müsse euch dringend sprechen. Es sei enorm wichtig." Er musste vor Aufregung schlucken. „Wenn das ein neuer Groupie ist, werde ich verrückt."

Tempel legte die Gitarre zur Seite und ging die kleine Seitentreppe herunter auf Bösgrund zu. „Wer ist die Dame, und wo ist sie abgeblieben?"

Bösgrund strich mit dem Zeigefinger über seine Oberlippe. „Die Granate sitzt in meiner Wirtschaft. Sie meinte, es sei schwer gewesen, den Laden hier am *Bubeloch* in Alt-Heddernheim zu finden. Selbst das Navi habe seine Schwierigkeiten gehabt. Deshalb müsse sie erst mal eine Pause einlegen und einen Kaffee trinken Außerdem sei es im Festsaal zu laut, um sich zu unterhalten. Ihren Namen hat sie mir nicht verraten. Ich soll nur ausrichten, jeder, der nicht komme, werde es bereuen."

Markus Jünger nickte und folgte Tempel nach. „Ich ahne schon, was los ist. Es wird meine Freundin sein. Am besten, ich gehe mal raus und rede mit ihr. Eigentlich wollte sie einfach nur mal vorbeikommen, um uns ein bisschen zuzuhören. Warum sie jetzt nicht hereinkommt, keine Ahnung."

Hinter dem Schlagzeug legte Stephan Freiberg seine Stöcke ab, steckte sein gelbes ärmelloses T-Shirt in die Jeans und erhob sich. Seine Stimme klang belehrend und säuselte. „Wenn die

Hälfte von euch abhaut, können wir sowieso nicht weitermachen. Dann lasst uns halt auf die Schnelle einen Kaffee trinken."

Patrick Wach hielt inne. „Geht ruhig alle rüber. Ich übe inzwischen noch ein paar Sololäufe. In den vergangenen Tagen hatte ich einfach zu wenig Zeit. Die EDV-Bereiche von einigen Kunden wurden umstrukturiert, keine freie Minute."

Kaum hatte er sich abgewandt, als Stephan Freiberg hinter ihn schlich, sich bei ihm einhängte und ihn zu einer halben Drehung Richtung Ausgang bewegte. „Dann brauchst du jetzt umso nötiger einen Kaffee. Außerdem schwätzt du doch gerne. Damit kannst du mich ein bisschen entlasten. Wie du weißt, liegt mir das Gequatsche nicht so."

Nach kurzem Zögern stimmte Patrick zu, befreite sich von seinem Instrument und verließ die Bühne. Im Gänsemarsch stapften die Bandmitglieder hinter Bösgrund her auf den Flur hinaus. An dessen Kopfende befand sich eine schwere Eichentür, in die ein kleines honiggelbes Glasfenster eingelassen war. Darunter hing an einer Kette ein Schild mit der Aufschrift „Gastraum". Die fünf Männer traten der Reihe nach ein.

Hinter einem in der Ecke aufgestellten runden Holztisch saß Julia Mansfeld. Sie hatte sich vorgenommen, mit den ihr eigenen weiblichen Mitteln die Bandmitglieder zu beeindrucken, um sie für ihre Zwecke und Interessen einspannen zu können, sobald es nötig sein würde. Die Vorarbeit hierzu wollte sie heute leisten. Sofort sprang sie auf, ergriff den schmiedeeisernen Tischständer mit dem schaukelnden Stammtisch-Schild und schwenkte ihn über ihrem Kopf. Die andere Hand stemmte sie in ihre Hüfte und legte ihren Oberkörper leicht zur Seite. Obwohl aus den gelbbraunen Lampenschalen nur ein gedämpftes Licht auf ihr Gesicht fiel, war nicht zu übersehen, dass sie perfekt geschminkt war. Sie warf ihre wallenden Locken nach hinten, als müsse sie im nächsten Moment für eine Aufnahme auf dem Titelbild eines Frauenmagazins zur Verfügung stehen. Das getigerte Muster ihres hautengen Kleides betonte ihre beeindruckende Figur. Mit einem herausfordernden Blick sah sie Markus an. „Habe ich nicht mit dir gewettet, dass ich es schaffe, Euch alle von den geliebten Instrumenten weg und zu mir zu holen? Mein kleiner Spaß ist es mir wert, jedem einen Drink auszugeben."

Die Bandmitglieder gaben Bösgrund ihre Bestellung auf und setzten sich zu Julia an den Tisch. Markus war neben sie gerückt. Sie hielt ihm lächelnd die Wange hin. Er gab ihr ein Küsschen und sah in die Runde. „Das ist Julia." Dann zeigte er auf Freiberg. „Julia, ich stelle dir kurz die Jungens vor. Das ist Stephan Freiberg, unser Schlagzeuger. Von Beruf ist er Historiker, zur Zeit wissenschaftlicher Assistent an der Uni."

Julia legte ihm die Hand vor den Mund, um ihn am Weiterreden zu hindern. Sie schaute Freiberg mit Kulleraugen an. Sie meinte, ihm bereits irgendwo einmal begegnet zu sein, konnte sich jedoch nicht mehr an Einzelheiten erinnern. „Mein Gott, ist das spannend. Das musst du mir bei Gelegenheit näher erklären." Sie machte eine Pause. „Ich muss dich jetzt gleich etwas fragen. Könntest du zum Beispiel auch so etwas wie Echtheitszertifikate ausstellen?"

„Du musst erst einmal präzisieren, was du damit meinst." Im offensichtlichen Bewusstsein, dass sein Äußeres ihn als abgehobenen Intellektuellen erscheinen ließ, setzte er eine gelangweilte Miene auf und schaute zur Decke. Er strich über seine weißen Haare und rückte die Brille zurecht. „Sollte das Thema wirklich wichtig für dich sein, müsstest du mich bei einer passenden Gelegenheit ansprechen. Heute ist Probe."

Mit keinem Wimpernzucken gab Julia zu erkennen, ob sie sich durch die schroffe Art Freibergs getroffen fühlte. Sie wandte sich Patrick Wach zu, der sich gerade im Stuhl zurücklehnte, um Bösgrund die Gelegenheit zu geben, das Tablett mit den Getränken abzustellen. „Da ich die beiden anderen Herren kenne, musst du die Sologitarre sein."

Der rothaarige Wach warf die Arme hinter sich über die Stuhllehne und rutschte so weit nach vorn, dass sein Körper fast eine Gerade bildete. „Sauber kombiniert. Du bist offenbar nicht nur hübsch, sondern hast auch noch was im Kopf. Eine seltene Kombination."

Julia fühlte sich geschmeichelt. Sie entschied sich für ein Lächeln, das sie für mädchenhaft charmant hielt. „Sagst du mir auch, was du außer Musizieren sonst noch alles kannst?"

Die Wangen von Wach färbten sich leicht. „Ich weiß nicht, welche meiner vielen Fähigkeiten ich dir nennen soll. Sag mir doch konkret, wo deine Interessen liegen, dann kann ich vielleicht deine Erwartungen erfüllen." Er spielte Enttäuschung vor. „Falls du allerdings auf meinen Beruf im richtigen Leben anspielst, gestehe ich, dass der nicht so furchtbar spannend ist. Ich bin Informatiker."

„Das ist doch wahnsinnig toll. In unserer Zeit geht nichts mehr ohne EDV." Sie steckte die Kuppe ihres Zeigefingers zwischen die Vorderzähne und musterte ihn. „Mir geht in letzter Zeit so dies und jenes durch den Kopf, wie ich mich wirtschaftlich absichern könnte. Könntest du mir eine Website auf meinem Computer einrichten, sobald ich mich festgelegt habe?"

„Na klar." Er richtete seine schlaksige Figur auf und fischte nach dem Strohhalm seiner Cola. Sein Blick aus den halb geschlossenen Lidern fiel abschätzig aus. „Das ist so einfach, dass du es wahrscheinlich sogar selbst könntest."

Felix Tempel mischte sich ein. Er nahm eine herausfordernde Haltung an, spielte dabei mit seiner wuchtigen Goldkette und drehte anschließend wie zufällig mehrmals seinen auf den Mittelfinger aufgesteckten klotzigen Goldring. Als er sich Julia zuwandte, nahmen seine Gesichtszüge einen lauernden Ausdruck an. „Ich frage mich gerade, ob deine Wünsche an die Bandmitglieder System haben. Oder ein Plan dahintersteckt. Ich werde mal darüber nachdenken, ob deine Fragen einen Zusammenhang erkennen lassen."

Julia erschrak. Konnte Tempel Gedanken lesen? Hatte er durchschaut, dass sie ihre Möglichkeiten ausloten wollte, ob ihr die Bandmitglieder bei der Verwirklichung ihrer Pläne nützlich sein konnten? Sie schaute Tempel an, als habe er sie bei etwas Verbotenem ertappt. Nur mühsam gelang es ihr, die ursprüngliche Gelassenheit wieder aufleben zu lassen. Tempel konnte nichts ahnen. Er war zwar Arzt, aber schließlich kein Hellseher. Da die Idee, die ihr anlässlich des Besuchs bei Stadelmann im *Liebieghaus* gekommen war, noch nicht einmal in ihrem eigenen Kopf richtig Gestalt angenommen hatte, konnte Tempel kaum etwas erraten haben. Sie schimpfte sich selbst eine Idiotin. Zugleich glaubte sie, in Tempels Gesicht den Ausdruck des Triumphs zu bemerken. Sie ärgerte sich innerlich maßlos darüber und überlegte fieberhaft, zu welcher Waffe sie greifen müsste, um unauffällig den kurzzeitigen Verlust ihrer Souveränität zu überspielen. Da sie in undurchsichtigen Situationen schon öfter den Spieß mit temperamentvollen Gegenangriffen umgedreht hatte, entschied sie sich, Tempel zu attackieren. „Moment. Stell deine Fragen für einen Augenblick zurück. Und bleib so, wie du gerade bist. Schau mir tief in die Augen."

Tempel griff den Ball auf. Er fuhr sich mit der flachen Hand ans Herz, zwinkerte ihr lächelnd zu, glitt schließlich von seinem Stuhl und fiel auf die Knie. „Nichts tue ich lieber als das. Markus wird mir nicht böse sein. Aber wen hält es bei so viel Charme und Schönheit noch auf seinem Stuhl? Schade, dass ich über keine Rose verfüge. Du hättest jetzt eine verdient. Jedenfalls bin ich der Deine."

Julia sah zu Markus hin, der nur lächelnd den Kopf schüttelte. Dann wandte er sich wieder Stephan Freiberg zu, der pausenlos mit den flachen Händen auf dem Holztisch den Takt einer Nummer der *Rolling Stones* einübte. Nebenbei registrierte Julia mit einem undefinierbaren Wohlgefühl, dass Patrick Wach ständig von der Seite zu ihr hinschaute. Sie interpretierte sein verstecktes Interesse dahin, dass er sie anhimmelte. Zufrieden mit ihrer Wirkung auf das übrige Umfeld fixierte sie wieder Tempel. Sie war sicher, dass ihre Taktik bei ihm eingeschlagen hatte. Auch Tempel konnte ihr nicht widerstehen. Er unterschied sich offenbar in nichts von allen anderen Männern. Obwohl sie sich auf der Siegerstraße glaubte, verlangte ihr Inneres noch danach, Tempels Tiefschlag zu parieren. Sie gab sich nachdenklich. „Ich sehe dich weniger an meiner Seite. Wenn ich Filmrollen zu besetzen hätte, würde ich dich für den Mephisto vorsehen. Du hast etwas Diabolisches und siehst genau so aus, wie sich die Menschen einen Fürsten der Finsternis vorstellen. Bist du ein kleiner Teufel?"

Tempel wirkte leicht angefressen. „Hättest du mehr Lebenserfahrung, meine Gnädigste, so wüsstest du, dass die meisten wirklich großen Männer von kleiner Statur und gerade deshalb bei Frauen begehrt waren."

Mit innerer Genugtuung registrierte Julia, dass sie einen Gegentreffer gelandet hatte. Zeitgleich gestand sie sich ein, dass Tempel ein besonderes Kaliber war, das sie sich keinesfalls zum Feind machen wollte. Sie warf sich in Pose und strahlte ihn an. „Lass uns Frieden schließen. Wer weiß, wofür wir es nochmals brauchen können." Sie warf ihm einen Handkuss zu. „Wie deinen Bandkollegen möchte ich auch dir jetzt eine Frage stellen dürfen. Bist du wirklich so ein Draufgänger, wie man erzählt?"

Es war unverkennbar, dass Julia Tempels Lieblingsthema getroffen hatte. Seine Miene hellte sich schlagartig auf, seine Empfänglichkeit für Schmeicheleien stand ihm ins Gesicht geschrieben. Er präsentierte einen gezierten Augenaufschlag. Seine Haltung wirkte gespielt provokativ. „Ich bitte dich. Eine gelegentliche Beziehung erlaubt keine solche Bewertung. Richtig ist, dass ich eine Neigung für das angeblich schönere Geschlecht habe und dabei nicht ganz erfolglos operiere. Kennt man allerdings eine Frau, so kennt man alle. Ich will damit sagen, dass die Jagd nach immer neuen Gesichtern auf Enttäuschungen hinausläuft. Das von uns Männern erhoffte Anderssein ist ein ewiger Traum. Einfach realitätsfern."

„Du sollst eine feste Freundin haben, sagt man."

„Hat mich Markus bei dir schlecht gemacht? Alles Unsinn. Die Dame, von der er wohl gesprochen hat, unterscheidet sich in nichts von ihren Vorgängerinnen. Letztlich blitzen bei allen die Trauringe in den Pupillen und das Herz wird groß geschrieben. Wir Männer dagegen favorisieren ein Verhältnis und wollen dann unsere Ruhe haben. Mann und Frau bilden einfach einen Gegensatz."

„Hast du das auch schon so deiner Freundin gesagt?"

„Wozu? Wenn ich dich sehe, bin ich ab sofort frei. Markus wird mir nachsehen, dass ich das so ehrlich sage. Aber so ist das Spiel. Patrick widerspricht auch nicht. Nur Stephan arbeitet ungerührt am nächsten Takt weiter."

Stephan Freiberg beendete den harten Beatrhythmus, den er gerade mit den Zeigefingern gegen die Tischkante geschlagen hatte. Julia sah den Augenblick gekommen, doch noch seine Aufmerksamkeit zu wecken. „*Beat the Devil's Tattoo. Klasse.*" Als Freiberg völlig irritiert aufschaute, zwinkerte sie ihm zu. „Mit den Fingern trommeln, bedeutet dies übersetzt. Sonst nichts."

Freiberg sah Julia mit großen Augen durch seine runden Brillengläser an. „Ich weiß nicht, was du damit sagen willst. Magst du diese harten Rhythmen? Mit den Stöcken hören sie sich viel eindringlicher an. Trommelstöcke müssen wie Finger sein. Verstehst du? Das macht sie so ausdrucksstark. Fast lebendig. Ich wollte, ich hätte noch viel mehr Finger, um sie alle zum Spielen einzusetzen."

In der plötzlichen Ansprache Stephan Freibergs sah Julia die unerwartete Chance, doch noch seine Sympathie zu gewinnen. „Ich kann mich absolut in dich einfühlen. Hast du die Antinoos-Ausstellung gesehen?" Als Freiberg nickte und ihr mit interessierter Miene zuhörte, beugte sie sich weit zu ihm hin und schenkte ihm ein aufreizendes Lächeln. „Dann hast du sicher bemerkt, dass der Statue alle Finger fehlen. Ist das nicht rätselhaft?"

Freiberg taute plötzlich auf. „Das wäre was für mich. Ich könnte alle zehn zusätzlich brauchen." Seine Züge wirkten plötzlich entspannt. Er sah sie mit warmen Augen an. „Donnerwetter! Du hast tatsächlich begriffen, was ich meine. Das hätte ich Dir nicht zugetraut. Falls Du es vorhin mit Deiner Frage nach den Echtheitszeugnissen ernst gemeint hast, stehe ich Dir gerne zur Verfügung."

„Danke. Ich werde bestimmt Gebrauch davon machen." Julia genoss es, Hahn im Korb zu sein. Sie entschied sich, Felix Tempel noch etwas weiter vor sich her zu treiben. „Du würdest also unbekümmert so weit gehen, deinem Kumpel die Freundin auszuspannen?"

Die Reaktion Tempels kam spontan. „Wir nehmen alle im Leben an einem großen Spiel teil. Die Würfel fallen immer neu. Mal verliert man. Das nächste Mal zieht man das große Los. Es ist ein Kreislauf, nichts Statisches."

„Und diese Zukunft willst du ausgerechnet mir als Perspektive anbieten? Ich habe für mich selbst ganz andere Vorstellungen. Die werde ich auch durchsetzen."

Felix Tempel legte sich unvermittelt ein fast pastorales Image zu. „Jetzt muss ich protestieren. Ich bin nicht so oberflächlich, wie du mich hinstellst. Natürlich will ich nicht behaupten, dass es so etwas wie eine große Liebe nicht geben kann."

Stephan Freiberg beendete abrupt seine Fingerübungen auf dem Tisch und stand auf. „Jetzt sollten wir es gut sein lassen. Wir sind zum Proben hierher gekommen und haben noch nichts geleistet. Auf geht's, Männer. An die Instrumente." Er schaute zu Bösgrund hinter dem Tresen, der mit gierigem Blick zu Julia hin starrte. „Wir zahlen später."

Patrick Wach streckte seine unendlich langen Glieder und erhob sich ebenfalls. Bevor er aus der Tür trat, warf er Julia noch einen schmachtenden Blick zu.

Markus schubste Julia am Arm. „Komm mit rüber. Du wolltest doch mal hören, wie gut wir sind."

Julia kam dieser Vorschlag nicht gelegen. Sie hatte ihr Programm noch nicht abgearbeitet und wollte nicht auf eine künftige Gelegenheit warten. „Geht ihr drei Jungs schon vor. Ich muss nur noch rasch die Weltsicht von Herrn Tempel korrigieren. Das kann so nicht stehen bleiben, was er gesagt hat." Als die drei Männer verschwunden waren, rückte sie näher an Felix Tempel heran und senkte ihre Stimme. „Ich bin noch gar nicht dazu gekommen, dich nach diesen fantastischen Veranstaltungen zu fragen, von denen Markus mir erzählt hat. Du sollst dich angeblich in aufopferungsvoller Weise um behinderte Kinder kümmern. Ist das so? Das wirft ein ganz anderes Licht auf dich. Viel positiver."

Es war Tempel anzumerken, wie gut ihm ihre Bewunderung tat. Und schon änderte sich sein Äußeres. Nichts mehr von einem selbstbewusst auftrumpfenden Macho. Sein visionärer Blick strahlte jetzt eine Art Sendungsbewusstsein aus. „Eine Lebensaufgabe! Den Behinderten zu helfen, ist mir ein echtes Anliegen. Es ist mein wesentlicher Lebensinhalt. Meine privaten Interessen, die du angesprochen hast, sind eine Art Ausgleich zur nervlichen Erholung. Übrigens stehen nicht nur behinderte Kinder auf meiner Liste. Auch Erwachsene. Ich veranstalte Abende für alle Interessenten. Vor allem sind es betroffene Eltern von kranken Kindern. Manchmal sind die Kinder allerdings schon über dreißig Jahre alt."

„Das finde ich faszinierend. Könntest du mir das näher erklären?"

Tempel verstaute die Goldkette unter seinem Hemdkragen und legte seine Hand über den monströsen Goldring. Dann schaute er auf seine wuchtige Armbanduhr. „Sei mir nicht böse. Das würde zu lange dauern." Er machte eine Pause. „Wenn es dich interessiert, komm doch einfach mal vorbei. Am nächsten Mittwoch habe ich im *Hessischen Hof* gegenüber vom Messegelände einen Rett-Informationsabend. Das ist eine dieser Krankheiten, die bei Kindern plötzlich zuschlagen und sie schwerbehindert im Leben zurücklassen." Sein Gesicht verzog sich plötzlich zu einem Schmunzeln. „Falls du das medizinische Interesse nur vorgibst und ausschließlich kommen willst, um mit mir zusammen zu sein, freue ich mich mindestens genauso."

Julia überlegte einen Moment, ob sie seiner Interpretation ihres Interesses widersprechen sollte. Sie glaubte, ihn mehr zu disziplinieren, wenn sie gar nicht auf seine Spitze einging. „Was kannst du diesen Eltern denn an Hilfe bieten? Du kannst ihnen doch die furchtbare lebenslange Last, die auf ihren Schultern ruht, nicht abnehmen. Und dafür willst du wahrscheinlich auch noch ein Beratungshonorar."

„Du glaubst gar nicht, wie sehr es diesen Menschen hilft, wenn man ihnen zuhört und ein paar Erfahrungen und medizinische Ratschläge bereithält." Er stockte. „Du hast allerdings nicht ganz unrecht. Manchen ist das zu wenig. Du kannst dir nicht vorstellen, welche Themen dort manchmal aufgegriffen werden. Das geht bis hin bis zur Forderung, der Staat solle endlich gesetzlich die Sterbehilfe regeln. Die Sorge um ein behindertes Familienmitglied sei für alle Beteiligten ohnehin nur ein langwieriges Sterben auf Raten. Ich muss dann immer nachhaltig darauf hinweisen, dass ich Arzt bin und einen Eid geleistet habe, Leben zu erhalten und nicht zu vernichten."

Die versöhnliche Kopfbewegung von Julia dokumentierte ihren Sinneswandel, von weiteren Attacken auf Tempel abzusehen. „Du hast mich von deiner Arbeit überzeugt. Ich komme."

Die großen braunen Augen Tempels signalisierten etwas Lausbubenhaftes. „Anschließend könnten wir noch was trinken gehen. Ich hätte da so meine Vorstellungen."

„Die habe ich auch. Mein Grundsatz ist, dass es nichts im Leben ohne Gegenleistung gibt. Vielleicht werde ich dich mit einer nützlichen Idee von mir vertraut machen. Wir können uns sicher gegenseitig befruchten."

„Ich verstehe zwar nicht ganz, was du damit meinst. Aber deine Formulierung gefällt mir ausgesprochen gut."

Julia senkte ihre Stimme zu einem Flüstern. „Kein Wort zu Markus!"

„Ehrensache."

8

Der Plenarsaal des *Hessischen Landtags* in Wiesbaden war, wie so häufig, nur spärlich besetzt. Auf der Regierungsbank saßen überwiegend Platzhalter in Vertretung der Ministerinnen und Minister. Der frisch gebackene Innenminister Wenzel Wohlfarth hatte allerdings selbst seinen Platz eingenommen. Auf der Tagesordnung stand eine Debatte zum Nachtflugverbot auf dem Frankfurter Flughafen.

Wohlfarth las gerade die von seinem Pressereferenten zusammengestellten Zeitungsausschnitte und freute sich über jede Stelle, an der sein Name rot unterstrichen war. Zwischendrin verschickte er einige Kurznachrichten über sein Handy. Der polternde Redner am Pult, der mit wildem Gestikulieren die Aufmerksamkeit der anwesenden Pressevertreter auf sich lenken wollte, interessierte ihn nicht.

Auf den Abgeordnetenbänken saßen dem Innenminister in der ersten Reihe zwei Parlamentarier gegenüber, die ihn ständig musterten und miteinander flüsterten. Beides Parteifreunde. Erwin Lotter, ein übergewichtiger Landwirt um die sechzig, dem die Häme ins Gesicht geschrieben stand, und Lothar Müller, ein ausgezehrter Lehrer aus dem Odenwald, dem seine chronische Magenkrankheit erkennbar jede Lebensfreude genommen hatte.

Lotter stieß Müller sanft in die Rippen. „Unser neuer Innenminister schaut ganz anders aus als früher. Er sieht sich gar nicht mehr ähnlich. Als er vorhin hereinkam, habe ich ihn fast nicht wiedererkannt."

Müller beugte sich an das Ohr des Dicken. „Weißt du denn nicht, warum? Er war vor einiger Zeit beim alten Tempel."

„Tempel? Das ist doch einer unserer Gönner. Was hat der mit dem Aussehen von unserem Minister zu tun?"

„Du musst nur immer mich fragen. Ich weiß alles." Er zog die Augenbrauen nach oben und spitzte die Lippen, was ihm eine starke Ähnlichkeit mit der Karikatur des Pater Filucius von Wilhelm Busch verlieh. „Tempel ist von Beruf Chirurg. Früher operierte er schwerbehinderte Kinder, um ihnen ihr Leiden erträglicher zu machen. Offenbar war das nicht lukrativ genug. Deshalb hat er sich wohl auch als Schönheitschirurg versucht. Sein Sohn ist anständiger als der Alte. Er ist auch Arzt und kümmert sich ziemlich selbstlos um die Schwerbehinderten und deren Eltern, die von seinem Vater im Stich gelassen worden sind." Müller tippte mit dem Zeigefinger auf Lotters Oberschenkel. „Unser Minister Wohlfarth war jedenfalls bei Tempel senior und hat sich seine überdimensionierte Stirnfalte und seine Krähenfüße richten lassen. Irgendwie sieht er so aus, als hätte man ihm auch Botox in die Wangen gepumpt. Er hat jetzt etwas von einem Hamster. Hast du nicht in der Zeitung die zwei Fotos von ihm unter der Überschrift ‚Vorher - Nachher' gesehen?"

„Wo stand das?"

„Natürlich in der *Boulevardzeitung*. Wo sonst? "

Lotter schüttelte den Kopf. „Das muss mir entgangen sein. Ich lese nicht jeden Tag die Boulevardpresse. In dem Fall ist das schade! Aber er ist jedenfalls nicht gerade schöner geworden."

„Lächerlich, so was. Allemal für einen Mann. Wie es aussieht, färbt er wohl auch seine Haare und gibt seiner Frisur damit einen seiner Meinung nach jugendlichen Anstrich. Das muss er wohl, weil er in zweiter Ehe eine erheblich jüngere Frau geheiratet hat. Hinter vorgehaltener Hand lacht das ganze Parlament über ihn. Er selbst hat erklären lassen, der Eingriff sei aus medizinischen Gründen indiziert gewesen."

Mit der geballten Faust vor dem Mund unterdrückte Lotter ein Lachen. „Billige Ausrede. Wer's glaubt, wird selig." Lotter kniff die Augen zusammen und schnaufte. „Sag mal, wie konnte denn der Ministerpräsident Herrn Wohlfarth so ohne weiteres zum Minister machen? Hat der nicht irgendwie Dreck am Stecken? Man munkelt sogar, dass sich die Staatsanwaltschaft für ihn interessiert."

„Habe ich auch gehört. Wohlfarth ist doch Anwalt. In diesem Zusammenhang muss er sich irgendwas geleistet haben, was nicht hasenrein ist. Jedenfalls ist er fast angeklagt worden. Dann ist ihm blitzschnell sein Partner aus der Anwaltskanzlei beigesprungen und hat ihn aus dem Feuer geholt. Ein gewisser Rechtsanwalt Dassler, ebenfalls ein Parteifreund und Sponsor von uns. Genaueres weiß ich nicht. Noch nicht. Aber ich werde bald mehr wissen."

Lotter lehnte sich spontan zurück. Seine Stimme geriet etwas lauter. „Du warst und bist ein Teufelskerl und begnadeter Intrigant. Gut, dass nicht ich dein Feind bin. Wie kommst du nur wieder an diese speziellen Infos?"

Müller legte den Finger an die Lippen. „Nicht so laut. Wohlfarth schaut immer öfter zu uns herüber. Du weißt, wie krankhaft misstrauisch er ist. Und hinterhältig. Deshalb dürfen wir nicht unangenehm auffallen." Er ließ den Mund leicht offen stehen und sprach leise durch die Zähne. „Wohlfarth wird sich nicht lange als Minister halten. Ein Journalist ist an der Sache dran. Guter Mann. Wie ein Terrier."

„Kennst du ihn?"

„Selbstverständlich. Dir kann ich es ja im Vertrauen sagen. Der Mann wird natürlich von mir mit Informationen und Kontakten versorgt. Wir brauchen ein anderes Kaliber als Innenminister. Nicht diesen entscheidungsschwachen, runderneuerten Schmierenkomödianten, der von irgendwelchen unberechenbaren Einflüsterungen gesteuert wird."

Der Blick aus Lotters Augenwinkeln fiel abschätzig aus. „Du denkst nicht etwa an dich selbst?"

Müller legte den Kopf schief. Ein Lächeln huschte über seine ansonsten gequälten Gesichtszüge. „Es sitzt der Indianer am Fluss und sieht die Leichen seiner Feinde vorübertreiben. Manchmal darf auch ein Parteifreund dabei sein, wenn er ungeeignet für seine Aufgabe ist."

Die Seitentür zum Plenarsaal am Ende der Regierungsbank öffnete sich einen Spalt. Ein Mann mittleren Alters steckte den

Kopf hindurch. Wohlfarth nahm Blickkontakt zu ihm auf und nickte ihm zu. Der Mann verschwand wieder. Wohlfarth packte ein paar Unterlagen zusammen und verließ den Saal nahezu geräuschlos.

Vor der Tür begrüßte er seinen Besucher mit Handschlag. Dann zeigte er auf die ledernen Sitzgruppen, die an der Fensterseite gegenüber dem Haupteingang zum Plenarsaal aufgereiht waren. „Kommen Sie, Herr Widder. Wir suchen uns da drüben einen Platz."

Die beiden Männer hatten Mühe, eine freie Garnitur zu finden. Überall diskutierten eifrige Parlamentarier, Regierungsmitglieder und Ministerialbeamte mit Lobbyisten, Pressevertretern und weiteren Interessenten. Endlich stieß der vorangehende Wohlfarth auf einen kleinen Ecktisch mit vier Sesseln, den gerade ein Platzhalter aufgegeben hatte. „Hier am Rande des Plenums ist immer viel Betrieb. Aber es hat ja geklappt. Wir können loslegen." Er steckte sich einen Zigarillo an und wartete, bis Anders Widder sich gesetzt hatte. Sein Gesicht verzog sich zu einer misanthropisch anmutenden Grimasse. „Mir gefällt nicht, was mir aus den Reihen der Polizei zugetragen wird. In Kassel sollen hundert Computer im Keller stehen, die nicht installiert werden. Die Leute dort müssen deshalb teilweise noch mit Papier und Bleistift arbeiten. Vorsintflutlich. Sie als Landespolizeipräsident müssten das doch wissen und unterbinden."

Widder lehnte sich zurück und sog die Luft ein. „Wir sollten solche Hinweise, von wem auch immer sie kommen mögen, nicht einfach für bare Münze nehmen. Ich werde das nachprüfen lassen."

Der Gesichtsausdruck Wohlfarths blieb abweisend. Die Andeutung eines Lächelns konnte die deutlichen Spuren des Zweifels in seinem Gesicht nicht überdecken. „Das Ergebnis will ich noch heute wissen." Er rückte auf seinem Sessel nach vorn und machte ein schmatzendes Geräusch. „Nächster Punkt. Ich habe vor ein paar Tagen ohne Ihre Begleitung mit der Bürgermeisterin der Gemeinde Einöd ein vertrauliches Gespräch unter vier

Augen geführt. Sie ist einem starken Druck der Menschen dort ausgesetzt, die mehr Polizei auf der Straße sehen wollen. Richten Sie ihr eine kleine Polizeistation ein. Dann haben wir an der Ecke Ruhe."

Mit erhobenen Händen wehrte Widder ab und schüttelte den Kopf. „Das geht nicht. Es gibt keinen wirklichen Bedarf. Die Gemeinden dort sind nicht über Gebühr mit Kriminalität belastet. Dann werden zwanzig weitere Orte kommen und dieselbe Forderung stellen. Dafür haben wir keine Leute. Wir können nicht auf der einen Seite dauernd Stellen einsparen, um dann trotzdem jeden Wunsch nach Polizeipräsenz zu erfüllen."

„Das brauchen wir nicht lange zu diskutieren, da ich der Bürgermeisterin unsere Unterstützung fest versprochen habe. Vorsorglich will ich noch heute von Ihnen eine vollständige Übersicht über die Verteilung der Polizeidienststellen im Land, ihre Personalstärke und die dafür maßgeblichen Statistiken. Am Ende kommen noch ein paar Leute von der Opposition und stellen dumme Fragen. Es kann doch nicht so schwer sein, ein paar Polizisten geräuschlos zu verlagern, wenn der politische Wille dahin geht."

„Sie bekommen die Unterlagen."

Wohlfarth nickte. Sein Gesicht drückte höchste Unzufriedenheit aus. „Dann gibt es da noch diese offene Stelle für einen Vizepräsidenten. Ich werde sie mit Herrn Krach besetzen. Er ist mir aus einem anderen Bundesland als sehr guter Mann empfohlen worden. Ihm geht dort der Ruf voraus, dass er verlässlich ist und für pragmatische Lösungen eintritt."

Widders Miene blieb undurchdringlich. „Gestatten Sie mir einen Hinweis. Dieser Besetzungsvorschlag sollte überdacht werden."

Mit einer ausholenden Geste wischte Wohlfarth den Ratschlag zur Seite. „Das ist keine Empfehlung von mir sondern eine Entscheidung. Sie werden jetzt wieder hinter meinem Rücken behaupten, dass ich beratungsresistent sei. Aber es gibt Dinge, bei denen man nicht lange herumreden darf."

„Vielleicht darf ich doch noch sagen, dass wir die Stelle ausschreiben müssen, damit auch andere Interessenten eine Chance erhalten. Damit schaffen wir Transparenz in der Polizei. Gerade die Bevorzugung eines Auswärtigen würde am Selbstvertrauen kratzen. Unsere Beamten würden denken, dass wir unter ihnen keinen einzigen geeigneten Bewerber sehen. Außerdem könnte die Frage gestellt werden, wieso ein anderes Bundesland ausgerechnet seine angeblich besten Leute ziehen lässt und nicht selbst behält."

„Sind Sie fertig? Das ist alles bedacht worden. Ich habe das anders entschieden, weil Ihre Methode uns nur aufhält und die Dinge in die Länge zieht. Es bleibt bei der Besetzung der Stelle, wie ich sie Ihnen mitgeteilt habe."

Widder zuckte mit den Schultern. „Hoffentlich vertragen wir das Echo."

Wieder machte Wohlfarth eine wegwerfende Handbewegung. Seine Mundwinkel bogen sich halbkreisförmig zum Kinn hin und gaben seinem Gesicht einen verächtlichen Ausdruck. „Kommen wir zu ein paar Frankfurter Problemen. Wir hatten vor ein paar Tagen schon einmal kurz darüber gesprochen, nachdem Sie mir den Bericht des Polizeipräsidenten zu diesem Fall mit der toten Schwerbehinderten aus Schwanheim vorgelegt hatten. Ich beabsichtige, den Kriminalhauptkommissar Köhler, einen der Ermittler in dem Verfahren, mit sofortiger Wirkung in mein Ministerbüro zu übernehmen. Wegen der herausragenden politischen Bedeutung der Sicherheitsfragen in der Bevölkerung brauche ich einen Polizisten in meiner unmittelbaren Nähe, der die Stimmung auf der Straße und unter den Beamten aus eigener Erfahrung kennt. Köhler ist mir als besonnener und geeigneter Mann empfohlen worden, der die nötige politische Zurückhaltung mitbringt."

Widder schluckte. Seine Miene war undurchdringlich, die Stimme kühl. „Es wird nicht einfach sein, ihn aus seinen aktuellen Pflichten herauszunehmen. Ich will gerne prüfen, ob dies ohne größere Probleme möglich ist."

„Es gibt nichts zu prüfen. Ich erwarte die Umsetzung bis nächsten Montag." Wohlfarth sog an seinem Zigarillo. „Das ist noch nicht alles. Wir müssen auf diese ständigen Beißereien mit Kampfhunden reagieren, sonst bekommen wir eine negative Presse. Ich wünsche, dass eine Einheit von Beamten eingerichtet wird, die sich ausschließlich mit diesen Vorfällen befasst. So um die vier bis fünf Leute."

Widder seufzte hörbar. „Aber das können wir personell bestenfalls vertreten, wenn wir die Anzahl der Fälle kennen. Es macht kaum Sinn, so viele Polizisten von anderen wichtigen Aufgaben abzuziehen, wenn sie dann nur eine knappe Handvoll Fälle vorfinden und nicht ausgelastet sind."

Wohlfarth schloss die Augen und schüttelte den Kopf. „Wie ich schon sagte, geht es hier um eine politische Antwort auf Sorgen der Menschen. Außerdem haben Sie mich nicht ausreden lassen. Wie ich gehört habe, soll ein anderer Frankfurter Polizeibeamter früher ein sehr guter Leiter der Hundestaffel gewesen sein." Er zog ein Ledermäppchen aus der Jackentasche, klappte es auf und warf einen Blick auf einen Notizzettel. „Der Mann heißt Bernd Schreiner. Sie helfen ihm bitte, bis nächste Woche die übrigen Polizisten zu benennen, die er für seine neue Arbeit braucht. Wir müssen darauf achten, dass wir die Leute dafür nicht alle aus Frankfurt abziehen, sondern andere Dienststellen ebenfalls in die Pflicht nehmen und ein bisschen belasten. Es handelt sich schließlich um eine landesweite Aufgabe."

Es war Widder anzumerken, dass er sich nur mühsam beherrschte, bis Wohlfarth ausgeredet hatte. „Ihre Personalvorschläge haben Sie mir ja schon vor ein paar Tagen angedeutet. Ich habe sie mit dem Frankfurter Polizeipräsidenten besprochen. Er hält es für eine Katastrophe, wenn wir das gesamte Paket so umsetzen. Köhler und Schreiner sind ein Ermittlungsteam im Mordkommissariat. Sie verfügen über ein in vielen Jahren erarbeitetes Spezialwissen und bearbeiten daher herausragende Fälle, die vor allem auch in der Öffentlichkeit für Aufsehen sorgen. Wenn wir beide auf einen Schlag abziehen, werden deren Fälle unerledigt bleiben. Das wird viel Ärger geben."

Ein Mann ging nahe an der Sitzgruppe vorbei, betrachtete intensiv den Zigarillo in Wohlfarths Hand und rümpfte die Nase. Wohlfarth reagierte nicht darauf. Er lehnte sich Widder ein Stück entgegen und verschärfte den Tonfall. „Frankfurt hat dreieinhalbtausend Polizisten. Da wird es wohl noch den einen oder anderen geben, der diese Arbeit tun kann. Schließlich haben sie alle einmal dasselbe gelernt. Wie ich Ihnen außerdem schon gesagt habe, habe ich den Frankfurter Bericht über diesen Vorfall mit der toten Behinderten gelesen. Da ist doch nichts dran. Alles aufgebauscht. Presserummel für nichts und wieder nichts. Also nur Personalverschwendung. Es werden ohne Not schlafende Hunde geweckt. Wir beunruhigen nur unsere Wähler aus diesen Schichten."

„Die Frankfurter haben doch gerade einen Hinweis auf die Identität der Schwanheimer Leiche gefunden. Das sind doch vorzeigbare Ergebnisse."

„Na und? Deshalb muss es sich doch nicht um ein Verbrechen gehandelt haben. Wir brauchen unsere Polizei für wichtigere Dinge. Nicht zur Auflösung von Kreuzworträtseln."

„Gerade weil nicht feststeht, ob eine natürliche Todesursache vorliegt, muss der Fall doch genau von Fachleuten überprüft werden."

Das Gesicht Wohlfarths lief rot an. Er stopfte den Zigarillo in die Blumenerde der Topfpflanze. „Hören Sie gut zu. Der Frankfurter Polizeipräsident geht mir mit seinen Eigenwilligkeiten, seiner Selbstherrlichkeit, seinen falschen Personalentscheidungen und seinem fehlenden Gespür schon lange auf die Nerven. Wenn er das nicht hinbekommt, fliegt er eben raus. Ratz, Fatz. Damit halte ich mich nicht lange auf. Das können Sie ihm von mir aus zu verstehen geben."

„Er versieht immerhin seit zehn Jahren ohne Beanstandung seinen Job."

„Das sagen Sie. Unter der Opposition vielleicht schon. Ich vertrete ein anderes Sicherheitskonzept. Schauen Sie sich die Straftaten- und die Aufklärungsstatistik an. Da kann man einiges verbessern. Das sieht man am Beispiel anderer Bundesländer."

„Wenn man Taten und Täter anders zuordnet und dann anders zählt, geht das sicherlich. Wir können stolz darauf sein, dass wir ehrliche Statistiken vorlegen."

Wohlfarth schlug die Augen zur Decke. Seine Mundpartie drückte Verärgerung aus. „Ihre Einwände sind zu wenig an politischen und pragmatischen Erfordernissen orientiert. Sie geben mir immer wieder Steine statt Brot."

„Dafür ist unser bisheriges Vorgehen für die Polizisten nachvollziehbar und berechenbar. Die Entscheidungen der Führung werden akzeptiert. Das innere Betriebsklima und die Kultur stimmen. Wir haben dadurch Ruhe in der Organisation und nach draußen, also keinen Ärger, der in den Zeitungen ausgetragen wird."

„Das ist mir alles zu abstrakt. Damit kommen Sie vielleicht bei einer anderen politischen Spitze durch. Bei mir nicht." Er beugte sich zu Widder vor, stützte sich mit beiden Ellenbogen auf dem Tisch ab und legte sein Kinn in die geöffneten Handflächen. „Ich weiß, dass Sie nicht nur mit der Oppositionspartei liebäugeln, sondern ihr auch angehören. Anders kann ich mir Ihre wenig konstruktiven Beiträge nicht erklären."

Widder lächelte. „Es erstaunt mich, dass Sie mich für so einfältig halten, meine Parteilosigkeit vorgetäuscht zu haben. Das lässt sich doch problemlos feststellen."

Wohlfarth erhob sich. „Egal. Es wird gemacht, wie ich gesagt habe. Außerdem wünsche ich, dass in diesem Behindertenfall jetzt mit Bedacht ermittelt wird. Einen so nichtssagenden Bericht wie den vorigen will ich nicht mehr sehen. Ich möchte endlich Ergebnisse vorgelegt bekommen, die überzeugen können."

9

Als der hessische Landesarchäologe Moritz Haverkamp das romantische, mit Blumen geschmückte Café im Garten des *Liebieghauses* betrat, stolperte er an der Eingangsschwelle und rutschte aus. Mit unterdrückter Stimme schimpfte er vor sich hin. Der mittlere Knopf an der Jacke seines ersichtlich preisgünstigen Konfektionsanzugs hatte im Ausfallschritt dem Druck seines voluminösen Bauchs nicht standgehalten und war abgeplatzt. Haverkamp bückte sich, hob den Knopf auf und klopfte sich den Staub von den Hosenbeinen. Akribisch zupfte er die restlichen Fäden aus der Jacke, die der abgerissene Knopf hinterlassen hatte. Anschließend prüfte er mit der Hand den gescheitelten Sitz seines vollen blonden Haares, strich sich über den Ostfriesenbart und räusperte sich mehrmals, um seine Verlegenheit zu unterdrücken. Dann ging er zum Kuchenbuffet. Das Angebot ließ ihn bereits wieder lächeln. „Ist hier Selbstbedienung?"

Die junge Dame hinter der Theke schaute auf. „Ja. Was möchten Sie denn haben?" Sie zeigte auf die Ablage. „Sie können sich ein Tablett nehmen."

Haverkamp folgte ihrem Vorschlag. „Einen Kaffee und ein Stück von dem Kirschkuchen. Ohne Sahne." Er klopfte auf seinen Bauch und grinste. „Ich muss auf meine Figur achten."

„Kein Problem." Sie füllte eine Tasse unter dem Kaffeeautomat und stellte sie ihm mit dem Kuchen auf das Tablett. Ihre Miene blieb unbeweglich. „Ich hätte Sie ohnehin enttäuschen müssen, weil keine Sahne mehr da ist."

Das Tablett in den Händen, schaute sich Haverkamp nach allen Seiten um. Es fiel ihm schwer, zu entscheiden, ob er sich nach drinnen oder draußen setzen sollte. Das Kreuzgewölbe im

Inneren strahlte eine fast sakrale Atmosphäre aus, während die Sitzgelegenheiten im Garten eher eine lauschige Ruhe vermittelten.

Der Blick Haverkamps fiel auf einen Ecktisch vor der Tür, der im rechten Winkel von wuchernden Rosen in zarten Pastellfarben eingerahmt wurde. Zielstrebig steuerte er darauf zu und nahm Platz. Sein suchender Blick erforschte die nähere Umgebung. Als er feststellte, dass er unbeobachtet war, griff er in die Innentasche seiner Jacke, machte mit den Fingern eine Drehbewegung und holte einen Flachmann mit Weinbrand hervor. Mit der vorgehaltenen Seite des Jacketts schirmte er das Fläschchen ab und goss einen kräftigen Spritzer in den Kaffee.

Unmittelbar nachdem Haverkamp einen tiefen Schluck aus der Kaffeetasse genommen hatte, brach ihm der Schweiß aus. Er holte ein Taschentuch hervor, wischte sich über das Gesicht und verschlang anschließend mit wenigen Bissen seine Kirschtorte. Die verbliebenen Krümel scharrte er mit der Gabel zusammen, führte den Tellerrand zum Mund und schubste die Reste hinein.

Nach einem weiteren Schluck seiner Kaffeemixtur fühlte Haverkamp sich wohl. Er war zwar keineswegs gesättigt. Aber der Alkohol tat ihm gut.

Er zog ein Notizbuch hervor, blätterte darin, schlug eine Seite auf und las noch einmal seine Aufzeichnungen vom gestrigen Abend durch. Was für eine unerwartete Entwicklung hatte das Warten auf die weiteren Ausgrabungsergebnisse nach seinem letzten Besuch bei Stadelmann genommen! Die ganze Zeit über war er das Gefühl nicht losgeworden, dass Stadelmann ihn hinhalten wollte. Die Gründe konnte er nur ahnen. Stadelmann, dieser vom Schicksal begünstigte Angeber. Hatte Geld wie Heu und die Frauen flogen nur so auf ihn. Ein Schaumschläger, der seine sympathische Frau nach Strich und Faden betrog und auch noch glaubte, niemand wisse davon. Jetzt würde er ihm endlich den lange ersehnten Tiefschlag versetzen können.

Welch ein Glück, dass er gestern Abend sehr lange im Büro geblieben war. Daran war nur das Fußballspiel schuld gewesen, das er sich dort in Ruhe angesehen hatte.

Dann hatte das Telefon geläutet. Eine Männerstimme, die darauf bestanden hatte, anonym zu bleiben, und sich als Mitglied des Ausgrabungsteams ausgegeben hatte. Mit einem ungeheuren Zorn auf Stadelmann, ohne dafür den Grund zu nennen. Für die anschließende Botschaft war es gleichgültig gewesen, ob der Denunziant bei einer Gehaltserhöhung unberücksichtigt geblieben war oder welche sonstigen Gründe ihn bewogen hatten. Vielleicht hatte ihm Stadelmann auch Hörner aufgesetzt. Der Hinweis war jedenfalls geeignet, Stadelmann auf Dauer gefügig zu machen.

Zu Beginn des Gesprächs hatte der Anrufer von ihm gefordert, keine Fragen zu stellen. Ihm sei geläufig, dass Stadelmann auf seiner Abschussliste stünde. Dafür liefere er ihm jetzt Munition. Stadelmann habe ihm bei der Ausstellungseröffnung in weiten Teilen die Unwahrheit gesagt. Zu dieser Zeit sei der Inhalt des mit der Antinoos-Statue ausgegrabenen Papyrus in wesentlichen Zügen bekannt gewesen, weil sich dabei auch bestens erhaltene Bronzeplättchen gleichen Inhalts befunden hätten. Ebenso habe man bereits gewusst, dass es sich bei dem verharzten Objekt in der Amphore um einen menschlichen Finger gehandelt habe, der mit hoher Wahrscheinlichkeit dem Antinoos zuzuordnen sei. Stadelmann habe dies alles geheim halten wollen, um zu gegebener Zeit das Licht einer großen Sensation auf die Grabungsergebnisse fallen zu lassen. Tatsächlich sei es ihm nur um die Befriedigung seiner ureigenen Geltungssucht gegangen.

Haverkamp klappte das Notizbuch zu und steckte es ein. Er sah auf seine Armbanduhr und schaute ungeduldig in Richtung Haupteingang des Museums. Immerhin war es jetzt eine halbe Stunde her, seit er der Vorzimmerdame Stadelmanns ausgerichtet hatte, dass er ihn dringend zu sprechen wünsche und im Café auf ihn warte.

Als Haverkamp sich gerade erheben wollte, kam Stadelmann im Laufschritt um die Ecke gebogen. Er war betont sportlich gekleidet, gebräunt und machte eine gute Figur. Haverkamp war sich nicht im Klaren, ob es der Neid war, der ihn wünschen ließ, Stadelmann von seinem Sockel zu zerren. Er meinte eher, dass das übersteigerte Auftreten Stadelmanns eine Korrektur erfordere. Haverkamp ließ ihm keine Zeit dafür, den Zeitverzug zu erläutern. „Es zeugt von einer bedauerlichen Fehleinschätzung, wenn Sie meinen, Sie könnten mich hier unbegrenzt warten lassen. In Ihrer Situation wäre ich vorsichtig und würde kleinere Brötchen backen."

Stadelmanns Miene drückte ehrliche Verwunderung aus. „Erst einmal guten Tag." Er nahm gegenüber Platz und streckte seine langen Beine aus, ohne auf Haverkamps missbilligenden Blick zu reagieren. „Hat Ihnen meine Vorzimmerdame nicht gesagt, dass ich in einer Besprechung mit dem Kulturdezernenten der Stadt Frankfurt war?"

„Doch. Aber auf meine Bitte wird sie Ihnen wohl mitgeteilt haben, dass ich auf Sie warte."

Die Empörung stand Stadelmann ins Gesicht geschrieben. „Tut mir leid, aber ich kann Ihnen nicht folgen. Meines Wissens waren Sie heute nicht bei mir angemeldet. Sie sind vielmehr überraschend hierhergekommen, wofür Sie sicherlich gute Gründe haben. Dann dürfen Sie allerdings nicht erwarten, dass ich Ihnen unverzüglich zur Verfügung stehe. Mein Terminkalender ist randvoll. Hätten Sie vorher aus Wiesbaden angerufen, dann hätte ich noch etwas verlegen können." Er schaute auf seine Armbanduhr. „Übrigens dürften Sie nicht länger als ein paar Minuten gewartet haben." Er setzte ein Lächeln auf und beschrieb mit der Hand einen Halbkreis. „Seien Sie froh, dass Sie auf diese Weise für eine Weile den herrlichen Garten genießen durften und nicht in einem stickigen Bürozimmer sitzen mussten."

Haverkamp fuhr leicht auf. „Präsentieren Sie sich nicht schon wieder auf hohem Ross. Sie haben allen Grund, kleine Brötchen zu backen."

Die Falten auf Stadelmanns Stirn zeigten Zweifel. Er nahm eine lässige Haltung ein. „Was wollen Sie nun schon wieder? Seit Jahren stellen Sie mir in regelmäßigen Abständen mit irgendwelchen Vorwürfen nach. Missgönnen Sie mir die Freiheit, die ich hier im Vergleich zu Ihrer muffigen Ministeriumsbude in Wiesbaden genieße? Legen Sie Ihre Karten auf den Tisch und sagen Sie mir offen, was Sie mir vorwerfen."

Der Zeigefinger Haverkamps schnellte nach vorn. „Sie haben mich belogen."

Das Erscheinungsbild Stadelmanns blieb unverändert ruhig. „Wie undiplomatisch Sie formulieren. Ich weiß zwar nicht, wovon Sie reden. Aber bestenfalls mögen Sie mir gelegentlich vorhalten können, nicht an alles gedacht und andere unvollständig unterrichtet zu haben. Mehr nicht."

Haverkamp pumpte sich auf. Seine Wangen glühten. In seinen Augen sprühte ein Hauch von Triumph. „Sie haben es unterlassen, mir bei meinem Besuch anlässlich der Antinoos-Ausstellung den korrekten Stand der Grabungs- und Forschungsergebnisse mitzuteilen. Sie wussten, was in dem Papyrus stand, weil es gleichlautende lesbare Bronzeplättchen gab. Und Ihnen war auch bekannt, dass es sich bei dem Inhalt des antiken Gefäßes um den mutmaßlichen Finger des Antinoos handelt. Leugnen Sie nicht. Ich habe meine Quellen."

Nur einen Wimpernschlag lang schien Stadelmann betroffen. Dann legte er seine Hände ineinander, reckte sich in seinem Stuhl aufrecht und hob seine Augenbrauen an. „Ich weiß, wer Ihr Informant ist. In meinem Grabungsteam gibt es einen Herrn Beckmann. Ich musste ihn zurechtweisen und ihm mit der Kündigung drohen, weil er schlechte Arbeit leistet. Das hat er mir nicht verziehen." Er beugte sich zu Haverkamp vor. „Stimmt doch, oder? Hat Beckmann Sie vor diesen Wagen gespannt? Sagen Sie mir doch freimütig, wie Sie zu dem Vorwurf kommen. Das ist doch keine Gesprächskultur unter Kollegen, wenn wir hier mit Heimlichkeiten operieren."

Haverkamp war anzumerken, dass er verlegen wurde. „Wir müssen das doch nicht im Detail erörtern. Sie lenken vom eigentlichen Thema ab. Trifft es denn zu, was mir über Sie zugetragen wurde?"

Stadelmann schien ein wenig in die Enge getrieben. „Sie werden sofort eine Antwort von mir bekommen. Aber ich finde es nicht gleichgültig, wie wir miteinander umgehen. Ohne ein gewisses Grundvertrauen funktioniert es nicht."

Die Beharrlichkeit Stadelmanns machte Haverkamp zu schaffen. Er wurde unsicher, ob er ihm nicht besser entgegenkommen sollte. Oft schon musste er erleben, wie ein Streit über Formalitäten so ausuferte, dass die Beteiligten gar nicht zum vorgesehenen Inhalt einer Besprechung vordrangen. Er rang sich zu einem Zugeständnis durch. „Na schön. Ich komme Ihnen entgegen. Gestern ist mir eine telefonische Mitteilung über die von Ihnen unterschlagenen aktuellen Grabungsergebnisse zugegangen."

Das Kopfnicken Stadelmanns fiel abgehoben aus. Seine Miene blieb frostig und rechthaberisch. „Da haben wir es. Das war Beckmann. Bedauerlich, dass Sie nach so vielen Jahren ungetrübter Zusammenarbeit einem anonymen Anrufer aufsitzen und sich seine Verleumdungen zu eigen machen. Ich hätte mehr Vertrauen erwartet."

Haverkamp wurde nervös. Er wackelte auf seinem Stuhl herum und überlegte krampfhaft, wie er die Hoheit über das Gespräch zurückgewinnen könnte. Ein Anflug von Trotz kam in ihm auf, dem er nachgab. „Und dennoch. Ich habe Ihnen die Hintergründe meines Besuchs genannt. Jetzt erwarte ich endlich auch eine Antwort von Ihnen."

„Die sollen Sie haben. Nichts davon, was Ihnen Beckmann gesagt hat, ist richtig." Er holte tief Luft und ließ sein übliches Grunzen vernehmen. „Es gibt lediglich einen Hinweis, den ich zu Ihrer vollständigen Unterrichtung nachzutragen habe." Wieder hielt er inne. „Ich war gezwungen, die Staatsanwaltschaft einzuschalten. Die Gründe dafür ergaben sich aber erst nach Ihrem Besuch der Ausstellung. Deshalb konnte ich Ihnen damals nichts davon sagen."

Die Verblüffung Haverkamps hätte nicht deutlicher ausfallen können. Es kam ihm nicht in den Sinn, die Mitteilung Stadelmanns für ein weiteres Ablenkungsmanöver zu halten. Er riss die Augen weit auf und betrachtete sein Gegenüber mit Kopfschütteln. Seine Hände zitterten, seine Gesten drückten Ratlosigkeit aus. „Ich bin erschüttert. Was um Himmels Willen ist passiert? Unser aller Ruf wird durch den Schmutz gezogen werden. Stellen Sie sich nur vor, wenn das publik wird. Unsere stolze Aufgabe ist es, der Menschheit im Rahmen unserer Forschung Klarheit zu verschaffen, woher sie kommt und wie sie sich entwickelt hat. Was für eine Schande, wenn wir plötzlich die Polizei im Haus haben und die Ehrlichkeit und Sauberkeit unserer Arbeit in Zweifel gezogen wird. Erzählen Sie mir auf der Stelle alles, damit ich im Bilde bin."

„Beruhigen Sie sich. Noch gibt es keinen Anlass, ein solches Horrorszenario an die Wand zu malen. Ich habe bisher lediglich einen privaten Kontakt genutzt, um mich über das weitere Vorgehen beraten zu lassen."

Die Gelassenheit Stadelmanns machte Haverkamp immer nervöser. Er streckte ihm die Hände entgegen und fuchtelte in der Luft herum. „Sagen Sie mir endlich in verständlicher Form, was los ist. Sonst weiß ich nicht mehr, was ich tue."

„Von dem Papyrus und dem menschlichen Fragment in der verharzten Amphore hatte ich Ihnen zum Ausstellungsbeginn berichtet. Über die fortlaufende Auswertung hatte ich mir Aufzeichnungen gemacht. Sie sind mir abhanden gekommen, ohne dass ich wüsste, wo sie geblieben sind. Leider ist auch das in Harz mumifizierte Fingerglied samt zugehörigem Behälter verschwunden. Davon habe ich allerdings dem Staatsanwalt nichts gesagt." Er ließ wieder sein Grunzen hören. „Sie sehen, wie vorsichtig ich gewesen bin. Meine Notizen sind mein Eigentum. Dazu kann ich mich beraten lassen und dann entscheiden, was ich mache. Bei dem Finger dürfte das anders sein. Der gehört mir ja nicht. Deshalb kann ich insoweit wohl nicht darauf verzichten, dass der Staatsanwalt in dieser Sache ermittelt."

Haverkamp war entsetzt. Immer wieder schlug er sich mit der Hand vor die Stirn. Ihm fehlte die Vorstellungskraft, welche

Folgen die Mitteilung Stadelmanns nach sich ziehen würde. Er meinte nur zu ahnen, dass eine unkontrollierbare Medienkampagne auf ihn zurollen und zu unbeherrschbaren Reaktionen im Wiesbadener Amt führen würde. „Ich fasse es nicht. Sie sind ein Unglücksrabe. Da kommt etwas auf uns zu. Und ich werde mit für Ihre Sünden büßen müssen. Ich will jetzt gar nicht davon reden, dass Sie mich in unserem Gespräch am Anfang der Ausstellung keineswegs so unterrichtet haben, wie Sie es heute behaupten. Darüber sprechen wir ein anderes Mal. Für heute heißt das Motto: Schadensbegrenzung. Bedeutet Ihre Enthüllung, dass die Sachen gestohlen worden sind? Schließen Sie aus, dass vielleicht nur eine Schlamperei vorliegt?“ Als Haverkamp sah, dass Stadelmann nickte, fuhr er mit erhobener Stimme fort. „Dann stellt sich die Frage, wer das getan haben kann. Wer war bei Ihnen und hatte die Möglichkeit dazu? Wer konnte überhaupt an diesen Dingen ein Interesse haben? Eigentlich doch nur jemand, der etwas davon versteht und das Ganze unter der Hand vermarkten kann, aus Geltungssucht, aus Gewinnstreben oder aus anderen Gründen. Haben Sie einen Verdacht?“

Stadelmann gab sich kleinlaut. „Noch nicht. Es kommt ja wohl nur jemand vom Fach in Betracht. Was will sonst ein Mensch mit einem verharzten alten Finger und ein paar archäologischen Aufzeichnungen? Genau genommen kann es nur jemand aus meinem Mitarbeiterstab getan haben. Vielleicht war es Ihr anonymer Informant. Wir sollten uns Beckmann mal gemeinsam vornehmen.“

In Haverkamps Verhalten ging eine Veränderung vor. Er wischte seine verschwitzten Hände an den Hosenbeinen ab und reckte sich zur vollen Körpergröße auf. Seine Stimme klang gefasst. „Sie arbeiten keinesfalls auf eigene Faust. Das lasse ich nicht zu. Ich werde die anstehenden Fragen in meiner Wiesbadener Behörde zur Sprache bringen und beraten. Dann hören Sie von mir. Bis dahin darf nichts nach außen dringen. Ich neige dazu, die Karten auf den Tisch zu legen und eine Anzeige zu machen. Vielleicht ist die Staatsanwaltschaft so verständnisvoll und lässt die Presse außen vor. Wenn die Behörden erfolgreich arbeiten, kommen wir vielleicht mit einem blauen Auge davon."

„Wieso wollen Sie darüber entscheiden? Immerhin sind die Sachen bei mir weggekommen. Ist es dann überhaupt Ihre Angelegenheit, eine Anzeige zu erstatten?"

„Ja! Ich werde nämlich Sie anzeigen. Weil es Ihnen nicht zustand, das ausgegrabene Fundstück einzubehalten und für Ihre Zwecke zu verwenden."

Bevor Stadelmann antworten konnte, bog Julia Mansfeld um die Ecke. Sie trug ein leichtes Sommerkleid, dessen ausgestellten Rock sie durch ihre wippende Gangart aufreizend schaukelte. Ihre lockigen Haare glänzten seidig, das Make-up war dezent, aber markant. Als sie an den Tisch herantrat, reichte sie zuerst Haverkamp die Hand. „Schön, Sie wiederzusehen. Wir kennen uns von der Ausstellungseröffnung her. Sie erinnern sich?"

Das Lächeln Haverkamps, der sich zwischenzeitlich, ebenso wie Stadelmann, erhoben hatte, geriet hintergründig. „Natürlich." Er warf Stadelmann einen vielsagenden Blick zu. „So leicht vergisst man einen Menschen wie Frau Mansfeld nicht."

Stadelmann schaute verlegen. Es dauerte eine Weile, bis er Julia begrüßte und ihr einen Platz anbot. Im Hinsetzen wandte er sich an Haverkamp. „Frau Mansfeld promoviert über ein Thema aus der römischen Rechtsgeschichte. Sie hat mich dabei um meine Unterstützung gebeten. Wir haben uns am Eröffnungstag für heute verabredet, damit ich meinen bescheidenen Beitrag zum Gelingen der Arbeit leisten kann."

„Ebenso löblich wie selbstlos", sagte Haverkamp. Er stand auf und machte eine entschuldigende Geste. „Dann will ich nicht länger stören. Viel Erfolg bei Ihrem Bemühen."

Stadelmann wirkte peinlich berührt. Er schickte sich an, Haverkamp förmlich zu verabschieden und ihn zu begleiten. Doch sein ungebetener Gast winkte ab. „Lassen Sie nur. Ich kenne mich aus und finde den Weg hinaus alleine." Er zeigte auf Julia.

„Sie müssen der Dame Gesellschaft leisten. Das gehört sich so." Nachdem er schon wenige Schritte vom Tisch entfernt war, drehte sich Haverkamp um und richtete noch einmal das Wort an Stadelmann. „Ich habe noch etwas vergessen. Grüßen Sie Ihre reizende Gattin von mir. Sie erzählt mir immer wieder, dass Sie beide eine der letzten harmonischen Ehen führen."

Als Haverkamp sich abwandte, lag etwas Unversöhnliches in seinen Augen. Etwas wie Hass.

10

Waldemar Pfarr parkte den lang gestreckten schwarzen Leichenwagen in der Toreinfahrt zu seinem Grundstück in der Niederräder Landstraße. Er stieg aus und richtete zunächst die Bügelfalten seines schwarzen Anzugs. Beim Gang um das Fahrzeug schaute er auf die Heckscheibe und den dort in silbergrauer Farbe aufgetragenen stilisierten Ölzweig, der von einem Tropfen Vogelkot beschmutzt war. Er fischte ein Papiertaschentuch aus der Hosentasche und spuckte darauf. Dann wischte er über die Scheibe, entsorgte das Taschentuch im Rinnstein und ging zur Haustür des im Jugendstil gehaltenen Altbaus. Ein dezentes Metallschild wies darauf hin, dass hinter den Mauern die *Pietät Pfarr* ihre Dienste anbot.

Bevor der Chef des Unternehmens eintrat, warf er noch einen Blick in das breite Schaufenster auf der linken Seite, das bei der übrigen baulichen Harmonie des Hauses wie ein Fremdkörper wirkte. Die Ränder waren von einer grauen Blättergirlande umrahmt. Hinter dem Fenster stand ein weißer Sarg auf einem Tisch, der mit einem schwarzen Tuch verdeckt war. Die künstlichen Lilien auf dem Sargdeckel störten Waldemar Pfarr nicht. Er fand sie passend, ja sogar schön. Nach seinem Verständnis gehörten sie zu einer angemessenen Ausstattung.

Er betrat das Haus und wurde schon im Flur von einer ältlichen Dame in Empfang genommen, deren flüsternde Stimme ihr Erscheinungsbild hervorragend ergänzte. „Sie sind schon da. Beide Parteien. Das Amt, das Sie angerufen haben, hat drei Leute geschickt. Zwei Männer und eine Frau. Ich habe sie in das Zimmer am Ende des Flurs gebeten." Sie unterbrach ihre Rede, schluckte mehrfach und deutete dann zur Straßenseite. „Die beiden Kunden habe ich im Geschäftszimmer untergebracht. Ich habe ihnen gesagt, dass es noch einen Moment dauern würde, bis Sie zurück wären. Sie haben sich bisher nicht gerührt."

Pfarr nickte. Er ging weiter auf das gegenüberliegende Zimmer zu und drückte behutsam die Türklinke nieder. Als er in das mit dunklen englischen Möbeln ausgestattete Zimmer eintrat, schaute er eine Weile in die Runde, bevor er sich der kleinen rothaarigen Frau zuwandte. „Pfarr ist mein Name. Ich bin der Besitzer der Pietät. Hatte ich mit jemandem von Ihnen telefoniert?"

Ehe Frau Doktor Lubitsch antworten konnte, erhob sich Schultz von seinem Stuhl und gab Pfarr die Hand. Er zeigte auf den dunkelhaarigen, bärtigen Mann mit dem vernarbten Gesicht, der ebenfalls aufgestanden war. „Sie haben mit Kriminalhauptkommissar Schreiner gesprochen. Frau Doktor Lubitsch ist Ärztin und arbeitet in der Gerichtsmedizin. Ich bin der zuständige Staatsanwalt und heiße Schultz."

Pfarrs salbungsvolle Miene passte nicht zu den neugierig hin- und herwandernden blauen Augen des kleinen Mannes mit dem grauen Haarkranz. „Auf dem Gebiet kenne ich mich nicht so genau aus. Wir haben nur sehr gelegentlich mit dem Institut für Rechtsmedizin zu tun. Unsere Rolle besteht in der Regel darin, jemand dort abzuholen. Einen Verstorbenen natürlich." Er wies auf die Stühle und verbeugte sich. „Aber bitte, behalten Sie doch Platz. Ich setze mich dazu, wenn ich darf."

Schultz schien die unterwürfige Haltung Pfarrs nicht zur Kenntnis zu nehmen. Er ließ sich auf den Stuhl fallen und wartete, bis alle am Tisch saßen. Dann sah er zum Hausherrn hin. „Sie haben uns angerufen, um uns über eine ungewöhnliche Entdeckung zu unterrichten. Am besten erzählen Sie uns jetzt im Zusammenhang, was Ihnen aufgefallen ist."

Die Demutsgeste Pfarrs gegenüber den drei Gästen wirkte unangenehm, fast aufdringlich. „Hoffentlich gerät meine Geschichte nicht zu lang. Ich weiß, dass bedeutende Menschen wie Sie in Ihren verantwortungsvollen Berufen mit der Zeit geizen müssen. Deshalb werde ich mich bemühen, Sie nicht über Gebühr in Anspruch zu nehmen." Mit einem verstörten Blick schaute er plötzlich in die Runde. „Ich muss mich entschuldigen, weil ich mich als schlechter Gastgeber erweise. Darf ich Ihnen etwas zu trinken anbieten, etwas Wasser vielleicht?"

Schreiner schüttelte den Kopf und spielte mit nervösen Fingern in seinem Bart, während Frau Doktor Lubitsch zur Decke stierte, als habe sie die Frage überhört. Schultz winkte ab, streckte sein gerade vom Gichtanfall genesenes rechtes Bein aus und faltete die Hände über seinem Bauchansatz. „Vielen Dank. Fahren Sie einfach fort."

Pfarr richtete sich wie ein folgsamer Schüler gerade auf. Er seufzte. „Wo soll ich anfangen?" Er zögerte. „Die beiden Kunden, die nebenan sitzen und warten, sind Eheleute. Sie haben mit mir telefoniert und mich beauftragt, die Beerdigung ihrer Tochter zu übernehmen. Sie ist an einem Kreislaufversagen gestorben. Die Eltern haben sich von mir beraten lassen, was die Ausrichtung der Beerdigung angeht. Wir wollen die trauernden Menschen nicht noch mit organisatorischen Aufgaben allein lassen und unterbreiten ihnen deshalb ein Komplettangebot. Wir kümmern uns um den Toten, den wir waschen und einkleiden und im Bedarfsfall noch ein wenig herrichten. Er soll so schön aussehen, dass die Angehörigen, die ihn noch einmal sehen und von ihm Abschied nehmen wollen, ihn in bester Erinnerung behalten. Außerdem stellen wir den Sarg, besorgen die Blumenarrangements, bieten Trauer- und Dankeskarten an, übernehmen den Transport der Leiche bis in die Trauerkapelle und entlasten damit vollständig die Hinterbliebenen." Sein schleimiges Lächeln konnte die Gier nur unzureichend verbergen. „Natürlich hat dies alles auch seinen Preis. Sie werden verstehen, dass wir diese Leistungen nicht für ein Almosen anbieten können. Aber wir kalkulieren sehr eng und behalten immer die mitmenschliche Komponente im Auge. Schließlich darf zu der Trauer und all dem damit verbundenen Elend nicht noch das Gefühl treten, dass diese schwierige Lage ausgenutzt wird."

Die Augen von Frau Doktor Lubitsch ruhten unverändert auf der Decke. Es war in ihrem Gesicht nicht abzulesen, ob ihr der schwülstige Kronleuchter mit der aufwendigen Stuckumrandung gefiel. Während Schreiner begonnen hatte, mit den Fingernägeln zart auf die Tischplatte zu trommeln, erhob Schultz den Arm und gebot Pfarr Einhalt. „Wir haben nicht den geringsten Zweifel, dass Ihre Kalkulation in Ordnung geht. Unser Kommen hat ja nichts damit zu tun, dass wir Ihr Geschäftsgebaren überprüfen wollen. Erzählen Sie uns lieber, warum Sie uns angerufen haben."

Schreiner betrachtete seine Fingernägel. Er wirkte gereizt. „Am Telefon haben Sie davon gesprochen, dass Ihnen bei der Erledigung des Auftrags etwas seltsam vorgekommen sei. Deswegen sind wir hier."

Pfarr spitzte die Lippen. Er fühlte sich ungerecht behandelt. Schließlich war er selbständiger Unternehmer. Das forderte Respekt. Andererseits wusste man nie, ob Widerworte nicht künftige Kundschaft verprellten. Da ihn die Mehrung seines Wohlstands, wie er sich eingestand, stärker interessierte als die Beurteilung seiner Charaktereigenschaften, wollte er die Zurechtweisung kommentarlos ertragen. Er entschied sich, lediglich eine kleine Spitze einzubringen. „Wie ich schon sagte, kleiden wir die Verstorbenen auf Wunsch der Angehörigen ein. So lautete auch der Auftrag, den mir die Eltern der Toten erteilt hatten. Nicole Neutze, so hieß die Verblichene, habe ich gewaschen, geschminkt und ihr dann das Totenhemd angezogen, das die Eltern ausgesucht hatten. Das war nicht einfach."

Der tiefe Atemzug von Schreiner fiel laut aus. Er wirkte genervt. Mit den Händen strich er sich über sein rotes T-Shirt, auf dem eine übergroße Karotte abgebildet war. Er bevorzugte dieses Shirt, weil es ihn daran erinnerte, wie er mit dem Rauchen aufgehört und die Sucht durch ständigen Verzehr von Mohrrüben bekämpft hatte. „Weshalb? Das gehört doch zu Ihren täglichen Aufgaben."

„Sie war behindert. Verwachsen. Arme und Beine waren verkrümmt. Das erschwerte das Ankleiden."

Die drei Gäste schauten sich wortlos an. Ihre Blicke drückten heillose Überraschung aus. Schultz fasste sich zuerst. „Tatsächlich? Davon hatten Sie uns nichts gesagt."

„Mag sein. Ich habe noch nie mit Menschen wie Ihnen zu tun gehabt. Das ist Neuland für mich. Deshalb wusste ich nicht, was für Sie wichtig ist und was nicht."

„Spiegelte sich die Behinderung auch im Gesichtsausdruck wider?", fragte Doktor Lubitsch. „Sprach das Aussehen neben der körperlichen auch für eine geistige Behinderung?"

Pfarr musste nicht lange überlegen. „Ohne Zweifel. Das Gesicht war verkrampft, zerkratzt, irgendwie nicht sehr individuell."

Als Pfarr keine Anstalten machte, weiterzureden, klatschte Schreiner in die Hände. „Weiter. Erzählen Sie jetzt genau, was Ihnen noch aufgefallen ist. Die Besonderheiten."

„Es war, als ich ihr das Hemd überstreifte. Ich kämpfte mit der ungewöhnlichen Stellung der Arme, die ich anheben musste, um sie durch die Ärmel zu führen. Was ich dabei zu sehen bekam, überraschte mich." Pfarr hielt eine Weile inne und tat so, als denke er nach. Er sah dies als kleine Rache für die vorangegangene Kritik an Umfang und Qualität seiner Erzählung an. Schließlich wollten diese Menschen etwas von ihm hören. Er war wichtig für sie. Dann mussten sie auch seinen Erzählstil akzeptieren. Endlich zog er die Stirn in Falten, als sei ihm gerade die Fortsetzung eingefallen. „Unter der Achsel gab es eine Stelle, die aussah, als sei sie tätowiert worden."

Schultz krampfte die gefalteten Hände ineinander. Seine Miene drückte etwas wie Erlösung aus. „Genau. Darauf hatten Sie schon am Telefon hingewiesen. Dieser Punkt ist für uns von besonderem Interesse."

Etwas Argloses lag in Pfarrs Gesicht, als er seiner Neugier freien Lauf ließ. „Warum?"

Lubitsch und Schreiner sahen Schultz an, der eine Augenbraue hochzog und mit der Schulter zuckte. „Wir hatten so etwas neulich schon einmal. Der Fall ist noch nicht aufgeklärt.

Es könnte eine Parallele geben. Schildern Sie uns bitte, wie diese Tätowierung aussah."

Pfarr legte den Zeigefinger vor die Lippen und starrte zu Boden, um sich zu konzentrieren. „Das war wie ein Haus mit einem spitzen Dach. Dann gab es ein paar vertikale und ein paar horizontale Striche. Für mich sah das aus, als seien Säulen und Treppen stilisiert worden." Er zögerte. „Sie können sich die Leiche ja gleich selbst ansehen. Dann können Sie sich ein eigenes Bild machen."

Schultz schien nicht genau zuzuhören. Er schaute aus dem Fenster und drehte sich auf einmal abrupt zu Pfarr um. „War das alles? Hatten Sie nicht noch etwas anderes am Telefon angesprochen?"

Pfarr beeilte sich mit der Antwort. Er fühlte sich plötzlich wichtig. Sein Gesicht und seine ganze Haltung drückten Beflissenheit aus. „Ja! Die Socken der Toten."

Schreiner ließ die von Pfarr eingelegte Kunstpause nicht lange zu. „Weiter. Was war damit? Wieso fielen Ihnen die Socken auf?"

„Weil ich nicht erwartet hatte, dass sie welche tragen würde. Als ich zu ihr geführt wurde, war sie ansonsten völlig nackt."

„Vielleicht lief sie zu Hause auf Socken herum", sagte Schreiner.

Pfarrs Miene verriet Verständnislosigkeit. „Das war es nicht. Sie konnte doch gar nicht gehen. So haben es jedenfalls ihre Eltern gesagt." Er fuhr sich mit Daumen und Zeigefinger über den Nasenrücken. „Nein. Ungewöhnlich war für mich der Anblick, als ich der Verstorbenen diese bunten Ringelsocken auszog, weil sie nicht zum Totenhemdchen passten. Irgendwie fiel mein Blick dabei auf die Füße." Er holte Luft. „Dort war ein Loch. Ein kleines Loch. Wie ein Stich. Die Stelle war rot umrandet. Es kam mir merkwürdig vor. Auch deshalb, weil um die Söckchen oberhalb der Knöchel Schnürsenkel gebunden und festgezurrt waren. Es kam mir so vor, als sollte damit vermieden werden, dass die Strümpfchen ausgezogen wurden. Aber das war nur so ein Gefühl von mir."

Ein Hauch von Nachdenklichkeit lag über dem Gesicht von Schultz. Er schaute zu Doktor Lubitsch hin. „Können Sie damit etwas anfangen? Haben Sie eine Idee, die uns weiterhelfen könnte?"

Die kleine rothaarige Frau schnippte mit Daumen und Mittelfinger. „Das ist nicht auszuschließen. Mir kommt da ein Gedanke, dem wir nachgehen könnten." Sie wandte sich an Pfarr. „Dazu müsste ich allerdings die Leiche sehen."

„Das ist kein Problem. Ich muss nur der Höflichkeit halber fragen, ob Sie nicht vorher mit den Eltern von Nicole Neutze sprechen wollen. Die beiden Leutchen sitzen seit einiger Zeit nebenan und warten auf eine weitere Beratung durch mich. Sie wissen noch gar nicht, dass Sie hier sind und mit ihnen reden wollen. Sie hatten mich ja gebeten, nichts verlauten zu lassen."

Schultz erhob sich. „Wo befindet sich die Leiche?"

„Im Kellerraum. Wenn Sie die Treppe nach unten gehen, treffen Sie direkt auf den Raum. Er ist nicht verschlossen."

Der Zeigefinger von Schultz suchte Doktor Lubitsch. „Sie können sich schon die Tote ansehen, solange ich mich mit den Eltern unterhalte. Nehmen Sie Herrn Schreiner mit. Ich komme nach."

Lubitsch und Schreiner verließen den Raum zuerst. Pfarr und Schultz folgten und suchten das Nebenzimmer auf. Nachdem Pfarr leicht angeklopft hatte, traten sie ein. Milchglasscheiben und halbhoch gekachelte Wände vermittelten die verstörende Atmosphäre einer Eisdiele oder eines überdimensionalen Badezimmers. Es roch nach einem penetranten Desinfektionsmittel. Das übergroße Bild an der Wand mit den betenden Händen von Dürer wirkte wie ein Fremdkörper und Stilbruch zugleich.

In einer Ecke saßen an einem runden Tisch mit lang herunterhängender, geklöppelter Decke zwei Menschen gehobenen Alters. Beide blickten zu Boden und sprachen nicht miteinander. Dem Äußeren nach machten beide einen gebrochenen Eindruck. Der Mann trug die fettigen Haare gescheitelt. Eine graue

Strähne hing ihm ins Gesicht. Das weiße Polohemd war schmuddelig. An der schwarzen Hose waren keine Bügelfalten mehr zu erkennen. Die kleine Frau neben ihm zupfte an ihrer weißblonden Perücke. Die spitze Nase gab ihrem Aussehen etwas Herrschsüchtiges. Ihr dunkles Kleid sah nach Katalogware aus.

Pfarr stellte Schultz vor, ohne dass die Eheleute Neutze überrascht reagierten. Schultz wünschte Beileid und setzte sich mit Pfarr hinzu. „Herr Pfarr hat mich davon unterrichtet, dass Sie Ihre Tochter verloren haben. Dabei kamen ein paar Dinge zur Sprache, über die wir mit Ihnen sprechen wollen. Ich verstehe, dass Ihnen das noch weh tut. Aber es duldet leider keinen Aufschub. Wollen Sie mir bitte ein paar Fragen beantworten?“ Er sah die Eheleute an, die keine Reaktion zeigten. Schultz legte seine Hände ineinander und rückte näher heran. „Ich sehe, dass Sie keine Einwände haben. Ihre Tochter ist an Kreislaufversagen gestorben. Gab es Anzeichen oder Vorwarnungen, die auf ihr mögliches Ableben hinwiesen, eine schwere Erkrankung zum Beispiel?“

Herr Neutze schüttelte den Kopf. Seine Frau starrte weiter vor sich hin. Schultz wartete eine Weile. Eine weitere Antwort kam nicht. „Kreislaufversagen bei jungen Menschen sind eher ungewöhnlich. Wie Herr Pfarr mir sagte, wurde Ihre Tochter nur vierunddreißig Jahre alt. Sicher war sie wegen ihrer Behinderung in ärztlicher Behandlung. Gab es da Auffälligkeiten, die auf einen bevorstehenden Tod schließen ließen?“

Neutzes Haltung blieb unverändert. Er flüsterte. „Nein. Keine Anzeichen. Es gab auch keinen Arzt.“

„Bei der Einkleidung Ihrer Tochter ist uns unter ihrer Achsel eine Art Tattoo aufgefallen. Hatte sie das schon länger? Haben Sie es irgendwann an ihr oder woanders schon einmal gesehen?“

Wieder das Kopfschütteln von Neutze. „Nein.“

„Haben Sie vielleicht eine Vorstellung, wie es dahin gekommen sein könnte?“

„Nein.“

Schultz verschränkte die Arme. „Bisher führe ich die Dürftigkeit Ihrer Antworten auf den frischen Trauerfall zurück. Trotzdem muss ich Sie bitten, mir etwas mehr entgegenzukommen. Wir wollen doch die Beerdigung Ihrer Tochter nicht unnötig verzögern. Damit würden wir nur Ihre Leidenszeit verlängern. Erzählen Sie mir bitte, an welcher Form der Behinderung Ihre Tochter litt." Er wandte sich Frau Neutze zu. „Sie dürfen sich gerne an unserem Gespräch beteiligen."

Neutzes Kinn sackte auf seine Brust. Mit dem Ellbogen schubste er seine Frau an. „Sag du es."

Die kalte Stimme von Frau Neutze und ihre schnippische Redeweise harmonierten in seltsamer Weise mit der Einrichtung. Einen Blickkontakt zu Schultz stellte sie nicht her. „Ein angeborener Chromosomenschaden. Ein Gendefekt, wenn Sie so wollen. Genügt Ihnen das?"

Schultz unterließ jede Gegenreaktion. „Haben Sie das Tattoo nach ihrem Tod gesehen?"

Es war nun wieder Herr Neutze, der antwortete. „Nein. Nie."

„Hat der Arzt, der den Totenschein ausgestellt hat, irgendetwas gesagt oder gefragt?"

„Nein. Er sprach von einer natürlichen Todesursache."

„Wann war das?"

„Vorgestern."

„War es Ihr Hausarzt oder ein Arzt, der Ihre Tochter gelegentlich behandelte?"

„Nein. Wir haben angerufen."

„Würden Sie mir sagen, wie der Arzt hieß? Darf ich mich einmal mit ihm in Verbindung setzen?"

„Das weiß ich nicht mehr. Da müsste ich nachsehen."

„Und Sie, Frau Neutze?"

„Ebenfalls."

Das Gesicht von Schultz drückte Unmut aus. Er strich sich mehrfach über seine sorgfältig ausrasierte, ungewöhnliche Barttracht. „Kommen wir zu den Ringelsöckchen. Als Sie Ihre Tochter Herrn Pfarr überließen, war sie nackt bis auf ein Paar bunte Strümpfe. Können Sie mir sagen, warum Nicole ausgerechnet die Socken anbehalten sollte?“

Frau Neutze versuchte vergeblich, Blickkontakt zu ihrem Mann herzustellen. Es schien so, als wolle sie ihn von einer nicht abgestimmten Äußerung abhalten. Neutzes Antwort kam prompt. Er gab seine verstockte Einsilbigkeit auf und nahm eine Abwehrhaltung ein. „Ein Versehen. Wir haben es schlicht vergessen. Mein Gott, die Aufregung und die Erschütterung.“

In die Erklärung von Neutze hinein platzte die schrille Stimme seiner Frau. „Es waren die Lieblingssocken unseres Kindes. Sie sollte …“

Es herrschte betretene Stille, bevor Schultz wieder das Wort ergriff. „Lassen wir das jetzt einmal so stehen. Sie werden beide noch Gelegenheit haben, in einer Vernehmung bei der Staatsanwaltschaft Ihre Gedanken zu ordnen.“ Er fixierte Herrn Neutze. „Ihre Gattin lassen wir jetzt für eine kleine Weile in der Obhut von Herrn Pfarr, während Sie und ich nach unten in den Raum gehen, wo Ihre Tochter aufgebahrt ist. Ich möchte Ihnen dort noch ein paar kurze Fragen stellen. Ihrer Gattin sollten wir diese Prozedur ersparen, um sie nicht zusätzlich aufzuregen. Es reicht völlig aus, wenn Sie allein mitkommen.“

Frau Neutze machte ein misstrauisches Gesicht. Man sah ihr an, dass sie gerne widersprochen und Schultz lieber anstelle ihres Mannes begleitet hätte. Da Schultz ihren Ehemann bereits untergehakt und mit zur Tür geschleppt hatte, fügte sie sich mit mürrischer Miene in das Geschehen.

Neutze gab sich widerspenstig. Schultz musste ihn fast zur Kellertreppe schieben. Sie betraten den abgedunkelten Raum. Eine flache Deckenleuchte verteilte das spärliche Licht. Das Zimmer wurde beherrscht von einer Art Bettgestell, das mit einem weißen Laken bis zum dunkelbraun gefliesten Boden abgedeckt war. Der klein gewachsene Mensch auf der Bahre war mit einem weißen Spitzenkleid mit zartrosa Schleifchen zugedeckt. Dünne dunkelblonde Haarsträhnen lugten aus der Kopfbedeckung, die aussah, als sei sie für eine Puppe angefertigt. Unter der Mütze ragte ein kleines, extrem blasses Gesicht hervor. Die Augen waren geschlossen, der Mund bleich. Die Kinnlade wurde mit einer Schleife geschlossen gehalten, die offenbar unter der Mütze verknotet war. Die Gesichtszüge verrieten selbst für einen medizinischen Laien unverkennbar, dass die Frau zu Lebzeiten schwer krank gewesen sein musste. Darüber hinaus hatten ihre dünnen und rissigen Fingernägel tiefe Kratzspuren hinterlassen. Der Versuch, die entstellten Partien mit Schminke entkrampft erscheinen zu lassen, war nur in Ansätzen gelungen.

Die Füße der Toten waren nackt. Daneben lagen auf der einen Seite der Bahre ein Paar bunt geringelte Socken, auf der anderen weiße Baumwollstrümpfe.

Oberhalb der Bahre gab es einen hohen geschmiedeten Kerzenständer. An der Wand stand ein kleiner Schreibtisch, vor ihm ein paar einfache Holzstühle. Gegenüber befand sich ein Wandschrank mit unendlich vielen Schubladen. Der Raum vermittelte insgesamt den Eindruck einer Gruft.

Schultz machte Neutze mit Doktor Lubitsch und Schreiner bekannt. Er gab Doktor Lubitsch wortlos ein Zeichen. Sie drehte sich zu der Leiche um, zog das weiße Spitzenkleid herunter und legte es zur Seite. Der nackte Körper zeigte auch noch im Tod der Frau, dass sie sich zu Lebzeiten nicht fortbewegen konnte. Der Tod selbst hatte die Stellung der Arme und Beine ebenso wenig begradigen können wie die kosmetischen Bemühungen des Bestattungsinstituts. Doktor Lubitsch ging nicht darauf ein, ob sie den Blick in die Achselhöhle der Verstorbenen mit einiger Kraftanstrengung selbst herbeigeführt hatte. Sie zeigte auf das äußerste Ende des inneren Oberarms. Dort war in der Größe einer Münze ein schwarzer Abdruck aufgeprägt, der nach einem Stempel aussah. Das Bild glich einer etwas verwaschenen Karikatur. Unter einem rechtwinkligen Dach folgten vier senkrechte Striche. Diese wurden horizontal von drei Streifen begrenzt, die sich nach unten hin verbreiterten.

Doktor Lubitsch winkte mit der anderen Hand Neutze herbei. „Wenn Sie sich diesen Aufdruck einmal anschauen würden. Wir können zur Zeit noch nicht sagen, wie er aufgetragen wurde. Das wird Herr Schreiner noch bei der Polizei untersuchen. „Sagt Ihnen dieses Zeichen etwas? Haben Sie es an Ihrer Tochter vor oder nach ihrem Tod oder anderswo schon einmal gesehen?"

Neutze warf nur einen flüchtigen Blick in die vorgegebene Richtung. Seine Stimme klang unwirsch. „Nein." Er deutete auf Schultz. „Das habe ich oben schon diesem Herrn hier gesagt."

Ein kaltes Lächeln umspielte Lubitschs Mund. „Da Sie vorhin die Frage verneint haben, konnten Sie folglich das Tattoo noch nicht kennen. Jetzt habe ich es Ihnen gezeigt. Kommt Ihnen nun eine Erinnerung?"

„Nein."

„Nehmen wir das einmal so hin." Sie bewegte sich zum Fußende der Leiche. „Kommen Sie doch bitte einmal hierher zu mir."

Neutze war der Widerwille anzumerken, mit dem er der Aufforderung von Doktor Lubitsch nachgab. Sie deutete auf den Fußbereich der Toten. „Hier befindet sich ein minimaler Einstich, der von einem kleinen rötlichen Rand umgeben ist. Können Sie mir sagen, woher diese Verletzung kommt?"

Wieder vermied Neutze ein genaues Hinsehen. „Nein."

„Sie schauen ja gar nicht hin. Es muss Sie doch genauso wie uns interessieren, was es mit der Wunde auf sich hat."

Neutze errötete leicht. Er zeigte etwas mehr Temperament. „Sie ist tot. Wozu soll ich jetzt noch Rätsel raten? Vielleicht ist sie gegen irgendetwas getreten und hat sich dabei verletzt? Woher soll ich das alles wissen?"

„Konnte sie denn überhaupt laufen?"

„Nein. Natürlich nicht. Aber sie krabbelte. Dann kamen manchmal die Anfälle, bei denen sie schrie und tobte, und dann außerhalb des Bettes gelegentlich auch gegen etwas stieß und sich dabei wehtat." Seine Stimme wurde lauter. „Was wollen Sie eigentlich von mir? Wollen Sie mir etwa unterstellen, dass ich meinem Kind absichtlich Schmerzen zugefügt habe? Ist das der Grund für Ihre Fragen? Sind Sie deshalb hierher gekommen? Ich habe keine Lust mehr, mich von Ihnen verhören zu lassen, als hätte ich etwas Unrechtes getan."

Während Doktor Lubitsch die Tote wieder mit dem Spitzenkleid zudeckte und Schreiner die Söckchen an sich nahm, mischte sich Schultz in das Gespräch ein. Er griff in die Innentasche seiner Anzugjacke und zog ein Mäppchen hervor. Ihm entnahm er eine Visitenkarte und reichte sie Neutze. „Wir verstehen Ihren Schmerz gut. Missverstehen Sie uns bitte nicht. Aber wir haben auch unsere Aufgabe zu erfüllen. Wir wollen nur begreifen, wie es genau zum Tod Ihrer Tochter gekommen ist. Immerhin gibt es ein paar Ungereimtheiten, die wir nicht einfach im Raum stehen lassen können. Wir wollen Sie nicht quälen, sondern sind verpflichtet, uns mit den Umständen zu befassen. Denken Sie bitte über die Auffälligkeiten nach. Auf der Karte finden Sie meine Telefonnummer. Rufen Sie mich an, sobald Ihnen noch etwas eingefallen ist, und mag es Ihnen auch noch so bedeutungslos erscheinen. Ungeachtet dessen werden wir Sie und Ihre Gattin auf jeden Fall in den nächsten Tagen ausführlich vernehmen. Bis dahin können Sie sich in Ruhe mit unseren Fragen auseinandersetzen."

Neutze zeigte keine Reaktion. Er gab sich wieder so verstockt wie vor seinem Gefühlsausbruch. Schultz wies zunächst Doktor Lubitsch und Neutze den Weg nach oben, während er noch etwas zurückblieb. Er hielt Schreiner am Arm fest und zog ihn beiseite. Seine Lippen berührten fast Schreiners Ohr. „Hier ist nicht der Ort, ihn in die Mangel zu nehmen. Außerdem haben wir dafür jetzt nicht genügend Zeit. Nehmen Sie sich bitte mit Ihrem Kollegen Köhler die beiden Neutzes möglichst umgehend vor und knacken Sie die Schweigemauer. Wie ich weiß, können Sie das ausgezeichnet. Selbstverständlich nur bis zu der Grenze, an der das Gesetz knirscht."

Schreiner lächelte vor sich hin und strich sich über seine Bartlöckchen. „Mein Vater war Landwirt. Er musste täglich eine Herde von Kühen melken. Ich habe viel von ihm gelernt und es auf meinen Beruf übertragen. Kollege Köhler und ich sind in dieser Beziehung unausstehlich." Er gluckste. „Unübertrefflich, wollte ich sagen."

Als sie wieder im Erdgeschoss ankamen, trafen sie auf Doktor Lubitsch und Pfarr. Herr Neutze war verschwunden. Pfarr schien den fragenden Blick von Schultz aufgenommen zu haben. Er deutete mit dem Finger auf die verschlossene vordere Zimmertür. „Er ist zu seiner Frau gegangen."

Pfarr geleitete Doktor Lubitsch und die zwei Ermittler zur Tür. „Was soll jetzt mit der Toten geschehen? Kann ich sie fertig herrichten und beerdigen lassen?"

Schultz schüttelte den Kopf und verabschiedete sich mit Handschlag. „Nein. Die Leiche ist beschlagnahmt. Doktor Lubitsch lässt sie innerhalb der nächsten Stunde abholen und in die Gerichtsmedizin bringen. Ich habe unten den Raum vorsorglich versiegelt, damit niemand auf dumme Gedanken kommt."

Pfarr schloss die Tür hinter seinen Besuchern. Bevor er wieder zu den Neutzes ging, spähte er durch eine Spanngardine nach draußen. In seinem Mund spürte er einen unangenehmen Geschmack. Angeekelt musste er zweimal schlucken. Auf dem Weg zu den Eheleuten Neutze schlug er sich mit der Hand vor die Stirn und murmelte vor sich hin. „So ein sinnloser Aufwand für einen von Gott gestraften Menschen. Kapieren die denn nichts? Sie trägt doch das Kainszeichen."

11

Der prächtige Aufgang zum Hotel *Hessischer Hof* war hell erleuchtet. Immer wieder näherten sich ihm kleine Gruppen von Frauen und Männern von der U-Bahn-Haltestelle an der Messe und den umliegenden Parkmöglichkeiten. Ihr Bewegungsablauf erinnerte an kirchliche Prozessionen zu christlichen Feiertagen. Die Schritte waren gemessen, fast feierlich. Die Gesichter waren ernst. Gesprochen wurde nichts. Die Menschen vermittelten ohne Ausnahme eine freudlose Atmosphäre.

Selbst die Witterungsverhältnisse glichen dem Stimmungsbild. Es regnete Bindfäden. Graue Wolken in allen Farbschattierungen jagten von Westen über den Abendhimmel. Kein Hauch von Helligkeit am Horizont versprach ein schöneres Morgen. Nur auf dem Asphalt glitzerten die Öllachen der Autos in schillernden Regenbogenfarben.

Die Gäste huschten eilig über die breite Friedrich-Ebert-Anlage und betraten den vorgelagerten einstöckigen Hotelzugang auf dem roten Teppich, der die Eingangstreppe vom Bürgersteig an bis ins Foyer bedeckte. Eine helle Markise schützte Besucher wie Teppich vor dem Nieselregen.

Unmittelbar hinter dem Eingang war mit gedruckten Wegweisern ein Leitsystem eingerichtet. Weiße Kartons in Pfeilform mit der Aufschrift „Vortrag Dr. Felix A. Tempel" führten die Gäste zum Veranstaltungsraum. Zwei in grauen Kostümen gekleidete Hostessen, beide mit hübschen Gesichtern und ansehnlichen Figuren, bewegten sich in der Eingangshalle, um die Hinweisschilder zu erläutern. Sie wurden nur selten angesprochen.

Eine von ihnen, gertenschlank und dunkelhäutig, schubste ihre hoch gewachsene Kollegin, deren seidig blonde Haare ihr ins Gesicht fielen, mit dem Ellbogen in die Seite. „Der Tempel sieht cool aus, oder? Geiler Typ. Einer, auf den Frauen fliegen. Auf dem Aushang in der Uni hat er nur besonders gut aussehende Frauen aufgefordert, sich als Hostessen zu bewerben.“

Die Blonde rümpfte die Nase. „Hat mir angeboten, mal mit ihm auszugehen. Scheint massig Geld zu haben. Will mich mit seinem Porsche abholen.“

„Hör auf. Das hat er bei mir auch probiert. Die Nummer läuft bei mir nicht. Ich habe ihm gesagt, dass ich vergeben bin.“

„Weiberheld. Marke Großmaul. Liegt mir nicht. Zu klein. Zu viel Schmuck. Schau dir mal den Saal an. Protzig hergerichtet. Passt gar nicht zum Thema.“

„Trotzdem ist er irgendwie interessant.“

„Quatsch! Hast du mal die Radiowerbung für die Veranstaltung gehört? Unterste Schublade. Einfach affig.“ Sie imitierte eine abgehackte Sprechweise. „Ist Ihr Kind schwer geistig und körperlich behindert? Liegt Ihnen daran, die Lebensumstände für Ihr Kind und sich selbst zu verbessern? Interessieren Sie Rezepte für Wege zurück in ein normales Familienleben? Dann kommen Sie zu meinem Veranstaltungsabend im Hotel *Hessischer Hof.* Dieses Mal sprechen wir hauptsächlich über das *Rett*-Syndrom. Eltern anderweitig erkrankter Kinder sind trotzdem herzlich eingeladen.“

Ein älteres Ehepaar ging mit trostloser Miene an den beiden Hostessen vorbei und empörte sich in Mimik und Gestik über die ausgelassene Stimmung der zwei jungen Frauen. Es folgte den Wegweisern durch eine Flügeltür ins Innere eines von zahlreichen Lüstern ausgestrahlten Saales, an dessen Kopfende ein kleines Podest mit Schreibtisch, Lehnstuhl und Leselampe aufgestellt war. Auf dem Tisch stand ein Namensschild mit der Aufschrift „Dr. Felix A. Tempel, Facharzt für innere Medizin“. Daneben stand ein Beamer, diesem gegenüber war eine weiße Leinwand an einem Ständer heruntergelassen. Der Rest des Raums war wie ein Kino mit Polsterstühlen bestanden.

Einige Menschen durchkreuzten den Saal auf der Suche nach einer geeigneten Sitzgelegenheit. Andere wiederum schienen sich zu kennen und wechselten einige Worte. Aus dem Durcheinander war zu folgern, dass der Beginn der Veranstaltung noch nicht unmittelbar bevorstand. Tempel stand in der Nähe des Podests, betrachtete das Geschehen und zeigte sich offen, angesprochen zu werden. Er trug eine braune Leinenhose, auf die sein etwas helleres Leinenjackett farblich abgestimmt war. Der Kragenknopf seines weißen Hemdes stand offen. Er trug keine Krawatte. Den sonst üblichen Goldschmuck hatte er vollständig abgelegt.

Aus der Menge löste sich eine junge Frau und ging auf Tempel zu. Sie war klein, hatte seitlich gescheitelte, lange braune Haare und war salopp gekleidet. Ihr hübsches Gesicht drückte Selbstbewusstsein aus. Als sie vor Tempel stand, lächelte sie ihn mit verheißungsvollem Augenaufschlag an. „Herr Doktor Tempel? Ich bin eine große Verehrerin von Ihnen. Ich will damit sagen, dass ich Ihren unglaublichen Einsatz auf dem defizitären Gebiet der Behindertenberatung und -betreuung sehr bewundere. Darf ich Sie um etwas bitten?"

Tempel schaute sich um und überlegte, wie viel Lächeln er der jungen Frau angesichts der im Saal lastenden Schwermut gönnen durfte. Da sie ihm gefiel und er bereits einkalkulierte, dass er vielleicht eine Gegenbitte zu einem gemeinsamen Treffen einbringen könnte, nahm er sie am Arm und drehte sich mit ihr vom Publikum weg in Richtung Leinwand um. Anschließend strahlte er sie an. „Wie könnte ich einer so bezaubernden jungen Dame wie Ihnen etwas abschlagen? Womit kann ich Ihnen dienen?"

Die Frau zeigte sich geschmeichelt und tupfte ihm auf die Hand. „Vielen Dank. Sie sind so angenehm locker. Gar nicht, wie sonst die Ärzte sind. Ich weiß gar nicht, wie ich mich dafür revanchieren soll."

„Da werden wir schon etwas finden."

Sie schlug die Augen nieder und deutete ein Kopfschütteln an. „Mein Name ist Petra Lorenz. Ich komme von einer Frankfurter Tageszeitung und will einen Artikel über Ihr Engagement und die heutige Veranstaltung schreiben. Darf ich Sie ein bisschen ausfragen?“

Tempel schaute auf die Armbanduhr. „Wir haben noch eine Viertelstunde Zeit. Reicht Ihnen das?“

„Selbstverständlich. Vielen Dank. Ich passe mich Ihnen an.“ Sie zog aus ihrer Handtasche einen Block hervor, blätterte darin und sah dann zu Tempel auf. „Sie veranstalten heute einen Informationsabend über die *Rett*-Krankheit. Würden Sie mir bitte vorweg erklären, worum es sich dabei überhaupt handelt?“ Sie drehte sich zum Zuschauerraum um. „Es sind ja immerhin wohl über fünfzig Leute hier.“

„*Rett* ist die zweithäufigste Schwerstbehinderung. Sie tritt im Kindesalter auf. In aller Regel bei Mädchen. Sie entsteht durch eine Genmutation auf einem x-Chromosom. Da Jungens nur eins haben, sterben sie schon vor oder kurz nach der Geburt.“

Petra Lorenz wehrte ab. „Um Himmels Willen. Nicht so viele Fremdwörter. Ich muss das für die Leser der Zeitung verständlich rüberbringen. Dazu muss ich es erst einmal selbst verstehen.“

Tempel drückte ihr die Hand. „Entschuldigung. Ich versuche es mit anderen Worten. Die Betroffenen reagieren im Kleinkindalter zuerst teilnahmslos und entwickeln sich plötzlich zurück. Die meisten Kinder können dann nie oder nicht mehr sprechen, laufen oder stehen. Sie schreien, weinen oder brüllen oft ununterbrochen und erleiden zum größten Teil irgendwann epileptische Anfälle. Ihr ganzes Leben lang bleiben sie kleinwüchsig und untergewichtig.“

Ein Frösteln überfiel Petra Lorenz. Sie schauderte. „Das ist ja entsetzlich. Kann man etwas dagegen tun oder wenigstens helfen?“

„Das ist der Sinn meiner Veranstaltungen, die sich nicht nur an die Eltern von *Rett*-Kindern wenden. Ich biete Lebenshilfe für die Angehörigen aller Schwerstbehinderten.“

„Und wie sieht die aus?“

„Das ist ein weites Feld und orientiert sich an den Fragen der Gäste. Es geht von neuen Therapiemöglichkeiten über Selbsthilfeorganisationen oder geeignete Erholungseinrichtungen bis hin zur Eheberatung."

Ein zartes Lächeln spielte um den Mund von Petra Lorenz. „Sind Sie denn auch auf diesem Gebiet kompetent?"

Tempel klimperte mit den Augenlidern. „Geben Sie mir doch eine Gelegenheit, Ihnen meine Talente zu beweisen. Etwa bei einem Glas Wein." Er zog eine Visitenkarte hervor und reichte sie ihr. „Sie finden hier meine Telefonnummer. Rufen Sie mich an. Ich werde zu Ihnen rüberfliegen."

Sie nahm das Kärtchen an sich, schüttelte allerdings den Kopf. „Für welchen Vornamen steht eigentlich das A auf Ihrer Visitenkarte?"

Er sah ihr tief in die Augen. „Das ist ein großes Geheimnis."

Ihr war anzumerken, dass sie den Faden verloren hatte und sich zu konzentrieren versuchte. „Zurück zu unserem Thema. Was verstehen Sie unter Eheberatung?"

„*Rett*-Kinder bleiben ein Leben lang unselbständig. Dabei werden sie immerhin bis zu fünfzig Jahre alt. In dieser ganzen Zeit müssen sie wie ein Säugling versorgt werden. Bis hin zum Wechseln der Windeln. In der Regel sind die Mütter dabei gefordert. Was glauben Sie, zu welchen Spannungen dies in den Ehen führt? Nicht selten zerbrechen Verbindungen daran, weil alles so perspektivlos ist. Oft zerstören sich die Partner in ihrer Hilflosigkeit gegenseitig und sehen keinen Ausweg und keinen Sinn im Leben mehr."

Wieder erschauerte Petra Lorenz. „Sie müssen viel Mitgefühl und Menschenliebe für diese Aufgabe mitbringen. Deshalb ist meine nächste Frage nicht ganz fair. Ich stelle sie trotzdem. Wie rechnet sich Ihre Arbeit für Sie? Oder wollen Sie sagen, dass Sie einer der letzten Samariter dieser Welt sind? Sie nehmen ja nicht einmal Eintritt für die Veranstaltung."

In Tempels Blick lag etwas Herausforderndes. „Viele der Gäste, die kommen, sind oder werden Patienten von mir." Er schmunzelte und starrte zum Eingang. „Vielleicht lege ich manchmal drauf. Damit kaufe ich mich dann eben von meinen Sünden frei."

Tempel hatte seinen letzten Satz noch nicht zu Ende gesprochen, da betrat Julia Mansfeld den Saal. Sie trug eine mit Pailletten bestickte, durchsichtige schwarze Bluse und eine hautenge schwarze Nappalederhose. Die roten Stöckelschuhe bildeten einen weiteren Blickfang. Ihre lockigen Haare wippten bei jedem ihrer Schritte. Mitten im Raum blieb sie stehen und schaute in die Runde.

Tempel warf erneut einen Blick auf seine Armbanduhr, bevor er sich Petra Lorenz zuwandte. „Seien Sie mir nicht böse. Wir müssen jetzt abbrechen. Da kommt Frau Mansfeld, der ich versprochen hatte, mich um ihr Anliegen zu kümmern. Außerdem wird es Zeit, dass ich anfange. Weil ich ein gutes Herz habe, gestatte ich Ihnen noch eine Frage."

Petra Lorenz schaute zwischen ihm und Julia Mansfeld hin und her. Ihren Mund umspielte ein spitzbubenhaftes Grinsen. „Am liebsten würde ich Sie jetzt fragen, ob eben eine der Sünden eingetreten ist, von denen Sie sich freikaufen wollen. Da ich aber an meinen Artikel denken muss, frage ich Sie, ob Sie wegen solcher Veranstaltungen nicht auch Ärger bekommen. Ist das nicht eine Art von Werbung, die Sie als Arzt nicht betreiben dürfen? Melden sich da nicht Kollegen oder die Ärztekammer wegen Standesproblemen?"

Die Augen Tempels blitzten vor Spott. „Unfug. Es ist meine Aufgabe, Menschen zu helfen." Er fiel in einen flüsternden Ton. „Ihre vorangegangene Frage beantworte ich Ihnen bei einem Wein. Nicht vergessen. Rufen Sie mich an."

„Das tue ich. Ich habe noch eine Menge Fragen."

Petra Lorenz steuerte zielstrebig einen freien Platz neben einem jüngeren muskulösen Mann mit blondem kurzem Haarschnitt an. Als sie neben ihm Platz genommen hatte, sah er sie nur kurz an, hielt sein Ohr in die Nähe ihres Mundes und rollte erwartungsvoll die Ärmel seiner Strickjacke hoch. Dabei ließ er, offenbar als Markenzeichen, ein paar extravagante Tattoos sichtbar werden, die an die CD-Covers einiger aggressiver Rockbands erinnerten. Während sie ihm unaufhörlich zuflüsterte, ließ er kein Auge von Julia Mansfeld. Der Art seines ergründenden Blickes nach war es weniger das Äußere, das ihn faszinierte. Vielmehr schien er in seinen Gedanken zu forschen, mit wem er es bei ihr zu tun habe.

Von alledem bemerkte Tempel nichts. Er ging währenddessen auf Julia Mansfeld zu, zog sie an sich heran und gab ihr auf jede Wange ein Küsschen. „Ich habe es kaum zu hoffen gewagt, dass wir uns heute Abend begegnen. Vielen Dank. Darf ich annehmen, dass wir nachher noch ein Glas Wein zusammen trinken?"

„So hatten wir es doch vereinbart."

„Deshalb habe ich auch nebenan in *Jimmy's Bar* für später ein Tischchen für uns reserviert."

Tempel ging zu seinem Platz und richtete das Mikrofon. Eine junge Hotelbedienstete im üblichen schwarzen Rock und in weißer Bluse schloss die hohen Fenster und zog die Vorhänge vor. Sie nahm Blickkontakt zu Tempel auf und ließ sich durch Augensprache versichern, dass es weiter nichts zu tun gäbe. Anschließend zog sie sich zurück und schloss die Türflügel.

Julia schaute sich noch einmal um, bevor sie auf die erste Reihe zusteuerte und dort Platz nahm. Es war für sie ein ungewohntes Gefühl gewesen, dass seit ihrem Erscheinen kaum jemand zu ihr hingesehen hatte. Die Gründe hierfür analysierte sie nicht weiter. Die Verzweiflung, die aus vielen Gesichtern der Anwesenden sprach, ließ sie nicht an sich heran. Sie definierte sie nicht einmal. Das Desinteresse an ihrer Person führte sie auf den Altersdurchschnitt, die Kontrolle der männlichen Reaktionen durch die Ehefrauen und den Umstand zurück, dass sie seit ihrem Eintreten keine Signale gesendet hatte, um die Aufmerksamkeit auf sich zu lenken. Sie wollte alles vermeiden, was die Atmosphäre ihres anschließenden Rendezvous mit Tempel hätte gefährden können. Immerhin hatte sie Ziele, zu deren Umsetzung sie Tempel gewinnen wollte.

Die folgende Stunde war angefüllt von der Schilderung herzzerreißender Seelenqualen, häuslicher Dramen und hoffnungsloser Zukunftsvisionen der Gäste. Der Fragenkatalog reichte von der banalen Produktberatung bis hin zu einer Schweizer Organisation für Sterbehilfe. Tempel tröstete, beruhigte, gab Empfehlungen, lenkte durch kleine Filmbeiträge ab und bot sich für Folgebetreuungen an. Er kämpfte für Zuversicht und kleine Hoffnungsschimmer, behandelte allerdings die Fragen nach endgültigen Erlösungsformen mit größter Zurückhaltung. Nur in äußerst verschlüsselter Form ließ er seine Bereitschaft erkennen, in Einzelgesprächen unverbindliche Kontakthinweise geben zu wollen. Dabei gehe es in erster Linie darum, solche in Verzweiflung und Erschöpfung geborenen Gedanken wieder zu relativieren.

Am Schluss der Veranstaltung zeigte Tempel leichte Anzeichen von Überdruss. Gleichwohl hielt er noch den vielen Fragen stand, die von den Zuhörern vor Verlassen des Saales unter vier Augen an ihn herangetragen wurden. Endlich leerte sich der Raum.

Zurück blieb eine strahlende Julia. Ihr entspanntes Gesicht vermittelte den Eindruck, als habe sie in den letzten eineinhalb Stunden eine Filmkomödie angeschaut. In Tempel weckte dies keine Skepsis. Als er auf sie zuging, war er noch dabei, die von der Anstrengung aufkommende Müdigkeit abzuschütteln. Er strich ihr leicht über die Wange. „Na? War es sehr langweilig?"

Julia setzte eine überzogene Protestmiene auf. „Wie kommst du darauf? Das war alles äußerst spannend für mich. Schließlich muss und will ich lernen, wie man souverän mit großen Menschenansammlungen umgeht, sich darin behauptet und dabei noch Pluspunkte anhäuft." Sie warf ihren Kopf zurück und ließ ein gutturales Lachen hören. „Du warst großartig. Das hätte ich nie so überzeugend erwartet."

Der Gesichtsausdruck von Tempel machte überdeutlich, wie sehr ihn die Schmeichelei erreichte und wie unkritisch er an deren Wahrheitsgehalt glaubte. Er stellte sich auf die Querleiste eines Stuhls, wippte mit den Füßen und hielt sich auf den Zehenspitzen, was seine Größe allerdings nicht nennenswert veränderte. „Danke! Wenn jemand wie du das sagt, muss etwas dran sein."

Aus Julias Sicht verlief bereits jetzt alles nach Plan. Tempel würde ihr nichts abschlagen können. Deshalb beschloss sie, noch ein Kompliment nachzulegen. „Sei nicht so übertrieben bescheiden. Ich kenne niemanden sonst, der eine so delikate Aufgabe mit einer solchen Souveränität gelöst hätte."

Tempel zog sie an sich und hauchte ihr einen längeren Kuss auf die Stirn. Julia drückte leicht ihre Wange gegen sein Gesicht und ließ ihn spüren, dass sie seine unmittelbare körperliche Nähe als angenehm empfand. „Was hast du für ein tolles Rasierwasser? Es riecht phantastisch. Ich hätte kein besseres aussuchen können."

Wieder hatte sie den Stolz in Tempel geweckt. „Toll, nicht? Ich freue mich, dass es deinen Geschmack trifft. Das ist *Heritage* von *Guerlain.* Ich nehme seit kurzer Zeit nichts anderes mehr."

„Voll und ganz." Sie nickte, hängte sich bei ihm ein und zog ihn mit sich fort zur Tür. „Gehen wir jetzt. Hier ist es so ungemütlich. Ich würde jetzt lieber mit dir an einem kuscheligen Plätzchen sein."

„Wir können auch gleich zu mir gehen."

Ein gespielt vorwurfsvoller Blick traf ihn. Ihre Stimme klang dozierend. „Herr Doktor! Man fällt nicht mit der Tür ins Haus. Etwas Stil muss schon sein. Das muss ich Ihnen hoffentlich nicht erklären. Eine Dame will erobert werden. Das ist sie sich und ihrem Ruf schuldig." Sie blieb stehen, schaute ihm in die Augen und stampfte mit dem Fuß auf. „Und ich bin eine Dame. Vergessen Sie das nicht. Sonst werden Sie es sehr bereuen."

Tempel griff mit der freien Hand in die Hosentasche, zog ein weißes Taschentuch hervor und schwenkte es in die Höhe. „Frieden, bitte. Ich ergebe mich. Nur nicht wieder per Sie. Alles soll genau so geschehen, wie du es willst. Ich schwöre es."

Sie entzog ihm ihren Arm und legte ihm beide Hände auf die Schultern. „Sicherst du mir das wirklich zu? Egal, worum es geht?"

Tempel spitzte die Lippen. „Erfüllst du mir dann auch jeden Wunsch, gleichgültig welchen? Dann liefere ich mich dir ganz aus."

Julia setzte eine ernste Miene auf und streckte ihm die Hand entgegen. „Hier meine Hand darauf. Lass uns in diesem Sinne Partner werden."

Ein Rest von Misstrauen stand im Gesicht Tempels, bevor er einschlug. „War das der Pakt mit dem Teufel?"

Sie lachte auf. „Vielleicht. Aber der Teufel bist du. Neulich erst habe ich dir gesagt, dass du aussiehst wie die Idealbesetzung von Mephisto. Wir sehen jetzt goldenen Zeiten entgegen."

Tempel legte seinen Arm um ihre Taille, verließ mit ihr den *Hessischen Hof* und begleitete sie in *Jimmy's Bar*, die unmittelbar daneben lag. Die gediegene, hochwertige Holzausstattung ließ erkennen, dass es sich um eine erste Frankfurter Adresse handelte. Julia registrierte, dass Tempel dort ziemlich bekannt sein musste. Einer der Bediensteten lotste ihn kommentarlos zu einem Ecktisch für zwei Personen, legte eine Karte hin und entfernte sich mit dem Versprechen, gleich wiederzukommen. Der Tisch lag am anderen Ende des kleinen Podests, auf dem eine dunkelhäutige Soulsängerin die Stimmung mit zartem Blues verzauberte.

Die Gerüche erinnerten Julia an einen Besuch in einem Frankfurter Gewürzhaus in der Berliner Straße. Es war ein undefinierbarer, wunderbarer Duft eines exotischen Gemischs an Spirituosen, der sich offenbar in den schweren Vorhängen festgesetzt hatte. Natürlich war das Licht gedämpft. Im Hinblick auf den gehobenen Altersdurchschnitt der Gäste hielt Julia dies nicht nur für eine atmosphärische Geschäftsidee. Die diffuse Beleuchtung arbeitete in den Gesichtern der Gäste wie ein Weichzeichner und reduzierte vorhandene Falten auf ein Minimum.

Tempel bestellte Champagner. Als die Bedienung sich entfernt hatte, ergriff er Julias Hand. „Nach allem, was wir heute Abend schon gesehen und gehört haben, muss man fast ein schlechtes Gewissen haben, wenn man solche Momente erleben darf."

Für den Hauch einer Sekunde gefror Julias Gesicht zu einer Maske. Noch ehe es Tempel bemerken konnte, hatte sie sich wieder im Griff. Gleichwohl klang ihre Stimme rau. „Jeder bekommt, was er verdient."

Tempel zeigte sich unangenehm berührt. „Wie meinst du das?"

Sie winkte ab. „Das war so dahergesagt. Ein bisschen fatalistisch. Vielleicht kann man solche Abende nur ertragen, wenn man daran glaubt, dass die Ursache für all das Leiden ein schlechtes Verhalten in einem früheren Leben war."

„Denkst du so? Glaubst du etwa an Wiedergeburt?" Nachdenklich nahm er seinen Kopf in die Hände. „Vielleicht hilft deine These wirklich, um mit diesen grauenhaften Biografien zurecht zu kommen."

Sie nickte. „Neulich stand gerade etwas von einer toten Behinderten in der Zeitung. Bisher weiß niemand so richtig, ob die Frau auf natürliche Weise gestorben ist oder umgebracht wurde. Wie schön, dass du dich um diese Leute kümmerst. Du bist sicher jetzt nach der Veranstaltung erst einmal kaputt, oder?"

Die Bedienung schleppte den Champagner in einem Kühler heran, den sie auf einem mitgebrachten kreisrunden Tischchen absetzte. Nachdem sie eingegossen und sich zurückgezogen hatte, prostete Tempel Julia zu. „Jetzt geht es mir jedenfalls wieder gut."

Sie behielt ihr Glas in der Hand und sah ihm in die Augen. Ihre Haltung verriet Anspannung. „Wie fühlt man sich eigentlich so als Herr über Leben und Tod?"

Tempel wich zurück. „Das bin ich nicht. Ich will es auch nicht sein. Ich habe meinen Beruf ergriffen, um Menschen zu helfen."

„Aber diesen Schwerbehinderten kannst du doch gar nicht wirklich helfen." Sie zögerte, bevor sie weitersprach. „Wäre es nicht besser, diese Menschen wären nicht mehr da? Wäre das nicht eine Erlösung?"

„Grundsätzlich nicht. Es geht darum, ihnen ihr Schicksal zu erleichtern. Außerdem habe ich gleichen Respekt vor jedem Leben, auch vor dem von Behinderten."

„Aber die würden doch gar nicht fühlen, wenn man sie von ihrem Leiden befreien würde."

„Woher willst du das wissen?"

Sie nahm mehrere Schlucke Champagner. Ihre Reaktion kam trotzig. „Das denke ich mir so. Sie wirken so abgestumpft." Julia trank ihr Glas leer. „Musst du nicht auch Respekt vor dem Leben der Angehörigen solcher Menschen haben? Wenn ich vorhin so die Beiträge gehört habe, ist deren Leben im herkömmlichen Sinn ruiniert. Trotzdem will ihnen niemand helfen und sie von dem Hemmschuh erlösen, der die Ursache des ganzen Übels ist."

Tempels Gesicht wurde noch ernster, fast maskenhaft starr. „Mit Erlösen meinst du die Sterbehilfe, nach der vorhin gefragt wurde. Die ist bei uns Deutschen jedenfalls aus historischen Gründen problematisch. Außerdem muss man doch immer einem Menschen die Entscheidung aufbürden, Hand anzulegen. Das ist kein Heilen, das ist Beenden. Wie soll man das rechtfertigen?" Seine Schultern sackten nach unten. „Es mag Extremfälle geben. Aber wie will man vermeiden, dass es einen Erdrutsch an Auswcitungen gibt? Dass plötzlich die Bequemlichkeit über die Menschlichkeit siegt? Und dafür soll sich ein Arzt hergeben?"

„Du hast eben selbst gesagt, dass du dir Ausnahmen vorstellen kannst. Also hältst du es selbst für möglich und richtig, in einzelnen Fällen die Reißleine zu ziehen."

Die Miene Tempels drückte Ratlosigkeit aus. Aber auch etwas wie Angst. „Man muss noch in den Spiegel schauen und ruhig schlafen können. Bei der Einschätzung hilft dir niemand.

Diese Entscheidungen musst du als Arzt immer selbst und für dich alleine treffen. Und Zweifel werden immer bleiben und dich Tag und Nacht begleiten."

Julia lächelte ihn an und zeigte ihm ihre Bewunderung. „Es ist toll, was du für ein Mensch bist. Ich bin sicher, dass du richtig abwägen wirst, wenn du herausgefordert bist. Deshalb vertraue ich auch darauf, dass du mir meinen geheimen Wunsch tatsächlich erfüllen wirst, sobald ich ihn dir sage. Du hast mir dein Wort gegeben."

In Tempels Blick lag Unbehagen. Gleichwohl beeilte er sich, Julia Zustimmung zu signalisieren. Julia spürte, dass sie ihn an der Kette hatte. Sie war sicher, seinen Eroberungswunsch so weit getrieben zu haben, dass er bereit war, alles für sie zu tun. Deshalb hielt sie es für geboten, vorläufig nicht bei diesem Thema zu bleiben. Sie legte die Stirn in Falten und schaute unter sich. „Und wenn sie dann tot sind, die Behinderten, meine ich? Hast du dann immer noch einen Respekt vor ihnen, der dich zurückhält?"

In Tempels Stimme klang Verwunderung an. „Diese Frage verstehe ich nun wirklich nicht. Was meinst du damit?"

Julia war in ihren Gedanken weit weg. Es kostete sie Mühe, sich wieder auf Tempel zu konzentrieren. „Später! Komm, wir gehen zu dir. Ich erkläre dir auf der Fahrt, wie ich das gemeint habe. Allerdings erwarte ich darauf eine klare Antwort von dir." Endlich gelang ihr ein schelmisches Lächeln. „Anderenfalls würdest du es bereuen. Denn danach können wir ja bei dir weitere anatomische Fragen in der Praxis umsetzen und etwaigen Problemen auf den Grund gehen."

12

Als Dennis Hauschild im Frankfurter Stadtteil Oberrad aus der Buchrainstraße in den Burgenlandweg einbog, meinte er, in der Ferne den einsamen, zarten Ton einer Glocke gehört zu haben. Er lauschte, doch das Geräusch wiederholte sich nicht mehr. Im Schritttempo steuerte er sein Auto zwischen den Salatplantagen einer Großgärtnerei auf der einen und den bis zum Wegesrand reichenden Bäumen auf der anderen Straßenseite entlang. Es war dämmrig.

Plötzlich lag der Oberräder Waldfriedhof vor ihm. Er parkte vor der Mauer, stieg aus und schlüpfte durch den schmalen Eingang neben einem kleinen quadratischen Häuschen, das leer stand. Hauschild fragte sich, welchem Zweck es früher gedient haben mochte. Zollhäuschen wohl kaum. Eintrittskarten wurden sicher auch nicht verkauft. Er musste über den Gedanken lachen, mahnte sich dann aber zur Konzentration.

Vorsichtig setzte er einen Schritt vor den anderen, als fürchte er, gehört zu werden. Mit vorgerecktem Kopf schaute er in die nach rechts abzweigenden Friedhofswege hinein. Nichts. Keine Menschenseele.

Er näherte sich langsam der Trauerhalle. Für einen Moment musste er an seine Frau Susanne denken, die jetzt schwanger zu Hause saß und sich auf ihr erstes Kind freute. Genauer gesagt, freuten sie sich auf Zwillinge. Das hatte der Ultraschall eindeutig gezeigt. Als sie ihm die frohe Botschaft vor einiger Zeit eröffnet hatte, hatten ihn finanzielle Sorgen gepackt. In seinem Beruf als studierter Kunsthistoriker hatte er trotz intensiver Suche keine angemessene Beschäftigung gefunden. Deshalb hatte er, zunächst als freier Mitarbeiter, bei der *Boulevardzeitung* angefangen. Obwohl er dort inzwischen als Reporter fest angestellt war, lebte er ständig in der Furcht, dass ihm das Geld ausgehen könnte. Seine Frau Susanne war gerade wegen einer Auseinandersetzung mit ihrem Arbeitgeber entlassen worden. Sie war in eine dumme Geschichte hineingeschlittert. Eine Geldstrafe und hohe Anwaltskosten hatten zur Aufnahme eines Kredits gezwungen, der noch abzustottern war. Die neue Familiensituation würde ebenfalls einiges Geld verschlingen, zumal seine Frau nach der Geburt eine Auszeit nehmen wollte. Mit attraktiven Storys glaubte er seinen Arbeitsplatz erhalten und seinen Marktwert erhöhen zu können. Deshalb war er ständig auf Achse, sodass er manchmal nicht mehr wusste, wo ihm der Kopf stand. Zum Glück stand ihm zur Zeit eine pfiffige Volontärin, Petra Lorenz, zur Seite, die ihn hervorragend unterstützte. Erst neulich hatte sie ihm auf einer Veranstaltung für die Eltern schwerbehinderter Kinder bestens assistiert.

Hauschild stand an der Seite der wuchtigen Trauerhalle und betrachtete das hochgezogene dunkelgraue Schieferdach mit dem Zwiebelturm, das auf dem weiß gekalkten einstöckigen Bau lastete. Er fuhr sich über seine kurz geschnittenen blonden Haare, während er sich erneut in alle Richtungen umsah. Ein leichter Westwind bewegte die Äste der mächtigen Laubbäume in sanften Rhythmen. In der Dämmerung täuschten sie an den Wegesrändern den Tanz seltsam unwirklicher Figuren vor. Sie ließen da und dort verstreut ein paar schwärzliche Grabsteine auftauchen, die einen geheimnisvollen Kontrast zwischen ihrem statischen Erscheinungsbild und ihrer vergänglichen Botschaft bildeten. Durch das entfernte Gebüsch eines Rhododendron schimmerte unstet der fahlgelbe Lichtschein einer rotglasigen Grableuchte. Ein Schauer lief Hauschild über den Rücken. Er rief sich zur Ordnung und machte sich klar, dass er hier vermutlich weniger zu befürchten hatte als auf dem ständig belebten Vorplatz des Hauptbahnhofs.

Etwa zwanzig Steinstufen einer Treppe führten zum Haupteingang der Trauerhalle. Da drin musste sie nach seinen Informationen liegen. Aufgebahrt, wie ihm der Bestattungsunternehmer

Pfarr gesagt hatte, an den ihn wiederum die Eltern von Nicole Neutze verwiesen hatten. Sie sei wunderschön anzusehen. Viel schöner, als sie zu Lebzeiten gewesen sei. Damit alle Menschen aus der Behindertengruppe würdevoll von ihr Abschied nehmen und sie in guter Erinnerung behalten konnten. Deshalb werde er die Trauerhalle nicht verschlossen vorfinden. Der Sarg werde erst kurz vor der Beerdigung verschlossen. Natürlich hatte er Pfarr versprechen müssen, sie nur anzuschauen, um sich besser in die Geschichte über die Integration von Schwerbehinderten in den menschlichen Alltag einfühlen zu können. Selbstverständlich hatte er ihm verschwiegen, dass es ihm vielmehr um den Hintergrund ging, die seltsamen Todesumstände. Und schon gar nicht hatte er Pfarr eingeweiht, dass er heimlich Fotos schießen wollte. Bilder, die weniger einen mitfühlenden als einen schaurigen Ausdruck vermitteln sollten. So etwas verkaufte sich eben besser, trotz aller gegenteiligen Lippenbekenntnisse. Um nicht aufzufallen, hatte er auch davon abgesehen, den sonst üblichen Fotografen mitzunehmen.

Hauschild schlüpfte in die Trauerhalle. Seine zaghaften Schritte harmonierten mit dem gedämpften Licht, das durch die schmalen Fenster fiel. Gegenüber vom Eingang, am Ende der Stuhlreihen, konnte er den auf einer Lafette abgestellten hölzernen Sarg ausmachen. Zahlreiche Blumen- und Kranzgebinde gaben ihm einen würdigen Rahmen. Weiße und grüne Farben dominierten. Dazwischen fiel ein Strauß dunkelroter Rosen ins Auge. Hauschild kam unwillkürlich ins Grübeln, wer einer schwerbehinderten jungen Frau wohl ausgerechnet dieses Symbol für unverbrüchliche Liebe hingestellt haben mochte. Ganz fest nahm er sich vor, dieser Frage später noch nachzugehen. Jetzt gab es vordringlichere Aufgaben zu erfüllen.

Er ließ seine Blicke rundherum schweifen, bis er sich sicher fühlte, allein zu sein. Ein Unbehagen blieb. Er führte es auf die ausladende Deckenkonstruktion zurück, die statt einer himmlischen Leichtigkeit eher eine bedrohliche Enge vermittelte.

Langsam bewegte er sich durch den Mittelgang auf die sterblichen Überreste von Nicole Neutze zu. Er spürte, wie das Alleinsein mit der Toten seinen Atem stocken und seine Bewegungen verhaltener werden ließ. Eine unerklärliche Zurückhaltung überwältigte ihn, ein Respekt vor dem Unabänderlichen, der ihn einfach überkam, ohne dass er ihn sich selbst auferlegt hätte.

Dann stand er vor der Toten. Der Sarg war mit weißem Satin ausgeschlagen. Sie selbst war bis zum Hals eingehüllt in eine weiße Seidendecke mit Rüschen und Schleifen. Nur ihr Gesicht schaute heraus, die Augen geschlossen. Eine plötzliche Enttäuschung flammte in Hauschild auf. Dieses Antlitz war schön. Viel zu schön für eine geistig Schwerbehinderte. War dies überhaupt Nicole Neutze? Hatte der Bestattungsunternehmer Pfarr ihn belogen?

Er trat näher heran und beugte sich zu der Toten herunter. Jetzt konnte er die Spuren der Krankheit ausmachen. Unter der Schminke traten die Verkrampfungen und Verzerrungen hervor, die sich im Verlauf des dauerhaften Leidens unauslöschlich in die Gesichtszüge von Nicole eingeprägt hatten. Trotzdem sah sie noch so lebendig aus, als liege sie nur in einem tiefen, friedlichen Schlaf.

Hauschild begann zu zweifeln, ob sie überhaupt tot sei. War da nicht ein leichtes Zucken des Augenlids gewesen? Hatte man sie nur betäubt und wollte sie vielleicht am Ende lebendig begraben? Was steckte hinter diesem plötzlichen Tod? Und vor allem, wer?

Hastig zog er seine schwere Lederjacke aus und griff in die Seitentasche. Heraus holte er ein kleines Frisieretui. Er nahm den länglichen Taschenspiegel, rieb ihn an seinen Jeans blank und hielt ihn vorsichtig unter Nicoles Nase. Sollte noch Leben in ihr sein, dann müsste sie atmen. Und der Atem müsste zwangsläufig dazu führen, dass der Spiegel beschlug. Ihn fröstelte. Auf den kräftig ausgebildeten Muskeln seiner bunt tätowierten Oberarme stellten sich die Haare zu Berge. Er legte seinen Kopf fast neben Nicoles Gesicht und schaute dabei in den Spiegel.

Nichts! Kein Hauch! Der Spiegel blieb klar.

Da, ein Knistern hinter ihm. Er richtete sich auf und schaute sich mit unsicherem, gehetzten Blick noch einmal in der Trauerhalle um. Niemand weit und breit. Es sah so aus, als wäre er allein. Allein mit dem Tod. Irgendwann, so schoss es ihm durch den Kopf, fressen uns alle die Maden, auch mich. Und was kommt dann? Eine rätselhafte Angst ergriff ihn. Er schaute in seinen Spiegel und erkannte, dass sich trotz der Kühle im Raum auf seiner Stirn und der Nase kleine Schweißperlen gebildet hatten.

Mit einer ruckartigen Bewegung steckte er sein Etui wieder in die abgelegte Jacke. Eine innere Stimme schrie ihn an, sich zusammenzureißen. Schließlich sei er nicht zum Spaß oder für einen Nervenkitzel hier, sondern um dringend nötiges Geld zu verdienen. Aus der Innentasche der Lederjacke zog er eine kleine Digitalkamera heraus. Er begann, eine Fotoserie von Nicoles Gesicht und ihrem Sarg zu machen. Als er sich die Ergebnisse auf dem Display anschaute, war er unzufrieden. Nicht einmal die diffuse Beleuchtung ließ die Szene unheimlich erscheinen. Das war nichts für ein Massenblatt wie die *Boulevardzeitung*. Nichts, was Aufmerksamkeit erregte.

Er spannte seine Muskeln an und versuchte, den Sarg in einen anderen Winkel zum restlichen Licht zu rücken, das noch durch die Fenster einfiel. Es gelang nicht. Hauschild entschloss sich zu einer Änderung der Perspektive. Einige Aufnahmen von der Längsseite des Sargs her gerieten zwar qualitativ ordentlich, blieben aber atmosphärisch weit hinter seinen Erwartungen zurück. Was war zu tun?

Zögerlich bewegte er sich wieder auf den Sarg zu. Es kostete ihn eine erhebliche Überwindung, seinen plötzlich gefassten Entschluss in die Tat umzusetzen. In Abständen von Zentimetern zog er die Überdecke von der Leiche zurück. Er stockte. Das würde nichts bringen. Die Tote war natürlich bekleidet.

Wenn er wirklich die verkrümmten, geschundenen Gliedmaßen mit auf ein Foto bekommen wollte, musste er auch den nächsten Schritt vollziehen und Nicole entkleiden. Er atmete schwer und setzte an, sich an ihrem Kleidchen zu schaffen zu machen.

Als Dennis Hauschild einen Ärmel über die Hand Nicoles ziehen wollte, entfuhr ihm ein schriller Schrei, den er nur mit Mühe und mehrfachem Schlucken halbwegs unterdrücken konnte. Er hielt die Luft an und zitterte so, dass er die Kamera nicht ruhig halten konnte. Mit einem solchen Anblick hatte er nicht im Traum gerechnet. Er war so entsetzt, dass er sich an der Umrandung des Sargs abstützen musste.

Die Leiche war geschändet! Sämtliche Finger ihrer Hand fehlten. Und es waren keine alten Verletzungen. Keine krankheitsbedingten Verkrüppelungen. So viel konnte er selbst als medizinischer Laie erkennen. Diese Abtrennungen waren frisch. Ausgesickerte Blutreste und die Farbe an den Trennflächen ließen keine Zweifel daran aufkommen. Jemand musste Nicole erst vor kurzer Zeit die Finger abgeschnitten haben. Aber wer? Und vor allem, warum?

Endlich gelang es Hauschild, sein Zittern ausreichend zu unterdrücken, um mehrere Fotos machen zu können. Als er ihre Qualität auf dem Display kontrollierte, meinte er, dass sich zwischenzeitlich der Gesichtsausdruck von Nicole verändert habe. Nun sah sie auf einmal wirklich wie eine geistig Schwerbehinderte aus. Jetzt drückte ihr Gesicht das unendliche Leiden aus, das sie ein Leben lang in seinem Würgegriff gehalten hatte. Oder bildete er sich das nur ein? Wie konnte sich ihr Äußeres verändert haben, nur weil er den nötigen Respekt vor ihrer Totenruhe hatte vermissen lassen?

Hauschild kam nicht dazu, sich seine zahlreichen Fragen zu beantworten. Ein Knarren ließ ihn herumfahren. Aus dem Mittelgang näherte sich ihm ein klein gewachsener, buckliger Mann vorgerückten Alters, der das linke Bein nachzog. Der klobige schwarze Lederschuh mit dem übergroßen Absatz verursachte mit jeder Bewegung auf den Holzdielen ein knirschendes Geräusch.

Geistesgegenwärtig drehte sich Hauschild mit dem Rücken zu dem Mann, verbarg rasch seine Kamera und zog die Decke wieder über die Tote. Anschließend hängte er sich seine Jacke über die Schultern und drehte sich um.

Der Mann hatte ihn fast erreicht. Hauschild fiel dessen ungeheurer Haar- und Bartwuchs auf, der das Gesicht auf zwei dunkelbraune Augen und eine überlange Hakennase reduzierte. Mit der nach allen Richtungen abstehenden Haartracht hätte er in der Dunkelheit für einen Troll gehalten werden können. Trotz der Beklommenheit, die auf ihm lastete, ließ das Erscheinungsbild des Fremden ihn schmunzeln. Hauschild ordnete ihn als Friedhofspersonal ein. Es musste sich um eine Art Glöckner von Notre Dame handeln.

„Guten Tag, mein Herr", sagte der Alte in undefinierbarem Dialekt. „Ich bin hier der Schließer. Schön, dass sie noch von der armen Frau Abschied nehmen wollten. Es hat Ihre Anteilnahme verdient, das arme Ding. Aber jetzt muss ich Sie langsam herauskomplimentieren. Für heute ist Feierabend. Es wird bald dunkel. Dann müssen wir zumachen."

Hauschild war erleichtert, dass der Schließer offenbar nichts von seinen Aktivitäten mitbekommen hatte. Es mochte an dessen defektem rechten Auge liegen, das in einer tiefen Lidfalte herunterhing. Die unkontrollierten Bewegungen des Augapfels waren gewiss Zeichen einer Sehbehinderung. „Danke für den Hinweis. Ich mag mir nicht vorstellen, dass Sie mich übersehen und über Nacht hier eingesperrt hätten. So ganz wohl fühlt man sich an solchen Orten nicht, auch nicht als Mann." Er ging einen Schritt auf den Mann zu und reichte ihm die Hand. „Hauschild. Schrecklich, der Tod der armen Nicole. Sie war mir in den Veranstaltungen der Behindertengruppe so ans Herz gewachsen. Ich setze mich von Berufs wegen sehr für die Interessen all dieser kranken Menschen ein."

Der Schließer legte seinen Kopf schief und fixierte Hauschild lange mit seinem gesunden Auge. „Mein Name ist Ortmann. Was für einen Job haben Sie denn, wenn man mal fragen darf?"

Einen Augenblick lang erwog Hauschild, ob er dem Alten eine Lüge auftischen und sich als Vorkämpfer irgendeiner selbstlosen Hilfsorganisation bezeichnen sollte. Kurzerhand traute er seinem Gegenüber ausreichend Menschenkenntnis zu, um ihn zu durchschauen. Außerdem hatte er dessen Gesichtsausdruck als pfiffig eingestuft und sich vorgenommen, ihn nicht zu unterschätzen. Deshalb entschied er sich für das offene Visier. „Ich bin Reporter und recherchiere für einen Artikel über behinderte Menschen."

Ortmann stützte sich auf sein gesundes Bein, was ihn geringfügig größer erscheinen ließ. Er verschränkte die Arme und musterte Hauschild von oben bis unten. „Ich glaube Ihnen, dass Sie ein Herz für uns Behinderte haben, weil ich Ihnen das ansehe. Sie sind ja auch ganz nahe an die arme Kleine herangetreten, um ihr die letzte Ehre zu erweisen. Die anderen Besucher sind alle in einigem Abstand von dem Sarg stehen geblieben, um Abschied zu nehmen." Er zögerte. „Jedenfalls fast alle."

Hauschild merkte auf. Er zwang sich, kein übertriebenes Interesse zu zeigen. „Der eine so, der andere so. Sie scheinen Nicole ebenfalls gut gekannt zu haben. Das spüre ich an Ihrer warmherzigen Anteilnahme. Verraten Sie mir bitte, warum Sie schon zweimal von dem *armen* Mädchen gesprochen haben? Müssen wir nicht dankbar sein, dass sie der liebe Gott endlich von ihrem Leiden erlöst hat?"

Eine kurze Weile hielt Ortmann mit der Antwort inne. „Wenn es denn der liebe Gott war."

Ein gespanntes Zucken der Mundwinkel entlarvte Hauschilds Neugier. „Um Gottes Willen! Was wollen Sie damit sagen?"

„Dass ich zwar nur ein sehendes Auge im Kopf habe, aber trotzdem mehr mitbekomme als viele gesunde Menschen."

„Verraten Sie mir, was Sie damit meinen?"

Ortmann legte den Arm um Hauschilds Hüfte. „Kommen Sie ein paar Schritte mit mir nach draußen. Erst muss ich zusperren." Er drehte sein Gesicht zu Hauschild hin. „Zu Ihnen habe ich Vertrauen. Sie werden herausfinden, was wirklich vorgefallen ist. Ich habe noch etwas Zeit und kann Sie begleiten. Ihnen traue ich zu, dass Sie mit meinen Beobachtungen etwas anfangen können.“

Auf dem Weg zum Parkplatz schilderte Ortmann in allen Einzelheiten den Besuch einer Person in der Leichenhalle, die sich mit einem Strauß roter Rosen sehr intensiv an die Tote herangedrängt hatte.

13

Kriminalhauptkommissar Bernd Schreiner saß in seinem Büro im Polizeipräsidium Frankfurt und blätterte ohne großes Interesse in der Tageszeitung. Obwohl schon einige Wochen ins Land gegangen waren, seit er aufgehört hatte zu rauchen, gab es täglich immer noch genügend Situationen, in denen er sich den Genuss einer Zigarette gerne gegönnt hätte.

Von der Adickesallee dröhnte der Verkehrslärm nach oben durch die Bürofenster und nervte ihn. Er schloss das Fenster, setzte sich auf die Fensterbank und betrachtete sein Büro. Auf den ersten Blick hätte man glauben können, dass die Einrichtung ausschließlich aus Akten bestand. Das lag nicht nur an deren Menge, sondern auch an der Unauffälligkeit der Möbel. Wie die Außenfassade des Gebäudes war auch innen vieles grau in grau.

Er setzte sich wieder in den Schreibtischstuhl, langte unter sich nach seiner Aktentasche und holte das Frühstück heraus, das er sich in der Kantine im Erdgeschoss besorgt hatte.

In der gegenüberliegenden Ecke begann etwas zu rauschen und zu qualmen, ehe ein paar brodelnde und pfeifende Geräusche an den bevorstehenden Beginn eines größeren Feuerwerks glauben ließen. Schreiner blieb unbeeindruckt und entspannt. Er schaute auf seine Armbanduhr und wusste, dass der Kaffee in der alten, verkalkten Maschine in genau zwei Minuten durchgelaufen sein würde. Tatsächlich fing die Maschine nach Ablauf dieser Zeit zu blubbern und gurgeln an, bevor sie endlich vollkommen verstummte.

Aus dem in letzter Zeit unbenutzten Aschenbecher nahm Schreiner einen Vollgummiball und warf ihn durch die Zwischentür, um seinen Kollegen Günter Köhler auf sich aufmerksam zu machen. Schreiner reckte sich in seinem Stuhl hoch und warf den Ball so, dass er unmittelbar vor Köhlers Schreibtisch auf dem Boden aufschlug, von dort nach oben sprang und auf der Tischplatte landete. Reaktionsschnell fing Köhler ihn auf und warf ihn mit Wucht zurück. Schreiner musste sich ducken, um nicht im Gesicht getroffen zu werden.

„Unvorstellbar, dass ich es schon so lange mit dir aushalte", rief Köhler. Seine leuchtend roten Wangen und der Glanz in den Augen verrieten, dass er durchaus großen Gefallen an dieser Form der Gesprächsanbahnung fand. „Du bist der albernste Mensch, den ich je kennengelernt habe. Was ist denn los?"

„Kaffee ist fertig. Komm rüber. Wir müssen uns beeilen."

Köhler schlenderte herbei. „Wieso?"

„Weil ich Besuch kriege." Schreiner räumte zwei Becher auf seinen Schreibtisch, goss sie voll Kaffee und rückte seinem Kollegen einen Stuhl zurecht. „Frau Vornehm kommt."

Mit entgeistertem Gesicht setzte sich Köhler seinem Kollegen gegenüber. „Spricht es gegen mich, dass ich nicht kapiere, was du meinst?"

„Stellen wir einfach fest, dass du nie verstehst, worum es geht. Du kannst nicht kombinieren. Deshalb bist du für diesen Beruf ungeeignet. Nur, weil ich dich in meiner unendlichen Güte mit durchziehe und deinen Ausfall vor allen Vorgesetzten verberge, kannst du überleben." Schreiner strahlte übers ganze Gesicht. Seine vielen kleinen Narben ließen ihn wie eine alemannische Faschingsmaske aussehen. „Ich kann nicht anders. Zu neunzig Prozent bestehe ich aus Mitgefühl und Mitleid mit dir. Immerhin hast du Frau und zwei Kinder. Die müssen essen. Da kann ich dich nicht einfach fallen lassen."

Köhler täuschte Bewunderung vor und applaudierte. „Ich bedanke mich, sobald es meine Zeit zulässt. Also nie. Könntest du jetzt zur Sache kommen?"

Schreiner gab weiter vor, sich aufzuopfern. „Na gut. Hör zu. Gestern rief mich ein Rechtsanwalt Natter an. Der Kerl heißt wirklich so. Er kündigte mir für heute früh seinen Besuch mit einer Mandantin an. Es handelt sich um Frau Dassler. Sagt dir der Name etwas?" Schreiner hielt kurz inne und wartete ab. Als Köhler den Kopf schüttelte, machte er eine Fratze. „Hätte ich mir denken können. Was in der Welt weißt du überhaupt? Kennst nicht einmal das Lokalkolorit." Er verschränkte die Arme über seinem hellgrünen T-Shirt. „Die Frau des Prominentenanwalts Dassler. Aus der Anwaltskanzlei Dassler, Wohlfarth und Partner im Frankfurter Westend."

Die Wangen Köhlers glichen zwei Weihnachtsäpfeln. „Na und? Muss ich die kennen? Es genügt, wenn ich meine Neugier bei dienstlichen Anlässen einsetze. Du kannst dir ja ruhig weiter Promi-Nachrichten reinziehen." Er streckte seinen Zeigefinger nach Schreiner aus. „Stopp mal! Wohlfarth? Ist das nicht der neue Innenminister? Unser oberster Chef? Willst du etwa diese angeblich bedeutende Dame in diesem Aufzug empfangen? Du siehst aus wie ein Laubfrosch auf der Wetterleiter im Einmachglas. Und einen zweiten Jeansanzug könntest du dir in deiner Gehaltsklasse auch endlich einmal leisten. Sonst weißt du bald nicht mehr, durch welche Löcher du mit den Beinen schlüpfen sollst."

„Typisch, dass du meinst, Qualität sei am äußeren Erscheinungsbild abzulesen. Du denkst, weil du zwei Pfund Gel im Haar hast und einen verblichenen Cordanzug mit unpassender Seidenkrawatte trägst, würde dir die Kompetenz zwangsläufig zuwachsen. Irrtum, Bruder. Wenn der liebe Bernd dich nicht am Händchen nimmt, brauchst du eine gelbe Binde mit drei schwarzen Punkten." Schreiner nahm einen Schluck Kaffee. Als er den Becher absetzte, war sein Gesichtsausdruck plötzlich wie umgewandelt. Seine ganze Haltung verriet jetzt höchste Konzentration. „So, jetzt haben wir unser Quantum Blödsinn für heute abgearbeitet. Jetzt wird es ernst. Die Armbinde mit den drei Punkten war das Stichwort. Pass auf! Es geht um die beiden Leichen der Schwerbehinderten. Der Tod der Frau aus dem Schwanheimer Wald ist fast aufgeklärt."

„Bist du sicher, dass du nicht träumst? Wunschdenken?"

„Blödsinn! Frau Dassler ist die Mutter von Mandy Dassler, der Toten aus Schwanheim. Sie kommt und will etwas zu Protokoll geben."

„Wieso kommt sie gerade jetzt? Die Leiche ist doch schon vor einigen Tagen gefunden worden."

Schreiner legte die Stirn in Falten. „Das habe ich mich auch gefragt. Tatsache ist, dass Frau Doktor Lubitsch in ihrer akribischen Art nicht aufgegeben und weitergesucht hat. In dem Müllsack fand sie schließlich einen möglichen Identitätshinweis. Eine kleine Kette mit der Gravur Mandy D." Er verschränkte die Arme. „Es wäre nur eine Frage der Zeit gewesen, bis wir über die hiesigen Juweliere oder eine Öffentlichkeitsfahndung den Käufer ermittelt hätten. Die vornehme Familie Dassler wollte vermutlich verhindern, ins Gerede zu kommen. Deshalb hat sie die Flucht nach vorn angetreten."

„Woher sollen die denn von Doktor Lubitschs Fund gewusst haben?"

Die zusammengekniffenen Augen Schreiners blitzten tückisch. „Das habe ich mich auch lange gefragt. Hier ist meine Lösung: Unser Ministerium hat bei mir kürzlich nach dem aktuellen Stand der Ermittlungen gefragt. Als pflichtbewusster Beamter habe ich das hohe Haus vollständig unterrichtet."

„Ja und?"

„Nochmals für dich zum Mitschreiben: Unser Minister und Rechtsanwalt Dassler sind Partner in derselben Anwaltskanzlei. Auf diesem Weg könnte Dassler alles erfahren haben."

Bevor Schreiner weitere Erklärungen abgeben konnte, klopfte es an der Tür. Unmittelbar danach wurde sie geöffnet, ohne eine entsprechende Aufforderung abzuwarten. Der Mann, der zuerst eintrat, war groß gewachsen, überaus hager und trug einen hochwertigen Nadelstreifenanzug. Der Anzug musste zu einer Zeit gefertigt worden sein, als sein Träger noch einer höheren Gewichtsklasse angehört hatte. Das Gesicht des Mannes war außergewöhnlich blass, fast ohne Konturen. Lediglich der dunkle, schmale Oberlippenbart korrespondierte mit dem gescheitelten Haar und brachte etwas Farbe in das geisterhafte Antlitz. Die dürre Gestalt betrachtete die beiden Kriminalbeamten und entschied sich für Köhler. „Ich bin Rechtsanwalt Natter.“ Er drehte sich nach draußen um und gab die Tür für eine kräftige Blondine mit grobem Gesicht und dünner Kurzhaarfrisur frei. Sie drängte ihn zur Seite und baute sich vor den zwei Polizisten auf. „Herr Natter ist nur dabei, um mich rechtzeitig von Äußerungen abzuhalten, die gegen mich ausgelegt werden können. Dafür gibt es keinen Anlass, aber ich habe so meine Erfahrungen mit Behörden. Keine ist davor gefeit.“ Sie holte Luft, reckte sich zur vollen Größe auf und präsentierte ihre imposante Figur. „Mein Name ist Dassler, Marietta Dassler.“

Köhler setzte eine tückische Miene auf und bedeutete Schreiner mit einer Kopfbewegung, dass die Initiative von ihm ergriffen werden müsse. Schreiner machte ein süßsaures Gesicht, stellte Köhler und sich selbst vor und bot Plätze an. „Vielen Dank für Ihr Kommen, Frau Dassler. Herr Natter hatte dies gestern schon telefonisch angekündigt. Ich habe ihn so verstanden, dass Sie uns etwas über den Leichenfund in Schwanheim sagen können. Schildern Sie bitte im Zusammenhang, was Sie gesehen haben.“ Mit einem kurzen Blick streifte er Natter. In seiner Stimme lag leiser Spott. „Sie dürfen gerne eingreifen, sobald Sie meinen, dass Frau Dasslers Aussagen zu brisant werden.“

„Ich muss weiter ausholen“, sagte Frau Dassler. Köhler ermunterte sie mit einer Geste, die ihr zugleich Schreiner als Hauptgesprächspartner signalisierte. Frau Dassler rollte die Ärmel ihres geblümten Sommerkleids hoch und prustete. „Ich muss bei meinem Mann anfangen. Sie müssen wissen, dass er als Seniorpartner in einer großen Anwaltskanzlei tätig ist. Dadurch hat er häufig auswärtige Termine und bleibt länger von zu Hause fort.“ Sie ließ einen verächtlichen Laut hören. „Vor einigen Tagen war es wieder so weit; er hatte die Koffer gepackt. Als das Telefon klingelte und er in ein längeres Gespräch verwickelt wurde, warf ich einen Blick auf sein Gepäck. Es war noch nicht vollständig verschlossen." Frau Dassler stemmte die Fäuste in ihre Taille. „Obenauf lag ein Geschenkpäckchen. Da mir nicht bekannt war, dass er ein Mitbringsel brauchte, dachte ich, das Päckchen sei für mich. Ich öffnete es und fand zu meinem Erstaunen Dessous. Einen Büstenhalter mit passendem Slip aus feinster Seide. Darüber hätte ich mich gefreut. Nur sprach die Größe dagegen, dass die Wäsche für mich sein sollte." Sie sah Köhler an. „Kann ich bitte ein Glas Wasser haben?"

Nachdem Köhler eingeschenkt hatte, nahm Frau Dassler einen tiefen Schluck. „Also stellte ich meinen Mann zur Rede. Er war um keine Ausrede verlegen. Das Geschenk habe er einem Kollegen zuliebe transportieren wollen, der verheiratet sei und eine Freundin damit beglücken wolle. Ich eröffnete ihm unverblümt, dass ich ihm nicht glaubte. Wenig später trat er seine Reise an und ich blieb alleine zurück. Dann passierte es."

Während Köhler mit der Hand den Sitz seines Scheitels prüfte, tupfte Schreiner sich mit den Fingerspitzen über seine Bartlocken. Natter beobachtete die Beamten wortlos aus seinen schmalen Augen, die ihm einen Hauch von Verschlagenheit verliehen. Frau Dassler räusperte sich und atmete durch. „Im Kinderzimmer neben dem Bad fand ich die Leiche unserer Tochter Mandy." Es wirkte wenig echt, als sie ein Taschentuch hervorholte und sich damit über die Augen wischte. „Zunächst dachte ich, sie sei nur ohnmächtig. Ich rannte zu ihr hin und machte mich dann an Wiederbelebungsversuche. Da ich erst vor kurzem den Führerschein gemacht habe, wusste ich noch, wie so etwas geht." Sie seufzte. „Aber es war zu spät. Sie war schon tot. Als ich von ihr abließ, wurde ich mir plötzlich bewusst, dass mir etwas Merkwürdiges aufgefallen war: eine Art Stempelbild unter ihrer Achsel, das es dort vorher nicht gab. Ein bildhaftes Zeichen, wie man es zur Eingangskontrolle auf die Handrücken stempelt, wenn jemand in eine Disco oder auf ein Volksfest geht."

„Wie sah dieses Zeichen aus? Kannten Sie es von irgendwoher?", fragte Schreiner.

„Wie die Zeichnung von einem Haus. Das Bild bestand aus wenigen Strichen. Ich kann es Ihnen aufzeichnen. Mit spitzem Dach, drei oder vier senkrechten Mauerteilen und einer breiten Treppe." Sie griff in ihre Tasche, zog einen Zettel und einen Kugelschreiber hervor, zeichnete und reichte das Papier an Schreiner weiter. Unverhofft riss sie die Augen auf und schlug sich die Hand vor den Mund. „Mit einem Mal wurde mir Angst. Sie müssen wissen, dass mein Mann und ich in letzter Zeit häufig Streit hatten. Vor allem das dauernde Geschrei und Gebrüll unserer Tochter war für meinen Mann Anlass, von Scheidung zu sprechen. Er meinte immer wieder, dass er es in unserem Haus nicht mehr aushalten könne. Das beschäftigte mich derart, dass ich plötzlich glaubte, er habe unsere Tochter umgebracht."

Köhler mischte sich ein. „Wie kamen Sie denn darauf? Gab es neben der Leiche irgendeinen Hinweis auf Ihren Gatten?"

„Natürlich lagen im Kinderzimmer einige persönliche Sachen meines Mannes herum. Das ist so seine Art. Er ist sehr unordentlich und lässt alles gerade dort zu Boden fallen, wo er geht oder steht." Frau Dassler schüttelte den Kopf. „Aber das war es nicht. Es war dieses Zeichen, das mir Angst machte. Ich dachte daran, dass er Mandy immer gehasst hatte, immer wieder behauptete, sie habe sein Leben zerstört. Mir fiel ein, dass er einmal geäußert hatte, sie gleiche eher einem Tier. Sie könne nicht sprechen, nicht gehen, nicht denken und nicht fühlen. Es fehle nur noch der Freibankstempel, um sie richtig zu kennzeichnen. Deshalb kam ich auf den Gedanken, dass er ihr etwas angetan und sie dann sozusagen abgestempelt haben könnte." Sie zog die Nase hoch. „Trotzdem liebte ich meinen Mann und wollte ihn nicht verlieren."

Das Mobiltelefon meldete sich in Natters Hosentasche. Er reckte mehrmals seinen Kopf nach vorn, stand auf, holte sein Handy hervor und stellte die Verbindung her. Langsam färbte sich sein Gesicht dunkelrot. Nach allen Seiten mühte er sich um eine Geste der Entschuldigung. Er glich dabei einem Huhn auf Futtersuche. „Jetzt nicht!", zischte er in sein Handy. Dann schaltete er es aus und wandte sich Frau Dassler zu. „Weiter! Erzählen Sie den beiden Beamten, wie Sie trotz Ihres Verdachts Ihrem Mann zu Hilfe kommen wollten."

Schreiner gab ihr ein aufmunterndes Zeichen. „Erzählen Sie uns alles, was passiert ist. Bei uns ist das gut aufgehoben. Hinterher wird Ihnen viel leichter sein."

Frau Dasslers Atem ging schneller. „Ich fürchtete also, dass mein Mann in einer Art Kurzschlusshandlung Hand angelegt haben könnte. Unlängst deutete er an, alles könne wieder so wie früher werden, wenn wir kinderlos wären. Falls ich Interesse am Fortbestand unserer Ehe hätte, könne ich mir ja was einfallen lassen. Wir hätten genug Geld, sodass eventuell auch eine Heimunterbringung eine Lösung sein könne. Nur müsse er bei allem außen vor bleiben, da sonst ein Schatten auf die Anwaltskanzlei fallen würde. Das sei in dieser sensiblen Materie nicht zu verkraften und angesichts der handverlesenen Mandanten schädlich für die Geschäftsinteressen. Noch für besser halte er aber eine endgültige Erlösung von diesem menschlichen Hemmschuh. In einer solchen seelischen Konfliktsituation müsse ich höchstens mit einer Bestrafung auf Bewährung rechnen. Er verheimliche seit Jahren vor allen Leuten dieses Kind. Je höher er auf der Karriereleiter geklettert sei, umso belastender sei diese Situation für ihn geworden."

„Wie haben Sie diesen Hinweis verstanden? Was glaubten Sie, was Ihr Gatte damit meinte?"

Sie schüttelte sich am ganzen Körper. „Darüber wollte ich einfach nicht nachdenken. Natürlich kamen mir immer wieder ein paar schreckliche Gedanken. Ich schob sie weg. Sonst hätte ich nicht mehr ruhig schlafen können. Sie müssen sich vorstellen, dass diese Diskussionen seit Jahren andauerten und immer schlimmer wurden. An den Wochenenden ging das von morgens bis abends. Es war zerstörerisch. Wir konnten nichts mehr unternehmen, ohne auf das Thema zu kommen."

Sie sah um Verständnis heischend in die Runde. „Kurzerhand entschied ich mich, die Leiche unserer Tochter Mandy zu entsorgen. Ich war wie in Panik und habe nicht weiter gedacht." Sie schluckte. „Es ging dann alles sehr schnell. Ich holte einen Müllsack, wie wir sie für Gartenabfälle aufbewahren, und versteckte die Leiche darin. Mit meiner Last ging ich durch die Innentür im Haus in die Garage und lud mein Bündel in den Kofferraum des Autos. Es ist ein größerer Kombi, den wir immer für das viele Gepäck bei Fahrten zu unserem Landhaus benutzen."

Die Wangen Köhlers nahmen eine tiefere Färbung an. Sein Blick drückte Zweifel aus. „Hat Ihnen jemand dabei geholfen? Wie konnten Sie denn die Last tragen?" Er schaute an ihr herunter. „Sie haben zwar eine sportliche Figur. Aber dennoch dürfte Ihre Kraft kaum ausreichen, um einen Menschen so weit zu transportieren."

Frau Dassler reagierte besserwisserisch. „Das können Sie nur vermuten, weil Sie nicht wissen, wie schwer Mandy von ihrer Krankheit gezeichnet war. Sie war von klein auf schwerbehindert. Während der Geburt erlitt sie eine Sauerstoffunterversorgung. Schuld war eine Kompression der Nabelschnur, die sich vor den Kopf gelegt oder um den Hals gewickelt hatte." Die Tränen, denen Frau Dassler jetzt freien Lauf ließ, waren echt. „Mein Kind wurde nicht schnell genug mit einem Notfall-Kaiserschnitt geholt. Dadurch kam es zu einem Hirnschaden. Mandy wog nie mehr als fünfunddreißig Kilo."

Natter reichte Frau Dassler ein Taschentuch. Schreiner füllte ihr Wasserglas wieder auf und wartete, bis sie durch ein Nicken zu erkennen gab, dass sie bereit war, weitere Angaben zu machen. „War es also eine Folge dieser Behinderung, dass Ihre Tochter sich auch körperlich nicht altersgemäß entwickelte? Deshalb war es gar kein Problem für Sie, Ihre Tochter ein paar Schritte zu tragen?"

„Richtig." Sie presste Natters Taschentuch fest in ihrer Faust zusammen. „Sie müssen entschuldigen, aber es geht mir immer noch nahe."

Schreiner machte ein verständnisvolles Gesicht. „Das ist doch klar. Aber haben Sie es denn nicht für nötig gehalten, einen Arzt zu holen?"

Frau Dassler schüttelte gleichzeitig mit dem Kopf und winkte ab. „Ich habe mich dumm verhalten und überhaupt nicht weitergedacht. Auch unser Personal musste ja ganz rasch merken, dass etwas nicht stimmte. Selbst wenn ich weiterhin Sachen für unsere Tochter Mandy auf die Einkaufsliste gesetzt hätte." Sie wischte sich über die Augen. „Außerdem war wenig später in allen Zeitungen dieser Aufruf der Polizei. Ich weiß nicht, wie man so etwas genau nennt. Sie suchten nach Zeugen wegen der Leiche, die im Schwanheimer Wald aufgefunden worden war." Sie rang nach Luft. „Obwohl ich mir hätte sagen müssen, dass mein Vorgehen über kurz oder lang auffliegen musste, habe ich zuerst gehandelt und dann das Hirn eingeschaltet. Ich rief also keinen Arzt. Es schien mir so sinnlos, weil auf den ersten Blick zu sehen war, dass in unserem Mädchen kein Funken Leben mehr steckte. Vielmehr schaffte ich sie nach Schwanheim. Dort fuhr ich so nahe wie möglich an den Waldrand, legte den Beutel ab und fuhr sofort weiter. Ohne mich umzudrehen."

„Wieso gerade nach Schwanheim?"

„Weil ich früher in der Manderscheider Straße wohnte und mich deshalb gut auskannte." Sie formte einen Kussmund, was ihr das Aussehen eines dicklichen Hamsters gab. „Als ich noch nicht verheiratet war, arbeitete ich als Sekretärin meines heutigen Ehemannes." Ein Hauch von Verlegenheit flog über ihr Gesicht. „Er hat mir lange nachgestellt, bis ich ihn erhörte. Sie müssen wissen, dass ich einmal sehr hübsch war."

Rechtsanwalt Natter starrte vor sich hin, als habe er nicht zugehört. Köhler warf einen gekonnt ausdruckslosen Blick in die monotone Architektur des Raumes, während Schreiner sich dafür entschied, Frau Dassler mit heuchlerischem Gesichtsausdruck glauben zu lassen, dass er ihre Selbsteinschätzung für absolut glaubwürdig hielt. „Davon bin ich überzeugt. Das müssen Sie nicht betonen. Wir haben Augen im Kopf."

Der Augenaufschlag, der Schreiner traf, drückte Frau Dasslers uneingeschränkte Dankbarkeit aus. „Jedenfalls hatten mein

Mann und ich nach seiner Rückkehr eine heftige Diskussion. Er war total aufgebracht und bestritt nachdrücklich, etwas mit dem Tod unserer Tochter zu tun zu haben. Ich hätte doch sehen müssen, dass unser Kind unverletzt war. Mein Handeln bezeichnete er als töricht. Ich hätte uns mehr geschadet als genützt. Obwohl wir nichts zu verbergen hätten, seien wir nun wahrscheinlich ohne jede Notwendigkeit in Verdacht geraten, unserem eigenen Kind etwas angetan zu haben. Vor allem sei zu befürchten, dass die ganze Geschichte, falls sie bekannt würde, auch noch in den Medien breitgetreten werde. Ich solle sehen, wie ich das wieder zurechtbiegen könne. Mit dieser Hypothek könne er sich bei seinen Mandanten nicht mehr sehen lassen." Sie machte eine Geste der Hilflosigkeit. „Dabei habe ich es doch nur aus Liebe zu ihm gemacht."

„Haben Sie Ihren Gatten auf den Abdruck unter der Achsel Ihrer Tochter angesprochen?", fragte Köhler.

„Ja. Er war völlig verwundert und wusste nichts darüber."

Köhler betrachtete den Zettel, auf dem Frau Dassler eine Zeichnung des Stempelbildes angefertigt hatte. Wie sind Sie mit Ihrem Gatten verblieben?"

„Er war gemeinsamen Überlegungen nicht zugänglich. Für ihn sei allein wichtig, dass es einen Ort gebe, wo er um seine Tochter trauern könne. Ich solle deshalb zusehen, dass wieder alles unauffällig ins Lot komme. Es müsse ein ordentliches Grab und eine stille, feierliche Beerdigung her. Wie, sei ihm gleichgültig."

„Deshalb haben Sie sich über Herrn Rechtsanwalt Natter bei uns gemeldet?"

„So ist es."

Ein unmerkliches Kopfschütteln Köhlers signalisierte Schreiner, dass sein Kollege keine weiteren Fragen stellen wollte. Als er Frau Dassler und Rechtsanwalt Natter verabschiedet hatte, rüttelte er Köhler an den Schultern und ließ sich in seinen Schreibtischsessel fallen. „Da kannst du mal sehen, wie es im Leben geht. Du heiratest eine hübsche Frau und ein paar Jahre später sieht sie aus, als habe sie sich in der Zwischenzeit nur von Hefe ernährt.“ Sein breites Grinsen reduzierte seine Augen auf zwei schmale, verschmitzte Schlitze. „Auf alle Fälle werden wir den Herrn Anwalt sehr genau unter die Lupe nehmen müssen. Fährt mit BH und Slip für die Geliebte zu einem angeblichen Termin und lässt nebenan seine Tochter tot liegen. Wenn das nicht zum Himmel stinkt.“

Köhler malte mit einem Kugelschreiber auf einem Blatt Papier eine Reihe von Fragezeichen. „Wir sind einen kleinen Schritt weiter, weil wir wissen, um wen es sich bei der Toten handelt. Es muss aber nicht alles stimmen, was uns Frau Dassler erzählt hat.“

14

In leuchtenden Farben kündigten mehrere Fahnenstreifen und Plakate vor der Kunstgalerie *Raphael* an der Ecke von Braubachstraße und Domplatz eine mehrmonatige Ausstellung der Werke von Marc Chagall an. Die Schaufenster waren bereits mit einigen signierten Lithografien bestückt. Dazwischen befanden sich aber auch Arbeiten von Miró, Coignard und Matisse. Eine elegant gekleidete Dame mittleren Alters ließ gerade an der Eingangstür das stählerne Rollgitter herunter und gliederte sich dann in die Fußgängerströme ein, die nach allen Himmelsrichtungen hin die Bürgersteige belebten. In die ringsum geparkten Autos kam ebenfalls Bewegung. Der Berufsverkehr machte sich bemerkbar. Es war Abend. Vom Main her war das schwere Geläut des Kaiserdoms zu hören.

Julia Mansfelds suchende Augen ließen erkennen, dass sie für die ausgestellten Bilder keinen Blick übrig hatte. Sie glitten an den Häuserfassaden des Domplatzes vorüber und wanderten am Buchladen, dem Schokoladengeschäft und dem Lokal *Shooter's* mehrfach hin und her, bevor sie an einem gepflegten Altbau aus den Anfängen des 20. Jahrhunderts haften blieben. Mit energischen Schritten ging sie darauf zu. Als sie das Klingelbrett erreichte, entdeckte sie sofort das geschwungene Messingschild mit der Aufschrift *P. Wach*.

Gestern Abend hatte sie ihn angerufen, nachdem sie endlich an seine Telefonnummer gekommen war. Die Nacht zuvor hatte sie bei Markus Jünger verbracht, der ihr mächtig bei ihrer Doktorarbeit half, ihre Entwürfe korrigiert und ihr Tipps für die nächsten Kapitel gegeben hatte. Anschließend tranken sie Wein, hatten Musik gehört und sich geliebt. Danach war Markus sofort eingeschlafen. Sein Handy hatte er nicht ausgeschaltet. Es war ihr nicht schwer gefallen, so die Rufnummer von Patrick Wach herauszufinden. Er hatte ihr sofort angeboten, zu ihr zu kommen, um den Computer einzurichten. Sie hatte abgelehnt und behauptet, wegen Umbauarbeiten durch eine Handwerkerfirma sei es zu laut, um sich bei ihr zu Hause vernünftig unterhalten zu können. Die Frage, ob etwa die Handwerker auch noch abends arbeiten würden, hatte er nicht gestellt.

Mit beiden Händen zog sie den engen Rock ihres gelben Kostüms ein wenig nach unten und öffnete dann mit einer geübten Handbewegung zwei Knöpfe des kleinen Stehkragens ihrer weißen Bluse. Noch am Morgen hatte sie gezweifelt, ob das Wetter Sommerkleidung zulassen würde. Als sie am Messeturm vorbei zur Universität gefahren war, hatte die Turmspitze sich hinter dicken grauen Wolken verborgen. Sie war ärgerlich gewesen, weil dies ihrer Vorstellung, den geplanten Besuch in figurbetonter Kleidung zu machen, nicht entsprochen hätte. Ein kalter Westwind blies ihr zudem immer wieder ins Gesicht, was dazu führte, dass ihre Augen tränten. Kritisch, wie sie mit sich selbst war, wusste sie, dass der Luftzug Spuren im Make-up hinterlassen würde. Wahrscheinlich nur von ihr selbst wahrnehmbar, doch dies genügte, um sie unzufrieden und vielleicht sogar unsicher zu machen. Gegen Mittag hatte sich der Himmel dann doch noch mit ihr verbündet. Im warmen Licht der untergehenden Sonne kam ein milder Hauch vom Main herüber.

Julia fuhr sich mehrfach durch die wehenden Locken ihres frisch gewaschenen Haares und holte schließlich aus dem gelben Lackhandtäschchen einen Handspiegel, in dem sie prüfte, ob die Schminke noch perfekt saß. Sie hatte eine Umhängetasche gewählt, weil sie ihren Laptop dabeihatte und freie Hände behalten wollte. Erst jetzt drückte sie auf die Klingel.

Es dauerte nur wenige Sekunden, ehe ein Summen in der Sprechanlage ohne Nachfrage die Türsperre freigab. Julia Mansfeld musste ziemlich viel Kraft aufwenden, um die altmodische Holztür aufzudrücken.

Im Hausflur fand sie sich schnell zurecht. Sie bestieg den auf höchstens vier Personen ausgelegten gläsernen Fahrstuhl, der offensichtlich nachträglich in die halbhoch mit geblümten Kacheln geschmückte Wand eingebaut worden war. Mit einem misstrauischen Blick kontrollierte sie zunächst den Boden, dessen Belag aus einem reflektierenden Material bestand. Sie war unsicher, ob es sich um Spiegel handelte, die zu irgendwelchen voyeuristischen Zwecken missbraucht werden könnten. Als sie sich von der Seriosität der Ausstattung überzeugt hatte, drückte sie den Knopf in den zweiten Stock.

Sie wurde von Patrick Wach an der weiß lackierten zweiflügeligen Eingangstür zu seiner Wohnung empfangen und mit einem festen Handschlag begrüßt. „Hast du gleich hergefunden?"

Julia legte die gesamte Wärme, die ihr Repertoire zuließ, in einen Augenaufschlag und bemühte sich, ihre Stimme weich und weiblich klingen zu lassen. „Kein Problem. Deine Beschreibung war klasse." Sie hob die schwarze Leinentasche mit dem Laptop an und reichte sie ihm. „An dieses Ding habe ich auch gedacht. Nimm es gleich an dich. Du brauchst es sowieso, da jetzt Arbeit auf dich zukommt." Mit einem tiefen Atemzug sog sie die Luft ein. Dabei formte sie einen Kussmund, den sie in ihrer Teenagerzeit unaufhörlich vor dem Spiegel geübt hatte und von dem sie glaubte, dass er ihr Gesicht besonders süß erscheinen ließ. Sie warf ihm einen verführerischen Blick zu. „Toll, dass ich bei dir sein kann."

Wach blieb locker. „Ist schon in Ordnung." Er klemmte sich ihren Laptop unter den Arm und ließ sie eintreten. „Ich gehe mal vor, und du kommst einfach hinterher." Seine leuchtend blauen Augen verschwanden fast hinter den an den äußeren Rändern stark herabhängenden Augenlidern. „Ich habe sogar ein bisschen aufgeräumt."

Als Julia hinter Patrick Wach herlief, registrierte sie, dass sein muskulöser Nacken wie eine kleine Rolle unter seinem kräftigen rötlichen Haar hervortrat und sich über den Halsausschnitt seines schwarzen T-Shirts legte. Ihr gefiel, wie er mit schlaksigem

Gang vor ihr herschlurfte. Sie rang mit sich, ob sie ihm wegen seiner nachlässigen Kleidung böse sein sollte. Seine Jeans hatten sicherlich die zigste Wäsche hinter sich, sodass seine ohnehin schmale Figur darin schlotterte. Letztlich musste sie über seinen Aufzug schmunzeln und deutete ihn als Zeichen der Vertrautheit. Anscheinend wollte er ihr zu verstehen geben, dass er sie nicht als Besuch ansah, vor dem er auf Distanz gehen wollte.

Er führte sie in einen großen quadratischen Raum, der seine einhundert Quadratmeter haben mochte. Die Größe fiel wegen der spartanischen Möblierung auf. Eine vielgliedrige Couchgarnitur in dunkelbraunem Leder, eine Essecke mit vier Stühlen und ein großer Tisch mit Computer, Fernseher und einer überdimensionalen Stereoanlage. Das war alles.

Patrick Wach sah sich im Raum um. Er schien unschlüssig. „Womit wollen wir anfangen? Sollen wir erst einen Drink nehmen? Oder willst du vorher deine Fragen loswerden?"

Sie faltete die Hände und streckte die Arme nach unten. „Mich macht es immer unruhig, wenn ich Pflichten vor mir herschiebe. Wenn es dir recht ist, lass uns alles der Reihe nach abarbeiten!"

Sein Blick streifte sie von der Seite. Er drückte Zweifel aus. „Hoffentlich bist du nicht nur deswegen hierhergekommen." Er setzte ein spöttisches Lächeln auf. „Wie weit sind denn bei dir zu Hause die Handwerker mit den Umbauarbeiten?"

Julia ließ sich nicht anmerken, ob er sie bei einer Ausrede ertappt hatte. „Alles im grünen Bereich. Nur noch ein paar Tage, dann werden sie fertig sein. Vor allem das Bad dauert etwas länger."

Patrick Wach gab sich verständnisvoll. Nach einem kurzen Zögern legte er Julias Tasche mit dem Laptop auf dem Multimedia-Tisch ab, ging auf die Essecke zu, holte zwei Stühle heran und stellte sie vor den Computer. „Dann wollen wir mal."

Mit ausgebreiteten Armen und tänzelnden Schritten vollführte Julia eine Art Balletteinlage, bevor sie sich setzte und die Beine übereinanderschlug. „Jetzt bin ich gespannt."

Mit routinemäßigen Handgriffen, die auf die alltägliche Übung schließen ließen, klappte Patrick Wach den Laptop auf und schaltete auch seinen eigenen Computer ein. „Hoffentlich erwartest du nicht zu viel von mir. Bevor ich dir helfen kann, musst du mir verraten, worum es dir eigentlich geht."

Julia kokettierte mit dem Spiel ihrer Augen und Bewegungen. „Ich bitte dich, mir ein bisschen mit deinem großen Fachwissen zu helfen." Sie biss sich auf die Lippen. „Durch die Arbeit an meiner Diss kann ich nur eingeschränkt Geld verdienen. Deshalb ist mir die Idee gekommen, dem juristischen Nachwuchs mit ein paar schriftlichen Hilfsmitteln zu Klausuren und eventuell mit einer Art von Nachhilfestunden bei den Vorbereitungen zum Studium zu helfen. Ich schätze, da gibt es eine Marktlücke, und würde die Idee gern mit einem eigenen Web-Auftritt präsentieren."

In Patrick Wachs Blick lag etwas Misstrauen. „Ich weiß nicht viel von der Juristerei. Dein Freund Markus hat nie Aufhebens darum gemacht. Du wirst selbst überlegt haben, ob sich die Sache lohnt."

Sie unterbrach ihn. „Du sollst mir ja keine Erfolgsgarantie geben. Ich weiß, dass du das nicht leisten kannst. Gib mir nur Antworten auf meine drei Fragen, die ich mitgebracht habe. Sie sind allesamt aus deinem Arbeitsbereich. Aber bitte kein Fachchinesisch. Ich will es verstehen können." Sie berührte mit der Hand seinen Oberschenkel. „Und lass dabei Markus einfach aus dem Spiel, okay?"

Wach überging den Hinweis. „Dann leg mal los."

„Wie gesagt, will ich unter irgendeinem reißerischen Namen ein Produkt zur Prüfungsvorbereitung im Internet anbieten, am besten mit eigener Website."

„In der Regel gibt es zwei Varianten. Entweder lässt man die Seite von einem Provider hosten. So nennt man die Benutzung der Ressourcen des Providers, etwa dessen Server, Tools, Software und Internetzugang. Oder man betreibt seinen Server selbst. Man hat also selbst einen Internetzugang, eine IP-

Adresse, eine eigene Domain und eine URL, also eine individuell registrierte Homepage."

Julia sah ihn unverwandt an. Ihr Gesichtsausdruck zeugte von Bewunderung. Sie unterdrückte jede Reaktion, inwieweit sie folgen konnte oder ihr die bisher gegebenen Hinweise längst geläufig waren. „Weiter."

„Bei der Provider-Lösung meldet man einen Wunschnamen an, gibt vielleicht noch eine Mail-Adresse und eine Kontaktperson an und erhält dann einen Server-Platz und Tools, um die eigene Website einzurichten."

Er hielt inne, weil es Julia nicht gelungen war, ein Gähnen zu unterdrücken. Sie bemerkte sein Zögern, wehrte ab und lächelte. „Sauerstoffarmut. Sonst nichts. Es hat nichts mit deinen Erläuterungen zu tun. Hast du vielleicht einen Schluck Wasser für mich?"

Patrick Wach schnellte von seinem Stuhl hoch. „Sofort. Entschuldige bitte. Ich hätte dich natürlich schon vorhin fragen sollen, als du gekommen bist."

Sie warf ihm eine Kusshand zu. „Unsinn. Wir sind unter Freunden. Da ist es üblich, dass man sich meldet, wenn man etwas will."

Er verließ den Raum und kehrte kurz darauf mit zwei Gläsern und einer Wasserflasche zurück. Nachdem er die Gläser abgestellt und gefüllt hatte, prostete er ihr mit einer verlegenen Geste zu. „Ich habe nicht so oft Damenbesuch. Vielleicht liegt es daran."

Julia nahm einen Schluck. „Lass uns weitermachen. Desto eher sind wir mit dem Pflichtprogramm fertig." Sie sah an ihm vorbei. „Stell dir vor, dass ich plötzlich eine neue Idee entwickle und etwas ganz anderes im Netz anbieten will." Julia legte die Hand vor den Mund und lachte auf. „Nimm an, dass ich mich auf einmal entscheiden würde, die Seiten zu wechseln und etwas Illegales ins Internet einstellen wollte. Zum Beispiel Anleitungen für gefahrlose Einbrüche oder Kinderpornos. Könnte ich die dafür notwenigen Veränderungen zu Hause selbst umsetzen?"

Patrick winkte ab. „So ein zierliches Persönchen wie du? Dafür bist du viel zu ehrgeizig und weißt viel zu genau, was du willst. Du bist nicht dumm genug, um die Karriere zu ruinieren, die vor Dir liegt."

Sie klatschte in die Hände und schaute wie ein Kind. „Es ist nur Spaß, verstehst du? Bei deinem Wissen könnte ja auch dir der Gedanke kommen, auf diese Weise das große Geld zu verdienen. Ich will nur wissen, wie ich mich am besten absichern kann."

„Also gut. Die gängigsten Programmiersprachen für Homepages sind HTML, ASP oder PHP. Der Benutzer kann die Inhalte jederzeit ändern. Er bekommt in der Regel einen Admin-User, mit dem er die Seiten pflegen muss. Außerdem durch den Provider eine Domain oder Subdomain, also einen genauen, eindeutigen Namen."

„Trotzdem kapiere ich etwas noch nicht genau. In den Medien heißt es immer wieder, die Polizei habe eine Riesenmühe, gerade die größten Schweinereien im Internet zu entdecken. Woran liegt das?"

„Man kann eben eine Seite so unauffällig im Netz tarnen, dass nur Insider darauf kommen. Du kannst zum Beispiel selbst einen Webserver von zu Hause betreiben, etwa über das private DSL und über eine angemeldete Subdomain, die du über einen Provider ankaufst oder mietest. Dafür kann deine Mail-Adresse ausreichen. Oder du lässt einfach nur die offizielle IP-Adresse deines Anschlusses aufrufen, also eine Ziffernfolge in Verbindung mit deinem Provider. Beide kannst du ständig wechseln. Damit gibt es keine verräterischen Namen. Wenn du dann noch die Homepage mit einer Benutzerauthentifizierung sperrst, kann man so etwas auch nicht einfach über Google finden."

Aus Julias Miene ging nicht hervor, ob sie sich nur verstellte oder die Erklärungen Patrick Wachs tatsächlich nicht genau verstand. „Kannst du dich bitte etwas laienhafter ausdrücken?"

Er lachte und rieb sich die Hände. Seine verschmitzt schauenden Augen verschwanden nun fast völlig hinter den herabhängenden Lidern, während seine starken Wangenknochen so mächtig hervortraten, dass die gespannte Haut wie eine künstliche, bleiche Hülle aussah. „Du kannst meinetwegen deine E-Mail-Adresse mit einem falschen Namen einrichten. Mit dieser gefälschten Identität kriegst du über die sozialen Netzwerke wie Facebook einen Account gestellt. Anschließend machst du Mundpropaganda über deine Posts oder entwickelst eine eigene Sprache, die nur Eingeweihte verstehen. Im Chatroom gibt's dann einen Pinnwand-Eintrag, der auf Adressen oder Links verweist. Du kannst dann sogar mehrfach dasselbe machen und dich selbst bewerten. Google und andere sammeln sich wiederholende Begriffe, die verlinkt werden. Auf den letzten Seiten eines Suchbegriffs findest du dann meist einige problematische Einstellungen russischer Server, die ständig wechseln, um nicht aufzufliegen."

Julia boxte ihn auf den Oberarm und prustete. „Du bist ein Typ! Ich bin ganz verwirrt und durcheinander von den vielen Begriffen. Jetzt muss ich erst einmal ein bisschen entspannen." Sie räkelte sich auf dem Stuhl und zupfte an ihrer Bluse. „Hier ist es ziemlich heiß."

Patrick Wach schmunzelte. „Ich habe trotz der sommerlichen Temperaturen die Heizung voll aufgedreht, damit wir einen Grund haben, die Kleidervorschriften ungezwungener anzuwenden."

Sie warf den Kopf in den Nacken. „Du drückst dich viel zu kompliziert aus. Wenn du mit mir in die Kiste willst, musst du nicht solche Klimmzüge machen." Sie strahlte ihn an und drohte ihm zugleich mit dem Zeigefinger. Ihre Mimik ließ bewusst offen, ob sie ihr vorheriges Angebot ernst gemeint hatte. „Du Böser hast mich abgelenkt. Nochmals zum Computer. Könntest du mir so eine Art Maske programmieren, mit der ich dann nach allem, was du mir erzählt hast, etwas anfangen kann?"

„Selbstverständlich. Aber nicht jetzt gleich. Das dauert eine Weile. Dazu brauche ich Ruhe."

Julia zwinkerte ihm zu und nahm seine Hände. „Und die raube ich dir? Wie schön. Hast du eine Vorstellung, wie wir jetzt weitermachen sollen?"

„Klar. Du lässt mir deinen Laptop eine Weile hier. Ich lege dir in den nächsten Tagen das gewünschte Programm auf und rufe dich anschließend an. Deine Handynummer hast du mir ja gegeben. Dann kommst du vorbei, holst ihn ab und ich führe dir vor, wie es geht."

„Der Vorschlag ist gut. Aber das habe ich nicht gemeint."

Patrick Wach nickte, stand auf, zog Julia von ihrem Stuhl und hakte sie unter. „Nebenan ist es gemütlicher. Die Stühle hier sind hart gepolstert. Auf Dauer sind sie unbequem."

Julia ließ sich von ihm in sein Schlafzimmer führen. Es war ebenso spartanisch möbliert wie der Wohnraum. Außer einem weißen Schrank, einem Fernseher und einem breiten Doppelbett mit Messinggestell gab es keine Einrichtungsgegenstände. „Zeigst du mir, wo das Bad ist?"

Er streckte die Hand aus. „Da um die Ecke."

„Ich bin gleich wieder da." Sie huschte aus dem Raum und ging ins Badezimmer. Dort zog sie sich aus und legte ihre Kleider auf einen geflochtenen weißen Wäschekorb. Sie betrachtete sich im Spiegel. Nebenan wartete nun schon das dritte Bandmitglied darauf, ihre körperlichen Vorzüge kennenzulernen. Das ging aus ihrer Sicht in Ordnung. Immerhin war er dabei, ihr bei der Verwirklichung ihrer Ideen zu helfen. Jede Leistung verdiente ihre Gegenleistung. Außerdem war er ein ganz vorzeigbarer Kerl. Sie entkleidete sich vollständig und ging zu ihm zurück. Patrick Wach hatte inzwischen die Vorhänge vorgezogen, mit dem Dimmer die Beleuchtung reduziert, sich ausgezogen und unter der Bettdecke verkrochen. Nur seine Augen und die Hände schauten noch heraus. Er zog das Betttuch unter das Kinn, hob leicht den Kopf und pfiff durch die Zähne. „Donnerwetter. Du kannst dich sehen lassen."

Julia machte eine Pose, als sei sie dabei, auf einem Laufsteg ein Kleid vorzuführen. „Gut, dass du das weißt." Sie schlüpfte zu ihm unter die Decke, kuschelte sich an ihn und überließ ihm ihren Körper mehr mechanisch. In ihrem Kopf arbeitete es unaufhörlich. Gut, dass Frauen zwei Dinge gleichzeitig tun konnten, ohne dass es einem Mann auffallen würde. Sie erwiderte die fordernden und sich steigernden sexuellen Aktivitäten Patrick Wachs, ohne ihre Gedankenwelt abschalten zu können und zu wollen. In den letzten Tagen hatte sie zahlreiche Begegnungen mit ausnahmslos hilfsbereiten Männern erlebt, die ihren Wünschen, soweit sie es konnten, entgegengekommen waren. Ihre Zukunftspläne kamen ihr wie ein Puzzle vor, das jetzt nach und nach zusammengefügt werden musste. Allerdings konnte sie es noch nicht fertigstellen, weil das eine oder andere Treffen vorerst ausstand. Würde ihr Plan aufgehen und ihr Vorhaben gelingen? Dieser wichtige Zwischenschritt auf dem Weg zur vollständigen wirtschaftlichen Unabhängigkeit und zu einer in der Gesellschaft hervorstechenden Rolle? Eigentlich war es unsinnig, sich darüber Gedanken zu machen. In Wirklichkeit glaubte sie fest an ihren Erfolg. Diese dummen Zweifel, die gelegentlich an ihr nagten, meinte sie fest im Griff zu haben. Fast erschrak sie darüber, dass ihre Gedanken sie so stark in Anspruch nahmen. Es wäre nicht gut, wenn Patrick dies bemerken würde. Sie spürte einen inneren Ruck und konzentrierte sich wieder auf ihre gegenwärtige Situation. Als sie neben sich schaute, zuckte ein Lächeln um ihren Mund. Da lag Patrick Wach neben ihr, atmete schwer und schlug sich die Hände vor das Gesicht. Als sein Atem nach einiger Zeit wieder gleichmäßiger ging, stützte er sich im Bett auf, griff ihr mit beiden Händen in die Haare und streichelte ihr dabei mit den Daumen über die Wangen. Sein Gesicht war auffällig gerötet und glich der Farbe seiner Haare. „Das war super. Klasse. Einfach einzigartig. Fandest du nicht auch?“

Sie fuhr ihm mit der Hand über den Kopf, als sei er ein kleiner Junge, und klimperte mit ihren Augenlidern. „Du warst Klasse. Das ist der Punkt.“

Er strahlte vor sich hin. Mit den Händen klatschte er mehrmals auf die Oberschenkel. „Wir müssen etwas unternehmen.

Irgendetwas Tolles. Es kann nicht sein, dass wir einfach auseinandergehen. Wollen wir irgendwohin gehen, einen Drink nehmen? Sag mir, wozu du Lust hättest."

Ohne es ihn merken zu lassen, kämpfte Julia mit sich. Eigentlich wäre sie jetzt lieber allein gewesen, um Bilanz zu ziehen und ihre weiteren Schritte zu planen. Andererseits wollte sie sich keinen Unmut zuziehen. Immerhin war er recht nett. Und vor allem hilfsbereit. Das kam ihr sehr entgegen. „Du hast recht. Wir ziehen uns jetzt an und gehen in der Nähe in eine gemütliche Kneipe. Kennst du irgendein Lokal, wo es ein bisschen schummrig ist und man einen schönen Abend bei einem kleinen Happen ausklingen lassen kann?"

„Klar. Das *Shooter's* nebenan. Aber ich habe noch eine viel bessere Idee. Es ist schon richtig schön dunkel draußen. In meinem Küchenschrank habe ich noch ein wunderbares Fläschchen Calvados und eine Dose mit Mispelchen. Was hältst du davon, wenn wir das alles einpacken, noch zwei Gläser mitnehmen und uns unten auf die kleine Mauer gegenüber vom Dom setzen? Das ist der Gipfel der Romantik."

Julia starrte ihn an. Ihr imponierte der Einfall, weil sie ihn für unkonventionell hielt. Sie meinte ihn allerdings auch als ein Anzeichen einer Charaktereigenschaft deuten zu können, die sie als Verträumtheit analysierte. Das schreckte sie leicht ab, weil sie fürchtete, Patrick werde anhänglich werden und sich an sie klammern. Andererseits schmeichelte ihr sein Bedürfnis nach ihrer Nähe. Außerdem wollte sie ihm jedenfalls so lange entgegenkommen, wie sie seine Unterstützung benötigte. Anschließend würde sie ja sehen, ob die Beziehung darüber hinaus Bestand haben könnte. „Du bist irre originell. Das gefällt mir. Dein Vorschlag ist super."

Sie zogen sich an, packten die Sachen zusammen und verließen die Wohnung. Patrick Wach hakte sie schon auf der Treppe unter, schleifte sie mit sich und galoppierte die Stufen herunter. Lachend stürzten sie aus dem Haus und gingen Richtung Main. Als sie um die Ecke nördlich des Doms bogen, fiel

Julias Blick auf einen Teil der Schaufenster des *Liturgischen Apostolats.* Das Gebäude ragte aus der vorher bündigen Bebauung heraus. Deshalb hatte das Geschäft rechtwinklige Fensterfronten.

Julia packte ihren Begleiter am Arm und zwang ihn, ihr mit schnellen Schritten zu folgen. Es waren nicht die Messgewänder und sonstigen liturgischen Kleidungsstücke, die Julias Aufmerksamkeit fesselten. Sie interessierte sich vielmehr für die Geräte und kleineren Gegenstände in der Auslage. Vor Begeisterung schlug sie Patrick Wach vor die Brust und jubelte. „Ein Devotionalienhandel. Dass es so etwas hier gibt, hätte ich nicht vermutet. Meinst du, man kann hier alles kaufen, was auch nur im Entferntesten mit Kirche zu tun hat?"

Patrick reagierte ratlos und stand verloren neben ihr. „Ich verstehe überhaupt nicht, worauf du hinauswillst. Willst du eine neue Kirche gründen? Oder Pfarrerin werden und bei den Katholiken Anleihen machen?"

Julia hörte nicht richtig hin. „Denkst du, die haben noch geöffnet? Wollen wir mal probieren, ob noch geöffnet ist?"

„Verrate mir doch erst einmal, was du in diesem weltfremden Laden kaufen willst."

Als Julia näher an die Eingangstür herantrat, sah sie eine Hinweistafel, auf der die Geschäftszeiten vermerkt waren. Sie verglich die Angaben mit der Zeit auf ihrer Armbanduhr und machte ein enttäuschtes Gesicht. „Schade! Ich muss unbedingt morgen hierher, sobald wieder offen ist."

„Willst du mich auf den Arm nehmen? Oder ist das ein Spiel, das ich noch nicht kenne?" Er zog sie am Arm. „Komm, jetzt lass mal die Katze aus dem Sack, Was soll das hier?"

Julia wandte sich von der Tür ab und Patrick Wach zu. Sie war plötzlich wie verwandelt. Nichts war mehr von der vorangegangenen Euphorie zu spüren. Sie kuschelte sich an ihren Begleiter und himmelte ihn an. „Das war doch alles nur ein Gag. Ich wollte nur sehen, wie du reagierst, wenn du mit einer völlig unerwarteten Situation konfrontiert wirst." Sie presste mit Daumen und Zeigefinger seine Lippen zusammen. „Du sahst süß aus. Wie ein verlegener und hilfloser kleiner Junge. Zum Anbeißen.“ Mit der ausgestreckten Hand zeigte sie auf die kleine Mauer vor dem Dom. „Dort gehen wir jetzt hin und trinken unsere Mispelchen.“

Als sie sich vom *Liturgischen Apostolat* entfernten, bewegte sich kaum merklich die Spanngardine hinter der Eingangstür. Den älteren Mann mit dem Silberblick und dem weißen Panama-Hut auf dem Kopf, der ihnen durch einen Vorhangspalt nachschaute, sahen Julia Mansfeld und Patrick Wach nicht.

15

In der Siesmayerstraße 63 herrschte Hochbetrieb. Eine bunte Menschenmenge drängte sich an diesem sonnendurchfluteten Wochentag im Eingangsbereich des Palmengartens, dem Herzstück des Frankfurter Westends. Damen in Cocktailkleidern oder Designerkostümen in Begleitung älterer Herren in dunklen Anzügen konkurrierten mit den überwiegend jugendlichen Frauen und Männern in gehobener Freizeitkleidung namhafter Modemacher. Die Stimmung der Besucher war fröhlich, da und dort sogar ausgelassen. Ein zarter Duft von Sommerblumen lag in der Luft und harmonierte glänzend mit der Atmosphäre.

Neben den beiden Drehkreuzen stand eine livrierte junge Dame, die eine schmale Seitentür öffnete und damit die chaotische Menschenansammlung in eine halbwegs geordnete Bahn brachte. Immer wieder wies sie die Gäste darauf hin, dem hinter ihr liegenden Weg zu folgen. Wenige Meter weiter wurden sie vor dem in geometrischen Formen angelegten blühenden Rosengarten von einer anderen Hostess in Empfang genommen, die ein ums andere Mal auf das wunderschöne elegante *Haus Rosenbrunn* zeigte, ein restauriertes Werkstattgebäude aus dem Jahr 1884, dessen fast bis zum Boden reichende Glasfenster einen Rundblick auf die Vielfalt der Gartenanlagen erlaubten. Mit der Monotonie einer Prozession bewegte sich der Tross bedächtig auf dieses Gebäude zu. In seinem Inneren erinnerte die Anordnung der Stühle an einen Kinosaal. Auf den Sitzen der ersten Reihe lagen Schilder mit dem Aufdruck *Reserviert.* Die Stuhlreihen waren durch einen Mittelgang getrennt. An dessen Stirnseite standen, abgesetzt von den übrigen Sitzplätzen, vier elegante Sessel im Empirestil. Gegenüber befand sich ein passender Tisch, der mit einem Strauß weißer Rosen geschmückt war. Das Gesteck war einem Wasserfall nachgebildet und reichte in seiner Kette bis zum Boden.

Nicht alle Gäste, die nach und nach eintrafen, fanden im *Haus Rosenbrunn* Platz. Offenbar hatten das die Organisatoren vorausgesehen und unmittelbar vor der Schauseite des Hauses zum Rosengarten hin weitere Sitzgelegenheiten arrangiert. Da das Wetter mitspielte, mussten keine störenden Vorkehrungen gegen Regen getroffen werden.

Während die Gäste im Innenraum nach und nach ihre Plätze einnahmen, platzierte Staatsanwalt Hanspeter Schultz seine Frau Traudel und ging selbst noch einmal nach draußen. Er zog es vor, sich noch ein wenig im Garten aufzuhalten. Andächtig stand er vor dem Meer blühender Rosen. Rosenzucht und -pflege gehörten zu seinen Hobbys. Mit einem Rest von Neidgefühl betupfte er die eine oder andere Blüte und konnte sich des Wunsches nicht erwehren, am liebsten sein Wohnhaus auf dem Lerchesberg gegen dieses Idyll einzutauschen. Dann schweiften seine Gedanken zu dem heutigen Anlass ab. Er war stolz, dass Augustin Diener, sein Zimmerkollege in der Staatsanwaltschaft Frankfurt am Main, auf ihn gehört hatte und seinem Vorschlag gefolgt war. Auf Dieners Frage nach einem geeigneten Ambiente hatte er ihm den Palmengarten für dessen standesamtliche Trauung empfohlen. Nur wenige Tage zuvor hatte er in der Tageszeitung gelesen, dass die Stadt Frankfurt einmal in der Woche Eheschließungen in dieser prachtvollen Umgebung anbot. Und wie erlöst war er gewesen, als Diener ihm seine Heiratspläne mitgeteilt hatte. Dieser im gesamten Freundes- und Bekanntenkreis als Casanova verschriene Luftikus kam also endlich unter die Haube. Schultz hatte ihn als Referendar ausgebildet, sein Talent erkannt und ihn mit Erfolg bewogen, zur Staatsanwaltschaft zu kommen. In den folgenden Jahren hatte Diener die Damenfotos im Wechselrahmen auf seinem Schreibtisch ständig ausgetauscht. Manchmal hatte dies zu problematischen Situationen geführt. Als Diener dann mit einer ihm zur Ausbildung zugewiesenen Referendarin ein Verhältnis begann, hatte Schultz mahnend den Finger gehoben. Diener hatte zunächst verletzt, doch anschließend einsichtig reagiert. Dass er jetzt genau diese junge Kollegin zu seiner Frau machen wollte, erfüllte Schultz mit Erleichterung. Endlich war Schluss mit den aufreibenden Eskapaden.

Und er, Hanspeter Schultz, sollte Trauzeuge sein. Diesem ehrenvollen Angebot Dieners hatte er sich gerne geöffnet. Weniger glücklich stimmte ihn die Auswahl der Nummer Zwei für diese Aufgabe. Daniel Blau, ebenfalls Staatsanwalt und Klassenkamerad von Augustin Diener, hatte bei seiner Hochzeit mit der Lehrerin Tina Schimmel darauf bestanden, sich einen Doppelnamen zuzulegen. Obwohl sämtliche Kollegen der alltäglichen Kaffeerunde in der Behörde dringend abgeraten hatten, hatte sich der heutige zweite Trauzeuge nicht davon abhalten lassen. Dabei hatte die Kollegenrunde ihn ganz offen darauf hingewiesen, dass er wegen seiner Kleinwüchsigkeit und der damit korrespondierenden krächzenden Stimme jedenfalls in Prozessen gegen Jugendliche ohnehin schon auf spöttische Bemerkungen gefasst sein müsse. Der spektakuläre Doppelname könne dieses Problem noch verschärfen. Der gut gemeinte Rat war erfolglos geblieben.

Als vom Eingang her das Brautpaar mit den Eltern und Angehörigen erschien, stellte Schultz seine Überlegungen ein und widmete seine Aufmerksamkeit dem folgenden Aufzug. Augustin Diener hatte heute seine schulterlangen blonden Haare nach hinten gekämmt. Er trug einen nachtblauen Samtanzug und darunter ein offenes weißes Hemd. Seine hübsche junge Braut trug ein farbenfrohes Kostüm. Sie hatte sich bei ihrem Auserwählten eingehängt. In der freien Hand hielt sie einen Strauß weißer Rosen. Die übrigen Begleiter waren ebenfalls festlich gekleidet.

Braut und Bräutigam lächelten nach allen Seiten und setzten sich, ebenso wie die Angehörigen und Gäste, auf die vorgesehenen Plätze. Dem Brautpaar und seinen Trauzeugen gegenüber hatte sich inzwischen eine Dame mittleren Alters hinter den Empiretisch gesetzt. Ihre schwarze Kurzhaarfrisur hob sich kaum von dem dunkelgrauen Hosenanzug ab. Auffällig waren jedoch ihre sechseckigen Brillengläser in einem hellroten Metallrahmen.

Die anschließende Zeremonie folgte dem üblichen Ritual. Nachdem das Brautpaar sich das Jawort gegeben hatte, folgte die Gratulationscour. Danach wurde Champagner gereicht, und die Gäste stießen auf das Wohl der Brautleute an.

Schultz war nach draußen gegangen und wartete auf seine Frau. Nach wenigen Minuten erschien Traudel in Begleitung von Schreiner, bei dem sie sich untergehakt hatte. Schultz stemmte die Fäuste in die Taille, schaute Schreiner an und sagte: „Sie sieht man auch überall."

Schreiner löste sich aus Traudels Arm und ging auf Schultz zu. „Vielleicht nicht mehr lange. Haben Sie schon von dem Gespräch gehört, das unser Landespolizeipräsident mit Minister Wohlfarth im Parlament geführt hat?"

„Ja. Ihr Kollege Köhler hat mich gestern angerufen und sich bei mir für einige Zeit verabschiedet. Er wechselt ins Büro des Ministers. Ich habe das sehr bedauert. Aber das kann natürlich seine Karriere fördern. Deshalb darf man ihm nicht im Weg stehen. Er hat allerdings auch erzählt, dass der Minister mit Ihnen ebenfalls Neues vorhat. Bleiben wenigstens Sie mir noch erhalten, bis die anhängigen Fälle abgearbeitet sind?"

Auf Schreiners Gesicht spiegelten sich Zweifel. „Mein Präsident hat mir gesagt, dass er die Versetzung so lange wie möglich hinauszögern wird. Die Frage ist, wie lange er dazu noch Gelegenheit hat. Der Minister hat ihm seine Entlassung zum Monatsende und auch schon den Termin für die Verabschiedungsfeier angekündigt. Sehr geschmackvoll ist, dass er gleichzeitig den Nachfolger in sein Amt einführen will. Es handelt sich dabei um einen Freund des Ministers, der selbstverständlich auch seiner Partei angehört."

„Wieso schickt Ihr oberster Kriegsherr denn Ihren Chef in die Wüste?"

„Angeblich wegen unüberbrückbarer politischer Differenzen."

„Und was steckt tatsächlich dahinter?"

„Die Stellung unseres Chefs in der Organisation war ihm zu stark. Er war immer offen und hat seine eigene Linie verfolgt. Hinter vorgehaltener Hand heißt es, der Minister habe sich gedrängt gefühlt, Führungsstärke zu zeigen. Er wird als ehrgeizig, aber entscheidungsschwach bezeichnet. Bei Personalentscheidungen fehlt ihm wohl eine glückliche Hand, er greife zu häufig in den Dreck. Leider ist ihm dies auch so zugetragen worden. Deshalb meint er jetzt, er müsse die Muskeln spielen lassen."

„Wird er mit der Entscheidung für den Nachfolger durchkommen? Wie man hört, wird ein besser beurteilter Kollege gegen die Entscheidung klagen."

Schreiner zuckte mit den Schultern. „Das wird Turbulenzen in der Polizei geben. Die Organisation ist, wie Sie wissen, hochgradig sensibel. Sie muss zur Zeit immer wieder verkraften, dass jemand im Alleingang mit ihr macht, was er will. Immerhin hatten wir uns bis dato dahin entwickelt, dass wir mitreden dürfen, um Entscheidungen verstehen zu können. Diese Kultur wackelt."

„Wie meinen Sie das?"

„Das rigide Vorgehen wird Nachahmer finden. Wenn die Großen etwas vormachen, wollen einige andere Kollegen ihnen gefallen. Dann geht die Führungskultur baden."

Schultz bemerkte, dass immer mehr Gäste in ihre Nähe rückten. Er senkte die Stimme und zog Schreiner am Arm zu sich heran. „Lassen Sie uns ein anderes Mal weiterreden. Dies ist nicht der geeignete Ort. Sagen Sie mir bitte auf jeden Fall umgehend Bescheid, sobald mit Ihrer Versetzung zu rechnen ist. Vielleicht kann ich dann zu einem Aufschub beitragen."

Schreiner nickte. Um die beiden Männer hatte sich ein Personengrüppchen gebildet. Zu Traudel Schultz hatte sich eine ihr bekannte Apothekerin gesellt. Deren silbrig-blondes Haar hielt, was sich eine Generation von Osteuropäerinnen von der Anwendung des Wasserstoffsuperoxyds bei den Haarwäschen versprochen hatte. Auf welcher Schiene Stadelmann, der ebenfalls hinzugetreten war, eine Einladung erhalten hatte, konnte sich Schultz nicht erklären. Schließlich bereicherte noch der zweite Trauzeuge Daniel Blau-Schimmel die Gesprächsrunde, den Schultz trotz heftiger Bemühungen nicht hatte abschütteln können.

Während Stadelmann den beiden Frauen gestenreich den neuesten gesellschaftlichen Klatsch präsentierte, zupfte Blau-Schimmel Schultz am Ärmel. „Der nächste Programmpunkt, auf den wir uns freuen können, ist noch besser als die Hochzeit. Nach dem Essen im großen Festsaal spielt drüben hinter dem Palmenhaus eine hervorragende Band auf: *Hell on Wheels*."

„Sagt mir nichts."

„Es sind Amateurmusiker. Ein Jurist ist auch dabei, ich habe unserem Gastgeber die Band empfohlen."

Schultz ertappte sich dabei, wie er die Beine grätschte, um den Größenunterschied zu seinem Gesprächspartner zu relativieren. Er beschloss, sich auf eine Unterhaltung einzulassen, um seine latente Antipathie gegen den Kollegen nicht nach außen dringen zu lassen und keinen möglichen Anlass zu Missdeutungen zu geben. „Interessant. Wie sind Sie auf die Band gekommen, und welche Musikrichtung vertritt sie?"

Blau-Schimmel wippte auf den Zehenspitzen. Seine faltige Gesichtshaut erinnerte an geknautschtes Leder, die zahllosen Falten um die Kulleraugen und die runde Nase ließen ihn alt erscheinen, obwohl er als Klassenkamerad von Augustin Diener erst um die Dreißig sein konnte. Seine schnarrende Stimme klang altklug, als er Schultz den Kopf entgegenreckte. „Das ist eine lange Geschichte, die ich kurz mache. Wir Behinderte sind einschließlich unserer Familien gut organisiert und dadurch immer hervorragend informiert. Es gab einmal eine E-Mail an unseren Adressatenkreis, mit der die Band eine Einladung zu einem Benefizkonzert aussprach. Sie spielten Pop- und Beatsongs und kamen damit großartig an. Es wurde viel Geld eingespielt, das komplett für unsere Zwecke gespendet werden konnte."

„Das interessiert mich. Wie Sie vielleicht wissen, habe ich die Hintergründe für den rätselhaften Tod zweier behinderter Menschen aufzuklären. Es steht bisher nicht einmal fest, ob deren Tod nicht doch eine natürliche Ursache hat. Aber ich werde nicht eher Ruhe geben, bis ich diese Frage mit Sicherheit beantworten kann."

Die Miene von Blau-Schimmel drückte eine geheimnisvolle Informationsüberlegenheit aus. „Ich kenne Ihr Verfahren. Sie sollten wissen, dass es unter den Musikern einen Arzt gibt, der sich aufopferungsvoll um uns Behinderte kümmert. Er organisiert Informationsveranstaltungen für Betroffene, knüpft Verbindungen und übernimmt die medizinische Versorgung behinderter Menschen, um ihnen das Leben leichter zu machen. Vielleicht kann er Ihnen einen Tipp geben. Ich könnte Sie mit ihm bekannt machen."

„Keine schlechte Idee."

Bevor Schultz weiter auf den Vorschlag Blau-Schimmels eingehen konnte, trat Stadelmann hinzu und redete einfach los. „Die Damen haben ein Thema gefunden, zu dem ich nicht viel beitragen kann. Darf ich mich zu Ihnen gesellen?"

Schultz nickte, obwohl er über den Zeitpunkt der Unterbrechung nicht glücklich war. Grundsätzlich war er erleichtert, Blau-Schimmel nicht mehr als einzigen Gesprächspartner am Rockzipfel zu haben. Zudem überkam ihn irgendwie das Gefühl, von Stadelmann mehr erfahren, vielleicht sogar einen Zugang zu bisher unerkannten Ermittlungsansätzen erhalten zu können. „Selbstverständlich. Kommen Sie nur."

„Ich habe von Ihrem neuen Fall in der Zeitung gelesen. Ist denn an der Sache überhaupt etwas dran? Ich will nicht unverschämt sein. Aber müssen Sie sich wirklich um jeden Toten kümmern?"

„Natürlich nicht. Aber es gibt schon ein paar seltsame Umstände."

Stadelmann rümpfte die Nase. „Meinen Sie die Tattoos mit den historischen Häusern? So etwas tragen heutzutage viele jüngere Menschen."

Schultz wurde plötzlich aufmerksam. „Wie kommen Sie darauf, dass es sich um alte Bauten handelt? Haben Sie dafür einen Anhaltspunkt?"

„Nein. Nicht wirklich. Aber als Altertumsforscher hat mich der Abdruck, den Sie veröffentlicht haben, an die Antike erinnert. Damals gab es neben den Landhäusern oder Villen vorwiegend Sakralbauten. Irgendwie kam mir das Tattoo wie ein Abbild vor. Es mag aber nur daran liegen, dass vor dem Haus diese senkrechten Striche sind, die wie Säulen aussehen."

Nachdenklich wog Schultz den Kopf hin und her und beugte sich Blau-Schimmel zu. „Ich weiß nicht, wie ich darauf komme. Aber könnte der Hinweis von Herrn Stadelmann irgendetwas Spezifisches angehen, was typischerweise auf Behinderte zutrifft? Ich will es anders erklären. Gibt es irgendein Symbol in der Art des Tattoos, das gerade für Behinderte Bedeutung hat?"

„Da bin ich überfragt. Vielleicht könnte Dr. Tempel weiterhelfen. Er steht dort drüben mit den übrigen Bandmitgliedern. Der kleinere Herr in dem hocheleganten nachtschwarzen Anzug. Wollen wir zu ihm gehen?"

Schultz winkte seine Frau herbei. „Sei so nett und kümmere dich um Herrn Stadelmann. Ich will mich eben von Herrn Blau-Schimmel mit einem Arzt bekannt machen lassen, der mir eventuell in meinem neuen Verfahren ein paar wichtige Auskünfte erteilen kann."

Blau-Schimmel war bereits mit kurzen, schnellen Schritten vorgegangen. Auf halber Strecke blieb er stehen und keuchte vor Anstrengung. „Herr Dr. Tempel! Ich muss Ihnen unbedingt jemanden vorstellen."

Tempel drehte sich um, erkannte Blau-Schimmel und kam ihm entgegen. Er erreichte ihn zeitgleich mit Schultz. Blau-Schimmel machte beide miteinander bekannt. Tempel nahm eine ungezwungene Haltung ein, als er Schultz die Hand reichte. „Wir haben etwas gemeinsam. Sie kümmern sich um Behinderte nach deren Tod, ich behandele ihre Nöte zu Lebzeiten."

Mit einer unruhigen Motorik schob Blau-Schimmel Dr. Tempel und Schultz näher aufeinander zu. „Unterhalten Sie sich in aller Ruhe. Ich muss nur rasch einen alten Freund begrüßen und komme dann wieder."

Während sich Blau-Schimmel zurückzog, musterte Schultz seinen Gesprächspartner aus den Augenwinkeln. Optisch sortierte er ihn in die Kategorie „Eitler Pfau" ein. Vom Auftreten her meinte er bereits jetzt feststellen zu können, dass Tempel die fehlenden Zentimeter an der männlichen Durchschnittsgröße durch überzogen geltungssüchtiges Gehabe zu kompensieren versuchte. „Sie sollen Ihre ärztliche Kunst in den Dienst behinderter Menschen stellen und sich dabei zu einer Kapazität bei der Bewältigung von Auswirkungen entsprechender Krankheiten entwickelt haben. Davor kann ich nur den Hut ziehen. Ich freue mich deshalb, Ihre Bekanntschaft zu machen."

Tempel konnte nicht ganz verbergen, dass er sich gut charakterisiert fühlte, gab sich jedoch bescheiden und wehrte mit der Hand ab. „Das ist zu viel der Ehre. Sie könnten im Gegenteil auch urteilen, dass ich eine medizinische Marktlücke entdeckt hätte, um sie jetzt für alle Zeit gründlich auszunutzen."

Der Blick von Schultz ruhte für einen kurzen Moment auf dem protzigen Goldring an Tempels Hand. „Es steht nirgendwo geschrieben, dass gute Arbeit keinen ordentlichen Lohn einbringen darf." Er sah Tempel in die Augen. „Kennen Sie die beiden Todesfälle, mit denen ich mich zur Zeit befasse?"

„Ich habe darüber in der Zeitung gelesen."

Schultz schüttelte den Kopf. „Das meine ich nicht. Kannten Sie die beiden Menschen persönlich?"

„Können Sie mir mit den Namen helfen? Ich habe mit so vielen behinderten Menschen einschließlich ihrer Eltern und Angehörigen zu tun, dass ich Ihnen nichts Falsches sagen will."

„Es handelt sich um Mandy Dassler und Nicole Neutze."

Tempel grübelte. „Mit Mandy Dassler verbinde ich im Augenblick nur, dass sie aus reichem Hause stammte. Ihre Leiche wurde im Wald aufgefunden. Das weiß ich aus der Zeitung. Zu

Nicole Neutze fällt mir mehr ein. Ihre Eltern haben mich gebeten, dafür zu sorgen, dass die sterbliche Hülle ihrer Tochter vor der Grablegung in einen würdigen Zustand versetzt wird. Die Neutzes wollten sie in schöner Erinnerung behalten. Ich habe sie an die Pietät Pfarr vermittelt. Sie ist Garant dafür."

„Haben Sie die Mädchen zu Lebzeiten behandelt? Oder wurden Sie hinzugerufen, als sie starben?"

„Wie schon gesagt, habe ich an Mandy Dassler keine ausreichende Erinnerung. Ich müsste in meinen Unterlagen nachsehen. Nicole Neutze war jedenfalls auch schon früher meine Patientin."

Schultz wollte eine weitere Frage präzisieren, die er sich zurechtgelegt hatte. Die Geräuschkulisse machte es ihm aber fast unmöglich, sich zu konzentrieren. Krampfhaft versuchte er, den roten Faden des Gesprächs wiederzufinden. Es gelang ihm nicht. Er strich mehrmals fahrig über seinen hauchdünnen Oberlippenbart, den er sich heute morgen besonders gewissenhaft so ausrasiert hatte, dass er in der Horizontalen wie ein Lineal bis zu den Ohrläppchen reichte. Um einen konfusen Eindruck zu vermeiden, entschloss er sich, wenigstens noch einige unkoordinierte Fragen zu stellen. „Haben Sie das Tattoo unter den Achseln der Verstorbenen gesehen oder davon gehört? Können Sie mir sagen, ob ihm eine spezifische Bedeutung zukommt?"

„Ich meine jedenfalls, eine Abbildung in der Zeitung gesehen zu haben. Falls Ihre zweite Frage darauf abzielt, ob das Zeichen eine besondere Aussage für Behinderte enthält, muss ich Sie enttäuschen. Eine solche Bedeutung ist mir nicht bekannt."

Irgendwie wurde Schultz den Eindruck nicht los, dass Tempel um seine Fragen herumredete. Er beschloss, sich gezielter auszudrücken, um seinen Gesprächspartner stärker festzunageln. Jetzt fiel ihm auch die Frage wieder ein, die er Tempel schon zuvor stellen wollte. Als Schultz eben dazu ansetzte, trat Blau-Schimmel wieder hinzu. In seiner Begleitung befand sich ein Mann, der Schultz bekannt vorkam. Auf Anhieb hätte er allerdings nicht sagen können, um wen es sich handelte. Blau-

Schimmel zeigte auf den Gast und wandte sich an Schultz. „Das ist mein Freund Dennis Hauschild. Er ist Reporter bei der *Boulevardzeitung*."

Als der Name fiel, kehrte bei Schultz die Erinnerung zurück. Hauschild hatte in einem seiner früheren Fälle eine dubiose Rolle gespielt. Schultz hatte ihn sogar einmal festnehmen lassen. Sein Entschluss, Hauschild rasch auszuweichen, wurde sofort hinfällig, weil dieser die Initiative ergriff. „Gut, dass ich Sie treffe. Ich habe Neuigkeiten für Sie. Schließlich bin ich Ihnen aufgrund unserer früheren Begegnung noch etwas schuldig."

Schultzes Neugier war geweckt. Er überwand seine Skepsis. „Für wichtige Nachrichten bin ich immer empfänglich. Worum geht es denn?"

Hauschild drehte sich nach allen Richtungen um. „Um Schwerbehinderte. Hier sind allerdings zu viele Menschen, die zuhören könnten. Haben Sie Lust, mit mir einen kleinen Spaziergang zu machen?"

„Alles, was über fünf Minuten hinausgeht, ist für Hochzeitsgäste unschicklich."

„Kein Problem. Mir genügen drei Minuten." Er winkte Schultz zu und ging in Richtung der Gewächshäuser, wohin sich niemand verirrt hatte. Auf halbem Weg verharrte er und sah Schultz an. „Der Fairness halber und zur Vertrauensbildung will ich Sie vorab darauf hinweisen, dass ich für die nächsten Tage eine Exklusivgeschichte geplant habe."

„Vielen Dank für den Hinweis. Ich werde mich darauf einrichten, sobald Sie mir sagen, was in Ihrem Artikel stehen wird."

Hauschild setzte eine verschwörerische Miene auf. „Ihnen will ich es verraten, weil wir uns vielleicht gegenseitig weiterhelfen können." Er legte eine Kunstpause ein, als warte er auf eine Antwort von Schultz. Nachdem diese ausblieb, reckte er Schultz sein Gesicht entgegen und stemmte die Fäuste in die Hüften. „Sie werden es nicht glauben. Es ist etwas Ungeheuerliches geschehen. Die Leiche von Nicole Neutze ist geschändet worden."

Die Reaktion fiel unterkühlt aus. Schultz veränderte nicht einmal seine Stimme. „Wollen Sie damit sagen, jemand habe sich an ihr vergangen?“

„Nicht sexuell, falls Sie das meinen. Die Finger sind weg.“

Jetzt konnte Schultz seine Überraschung nicht mehr verbergen. „Was soll das heißen? Welche Finger?“

Hauschild schien die Situation auszukosten und zögerte seine Antwort hinaus. „Ist das nicht unglaublich?“

Schultz hatte zu einem undurchdringlichen Gesichtsausdruck zurückgefunden. „Beantworten Sie bitte meine Frage.“

Hauschild reagierte jetzt beflissen. „Jemand hat Nicole Neutze die Finger abgeschnitten. Alle zehn. Sie sind weg. Ich habe es selbst gesehen. Mit meinen eigenen Augen.“

Der Blick von Schultz drückte Misstrauen aus. „Wo? Sie haben doch nicht etwa eigenmächtig nachgeschaut? Ich muss Sie darauf hinweisen, dass die Störung der Totenruhe strafbar ist.“

„Lassen wir das mal vorläufig offen. Berufsgeheimnis. Nach meinen Informationen fehlten die Finger im Bestattungsunternehmen noch nicht. Erst in der Trauerhalle wurde der Verlust bemerkt. Der Raum war allerdings für alle Besucher zugänglich.“

Schultz hörte nur halb zu. Er hatte sich bildlich vorgestellt, was mit dem verstorbenen Mädchen geschehen war. Dabei war ihm unwillkürlich wieder die Erinnerung an seine eigene Tochter gekommen, die im Alter von neun Jahren an Leukämie gestorben war. Nie würde er das Bild vergessen, als er Hand in Hand mit seiner Frau Traudel vor der ausgehobenen Erdgrube gestanden hatte und langsam der kleine Sarg eingesenkt worden war. Durch seine feuchten Augen hatte er nur schemenhaft die zahllosen Freunde und die Mitschülerinnen aus der Mädchenklasse seines toten Kindes wahrgenommen. Irgendetwas Verständnisvolles, etwas Begreifbares hatte die Pfarrerin vor dem offenen Grab noch vermitteln wollen. Er hatte nicht zuhören können. Da war ein Pfropf in seinem Hals gewesen, der ihn ständig zum Schlucken gezwungen und seine gesamte Konzentration gefordert hatte. Diese Eindrücke und Gefühle begleiteten ihn ständig, ein Leben lang. Noch immer kam es vor, dass er nachts aufwachte, weil er glaubte, seine Tochter habe ihn gerufen. Die Enttäuschung, die jeweils danach eintrat, war unbeschreiblich. Mühsam beherrschte er seine auch jetzt wieder aufkommende Trauer. Er riss sich aus seinen Gedanken, um auf die letzten Bemerkungen Hauschilds einigermaßen sinnvoll zu antworten. „Was die Ermittlungen erheblich erschweren dürfte."

Hauschild hob die Hand. „Moment. Ich habe Ihnen noch mehr zu bieten. Wie man hört, können Sie Unterstützung brauchen. Ihre Ermittlungen kommen wohl nicht sonderlich voran, da Ihnen Kriminalbeamte abgezogen wurden, oder?"

Aufgeschreckt aus seinen Gedanken, starrte Schultz ihn an. „Woher wollen Sie das wissen?"

Hauschilds Lächeln fiel einen Hauch zu selbstbewusst aus. „Ich bin Reporter. Von der Qualität meiner Informationen muss ich leben. Deshalb habe ich immer die Nase vorn." Am abschätzigen Blick von Schultz schien Hauschild selbst ablesen zu können, dass diese Gangart nicht den richtigen Umgangston traf. Er nahm sich zurück. Es gelang ihm, seinen Tonfall und sein Auftreten behutsamer und natürlicher einzurichten. „Ich will Ihnen doch nur meine Hilfe anbieten. Nur für den Fall, dass Sie glauben, meine Unterstützung brauchen zu können. Schließlich habe ich noch einiges bei Ihnen gutzumachen."

Schultz dachte blitzschnell weiter. Immerhin, der Typ gab sich Mühe. Und nach den Mitteilungen Schreiners lag es nahe, dass er bald jede Hilfe brauchen würde. Außerdem durfte er sich nichts vormachen. Hauschild konnte durchaus weitergehende Informationsmöglichkeiten nutzen als ein Staatsanwalt. „Wie stellen Sie sich denn Ihre Rolle als mein künftiger Hilfsbeamter vor?"

„In den nächsten Tagen erscheint eine Enthüllungsreportage von mir über die Schändung von Nicoles Leiche. Davon wird mich niemand abhalten können. Damit werde ich zunächst viele Rückfragen provozieren und Ihnen dadurch viel Ärger und zusätzliche Arbeit bereiten."

„Das soll Ihr Hilfsprogramm für mich sein?“

„Natürlich nicht. Aber während Sie sich darauf vorbereiten können, die Wünsche der Bürokratie zu erfüllen und alle möglichen Aufregungen in den höheren Etagen zu bekämpfen, kann ich in Ruhe Schritte zur Überprüfung meiner Infos zu dem Vorfall einleiten. Die Ergebnisse gebe ich gerne an Sie weiter. Vielleicht komme ich dann auch mal in den Genuss von Gegenleistungen von Ihrer Seite.“

„Warum wollen Sie mir nicht jetzt sofort Ihre Informationen geben?“

„Weil Sie damit nicht so viel anfangen können wie ich. Wenn ich einer Spur nachgehe, dürfen die Gesetze ruhig ein bisschen knirschen.“

„Wie stellen Sie sich denn meine Gegenleistung vor?“

„Sie könnten mir etwa das eine oder andere Ermittlungsergebnis einen Tag früher als der Konkurrenz mitteilen.“

Schultz tat sich schwer, Hauschild sein Einverständnis zu geben, da er eine solche Vorgehensweise nicht billigen wollte. Andererseits kämpfte die Neugier in ihm, so endlich etwas Licht in die verfahrenen Ermittlungen zu bekommen. „Ich verspreche nichts. Vorsorglich muss ich Sie außerdem darauf hinweisen, dass ich nur Ergebnisse gutheißen kann, die auf zulässigem Weg zustande gekommen sind. Anders dürfte ich sie gar nicht verwerten. Geben Sie mir wenigstens eine Kostprobe von dem, was Sie vorhaben.“

„Na gut. Ein Informant von mir will unter den Besuchern auf dem Oberräder Waldfriedhof Leute beobachtet haben, die an der Leiche von Nicole Neutze besonders interessiert waren. Lassen wir einmal offen, wie viele Menschen es gewesen sein mögen. Auch zu deren Geschlecht will ich jetzt noch nichts sagen. Ich habe jedenfalls eine sehr brauchbare Beschreibung erhalten. Hinzu kommt, dass mein Informant einen sehr glaubwürdigen Eindruck macht.“

„Und weiter?“

„Diesem Hinweis werde ich nachgehen. Auf meine Weise.“

16

Bevor er die Gaststätte *Mutter Ernst* in der Alten Rothofstraße betrat, schaute sich Dennis Hauschild gut um. Sein Blick ging über die Bankentürme in Richtung der Goethestraße, der noblen Einkaufsmeile Frankfurts für Menschen mit dick gepolstertem Portemonnaie. Nicht alle, die hier herumbummelten, sahen so aus, als gehörten sie zu den legalen Großverdienern. Weder die Männer in Designer-Anzügen noch ihre aufgeputzten Begleiterinnen. Hauschild war unklar, ob er diese ganze Szenerie nur aus Sozialneid als abstoßend empfand. Mit einem schelmischen Lächeln betrat er das Lokal, das eher in ein bürgerliches Wohnviertel gepasst hätte. Die kassettenförmig eingelassenen gelben Butzenglasfenster waren mit Sandstein umrahmt, der von der weißen Hausfassade rot abgesetzt war. In die Eingangstür aus braunem Holz waren die gleichen Glasscheiben in länglichen Rechtecken eingelassen.

In der gut besetzten Kneipe schaute er sich nach zwei freien Plätzen um. Er musste weiter schmunzeln. Das Gaststätteninnere harmonierte prächtig mit den draußen geweckten Erwartungen. Bürgerlich, gutbürgerlich. Gegenüber der Eingangstür eine breite Holztheke. Im Gastraum ein paar Holztische und -stühle. Gedämpfte Beleuchtung. Perfekte Gemütlichkeit.

Er setzte sich an einen Ecktisch an der Wand vor den Heizkörpern. Das matte Licht genügte, um einen Blick auf die Karte zu werfen. Rindswurst, Rippchen, Frikadellen, dazu hausgemachter Kartoffelsalat. Am liebsten hätte er das alles durchprobiert. Er mochte deftige Speisen. Außerdem hatte er Riesenhunger, der jetzt durch den feinen Geruch von Bratkartoffeln und gerösteten Zwiebeln, der die gesamte Kneipe durchzog, noch zunahm. Er gab der freundlich lächelnden Bedienung mit den strammen nackten Oberarmen ein Zeichen und entschied sich für Nürnberger Bratwürstchen mit Sauerkraut. Dazu bestellte er einen gespritzten Apfelwein.

Das Getränk stand im Handumdrehen vor ihm. Im typischen gerippten Glas, wie er es liebte. Er nahm einen großen Schluck. Ein Blick auf die Armbanduhr verriet ihm, dass er noch ein paar Minuten Zeit hatte, bevor sein Gesprächspartner eintreffen würde. Er holte tief Luft, atmete ebenso kräftig aus und ließ sich gegen die Rückenlehne des Holzstuhls fallen. Das war wieder ein langer Tag gewesen. Seit Ortmann ihm auf dem Friedhof von der Frau erzählt hatte, die sich so intensiv bei der Leiche der aufgebahrten Nicole Neutze aufgehalten hatte, war Hauschild auf der Suche nach ihr. Klar, er hatte eine halbwegs brauchbare Beschreibung erhalten. Aber wie sollte er sie identifizieren? In der Pietät Pfarr hatte er kein Glück gehabt. Mit seiner Beschreibung war er dort nicht weitergekommen. Ein Foto, das er der Einfachheit halber einer Reihe von Leuten hätte vorlegen können oder das im äußersten Fall sogar für eine Veröffentlichung in der Zeitung in Frage gekommen wäre, gab es nicht.

Er hatte eine Liste erstellt, wo und bei wem er mit Fragen ansetzen konnte. Bei den Eltern der Verstorbenen oder vielleicht bei den Hochzeitsgästen dieses Staatsanwalts Diener? Dort war Dr. Tempel mit *Hell on Wheels* aufgetreten, den er zuvor schon auf einer der Veranstaltungen für die Eltern von Schwerbehinderten erlebt hatte. Damals hatte Tempel seine Volontärin Petra Lorenz mit den vorbereiteten Fragen abblitzen lassen, als eine unglaublich schöne Frau sich ihm genähert hatte. Die Beschreibung, die ihm der Friedhofswärter Ortmann gegeben hatte, wies starke Parallelen zu seiner Erinnerung an diese unbekannte Dame auf. Doch es gab so viele hübsche Frauen. Auch seine eigene Frau gehörte zu diesem Kreis. Er brauchte einfach konkretere Hinweise. Tempel wollte er in diesem Stadium nicht ansprechen. Sollte die unbekannte Frau eine Freundin oder Verwandte von ihm sein, wäre es nicht hilfreich, ihm einen ungesicherten Verdacht zu servieren.

Als am frühen Morgen das Telefon geklingelt hatte, saß Hauschild gerade in der Redaktion vor dem Computer und überlegte seine nächsten Schritte. Der Anrufer hatte glaubwürdig geklungen. Er arbeite im *Liturgischen Apostolat* am Dom. Wenn dort nicht viel los sei, lese er gründlich die Zeitung. Dabei sei er auf die Artikelserie über die Behinderten gestolpert. Da er ein Herz für diese Menschen habe, habe es ihn schockiert, zu lesen, dass die Polizei nicht über genügend Leute verfüge, um die Todesursache der beiden schwerbehinderten Frauen aufzuklären. Deshalb wolle er sich lieber mit dem Reporter treffen, der sich so aufopferungsvoll um diese Fälle kümmere. Er habe nämlich etwas mitzuteilen, was vielleicht weiterhelfen könne.

Hier konnte das erhoffte Bindeglied zur Mitteilung des Friedhofswärters zu finden sein. Hauschild hatte sich noch für denselben Abend mit dem Anrufer verabredet. Die *Mutter Ernst* meinte er als alter Frankfurter zu kennen. Er komme zur verabredeten Zeit. Er werde an seinem Panama-Hut zu erkennen sein, den er fast nie ablege.

In atemberaubender Geschwindigkeit verschlang Hauschild sein dampfendes Essen, das ihm die Bedienung mit dem Wunsch nach einem guten Hunger hingestellt hatte. Es schmeckte ihm bestens. Danach hängte er seine Lederjacke über die Rückenlehne des Stuhls. Ihm war warm geworden. Da er ohnehin nicht leicht fror, trug er unter der Jacke lediglich ein kurzärmeliges schwarzes T-Shirt mit dem Aufdruck *Metallica*. Den nächsten Apfelwein trank er eben an, als sein Blick wieder zur Tür wanderte, die in diesem Moment zaghaft geöffnet wurde. Ein älterer Mann mit einem Panama-Hut auf dem Kopf und einem deutlichen Silberblick lugte in die Runde. Hauschild ging noch durch den Kopf, dass der Hinweis auf den Silberblick ein viel besseres Erkennungszeichen gewesen wäre, bevor er den eintretenden Gast zu sich winkte. Er ähnelte einer Mischung aus Karl Dall und Marty Feldmann.

Mit energischen Schritten, die Hauschild nach dem ersten Eindruck nicht erwartet hätte, trat der Besucher an seinen Tisch heran. „Mein Name ist Kalkstein. Jeremias Kalkstein. Habe ich die Ehre mit Herrn Hauschild?“

Dennis Hauschild erhob sich halb und reichte ihm die Hand. „Hauschild, ja. Ob es eine Ehre sein wird, müssen Sie beurteilen. Jedenfalls vielen Dank, dass Sie so schnell kommen konnten. Setzen Sie sich bitte zu mir.“

Bis die strammen Oberarme der Kellnerin Kalkstein das gewünschte Pils serviert hatten, überbrückte Hauschild die Zeit mit ein paar nichtssagenden Fragen und Kommentaren. Er prostete ihm zu. „Seien Sie mir nicht böse, wenn ich als neugieriger Reporter mit der Tür ins Haus falle. Sie haben in unserem Telefonat angedeutet, mir ein paar wichtige Informationen geben zu können. Ich würde durch meine Artikelserie zum Fall der unglückseligen toten Mädchen gern den Anstoß zu intensiveren Ermittlungen der Polizei geben. Ich bin gespannt.“

Kalkstein verzog das Gesicht zu einer Trauermaske, als wolle er Hauschild die letzte Ölung erteilen. Etwas distinguiert ruhten seine Augen auf den zahlreichen Tattoos, die sich über dessen Oberarme verteilten. „Sie müssen Geduld aufbringen. In zwei Sätzen kann ich Ihnen die Geschichte nicht erzählen.“ Er trank von seinem Pils. Als er das Glas absetzte, hatte sich um seine Nasenspitze eine kleine Schaumkrone gebildet. „Ich arbeite in einem Geschäft gegenüber vom Kaiserdom. Es heißt *Liturgisches Apostolat.*“

„Was wird denn dort verkauft? Das habe ich am Telefon vergessen zu fragen.“

Kalksteins Miene wechselte von salbungsvoll zu wichtig. „Das *Liturgische Apostolat* bietet die nötigen Gewänder für alle Kirchendiener an. Daneben halten wir sämtliches Gerät und alle Utensilien vor, die für eine Heilige Messe erforderlich sind.“ Er kniff verschwörerisch die Augen zusammen. Seine Hand bewegte sich auf Hauschild zu, als habe er ihm etwas höchst Vertrauliches mitzuteilen. Bevor er ihn berührte, hielt er inne und sah ihn mit weit aufgerissenen Augen an. „Man muss sich sehr gut auskennen. Die Liturgie der Heiligen Kirche ist von vielen Geheimnissen durchsetzt. Deshalb muss jeder Kirchenmann auf mich zurückgreifen. Ich kenne sämtliche Rituale samt des dafür erforderlichen Zubehörs.“ Er hob den Zeigefinger. „Wir stehen in einer uralten Tradition, die bis in die Zeit der Römer zurückreicht. Das alte Rom hat uns Christen verfolgt. Dafür ist es bestraft worden. Mehrere Male wurde es erobert, verwüstet und geplündert.“

Hauschild gab sich Mühe, ihn unauffällig aus halb geschlossenen Augenlidern zu mustern. War er hier einem Verrückten aufgesessen? Dann würde er nur unnötig seine Zeit vertun. Andererseits hatte er sich nun einmal auf das Treffen eingelassen. Es machte keinen Sinn, sich vorzeitig zu verabschieden, ohne Klarheit über Kalksteins Beobachtungen gewonnen zu haben. „Wir sind ja jetzt sehr weit in der Vergangenheit angelangt. Wollten Sie mir nicht etwas Aktuelles zum Fall der behinderten Mädchen mitteilen?“

Kalksteins Gesicht blieb unbewegt. Es war ihm nicht anzumerken, ob er Hauschilds Drängen verinnerlicht hatte. „Und doch! Schauen Sie nur. Diese Antinoos-Skulptur aus dem alten Rom, die neulich ausgegraben wurde. Waren Sie in der Ausstellung?“ Er rieb sich die Hände. Seine Augen strahlten, was den Silberblick besonders betonte. „Alle Finger weg. Amputiert! Wenn das keine Strafe für den Frevel gegen unsere Heilige Mutter Kirche ist.“

Krampfhaft überlegte Hauschild, wie er Kalkstein endlich erfolgreich auf sein Anliegen ansprechen sollte. Dessen Hinweis auf die fehlenden Finger verknüpfte er rasch mit dem Namen Nicole Neutze. Darauf hätte er das Thema gerne sofort gebracht. Er entschied sich dennoch für Geduld. „Ja, ich habe die Ausstellung gesehen. Sehr eindrucksvoll. Haben Sie dort noch weitere Entdeckungen machen können?“

Ein Auge Kalksteins rutschte zur Deckenbeleuchtung. „Man muss gar nicht so genau nachforschen. Die Menschen verraten sich oft selbst.“ Er faltete die Hände. „Ich traf dort auf den Chef, Herrn Stadelmann. Mehr zufällig. Er sah gut aus und war elegant gekleidet. Allerdings trägt er die Nase sehr hoch. Und doch hat er etwas zu verbergen. Hochmut kommt vor dem Fall, wie man sagt. Das habe ich bei ihm mehr gespürt, als ich es beweisen könnte. Aber Sie können mir glauben. Mit ihm stimmt etwas nicht. Das sollten Sie im Auge behalten."

Hauschild fühlte sich an eine Fernsehsendung erinnert, in die er vor einigen Tagen auf der Suche nach einer Fußballübertragung gezappt hatte. Eine ebenso dämliche wie distanzlose Wahrsagerin hatte auf Telefonanfragen aus einigen hingeworfenen Spielkarten die Dauer und Intensität von zwischenmenschlichen Beziehungen abgeleitet. Er gab den Abend mit Kalkstein verloren, wollte aber noch einen letzten Versuch machen. „Haben Sie mich deshalb angerufen? Könnten Sie dann bitte etwas konkreter werden? Oder war da nicht noch ein anderer Vorfall, auf den Sie mich aufmerksam machen wollten?"

Kalkstein wischte mit der flachen Hand über den Tisch. „Es gehört alles zusammen. Aber jetzt kommt es erst. Hören Sie mir gut zu. Und dann urteilen Sie selbst." Er holte tief Luft. „Es war vor ein paar Tagen. In meinem Geschäft war gerade keine Kundschaft. Ich war eben im Nebenraum, als die Türglocke läutete. Als ich den Laden betrat, stand eine junge Frau vor mir. Bildschön, das dürfen Sie mir glauben. Ich habe ein Auge dafür. Schließlich war ich selbst einmal ein junger, vorzeigbarer Bursche, dem so manches Mädel heimlich nachschaute." Er warf einen pikierten Blick auf Hauschilds Tattoos. „An ihr stimmte alles. Volle, dunkelbraune Locken, edles Gesicht, dezente Schminke, sündhaft gute Figur. Schlichtweg ein Traum. Von irgendwoher kam mir ihr Gesicht bekannt vor. Ich war aber unsicher." Er lächelte vor sich hin. „Erst mal der Reihe nach. Sie wusste sich vorteilhaft und elegant zu kleiden." In einem Anfall von Temperament schlug er sich vor die Stirn. „Was wäre man nicht bereit, für eine solche Frau zu tun, falls sie einen dafür erhören würde." Er musste schlucken. „Alles!" Er ließ ein hysterisches Kichern hören. „Außer Mord vielleicht."

Für Hauschild fügte sich das Bild zusammen. Die Beschreibung dieser fremden Frau entsprach fast wortgleich der Schilderung, die ihm der Friedhofswärter Ortmann in der Oberräder Kapelle gegeben hatte. Und wenn er selbst Angaben zum Aussehen von Tempels Besucherin auf der Veranstaltung im *Hessischen Hof* hätte machen müssen, wären sie genauso ausgefallen. Er schaute Kalkstein betroffen an. „Einen Mord wird sie ja wohl nicht verlangt haben. Was wollte sie denn wirklich von Ihnen?"

Kalkstein beugte sich vor. Seine Stimme senkte sich zu einem Flüstern ab. Ein verträumtes Lächeln spielte um seine Lippen. „Sie sagte, sie sei Juristin und schreibe an einer Doktorarbeit über ein Thema aus dem Kirchenrecht. Deshalb sei sie überglücklich, mit mir endlich jemanden gefunden zu haben, der ihr das unverzichtbare Grundwissen vermitteln könne. Sie hoffe, dass sie sich auf irgendeine Weise, die mir etwas bedeute, revanchieren könne. Dabei zwinkerte sie mir vielsagend zu."

„Wie haben Sie es gedeutet?"

Mit zusammengepressten Zähnen verzog Kalkstein das Gesicht, als habe er auf etwas Saures gebissen. Seine Fingernägel krallten sich in seine Handballen. „Zuerst tatsächlich als Zuneigung. Es gibt ja so etwas wie Liebe auf den ersten Blick. Immerhin war ich in ihren Augen für Kirchenfragen eine Kapazität. Doch dann bemerkte ich rasch, dass sie mich nur hinters Licht führen wollte. Warten Sie ab. Ich komme gleich noch darauf."

„Wollte sie etwa nur Ihre Aufmerksamkeit ablenken, um ein paar Sachen mitgehen zu lassen?"

„Das nicht. Sie nahm mich am Arm und wanderte mit mir durch den ganzen Laden. Dabei fragte sie nach dem Verwendungszweck von einigen Auslagen. Insbesondere hatten es ihr in meinem Sortiment die Gefäße angetan, die zur Aufnahme von Weihwasser, Weihrauch und anderen Substanzen dienen."

„Hat sie gesagt, was sie daran so stark interessierte?"

„Nicht direkt. Mir fiel nur auf, dass sie bei einem besonders schönen Stück fragte, ob es zur Aufbewahrung von Reliquien verwendet werde."

„Was war daran für Sie auffällig?"

„Zum einen, dass sie keine anderen Fragen stellte. Als ich bei einem weiteren Behälter lächelnd darauf hinwies, dieser sei auch nicht für Reliquien da, zuckte sie verlegen zurück. So, als hätte ich sie bei etwas Unangenehmem ertappt. Nachdem ich danach das Wort Reliquien nicht mehr in den Mund nahm, sprach sie mich beim Weggehen an der Tür noch einmal an. Sie tat so, als geschehe dies beiläufig. Mit der Hand griff sie sich an die Stirn, als sei es ihr gerade erst eingefallen. Sie fragte, ob denn gar keine Kunden mehr nach Gefäßen für Reliquien fragten."

„Was haben Sie ihr geantwortet?"

„Dass die Jahrhunderte über diesen Bedarf hinweggegangen seien. Sie war enttäuscht. Erst als ich ihr sagte, im Grunde könne man jedes schöne Behältnis für wertgeschätzte Erinnerungsstücke nehmen, hellte sich ihr Gesicht auf. Sie kündigte mir an, wir würden ins Geschäft kommen."

„Und warum fühlten Sie sich von ihr hintergangen?"

„Weil sie nicht ihr wirkliches Interesse offenlegte. Vor allem aber, weil sie mich belogen hat."

„Wie kommen Sie darauf?

„Sie nannte mir einen falschen Namen. Sie behauptete, Julia Augenthaler zu heißen."

„Woher wissen Sie, dass das nicht stimmte?"

„Gleich aus drei Gründen. Ich habe einen Freund beim Einwohnermeldeamt. Wir haben uns immer geholfen, wenn es um Auskünfte über interessante Frauen oder faule Kunden ging. Er teilte mir mit, dass eine Julia Augenthaler in Frankfurt gar nicht gemeldet ist." Er stockte. „Außerdem hatte sie für einen Moment ihre Handtasche auf die Vitrine gelegt. Dabei konnte ich im Verschluss zwei kleine eingelassene Metallbuchstaben als Initialen erkennen. Ein J und ein M." Wieder hielt er inne. „Jetzt war ich mir auf einmal sicher, weshalb sie mir bekannt vorgekommen war. Dazu müssen Sie wissen, dass ich eine Stammkneipe habe, in der ich mich gelegentlich mit zwei Freunden treffe. Der Wirt heißt Thomas Mansfeld. Seine privaten Verhältnisse kenne ich nicht. Meinem Eindruck nach lebt er bescheiden und spart sich seine Existenz vom Munde ab. Nur ein einziges Mal kam er auf seine Familie zu sprechen. Es war wohl an einem Tag, als seine Tochter irgendeine Prüfung bestanden hatte. Voll Stolz erzählte er, dass seine Tochter unter einigen finanziellen Opfern Jura studieren könne. Dabei hat er meinen Freunden und mir ein Foto der jungen Frau gezeigt. Es handelte sich um meine Kundin. Dafür spricht auch der Buchstabe M auf ihrer Handtasche. Trotzdem bin ich mir nicht ganz sicher."

Als der Name Mansfeld fiel, war Hauschild zusammengezuckt. Sein Gehirn arbeitete fieberhaft. Während der gesamten Erzählung war er sich immer sicherer geworden, den Namen schon einmal gehört zu haben. Dann fiel es ihm ein. Die Volontärin Petra Lorenz hatte ihm diesen Namen genannt, nachdem Dr. Tempel auf der Veranstaltung im *Hessischen Hof* das Interview mit ihr so spontan wegen der jungen Schönheit abgebrochen hatte. Kalkstein riss ihn aus seinen Gedanken. „Kennen Sie die Dame etwa?"

Hauschild ließ sich nichts anmerken und schüttelte den Kopf. „Nein, nein. Sagt mir nichts. Mir war nur eben etwas eingefallen, was ich vergessen hatte." Er schubste Kalkstein am Arm. „Aber ich beginne zu ahnen, warum Sie sich mit dem Besuch dieser Dame an mich gewendet haben. Die ganze Zeit habe ich mich gefragt, was Ihre Geschichte mit meinen Artikeln über die toten Schwerbehinderten zu tun haben könnte."

Kalkstein nickte mehrfach. „Wie ich schon sagte, hängt alles miteinander zusammen. Die fehlenden Finger der Antinoos-Skulptur ebenso wie die fehlenden Finger der beiden toten Frauen. Und Julia Mansfeld weiß genau, dass man früher die Gliedmaßen von Heiligen als Reliquien in Behältern aufbewahrte, zur Schau stellte und verehrte. Was sie nun wirklich vorhat, weiß ich nicht. Das müssen Sie selbst herausfinden. Es ist nicht mehr meine Aufgabe."

„Aber vielleicht können Sie mir dabei helfen. Wollen Sie mir sagen, wo sich Ihre Stammkneipe befindet?"

„Selbstverständlich. In Ginnheim. Wenn Sie über den Fly-Over kommen, fahren Sie direkt darauf zu." Er erschrak. „Aber sagen Sie ja niemandem, dass ich Ihnen etwas gesagt habe." Seine Hand fuhr in die Gesäßtasche und holte ein abgegriffenes Portemonnaie hervor. „Ich muss jetzt gehen. Höre ich denn von Ihnen, wie es weitergegangen ist? Oder bin ich wie Ihre übrigen Leser weiterhin auf die Zeitung angewiesen?"

Hauschild hob beide Hände, als wolle er sich ergeben. „Nein, wir bleiben in persönlichem Kontakt. Ich rufe Sie an. Wir machen einen weiteren Termin aus. Ich brauche Sie nämlich noch." Er zeigte auf die Geldbörse. „Und lassen Sie bitte Ihr Geld stecken. Sie waren mein Gast. Ich bin Ihnen unendlich dankbar für Ihre Informationen. Sie haben mir ganz schön weitergeholfen."

Als Kalkstein gegangen war, rutschte Hauschild in die hinterste Ecke und holte sein Handy heraus. Er tippte auf eine eingespeiste Nummer und begann kurz darauf im Flüsterton mit einem längeren Monolog.

17

In der Kleinmarkthalle, dem kulinarischen Eldorado Frankfurts zwischen der Fahrgasse und der Neuen Kräme, wimmelte es vor Menschen. Es war Mittagszeit. Die Berufstätigen mit gehobenem Einkommen nutzten ihre Pause zum Einkaufen. Sie genossen das breit gefächerte Angebot an Lebensmitteln und Getränken aus aller Herren Länder. Etliche der Stände waren zudem dazu übergegangen, den eiligen Kunden mit kleinen feinen Speisen für Gourmets anzulocken.

Zahlreiche Touristen und Schaulustige bestaunten immer wieder ihre gerade gemachten Aufnahmen auf den Digitalkameras. Das Meer von Obst-, Gemüse- und Gewürzsorten hatte sie in ihren Bann gezogen. Manche schauten ein bisschen enttäuscht, so, als könnten sie es nicht fassen, dass neben der optischen Vielfalt, noch gesteigert durch die Stände mit exotischen Blumen, nicht auch noch die Gerüche und Geschmacksvarianten im Speicher verewigt werden konnten.

Die Kenner unter den Besuchern pendelten vor allem zwischen den italienischen, persischen und griechischen Auslagen hin und her und kosteten überall von den gratis ausgelegten Köstlichkeiten. Sie vergaßen auch die Galerie nicht, wo vor allem südländische Spezialitäten dargeboten wurden. Einige der asiatischen Gäste bauten sich währenddessen vor den bunten Obsttürmen aus aller Welt auf und ließen sich von ihrem Reiseleiter nacheinander alle vor demselben Motiv fotografieren.

Vor einem kleinen Verkaufsstand im Durchgangsbereich herrschte Hochbetrieb. Eine Schlange von Menschen hatte sich von der linken Seite her aufgestellt und wartete diszipliniert darauf, an die Reihe zu kommen. Hinter der Glastheke bediente eine vollschlanke Frau von kräftiger Statur. Das Namensschild über dem Stand wies sie als Frau Schreiber aus. Braune, frisch gelegte Locken, lebendige Kulleraugen und die bei jedem Wort in Bewegung geratenden Wangen vermittelten eine Dynamik, zu der die hochgerollten Ärmel des weißen Kittels bestens passten. Bei jedem neuen Kunden wischte sie sich beide Hände daran ab, griff in einen der neben ihr aufgestellten Heißwasserkessel und zog mit der Zange die gewünschte Wurstsorte hervor. Mit beflissenem Lächeln portionierte sie Krakauer, Fleisch- und Gelbwurst, oder hielt eine dicke Rindswurst in die Höhe. „Die Haut ab?", fragte sie mit keifender Stimme, als spule sie eine versteckte Bandansage ab.

Stephan Freiberg wippte ständig mit dem rechten Fuß, als könne er es nicht mehr abwarten, endlich an die Reihe zu kommen. Er schien krampfhaft bemüht, sich mit einer abgeklärten Aura zu umgeben. Mehrmals fuhr er sich durch seine wehenden weißen Haare, feuchtete sich mit der Zunge die Lippen an und ließ die Augenbrauen in Richtung Haaransatz wandern. Doch der aufgesetzte, blasierte Gesichtsausdruck konnte die Unsicherheit nicht verbergen und wurde ständig von Zeichen einer inneren Verlegenheit überlagert. Er wandte seinen Kopf zu der Frau an seiner Seite. „Hast du dich entschieden, was du haben möchtest?"

Julia Mansfeld schaute zu Boden und versuchte sich so zu geben, als gehöre sie nicht dazu. Die Atmosphäre war ihr zu hemdsärmelig. Sie fühlte sich in ihrem hautengen dunkelblauen Hosenanzug, der weißen Bluse und den roten Pumps unpassend angezogen. Als sie sich fünf Minuten zuvor mit Freiberg vor dem Eingang der Kleinmarkthalle getroffen hatte, war ihr der weitere Ablauf des Treffens noch nicht klar gewesen. Nachdem er ihr knapp seine Vorstellungen eröffnet hatte, war sie unsicher geworden, ob sie sich nicht einfach wieder davonmachen sollte. Schließlich hatte sie sich selbst zum Durchhalten überredet, da die Initiative von ihr ausgegangen und sie es war, die etwas von ihm wollte. Es fiel ihr schwer, einen neutralen Tonfall anzunehmen. „Egal. Nimm irgendetwas. Eigentlich habe ich gar keinen Hunger."

Er zuckte mit den Schultern, wartete, bis der Kunde vor ihm sein Wechselgeld verstaut hatte, und stellte sich vor Frau Schreiber auf. „Zweimal Rindswurst mit Brötchen. Und bitte einpacken. Wir wollen das Essen mit nach oben nehmen."

„Mit oder ohne Knoblauch?"

Freiberg sah einen kurzen Moment zu Julia hin. Keine Reaktion. „Ohne."

„Die Haut ab?"

„Ja."

Freiberg zahlte, nahm die beiden Wurstpakete in Empfang und drehte sich zu Julia um. „Komm einfach hinter mir her."

Er verließ die Halle durch den westlichen Zugang, um sogleich die an der Mauer angebrachte Außentreppe zur Terrasse im ersten Stock hinaufzusteigen. Julia ging hinterher. Oben angekommen, standen sie vor der mächtigen Theke des Weinguts *Rollanderhof*.

„Ich nehme einen Grauburgunder dazu", sagte Freiberg. „Was darf ich dir bestellen?"

„Dasselbe, bitte."

Freiberg drückte Julia die Essenspakete in die Hand, forderte sie mit dem Kopf auf, sich an das Ende einer der langen Bänke vor den gescheuerten Holztischen zu setzen, und folgte kurz darauf mit den Weingläsern. Er prostete ihr zu, nahm einen tiefen Schluck, packte seine Wurst aus und begann mit sichtbarem Appetit zu essen. Es bereitete ihm offensichtlich kein Problem, mit vollem Mund zu sprechen. „Prima, dass wir zwei Plätze am Rand erwischt haben. Hier können wir ungestört plaudern, ohne dass uns andere zuhören." Er hielt seine Rindswurst hoch und zeigte damit auf seine Armbanduhr. „Ich muss jetzt essen, weil ich mich vor einer halben Stunde gespritzt habe. Ich habe Zucker, verstehst du?"

Julia nickte und nagte lustlos an ihrem Essen herum. Gelangweilt schaute sie nach unten auf den Liebfrauenberg, wo das nicht enden wollende Gewimmel von Menschen Großstadtatmosphäre verbreitete. Sie hätte etwas darum gegeben, sich dem Strom der Leute anschließen zu können. Die Essensgerüche um sie herum waren ihr zu intensiv. Hier oben wurden sie noch von einem ständigen Schwall von Weindunst überlagert. Ihr wurde fast übel. Außerdem fror sie leicht. Sie beschimpfte sich selbst. Schon bei Freibergs Vorschlag zum Treffpunkt hätte sie misstrauisch werden und gegenhalten oder verzichten sollen. Jetzt war es zu spät dazu. Augen zu und durch, sagte ihre innere Stimme. Sie beschloss deshalb, ohne große Vorreden ihr Anliegen auszusprechen. Doch Freiberg kam ihr zuvor. Als sie einen Schluck aus ihrem Weinglas nahm, betrachtete er intensiv ihre Hand. Nachdem sie das Glas abgestellt hatte, griff er nach ihren Fingern und ließ sie durch seine Hand gleiten, als wolle er sie abwischen. „Du hast tolle Finger. Wie Trommelstöcke. Du müsstest super damit spielen können."

Julia zuckte unmerklich zurück. Sie betrachtete sein Gesicht, das ihr zu weich, zu weiblich und aufgrund der weißen Haare zu alt vorkam. Aus der Nähe glich seine Physiognomie einer in die Jahre gekommenen Frau. Aufgedunsen! Eine Haut wie Orangenschalen. Julia ekelte sich ein wenig. Als er sie angefasst hatte, hatte sie das Wurstfett an seiner Hand gespürt und sich innerlich geschüttelt. Sie war entschlossen, dennoch gute Miene zum bösen Spiel zu machen. Erst wollte sie ihren Wunsch loswerden. Falls er nicht darauf eingehen sollte, würde sie ihm sofort den Laufpass geben. „Es geht dir wohl nicht aus dem Kopf, worüber wir neulich gesprochen haben, als ihr mit der Band geübt habt?"

Wieder trank er einen mächtigen Schluck. Langsam ließ er den Kopf nach vorn sinken. „Genau. *Beat the Devil's Tattoo.* Das ist das Leben. Es ist der Herzschlag der Welt. Der Rhythmus der Finger. Sie bestimmen alles. Nach ihnen müssen sich alle richten." Er trank sein Glas leer, stand blitzschnell auf, besorgte sich ein neues und nahm schon im Hinsetzen einen weiteren langen Schluck. „Ich komme aus Altötting. War dort Messdiener. Eine furchtbare Zeit. Immer liefen diese Überfrommen mit Holzkreuzen auf dem Rücken um die Kirche. Und ich musste für alles herhalten. Verstehst du? Für alles. Wenn ich hinter meinem Schlagzeug sitze, trommele ich das alles weg. Dorthin, wo es hingehört. Kannst du das nachfühlen?“ Mit den Fingernägeln gab er auf der Tischplatte einen Takt vor. „Weißt du, was das für ein Stück ist? Es heißt *Start me up!* Die *Rolling Stones* spielen es meistens als erste Nummer bei ihren Auftritten. Weißt du, auf welcher CD sie es eingespielt haben?“

„Nein. Im Augenblick nicht.“

Seine Pupillen glichen jetzt Stecknadelköpfen, als er ihr einen vielsagenden Blick zuwarf. „Sie heißt *Tattoo you.*“

Aus abgesenkten Augenlidern betrachtete Julia seine sich verklärenden Züge. Einen Moment lang war sie unsicher, ob er ganz bei sich war. Vielleicht stand er unter Drogen? Noch schlimmer fand sie den Gedanken, er könnte sich grundsätzlich in einem derart entrückten Zustand befinden. Auf einmal war sie dankbar, dass sie ihn unter so vielen Menschen getroffen hatte und nicht, wie ursprünglich von ihr geplant, bei ihm zu Hause. Sie nickte ihm aufmunternd zu. „Ich glaube, wir zwei senden auf derselben Wellenlänge.“ Sie hielt kurz inne. „Gerade weil wir uns so ähnlich und so nahe sind, hoffe ich inständig, dass du mir meine kleine Bitte nicht abschlagen wirst. Ich brauche dich nämlich.“

Er setzte seine Brille ab, wischte sich über die Augen, putzte die Brillengläser mit dem Bund seines Pullovers ab und rutschte ihr ein Stückchen entgegen. „Schieß los, Schwester. *Beat the Devil's Tattoo.*“

Julia war unsicher, ob dies eine Aufforderung an sie war, ihre Bitte anzubringen. Sie beschloss, es darauf ankommen zu lassen. „Du arbeitest doch in der Historischen Fakultät, oder? Als Wissenschaftlicher Assistent, war es nicht so? Kannst du mir das Siegel der Fakultät, mit dem ihr die Examenszeugnisse und solche Sachen beglaubigt, für kurze Zeit überlassen?“

Freiberg setzte das gerade erhobene Glas ab. Er schaute eher teilnahmslos als erschrocken. Seine Stimme blieb sanft. „Wozu brauchst du das denn?“

„Für ein paar Faksimileblätter. Wenn du mir noch unbeschriebenes Papier mit dem Wappen der Fakultät mitbringen könntest, wäre ich perfekt ausgerüstet."

„Du hast mir immer noch nicht erklärt, wozu du das haben willst."

„Vertraue mir ein bisschen. Nur für ein paar Tage. Ich trete ein Fass los, wie es das noch nie gegeben hat. Natürlich beteilige ich dich an dem Spaß. Kapierst du? Es soll ein riesiger Jux werden. Ich will dir keine Suppe einbrocken, die du hinterher auslöffeln musst. So etwas tue ich nicht." Sie schnappte nach seinem Arm. „Glaube mir. Wir werden ein tolles Paar abgeben und die anderen mal kräftig durch den Kakao ziehen."

Er zog seinen Arm zurück und begann, mit allen zehn Fingern auf der Tischplatte zu trommeln. „Meine Welt ist das Schlagzeug. Damit haue ich mir alles von der Seele, was sich dort aufgestaut hat. Und das ist eine ganze Menge. Ich bräuchte an jeder Hand fünfzig Finger, um wieder frei atmen zu können."

Sie griff nach seinen beiden Händen und schaute ihm dabei mit einem Schlafzimmerblick tief in die Augen. „Niemand versteht dich besser als ich. Ich kann deshalb mit dir fühlen, weil ich einen ganzen Sack unbewältigter Schmerzen auf meiner Brust liegen habe." Julia drückte fest seine Hände und zog sie zu sich heran. „Meinst du nicht, wir würden ein fantastisches Paar abgeben? Mit dieser Basis? Merkst du, wie verbunden wir uns in Geist und Seele sind?" Sie streichelte seine Handrücken. „Ich könnte dir gehören. Das ist meine Gegenleistung, die ich dir für den kleinen Joke zu bieten habe."

Der Gesichtsausdruck Freibergs veränderte sich schlagartig. Er schien seine Gelassenheit verloren zu haben, entzog ihr seine Hände und schaute sie irritiert an. „Sex? Du bietest mir Sex an?" Er lachte auf. „Was soll ich denn damit? Das zeigt mir nur, dass Du nichts, aber auch gar nichts verstanden hast. Und für Gegenleistungen bin ich schon gar nicht zu haben. Entweder ich tue etwas aus Überzeugung, oder ich lasse es von vornherein."

Die Gedanken in Julias Kopf rotierten. Nicht der Hauch eines Selbstzweifels kam in ihr auf. Natürlich begehrte er sie und würde sich ihren Reizen nicht entziehen können. Es konnte nicht sein, dass ihre angeborenen Waffen gegenüber einem Mann versagten. Schon gar nicht bei Freiberg, diesem spätpubertären Träumer, der sein Umfeld zu einer Insel der Musik ausrichten wollte. Flower Power und die Renaissance der Hippie-Bewegung. Ein weltferner Spinner, der offenbar zu viel in der *Blechtrommel* gelesen und das Buch nicht verstanden hatte. Vermutlich hatte sie nur den falschen Tonfall getroffen. Etwas zu theatralisch wischte sie sich eine imaginäre Träne aus den Augen. „Du willst mich nicht verstehen. Schade. Es macht mich über die Maßen traurig, weil ich fühle, wie nahe wir uns sind.“ Sie schob ihr Gesicht zu ihm hinüber. „Ich brauche dein Siegel nicht. Behalte es. Du hast nur nicht kapiert, worum es mir bei dem Spaß gehen sollte.“ Sie reckte ihren Oberkörper in die Höhe und hob leicht die Stimme. „Um Perfektion! Nur darum. Ohne dein Siegel wird mein Spaß nicht perfekt ausfallen. Und was nicht perfekt ist, taugt nichts. Immer wieder suchen. Das ist die Herausforderung. Bis endlich alles passt.“ Ihr Tonfall geriet zu einem Flüstern. „Deshalb auch meine Zuneigungserklärung an dich. Als Ausdruck unserer Seelenverwandtschaft. Wir würden zusammenpassen, weil wir eins sein könnten. Das hat nichts damit zu tun, ob du das Siegel besorgst. Das gilt auch im anderen Fall.“

Freiberg riss die Augen weit auf. Er starrte Julia staunend an und schüttelte immer wieder den Kopf. „Ich habe mich geirrt. Tut mir leid. Du hast es getroffen. Hundertprozentig. Perfektion! Das ist das Zauberwort. Was nicht perfekt werden kann, sollte man unterlassen. Was schon existiert und nicht perfekt ist, sollte vernichtet werden. Sonst wird die Welt verunreinigt.“ Er schlug mit der Faust auf den Tisch. „Nochmals: Entschuldigung, dass ich dich so missverstanden habe. Du hast mich jetzt davon überzeugt, dass wir beide in einer parallelen Gedankenwelt leben. Ich bin eben ein Ordnungsfanatiker. In allem. Es macht mich wahnsinnig, wenn etwas nicht so läuft oder nicht so ist, wie ich es mir vorstelle. Das kann mich zur Weißglut bringen.“

Julia schenkte ihm einen ihrer entwaffnenden Blicke. Sie nahm jetzt eine lockere Haltung ein, die ihm den völligen Konsens vermitteln sollte. „Genau so. So oder gar nicht.“

Nun war er es, der nach ihren Händen griff. „Morgen bringe ich dir das Siegel mit.“

18

Da war es wieder. Ein unterdrücktes Wimmern. Es kam von der Wendeltreppe, die hinter dem Tresen zu den Toilettenräumen im Untergeschoss führte. Nur für einen kurzen Moment und fast nicht zu hören. Hauchdünn, wie von ganz weit her. Dann trat da unten wieder Stille ein.

Dennis Hauschild war überrascht, gab sich aber den Anschein, als habe er nichts mitbekommen. Er nippte an seinem Glas und drehte sich auf seinem Barhocker mit dem Gesicht zum Innenraum der kleinen Gaststätte. Die Beleuchtung war spärlich, weil in den gelblichen Schalen der fünfarmigen Lampen jeweils mindestens zwei Glühbirnen ausgefallen waren. Von irgendwoher roch es nach verbrauchtem Frittierfett.

Hinter dem Tresen wusch ein vitaler älterer Mann Gläser. Dabei schaute er nebenbei immer wieder in eine aufgeschlagene Zeitung. Auf den ersten Blick war zu erkennen, dass er den Sportteil studierte. Dabei nahm er gelegentlich einen tiefen Schluck aus einem überdimensional großen Weinglas. Der Mann hatte volles graues Haar, ein gerötetes Gesicht und eine kräftige Figur. Seine Kleidung hielt Dennis für gewöhnungsbedürftig. Er trug eine blaue Arbeitsjacke, bis zum Hals zugeknöpft, und eine hellbraune Cordhose. Das also musste Julias Vater sein. Beim Betreten der Wirtschaft hatte Hauschild ein kleines Schild über der Tür gesehen, das als Inhaber Thomas Mansfeld benannte.

Die Gaststätte hatte er problemlos gefunden. Heute Abend konnte er sich unauffällig hier umsehen. Er hatte mit einer Verabredung dafür gesorgt, dass sein Vorhaben nicht gleich entdeckt werden konnte. Wenn sein Helfershelfer nicht völlig versagte, würde er ihn im Krisenfall warnen.

Unter den gesenkten Augenlidern hindurch beobachtete Dennis Hauschild, was um ihn herum vorging. Es gab keine Auffälligkeiten. An einem der fünf Tische saßen drei Männer mittleren Alters. Einer von ihnen trug einen weißen Panama-Hut mit schwarzem Band, den er aus der schwitzenden Stirn nach hinten geschoben hatte. Er hatte einen Silberblick. Mit der Faust knallte er gerade eine Spielkarte auf die hölzerne Tischplatte und rieb sich anschließend die Hände. „Einundsechzig, meine Herren! Wir können aufhören. Ihr habt verloren."

Einer seiner Mitspieler, der optisch als Zwillingsbruder Bismarcks durchgegangen wäre, ließ seine Karten fallen. „Da sieht man wieder einmal ein altes Sprichwort bestätigt. Den Seinen gibt's der Herr im Schlaf." Er schaute sich um. „Heute ist hier wenig los. Woran das wohl liegen mag? Ich werde mal den Wirt fragen. Vielleicht weiß der, wo die Konkurrenzveranstaltung stattfindet."

Der Dritte im Bunde, ein hagerer Flachsblonder, nahm die Karten vom Tisch auf und begann zu mischen. „Liest du keine Zeitung? Oder hast du keinen Fernseher? Heute endet doch diese komische Ausstellung, um die seit einiger Zeit so ein Gedöns gemacht wird. Weißt du, in diesem Museum da unten am Main können sie sich nicht vor Besuchern retten. Ich musste auf dem Weg hierher einen Umweg machen, weil die Menschen vom Sachsenhäuser Ufer bis fast auf die andere Mainseite anstehen. Alles nur, um diese fingerlose Figur zu sehen, die sie in der Römerstadt ausgegraben haben. Dauernd stehen in der Zeitung neue mysteriöse Geschichten."

Der weiße Panama-Hut drehte sich zum Tresen um, suchte den Blickkontakt mit dem Wirt und schnippte mit Daumen und Zeigefinger. „Hallo Thommy. Komm doch mal her."

Der Grauhaarige schnappte sein Weinglas und ging mit gemessenen Schritten zum Tisch. „Na, rührt sich langsam euer Magen?" Er zeigte auf sein riesiges Weinglas. „Das habe ich neu. Da passt mehr als ein Liter rein. Das bisschen, was ich esse, kann ich auch trinken. Ich arbeite jetzt immer die Reste ab, die in den angebrochenen Flaschen zu lange stehen bleiben." Seine Mundwinkel berührten fast die Ohrläppchen, als er ein breites Grinsen aufsetzte. „Meine Frau ist nicht ganz so begeistert von der Restevernichtung, wenn ich abends zu ihr ins Bett steige." Sein lautes Lachen füllte den Raum. „Aber ich tue immer noch meine Pflicht, wenn ihr versteht, was ich meine."

Bismarcks Zwillingsbruder knallte zum Applaus mehrmals seine Knöchel auf die Tischplatte. „Gut gebrüllt, Löwe. Bevor wir was zum Essen bestellen, musst du uns erst verraten, wieso hier heute Abend nichts los ist. Liegt das wirklich an dieser Ausstellung am Main? Die Leute hatten doch eine Ewigkeit Zeit, sich alles anzuschauen."

Thommy Mansfeld nickte. „Einige Menschen warten eben immer bis Toresschluss, weil sie hoffen, dass es dann noch etwas Besonderes gibt, irgendeinen Knaller. Das ist wie mit den Weihnachtseinkäufen. Viele Leute schieben sie Jahr für Jahr bis zum vierundzwanzigsten Dezember auf. Meine Tochter ist auch noch einmal hingegangen." Er setzte eine bedeutende Miene auf. „Sie musste. Wegen ihrer Arbeit."

Die drei Spieler warfen sich versteckt abfällige Blicke zu. Der Flachsblonde sah als Erster wieder zum Wirt hin. Mit gekrümmtem Zeigefinger forderte er ihn auf, sich zu ihm herunterzubücken. Seine Stimme geriet zu einem Flüstern. „Und wer ist der Kerl da vorne? Kennst du ihn?"

Mansfeld schaute wie automatisch zu Dennis Hauschild und schüttelte den Kopf. „Den habe ich noch nie hier gesehen. Er muss sich verirrt haben. Wenn ihr es unbedingt wissen wollt, kriege ich das raus."

Der weiße Panama-Hut signalisierte seine Zustimmung. „Und jetzt wollen wir bestellen. Was empfiehlst du uns denn, Thommy?"

„Rumpsteaks sind bei mir immer gut. Außerdem billiger als anderswo."

Bismarcks verheimlichter Bruder sah sich in der Runde um und dann zu Mansfeld hin. „Also gut. Dreimal medium. Und noch drei Pils." Er zwinkerte mit dem Auge. „Denke nicht, wir hätten nicht registriert, dass du uns das teuerste Essen andrehen willst."

Mansfelds Gesicht drückte Protest aus, doch er schwieg. Mit schlurfenden Schritten ging er zurück zum Tresen, öffnete ein zwischen dem Gläserregal nach hinten gelegenes Fenster und rief einer Person die Essenswünsche zu. Dann drehte er sich um und machte sich an das Zapfen der drei Biere. Als die Gläser aufgeschäumt waren, wandte er sich Dennis Hauschild zu. „Auch noch eins?"

Hauschild trank sein Glas leer und stellte es vor Mansfeld ab. Mit den schauspielerischen Leistungen seines Komplizen Kalkstein, der gerade den Panama-Hut lüftete und sich den Schweiß abwischte, war er bisher hochzufrieden. Vergeblich wartete er jetzt allerdings auf weitere Laute aus dem Untergeschoss. Die Unterhaltung am Nebentisch war vielleicht zu laut. Immerhin hatte er davon wesentliche Teile mitbekommen und war sich nun absolut sicher, den Vater von Julia vor sich zu haben. Er überlegte, wie er ihn in ein Gespräch verwickeln könnte, um etwas mehr über Julia zu erfahren. „Gerne."

Während Mansfeld ein weiteres Bierglas unter den Zapfhahn hielt, musterte er Hauschild andauernd. „Sind Sie neu hier? Sie waren vorher noch nie bei mir. Das wüsste ich sonst."

„Sie haben recht. Ich bin zwar aus Frankfurt, wohne aber in einem anderen Stadtteil."

„Was hat Sie denn hierher verschlagen? Die Arbeit? Dann könnte ich ja mit einem neuen Kunden rechnen."

Hauschild freute sich einerseits über das unverhoffte Zustandekommen des Gesprächs, haderte aber noch ein wenig damit, dass er so unverblümt ausgefragt wurde. Die unverhüllte Neugier des Wirts kam ihm impertinent vor. Er entschloss sich zu schwindeln und schüttelte den Kopf. „Zufall. Ich wollte einem Sportkameraden, der hier wohnt, etwas vorbeibringen. Als er nicht zu Hause war und ich Durst bekam, sah ich Ihr Kneipenschild."

Mansfeld füllte die Biergläser nach, stellte eins davon vor Hauschild ab und die übrigen drei auf ein Tablett. Als er damit um den Tresen gekommen war, drehte er sich zu Hauschild um. „Sie reden so leicht gestelzt. Was arbeiten Sie denn?"

Mit irritiertem Blick sah ihm Dennis nach. Was für ein Selbstbewusstsein musste dieser Mansfeld haben, um so direkte Fragen zu stellen? Zugleich hielt er es für möglich, dass dessen nassforsche Art auf geistiger Schlichtheit beruhte. Die jedenfalls schien Julia nicht von ihrem Vater geerbt zu haben. Ebenso wenig die unansehnlichen Gesichtszüge und die stämmige Figur. Vielleicht aber die Impertinenz?

Da! Wieder dieses monotone Stöhnen von unten. Hauschild lauschte konzentriert. Er konnte nicht ausmachen, was es damit auf sich hatte. Auf alle Fälle ein Mensch. Aber warum zogen sich diese Klagelaute schon über die ganze Zeit hin? Brauchte da jemand Hilfe?

Bevor er Antworten auf seine Fragen finden konnte, kam der Wirt zurück und schaute ihn an. „Worüber hatten wir gerade gesprochen?"

„Über mich." Er entschloss sich zu einer Lüge, die ihm den Themenwechsel zu Mansfelds Tochter Julia erleichtern sollte. „Ich bin an der Universität. Hoffentlich schenken Sie mir noch ein Bier aus, wenn ich Ihnen verrate, dass ich Jurist bin."

Der Gesichtsausdruck Mansfelds geriet undefinierbar. Seine Augenlider öffneten und schlossen sich im Sekundentakt. Hauschild versuchte, die Gemütsbewegungen seines Gegenübers zu analysieren. Er kam zu dem Schluss, dass sich greifbare Verlegenheit mit linkisch zur Schau gestelltem Stolz abwechselte. Spontan entschied er sich dafür, das verkrampfte Gespräch mit einer flapsigen Bemerkung zu lockern, und lächelte. „Sie werden es vielleicht nicht glauben. Ich kann trotzdem meine Biere bezahlen."

Mansfeld blieb ernst. „Das freut mich." Er warf sich in die Brust. „Meine Tochter ist ebenfalls von Ihrer Zunft. Ich will, dass es ihr gut geht."

Hauschild gab sich überrascht. „So! Eine Kollegin. Schön zu hören. Vielleicht kenne ich sie."

„Dazu gibt es nicht viel zu sagen. Sie macht jetzt hier in Frankfurt sogar ihren Doktor. Wir ermöglichen ihr das. Weil die Kneipe nicht so viel abwirft, können wir keine allzu großen Sprünge machen. Deshalb wohnt sie noch bei uns." Er machte eine Pause und schien lange nachzudenken, ob er noch etwas ergänzen sollte. Sein Gesicht wurde zunehmend verschlossener. Er presste die Lippen zusammen. Seine Adern traten stärker hervor. Die Haut war nun übersät mit roten Pünktchen. Schweißtropfen traten auf seine Stirn. Er wirkte müde. Seine Stimme klang bitter. „Sie muss uns da und dort unterstützen."

Während er einen tiefen Schluck aus seinem Bierglas nahm, wartete Dennis Hauschild darauf, dass die Erzählung weitergehen würde. Als Mansfeld schwieg, nickte er ihm zu. „Das ist nicht ungewöhnlich. Die meisten Studenten müssen sich Jobs suchen, um ihre Ausbildung zu finanzieren. Irgendwie geht das immer. Es ist nur natürlich, dass wir dabei auf dies und das verzichten müssen." Er holte tief Luft und stopfte sein Sporthemd fester in den Hosenbund. Mit Absicht gab er seinem Tonfall eine schulmeisterliche Färbung. „Man darf eben nicht zu anspruchsvoll sein."

Die Antwort Mansfelds ließ auf sich warten. Er fuhr sich mit der flachen Hand über das verschwitzte Gesicht. Dabei behielt er Hauschild fest im Blick. Er schien mit sich zu kämpfen, ob er auf dessen Bemerkungen eingehen sollte. „Das sage ich meiner Tochter auch immer. Lehrjahre sind keine Herrenjahre. Dafür wird sie es später einmal besser haben als ich." Er legte den Kopf schief und kniff die Augen zusammen. „Leider ist sie sehr hartnäckig. Sie will ihren Kopf durchsetzen und hat wenig Mitleid."

Hauschild hörte gespannt zu. Er verstand nicht genau, worauf Mansfeld hinauswollte. „Mitleid?"

Von dem Innenfenster hinter dem Tresen drang ein Klingelton herüber. Mansfeld schaute sich kurz um, bevor er sich wieder Hauschild zuwandte. „Das Essen für die Herren ist fertig. Ich muss servieren."

Im selben Augenblick, als Mansfeld mit den Tellern auf den Unterarmen zu den drei Spielern abdrehte, hörte Dennis Hauschild es wieder. Es klang wie der unterdrückte Schrei einer gequälten Seele. Ein lang gezogenes Wimmern. Zweifellos kam es aus dem Tiefgeschoss. Er lauschte und sah zur Wendeltreppe hinter dem Tresen. Sein Blick fiel auf das kleine Schild mit dem Pfeil nach unten, das auf die Toiletten hinwies. Gleichzeitig entschloss er sich, diesem mysteriösen Stöhnen nachzugehen. Die Neugier trieb ihn. Er musste einfach erfahren, was hier vorging. Niemandem würde etwas auffallen, wenn er so tat, als suche er die Toilettenräume auf. Zur Not konnte er vortäuschen, er habe sich verlaufen.

Hauschild schielte zum Nachbartisch. Durch ein unmerkliches Augenzwinkern verständigte er sich mit dem Panama-Hut. Eben stellte Mansfeld die Teller ab. Kalkstein forderte ihn lautstark auf, ihnen beim Essen Gesellschaft zu leisten, und zeigte auf einen freien Stuhl.

Als Thommy Mansfeld sich zu den drei Spielern setzte, sah Hauschild seine Chance gekommen. Er schlüpfte um den Tresen herum, folgte dem Hinweisschild auf die Toilette und stieg behutsam die Wendeltreppe zum Untergeschoss herunter. Da sich die Stufen nach innen stark verjüngten und die schwache Beleuchtung nur ein diffuses Licht spendete, schaute er ständig zu seinen Füßen. Vor Aufregung hielt er mehrmals die Luft an. Dabei hörte er sein eigenes Herz pochen und spürte einen enormen Druck auf den Ohren.

Als er den Fuß auf den nächsten Absatz stellte, verursachte er ein knarrendes Geräusch auf der Holzdiele. Der Schreck fuhr ihm in die Glieder. Sofort zog er sein Bein zurück. Plötzlich kam Angst in ihm auf. Er benötigte einige bange Sekunden, bis er den Mut aufbrachte, wie ein Storch auf der übernächsten Stufe Halt zu finden.

Auf der Hälfte der Treppe war eine eckige, hölzerne Plattform eingelassen. Von ihr führte seitlich ein schmaler Gang zu einer weiß gelackten Tür. Sie war geschlossen. Hauschild wollte schon die restlichen Stufen nach unten in Angriff nehmen, als er auf einem kleinen Messingschild an der Türfüllung die Aufschrift *Privat* entzifferte. Er blieb stehen und horchte.

Plötzlich drang aus dem Raum hinter der Tür ein unartikulierter Laut. Hauschild zuckte zusammen. Er warf zunächst einen Blick nach oben, um sich zu vergewissern, dass ihm niemand folgte und ihn beobachtete. Dann trat er näher an die Tür heran und legte sein Ohr an den Rahmen.

Jetzt hörte er die Stimme dahinter viel deutlicher. Zweifellos gehörte sie zu einem Menschen. Es gab einen Wechsel zwischen schleppendem Wimmern, zartem Weinen, gequältem Stöhnen und lautem Aufheulen, das in kleine, abgehackte Schreie überging. Dann endete alles in einem röchelnden Gurgeln, um nach wenigen Augenblicken wieder aufs Neue zu beginnen.

Mit angehaltenem Atem griff Hauschild nach dem Türknopf. Sein Herz schlug bis zum Hals. Vorsichtig drehte er den Griff. Tatsächlich gab der Schnapper nach und die Tür stand zu einem Spalt offen. Hauschild lugte hinein. Der dahinter liegende Raum war nahezu vollständig abgedunkelt. Noch einmal sicherte er sich ab, dass niemand in der Nähe war. Dann schlich er sich in das Zimmer.

Es dauerte, bis sich Hauschilds Augen an die dämmrige Beleuchtung gewöhnt hatten. In ersten Konturen machte er gegenüber ein Fenster aus, das mit schweren Übergardinen verhängt war. Dann erkannte er an der linken Seitenwand eine zweite Tür. Offenbar gab es eine unmittelbare Verbindung zu weiteren Zimmern, in denen vermutlich die Familie Mansfeld wohnte. Diese Entdeckungen erstaunten ihn nicht, da ihm schon vor dem Betreten der Gaststätte die Hanglage des Hauses aufgefallen war.

Aus der Mitte des Raumes drang ein tierischer Schrei an seine Ohren. Erschrocken fuhr Hauschild herum. Was er dann sah, löste undefinierbare Gefühle zwischen Angst und Entsetzen in ihm aus.

Im Zentrum des Zimmers stand ein weißes Gitterbett. Durch die Stäbe streckte sich ihm eine Hand entgegen, die zu einer Kralle geformt war. Hauschild trat näher heran. Jetzt erkannte er die Umrisse eines bis auf eine Windelhose nackten weiblichen Körpers. Die Gestalt war zusammengezogen, die Gliedmaßen sämtlich verkrümmt. Der Entwicklung nach handelte es sich um eine erwachsene Frau. Um sie herum waren mehrere Stofftiere und Beißringe gruppiert.

Hauschild spürte ein Frösteln. Widerwillig zwang er sich, das Gesicht der Frau genauer zu betrachten. Schwere dunkelbraune Zöpfe waren um ihren Kopf zu Schnecken gedreht. Sie konnten nicht verbergen, dass ihre verzerrten Gesichtszüge unverkennbar die Zeichen schwerster geistiger Behinderung aufwiesen. Mit den Fingernägeln der zweiten Hand kratzte sich die junge Frau fortwährend über Nase und Wangen. Aus der von den Fingernägeln aufgerissenen Haut perlten schmale Blutgerinnsel. Rings um das Bett herum roch es stark nach Urin.

Unter martialischen, unartikulierten Schreien robbte die Frau sich an das Bettgitter heran und versuchte, nach Hauschild zu greifen. Er wich zurück und stieß dabei gegen die Leselampe auf einem kleinen Tisch, neben dem ein Lehnstuhl stand. Geistesgegenwärtig schnappte er nach der Lampe und verhinderte gerade noch, dass sie zu Boden fiel. Als er sie mit großer Vorsicht wieder abstellte, fiel sein Blick auf ein aufgeschlagenes Buch. Neugierig nahm er es zur Hand. Die Lichtverhältnisse erlaubten es jedoch nicht, dass er den Text lesen konnte. Der rote Plastikeinband und die Ringbuchausstattung verrieten ihm dennoch, worum es sich handelte. Es war eine Sammlung juristischer Gesetzestexte.

Julia!, schoss es ihm durch den Kopf. Verbrachte sie hier ihre Zeit? War diese schwerstbehinderte Frau eine Angehörige von ihr? War sie deshalb auf der Veranstaltung von Dr. Tempel im *Hessischen Hof* gewesen? Wusste sie vielleicht etwas mehr über das Schicksal der beiden toten Frauen?

Mit einem Mal glaubte Hauschild den unausgesprochenen Zusammenhang mit dem Wort *Mitleid* zu verstehen, das

Thommy Mansfeld vorhin im Gespräch mit ihm verwendet hatte. Ob er noch schnell einen Blick durch die andere Tür werfen sollte? Dort ging es offenbar in die übrigen Wohnräume der Familie. Lag dort der Schlüssel für die Hintergründe des Todes der zwei Schwerbehinderten? Wenn er dort irgendeinen brauchbaren Hinweis finden würde, der diesem Staatsanwalt Schultz einen ausreichenden Anlass für eine Hausdurchsuchung geben könnte, wäre er der Lösung des Falles vielleicht ein Stück näher gekommen. Und er, Dennis Hauschild, hätte vor allen seinen Kollegen eine exklusive Story zu bieten. Gegen Geld natürlich.

Noch bevor er sich eine Antwort geben konnte, hörte er draußen Schritte. Rasch versteckte er sich hinter den Übergardinen und wartete. Er wagte kaum zu atmen und spürte, wie ihm das Blut zu Kopf stieg. Mit seiner Ruhe war es vorbei. Wenn ihn jemand hier antreffen und zur Rede stellen würde, wäre es aus mit seinem Beruf. So ein Vorgehen war auch einem Reporter nicht gestattet, selbst wenn er ehrenvolle Motive hatte. Hausfriedensbruch nannte man das.

Hauschild lauschte und glaubte, dass sich die Person weiter ins Tiefgeschoss bewegte. Vielleicht war es einer der drei Skatspieler, der die Toilette aufsuchte. Oder Kalkstein versuchte ihn zu warnen. Dann würde vermutlich auch der Wirt wieder hinter dem Tresen stehen. Keinesfalls durfte er ihn misstrauisch werden lassen.

Er öffnete die Tür einen Spalt und lugte hinaus. Als er niemanden sehen konnte, schlich er sich auf den Treppenabsatz und ging auf Zehenspitzen nach oben.

19

Isa Mansfeld verbeugte sich vor dem kleinen christlichen Hausaltar, den sie aus Platzgründen im Flur ihrer Ginnheimer Altbauwohnung errichtet hatte. Anschließend bekreuzigte sie sich und öffnete den grauen Haarknoten. Die halblangen, fettigen Haarsträhnen umrahmten ihre hohlen Wangen, aus denen die nach innen gebogene Nase mit ihrer runden Spitze wie eine kleine Rutschbahn hervorragte. Im Verein mit den matten, gräulichen Schlitzaugen erinnerte ihr Gesicht in fataler Weise an Wilhelm Buschs Karikatur der frommen Helene. Ihre hagere, knabenhafte Gestalt passte ebenfalls dazu.

Es herrschte eine unwirkliche Stille. Isa schaute auf ihre Armbanduhr. Na schön, sie war früher dran als sonst. Vielleicht hatte sie ihre Arbeiten weniger sorgfältig verrichtet. Möglich war auch, dass sie ihren Rhythmus verändert hatte. Das kam manchmal vor. Dennoch. Die Ruhe schien ihr unecht, jedenfalls vorläufig. Wie in der Natur, bevor ein Gewitter hereinbricht. Sie gab viel auf ihre Gefühle. Fast immer in ihrem Leben hatte sie besondere Ereignisse vorhersehen können, vor allem, wenn es sich um Schicksalsschläge gehandelt hatte. Vermutlich hatte sie so etwas wie das zweite Gesicht.

Ursache ihrer Unruhe konnte nicht sein, dass ihr Mann außer Haus war. Die Gaststätte hatte heute Ruhetag. Seit Jahren verbrachte ihr Mann diese Freizeit mit Skatabenden bei einem seiner Freunde. So sagte er jedenfalls. Und Isa hatte keinen Grund, ihm zu misstrauen. Es war das einzige Vergnügen, das er hatte. Den Rest der Woche kümmerte er sich um die Kneipe, damit der Lebensunterhalt gesichert war. Damit die eine ihrer beiden Töchter sich den Luxus erlauben konnte, trotz geringer

Haushaltsmittel zu studieren. Blieb ihm dann noch Zeit, kümmerte er sich aufopferungsvoll um die andere Tochter. Hedi, das Mädchen, mit dessen Geburt sich alles verändert hatte. Damals hatte sich die ungetrübte Fröhlichkeit aus dem Leben der Familie Mansfeld für immer verabschiedet. Seitdem hatte ihr Mann sie nie mehr sexuell berührt. Bis heute wusste sie nicht, ob er ihr die Schuld an der schweren geistigen und körperlichen Behinderung ihrer zweiten Tochter gab. Sie konnte es weder an seinen Augen noch an seinem Verhalten ablesen. Und er hatte nie mit ihr darüber gesprochen. Jeden Versuch, den sie gemacht hatte, hatte er abgewehrt. Seine stereotype Entgegnung, alles andere sei wichtiger, hatte sie nie überzeugt. Sie hatte allerdings auch kein Mittel für eine Aussprache gefunden. Mit der Zeit war sie abgestumpft. Aber sie hielt an der Ehe fest. Schon deshalb, weil sie dies als religiöse Pflicht verstand. Außerdem unterstützte sie ihren Mann, wo sie konnte. Wenn er, wie heute, seinen freien Abend hatte, gesellte sie sich nach getaner Arbeit zu ihrer behinderten Tochter und brachte ihr alle Zuneigung entgegen, zu der sie noch fähig war.

Im Vorbeigehen horchte sie, ob Julia in ihrem Zimmer war. Auch hier alles still. Sie wagte nicht, nachzuschauen oder nach Julia zu rufen. Das Verhältnis zu ihrer älteren Tochter war gespannt. Julia hatte sie in der Vergangenheit häufiger wegen der Behinderung der Schwester mit Vorwürfen konfrontiert. Ihr Elternhaus sei ein Käfig. Niemand könne hinein, weil sie es nicht wage, ihre Freundschaften wegen des unerträglichen Gebrülls und der Ausdünstungen der Schwester aufs Spiel zu setzen. Sie selbst könne diesem Käfig nicht entfliehen, weil er sie rund um die Uhr in ihrem Kopf begleite. Nicht einmal ihr überdurchschnittlich gutes Aussehen sei ein Verdienst der Mutter. Wahrscheinlich sei sie im Krankenhaus verwechselt worden.

Isa Mansfeld litt unter diesen Diskussionen. Deshalb ging sie ihnen nach Möglichkeit aus dem Weg. Sie betete für beide Töchter und hoffte in beiden Fällen auf ein göttliches Wunder. Im tiefsten Innern glaubte sie jedoch nicht daran.

Sie steuerte das Wohnzimmer an, ihren ganzen Stolz. Das gesamte Mobiliar bestand aus Eichenholz, das nach ihrer Meinung Frieden ausstrahlte. Mehr als Frieden wollte sie nicht. Mit Gott, ihrer Familie und den Menschen. Aber die Stille, die sie jetzt antraf, machte sie auch nicht glücklich. Es fehlten die vertrauten Geräusche, die sie im Alltag durchgängig begleiteten. Die Atmosphäre beunruhigte sie. Irgendetwas fehlte. Es war kein Leben zu spüren.

Ein Gefühl der Beklommenheit kam in ihr auf. Es wuchs sogar. Eine bisher nicht gekannte Angst überfiel sie. Irgendetwas stimmte nicht. Plötzlich erinnerte sie sich an die Geburten ihrer beiden Kinder. Sie spürte, wie sich ihr Hals zusammenzog. Ein unerträglicher Druck engte ihre Brust ein. Warum musste sie jetzt an ihre Kinder denken? War etwas Schlimmes mit ihnen? Nie zuvor hatte sie mit einem derart irrationalen Gefühl gekämpft. Irgendwo lauerte eine große Gefahr. Das stand für sie fest. Und diese Gefahr zielte auf ihre Rolle als Mutter.

Isa Mansfeld begann zu rennen. Sie erreichte die zweite Wohnzimmertür am anderen Ende des Raums. Dort war das Zimmer von Hedi angeschlossen, das man nicht über den Flur betreten konnte. Absichtlich hatte man Hedi vor Jahren hier untergebracht. Das Zimmer hatte einen zweiten Zugang, der zu den Toilettenräumen der Gaststätte und über eine Treppe zum Restaurant selbst führte. Auf diesem Weg konnte Hedi schnell einmal aus der Wohnung gebracht werden, wenn ihre Existenz verborgen bleiben sollte. Vor allem Julia hatte in Einzelfällen davon Gebrauch gemacht, wenn ein unerwarteter Besucher erschien, der nicht in die familiären Verhältnisse eingeweiht werden sollte.

Bevor sie das Zimmer von Hedi betrat, legte Isa Mansfeld ihr Ohr an die Türfüllung. Ein Rest von Hoffnung in ihr wartete auf die vertrauten Geräusche. Nichts. Kein Wimmern, kein Stöhnen. Nur eine gespenstische Stille. Isa riss die Tür auf, bediente den Lichtschalter und starrte auf das Gitterbett. Unterbewusst registrierte sie die zerwühlten Kissen, stufte sie aber nicht als ungewöhnlich ein. Sie stürzte auf das Bett zu und hob hastig alle Decken und Kissen hoch.

Das Bett war leer. Sie schaute sich im ganzen Zimmer um. Keine Spur von ihrer Tochter. Als erwarte sie eine Antwort, begann sie laut zu schreien. „Hedi, Hedi, mein Schatz. Wo steckst du? Mama ist hier."

Erschöpft ließ sie ihre Schultern nach vorn sacken und stierte vor sich hin. Mit plötzlichem Elan stürmte sie in das angegliederte Badezimmer. Sie stieß die halb geöffnete Tür auf, machte Licht und sah sich um. Ein abgehackter Schrei entfuhr ihr. Sie fiel nach vorn auf die Knie, ließ den Kopf sinken und faltete die Hände. Ihre Stimme klang heiser und schnarrend. „Nein. Nur das nicht. Hedilein. Ist dir etwas? Komm zu dir. Mama ..."

In der kleinen Sitzwanne lag Hedi Mansfeld, nackt, den Kopf auf der Seite, die Augen weit aufgerissen. Der gebrochene Blick ließ keinen Zweifel zu, dass sie tot war.

Isa Mansfeld reckte sich auf und streichelte Hedi über die Wangen. „Kind, Kind, ich kann es nicht glauben. Wie bist du denn hier überhaupt ohne Hilfe in die Badewanne gekommen?" Sie hielt das Gesicht von Hedi in ihren beiden Händen und küsste es immer wieder. „Du mein armer Schatz. Was ist nur passiert?"

Als Isas Blick auf den kleinen weißen Plastikhocker fiel, auf den sie sich immer gesetzt hatte, wenn Hedi gebadet wurde, durchfuhr sie ein solcher Schreck, dass sie spitz aufschrie. Auf der Sitzfläche lag ein schweres Werkzeug, das sie als Bolzenschneider oder Baumschere einordnete. Hatte jemand Hedi ein Leid zugefügt? Sofort wandte sie sich wieder Hedi zu. Ihre fahrigen Finger glitten an dem kleinen Körper entlang. Isa konnte keine Verletzung feststellen. Sie atmete wie erleichtert auf. Ein solch schweres Gerät hätte sicher Spuren hinterlassen. Also war Hedi wohl doch sanft entschlafen, ohne dass jemand nachgeholfen hatte. Das beruhigte sie für den Augenblick. Dann fiel ihr ein, dass Hedi in den vergangenen Tagen ohne jede Einschränkung guter Dinge gewesen war. Ihre Fröhlichkeit und Lebensfreude hatten Isa tatsächlich ein übers andere Mal die schweren Beeinträchtigungen ihrer Tochter sogar vergessen lassen. Also musste doch etwas nicht in Ordnung sein. Sie erwog, einen Arzt herbeizurufen, nahm jedoch sofort wieder von dem Gedanken Abstand. Es war zu spät. Ein Arzt würde nicht mehr helfen können. Aber zur Tagesordnung konnte sie keinesfalls übergehen. Immerhin gab es Ungereimtheiten. Sie überlegte, was ihr Mann wohl jetzt in dieser Situation tun würde. Ein Eheleben lang hatte er von ihr erwartet und verlangt, dass immer alles auf den Tisch müsse. Dass nichts im Unklaren bleiben dürfe, da dies nur Misstrauen und Zweifel säe, woran noch immer alle persönlichen Beziehungen gescheitert seien. Isa zögerte noch einen kleinen Moment. Dann entschied sie sich dafür, die Notrufnummer der Polizei anzurufen. Man mochte sie vielleicht auslachen. Aber auch sie selbst wollte ihre Hedi mit dem Gefühl beerdigen und in Erinnerung behalten, ein Leben lang alles für sie getan zu haben. Mit Erleichterung verzeichnete sie, dass sich ihr Gesprächspartner keineswegs über sie lustig machte, sondern versprach, sofort jemanden vorbeizuschicken. Isa versprach zu warten.

Als sie eben darüber nachdachte, was sie als Nächstes tun sollte, hörte sie das leise Schlurfen von Schritten. Ängstlich spähte sie aus dem Badezimmer in den Aufenthaltsraum von Hedi. Sie sah, dass Julia heranschlich und dabei behutsam einen Fuß vor den anderen setzte. Erst als Julia an dem Badezimmer angekommen war, trat ihre Mutter hervor.

Julia zuckte zusammen und sah erschrocken an sich herunter. Blitzschnell legte sie ihre Arme auf den Rücken und begann an den Händen zu nesteln. Doch es war zu spät. Isa hatte den seltsamen Aufzug Julias bereits gesehen und starrte sie aus ihren zusammengekniffenen Schlitzaugen an. Ihre Stimme klang drohend. „Was geht hier vor? Wieso trägst du Gummihandschuhe, wenn du zu deiner Schwester gehst?"

Die aufrechte Haltung Julias vermittelte, dass sie sich wieder gefasst hatte. Ihr Schmollmund deutete Protest an. „Willst du mir auch noch Vorwürfe machen? Ich habe Hedi vor einiger Zeit leblos aufgefunden. Alles sieht danach aus, dass sie friedlich eingeschlafen ist. Trotzdem habe ich einen Arzt geholt, der sie untersucht und dann den Totenschein ausgestellt hat. Dort drüben auf dem Schränkchen liegt er. Es hat alles seine Ordnung. Wir wussten alle, dass sie mit ihrer Krankheit keine große Lebenserwartung hat." Sie wischte sich eine imaginäre Träne aus dem Augenwinkel. „Euch wollte ich das Schlimmste ersparen und erst Bescheid sagen, sobald ich sie schön gemacht habe." Julia putzte sich die Nase und schluckte mehrfach. „Die Handschuhe habe ich natürlich angezogen, weil ich Angst vor irgendwelchen Infektionen hatte. Auch wenn Hedi eines natürlichen Todes gestorben ist, weiß man nicht, ob man sich anstecken kann, wenn man sie berührt." Sie verschränkte die Arme. „Das kommt eben dabei heraus, wenn man seinen Cousin ersten Grades heiratet und damit die ganze Familie unglücklich macht."

Die Miene ihrer Mutter blieb unbeeindruckt. Zu oft hatte sie sich die Vorhaltungen Julias anhören müssen, um eine Reaktion darauf noch für sinnvoll zu halten. Mit dem ausgestreckten Daumen zeigte Isa über ihre Schulter hinweg in Richtung Badezimmer. „Und was hat dieses martialische Werkzeug auf dem Hocker hier zu suchen? Du lügst schon wieder. Willst du mich auf den Arm nehmen? Was verschweigst du mir eigentlich?"

Ein Hauch von Verlegenheit war Julia anzumerken. Ihre Stimme stockte. Dann hellten sich ihre Züge auf. „Ach so. Dieses Ding da drin muss der Arzt vergessen haben. Ich hatte ihn auf dem Handy erreicht, als er gerade auf dem Weg in seinen Garten war. Da ich aufgeregt war und nicht wusste, was los ist, ist er zuerst hierhergekommen." Sie bekräftigte durch heftiges Kopfnicken. „Das fand ich sehr anständig von ihm."

„Was war das für ein Arzt? Unser Hausarzt? Ich möchte alles genau wissen."

Julia stampfte mit dem Fuß auf. Die Gummihandschuhe, die sie zwischenzeitlich ausgezogen hatte, warf sie mit wütendem Gesichtsausdruck vor die Füße ihrer Mutter. „Jetzt reicht es mir. Du bist wieder keinen Funken dankbar dafür, dass ich mich um alles gekümmert und versucht habe, dir damit eine schöne Erinnerung an Hedi zu erhalten. Schau dir den Totenschein an, wenn du noch mehr wissen willst, und lass mich endlich in Ruhe." Sie rannte zur Tür. „Ich gehe auf mein Zimmer, weil ich noch zu arbeiten habe. Bald brauche ich eure Almosen nicht mehr. Dann kann ich endlich ausziehen und diese stickige Bude, die ganzen unerträglichen Rituale und diese spießige Atmosphäre hinter mir lassen. Und du kannst schikanieren, wen du willst. Mich siehst du nie wieder." Noch einmal drehte sich Julia zu ihrer Mutter um. „Lass dir ja nicht einfallen, mir in ein paar Minuten nachzukommen, um mir vorzuheucheln, wie lieb du mich hast. Das glaube ich dir sowieso nicht. Unterstehe dich und lass mir wenigstens in meinem Zimmer meine Ruhe. Du hast dort nichts verloren. Ich habe dir nichts mehr zu sagen, du heuchlerische Betschwester. Respektiere wenigstens so lange diesen kleinen Freiraum, bis ich für immer von hier verschwunden bin."

Nachdem die Tür mit einem lauten Knall ins Schloss gefallen war, atmete Isa durch. Sie wischte sich ihre verschwitzten Hände am Rock ab und überlegte, was sie als Nächstes tun sollte. Sicher musste sie sofort ihren Mann verständigen. Aber wie? Thommy Mansfeld hatte meist das Handy ausgeschaltet, wenn er an seinem freien Tag unterwegs war. Bei seinen Freunden anzurufen, hatte er sich vorsorglich schon einige Male verbeten und dabei heftige Drohungen ausgestoßen.

Die weiteren Gedanken wurden Isa Mansfeld abgenommen. Es klingelte. Auf ihrem langen Weg zur Wohnungstür läutete es erneut. Als sie endlich öffnete, standen ihr Frau Dr. Lubitsch, Staatsanwalt Schultz und Kriminalhauptkommissar Schreiner gegenüber und stellten sich vor. Erstaunen und Ratlosigkeit zeichneten sich in Isas Gesicht ab. Ihre Höflichkeit siegte über ihre Neugier. Sie hielt die Tür auf. „Kommen Sie herein. Mit so vielen Besuchern hatte ich nicht gerechnet. Ich war erst unsicher, ob ich Sie überhaupt anrufen sollte. Schließlich kann es ja sein, dass es gar keinen vernünftigen Grund gibt, Sie zu informieren."

Schreiner verzog sein vernarbtes Gesicht zu einer verständnisvollen Miene. „Keine Sorge. Wir werden Ihnen keine Vorwürfe machen. Sie haben richtig gehandelt. Wie Sie sehen, habe ich mich ähnlich verhalten und sofort die Staatsanwaltschaft und die Gerichtsmedizin informiert. Als Sie meinem Kollegen am Telefon gesagt haben, dass ihre Tochter schwerbehindert war, hat er mich sofort unterrichtet. Für mich war klar, dass wir uns die Verstorbene anschauen müssen. Denn in den letzten Tagen haben wir ja bereits zwei Todesfälle gehabt, bei denen die Opfer ebenfalls behinderte Frauen waren."

Isa Mansfeld war verwirrt. Sie ließ ihre Schultern herabfallen und gab mit dem Kopf ein Zeichen in Richtung Wohnräume. „Treten Sie ein. Ich bin dankbar, dass Sie mich nicht wegen meines Anrufs auslachen." Sie führte ihre Besucher direkt zum Badezimmer, blieb davor stehen und zeigte hinein. „Dort liegt mein armes Kind. Wenn Sie nachsehen wollen."

Lubitsch ging voran. Schultz und Schreiner blieben in einiger Entfernung stehen und schauten ihr zu. Die Ärztin untersuchte die Tote, nickte dabei mehrfach und richtete dann ihre Aufmerksamkeit auf deren Achseln.

Da war es wieder. Unübersehbar. Das schwarze Tattoo mit dem stilisierten Haus. Dr. Lubitsch hielt den Arm der Verstorbenen so, dass alle das Zeichen sehen konnten. Schultz und Schreiner streckten ihre Köpfe vor, während Isa Mansfeld gleichzeitig zurückschreckte und einen leisen Schrei ausstieß. „Was ist das? Wo kommt das her?"

„Das wollte ich gerade Sie fragen", sagte Lubitsch.

Schultz wandte sich an Isa Mansfeld. „Sie haben also diese Tätowierung vorher noch nie an Ihrer Tochter gesehen?"

Mit der Hand vor dem halb geöffneten Mund starrte Isa Mansfeld noch immer zu Hedi hin. Kaum merklich schüttelte sie den Kopf. „Nein. Niemals."

Dr. Lubitsch setzte ihre Untersuchung der Leiche fort und widmete sich nun den Füßen. Sie bückte sich zum Wannenrand, um die Füße näher anschauen zu können. Nach einer kurzen Weile sah sie hoch. „Ich habe gefunden, was ich gesucht habe. Da ist sie wieder, diese punktförmige Verletzung. Dieses Mal sieht sie ganz frisch aus." Sie sah zu Frau Mansfeld hin. „Können Sie ungefähr eingrenzen, wie lange Ihre Tochter tot sein kann?"

Isa Mansfeld zuckte mit den Schultern. „Genau kann ich es natürlich nicht sagen. Vor wenigen Stunden habe ich sie noch lebend gesehen." Tränen liefen ihre Wangen hinunter. „Da habe ich sie noch gestreichelt und mit ihr gespielt." Sie putzte ihre Nase und wischte sich über die Augen. Ihre Stimme klang trocken. „Sie müssen wissen, dass wir uns in der Betreuung von Hedi in der Familie immer abgewechselt haben." Mit einer hilflosen Geste hob sie die Arme. „Allein ist das nicht vierundzwanzig Stunden am Tag zu leisten."

Schultz schien nicht zuzuhören. Er fixierte plötzlich den Hocker im Bad. Als er zu Isa Mansfeld hinschaute, schnellte gleichzeitig sein Zeigefinger nach vorn. „Was ist das? Woher kommt dieses Ding?"

Isas Blick folgte seinem Finger. „Das lag da, als ich Hedi auffand. Ich habe auch schon meine andere Tochter, Julia, danach gefragt."

„Was hat sie Ihnen geantwortet?"

„Der Arzt, der den Totenschein da drüben ausgestellt habe, habe das Werkzeug versehentlich liegen lassen."

„Darf ich den Totenschein mal sehen?"

„Selbstverständlich. Ich habe nichts zu verbergen." Sie ging zu dem Schränkchen, wo laut Julia der Totenschein liegen sollte, und sah sich um. „Das ist seltsam. Ich kann ihn nicht finden."

Schultz stand jetzt neben ihr, als plötzlich sein Handy klingelte. Er zog sich ins Zimmer zurück, meldete sich und hörte eine Weile zu. Dann antwortete er mit erregter Stimme. „Ich kann Ihnen jetzt nicht erklären, warum Ihre Hinweise gerade im Augenblick für mich ungeheuer wichtig sind. Jedenfalls danke ich Ihnen. Sie haben Pluspunkte bei mir gesammelt. Sind Sie sicher, dass die von Ihnen genannten Personen das alles so bestätigen werden, wie Sie es mir eben gesagt haben?“

Die Antwort schien zu seiner Zufriedenheit auszufallen. Er beendete das Gespräch. Isa Mansfeld schaute Schultz misstrauisch an. Sie konnte sich keinen Reim auf seine euphorische Reaktion machen und nahm deshalb eine Abwehrhaltung ein. Schultz schien dies zu merken. Er richtete das Wort zunächst an Dr. Lubitsch. „Was ist jetzt aus Ihrer Sicht geboten?“

„Es ist ein Glücksfall, dass der Todeszeitpunkt noch nicht lange zurückliegt. Das ermöglicht mir eine Untersuchung, die ich schon in den beiden anderen Fällen machen wollte. Sie scheiterte jeweils, weil das Ableben der beiden Frauen zu lange her war. Ich habe einen bestimmten Verdacht, über den ich jetzt noch nicht sprechen kann und möchte. Um ihn zu überprüfen, muss ich die sterblichen Überreste von Hedi mit ins Gerichtsmedizinische Institut nehmen. Falls Sie die Beschlagnahme der Leiche anordnen, würde ich sofort anrufen, sie abholen lassen und gleich mitfahren. Dann könnte ich Ihnen noch heute Abend das Ergebnis mitteilen.“

Augen und Körpersprache Isa Mansfelds verrieten, dass sie gegen dieses Vorgehen nichts einzuwenden hatte. Schultz nickte Dr. Lubitsch zu. „Dann machen wir es so, damit wir Frau Mansfeld Klarheit verschaffen können.“ Noch während er mit Lubitsch sprach, schaute er zu Isa Mansfeld hin. „Übrigens. Sie erwähnten vorhin Ihre zweite Tochter Julia, die sich wohl um den Arzt für Hedi gekümmert hat. Ist Julia zu Hause?“

Das Zögern Isa Mansfelds ließ ihre Anspannung spürbar werden. Ihr Mienenspiel verdeutlichte den inneren Kampf, den sie mit sich führte. Das zwischenzeitliche Gespräch von Schultz mit Lubitsch verstand sie ebenso als Ablenkungsmanöver wie seine jetzt so betont nebenbei gestellte Frage. Angesichts ihres Zwangs zur Wahrheit fand sie keinen Ausweg zu einer folgenlosen Antwort. „Das ist sie schon. Aber meinen Sie wirklich, dass wir Julia stören müssen? Sie arbeitet sehr hart für ihren Uni-Abschluss. Wie sie mir vorhin sagte, will sie nicht gestört werden. Ihre Doktorarbeit würde darunter leiden." Sie setzte ein gequältes Lächeln auf. „Fragen Sie mich. Ich kann Ihnen alles zeigen und sagen."

Während Schreiner auf und ab ging und seine Blicke in alle Richtungen wandern ließ, strich Schultz sich offenbar geistesabwesend über seinen exotischen Bart und die Haarbürste. Dann legte er einen Finger vor seine Lippen und nickte Isa Mansfeld zu. „Vielleicht können Sie uns erst einmal sagen, was für ein Mensch Ihre Tochter ist. Wie ist das Verhältnis von Julia zu Ihnen und Ihrem Mann? Und wie stand sie zu ihrer verstorbenen Schwester?"

Isa Mansfeld war dankbar, Zeit gewonnen zu haben. Sie hoffte inständig, dass Julia den Besuch mitbekam und im Begriff war, die Wohnung zu verlassen. Zumindest wollte sie die beiden Beamten mit ein paar Erklärungen hinhalten, damit Julia verschwinden konnte. „Das ist nicht so einfach. Ich bin keine Psychologin."

Schreiner blieb abrupt stehen und stierte Isa Mansfeld an. Schultzes Kinnlade kippte leicht nach unten. Sein Gesicht drückte unverhohlen aus, wie verblüfft er war. Fast begann er zu stottern. „Wie meinen Sie das? Das müssen Sie mir näher erklären."

Isa atmete auf. Sie war zufrieden, ihr vorläufiges Ziel erreicht zu haben. „Julia ist kein schlechtes Kind. Aber sie hat einen schwierigen Charakter, für den sie natürlich nichts kann. Sie ist sperrig, eigenwillig, ja manchmal trotzig. Daran tragen mein Mann und ich die Schuld. Sie musste sich oft zurückgesetzt vorkommen, weil wir viel mehr Zeit für ihre Schwester aufwenden mussten. Das hat uns alle ein wenig entfremdet. Trotz allem sind wir eine Familie, die zusammenhält. In der jeder für den anderen einsteht. Zumindest glaube ich das. Sonst würde ich Ihnen die Unwahrheit sagen, und das tue ich nicht. Niemals."

Schultz sah ihr lange in die Augen. „Ist Ihnen nie etwas Ungewöhnliches an Julia aufgefallen? Irgendwelche seltsamen Interessen oder Neigungen?"

„Wie meinen Sie das?“ Sie warf den Kopf zurück. „Nein. Julia muss vielleicht etwas härter für alles arbeiten als andere Kinder. Ihr ist durch unsere wirtschaftliche Situation und die Krankheit von Hedi nie etwas in den Schoß gefallen. Das hat sie zur Kämpfernatur gemacht.“

„Na schön. Lassen wir das mal so stehen. Und jetzt zeigen Sie uns bitte Julias Zimmer. Ich möchte sie gerne auf den Totenschein ansprechen.“

Wie ein geprügelter Hund schlich Isa Mansfeld in den Flur und blieb vor Julias Zimmertür stehen. Schreiner und Schultz folgten ihr. Frau Mansfeld bückte sich und schaute durch das Schlüsselloch. Dann klopfte sie an. Ihre Stimme geriet zu einem Flüstern. „Julia? Da sind zwei Herren, die dich sprechen möchten.“

Als keine Antwort erfolgte, trat Schultz an die Tür. „Frau Mansfeld? Mein Name ist Hanspeter Schultz. Ich bin Staatsanwalt und möchte Sie etwas fragen. Öffnen Sie bitte.“

Aus dem Zimmer drang ein Geräusch, als werde ein Computer betrieben. Ansonsten gab es keine Reaktion. Schultz drückte die Türklinke nieder. Die Tür war versperrt.

Schreiner stellte sich neben Schultz. Isa Mansfeld starrte ihn mit angstvollen Augen an. „Was wollen Sie jetzt tun?“

„Haben Sie einen Schlüssel zu dem Zimmer?“

„Nein. Da ist leider nichts zu machen.“

Schreiners Grimasse ließ sein Gesicht nur noch aus Bart und Narben bestehen. Schultz lächelte tonlos, sodass sein feiner Oberlippenbart mit den Lippen eine Parallele bildete. „Oh doch! Ich ordne wegen Gefahr im Verzug die Durchsuchung an, weil ich mich sorge, dass Ihre Tochter Beweismittel vernichtet.“

„Hilft uns das denn weiter?“, fragte Isa Mansfeld.

Schultz hob seine Stimme an. „Selbstverständlich. Wenn Ihre Tochter nicht sofort öffnet, tritt Herr Schreiner die Tür ein.“

20

Als Harald Neutze die S-Bahn an der Haltestelle Konstablerwache verließ und mit der Rolltreppe die Frankfurter Einkaufsmeile Zeil erreichte, beschleunigte er seine Schritte. Der gerade auffrischende Wind trug dazu bei, dass die wenigen grauen Haare, die er sorgfältig von der Seite über seine Stirnglatze gelegt hatte, hochgewirbelt wurden und sich über sein Ohr legten. Seinem melancholischen Gesichtsausdruck verlieh dies eine mitleiderregende Komponente. Vor dem Schmuckgeschäft *Pletzsch* hörte er gerade, wie die Imitation des Glockenspiels von *Big Ben* die volle Stunde schlug. Er nahm den Weg in die Hasengasse, folgte ihr bis zur Kreuzung mit der Töngesgasse und stand nach wenigen Metern vor dem Café *Libretto.* Dort herrschte Hochbetrieb. Aus allen Richtungen strömten die Menschen herbei und hofften, einen freien Tisch auf der großen Terrasse vor der Stadtbücherei zu erwischen. Die Temperaturen in Frankfurt waren an diesem Tag sommerlich. Alle Welt schien Urlaub zu haben oder bereits den Ruhestand zu genießen. Die Kellnerinnen verschiedener Nationalitäten flitzten durch die engen Stellräume und waren bemüht, die Besucher trotz des großen Andrangs nicht allzu lange warten zu lassen.

An einem Ecktisch in dem nahezu menschenleeren Innenraum des Cafés nahm er Platz und sah zum wiederholten Mal auf seine Armbanduhr. Ein Bündel von Gedanken schwirrte durch seinen Kopf. Hoffentlich würde ihn Dennis Hauschild, mit dem er sich geradezu konspirativ verabredet hatte, nicht versetzen. Dessen grandiose Idee, die Familie Neutze zu Hause zu besuchen und beiläufig über wesentliche Teile seines Gesprächs mit dem Wärter des *Oberräder Waldfriedhofs*, einem

Herrn Ortmann, zu informieren, war zunächst auf Schweigen geprallt. Auf die Fragen Hauschilds zum Tode von Nicole Neutze hatte er oberflächliche Antworten erhalten. Harald Neutze hatte nicht den Mut gefunden, im Beisein seiner Ehefrau auf ein paar Ungereimtheiten hinzuweisen. Als Hauschild schon dabei war, sich zu verabschieden, hatte Frau Neutze ein Telefongespräch entgegengenommen. Für ein paar Minuten hatte sie den Raum verlassen und war abgelenkt worden. Diese Zeit hatte ihm genügt, Dennis Hauschild durch ein paar geflüsterte Worte klar zu machen, dass er ihn gerne unter vier Augen sprechen würde. Hauschild hatte die Gunst der Stunde genutzt und ihm rasch auf einer Visitenkarte den heutigen Termin und den Treffpunkt vorgeschlagen.

Harald Neutze bestellte einen Kaffee. Bis zur Rückkehr der Kellnerin trommelte er unaufhörlich mit den Fingern auf die Tischplatte. Er war stolz auf sich, so eigenmächtig gehandelt zu haben. Das hatte es nach seinem eigenen Eingeständnis in Jahrzehnten nicht gegeben. Immer hatte er unter dem Pantoffel seiner resoluten Frau gestanden, die ihre Erfüllung darin gefunden hatte, ihren Willen durchzusetzen und ihren Mann zu unterdrücken. Geld war nicht viel vorhanden gewesen. Mit seinem Einkommen als Grundschullehrer hatten sie dreißig Jahre lang das winzige Häuschen in der Waldfriedsiedlung im Frankfurter Stadtteil Niederrad abzahlen müssen. Hinzu waren die besonderen Aufwendungen für die schwerbehinderte Tochter Nicole gekommen. Seine Sehnsucht, einmal die Welt zu bereisen, was ihn schon als Kind nach der Lektüre vieler Karl-May-Bände fasziniert hatte, blieb unerfüllt. Seine Frau hatte andere Prioritäten gesetzt.

Die Kellnerin servierte den Kaffee. Mit dem verklärten Blick eines entrückten Schöngeistes genoss er den ersten Schluck. Vielleicht würde er jetzt, nach dem Tode von Nicole, sein Leben ein bisschen mehr an seinen eigenen Interessen orientieren können. Doch dagegen stand schon die Eröffnung der neuen Landebahn des Flughafens. Die Maschinen flogen jetzt so dicht über sein Häuschen, dass an Ruhe nicht mehr zu denken und das kleine Gärtchen unbenutzbar geworden war.

Als er gerade zur Tür aufschaute, betrat Dennis Hauschild das Café. Das schwarze T-Shirt mit martialischem Design und die von Tattoos übersäten nackten Oberarme rüttelten gewaltig an Neutzes konservativem Gesellschaftsbild. Einen kurzen Augenblick fragte er sich, ob er den richtigen Partner für das Gespräch ausgesucht hatte. Doch was blieb ihm anderes übrig, als den mutigen Husarenritt zu Ende zu führen?

Als Hauschild ihn mit natürlicher Herzlichkeit begrüßte, ergab er sich in sein Schicksal.

Mit der Professionalität eines Entertainers spulte Hauschild eine Reihe von Belanglosigkeiten ab. Neutze gewann mehr und mehr die Überzeugung von der Richtigkeit seines Vorgehens zurück und wurde locker. Nachdem Hauschild an seinem doppelten Espresso genippt hatte, lehnte sich Neutze weit zu ihm hinüber, sodass ihm die langen Haarsträhnen vors Gesicht fielen. Mit einer Kopfbewegung schwang er sie nach hinten und testete mit verschwitzter flacher Hand den Sitz. Seine wasserblauen Augen leuchteten, als habe er eine weltverändernde Vision. Er flüsterte. Die schleppende Redeweise glich einem Raunen. „Es gab Ungereimtheiten beim Tod meiner Tochter. Das ist der Grund, warum ich Sie sprechen wollte. Ehrlich gesagt habe ich zu wenig praktische Lebenserfahrung, um zu wissen, wie ich richtig damit umgehen soll. Sonst erledigt alles Wichtige meine Frau. Deshalb fehlt mir die Übung. Außer Ihnen kenne ich niemanden, der in der Lage wäre, meine Beobachtungen zu bewerten."

Hauschild beugte sich vor und steckte den Daumennagel zwischen die beiden Vorderzähne, um ein paar Speisereste zu entfernen. „Sie können vollstes Vertrauen zu mir haben. Ich bin in der Lage, den Mund zu halten. Sonst würde mir niemand mehr Informationen geben. Das wäre in meinem Beruf das Karriereende."

Neutze sog die Hinweise dankbar auf. Zwar wurde er seine Angst vor irgendetwas Unvorhersehbarem nicht los. Doch er meinte Ernsthaftigkeit aus Hauschilds Stimme herausgehört zu haben. Dessen Äußeres hielt er inzwischen für eine berufsnotwendige Tarnung, die von seinem zu weichen Kern ablenken sollte. „Ich muss überlegen, wie ich beginne. Wissen Sie, meine Frau hat sich in letzter Zeit total verändert. Sie ist oft abwesend und verheimlicht mir, wo sie hingeht. Jedenfalls glaube ich oft ihren Erklärungen nicht. Überprüfen konnte ich es nie, weil ja immer jemand bei Nicole bleiben musste. Das war in diesen Fällen ich." Er holte einen Taschenkamm hervor und ordnete sich das schüttere Haar. „Ich begann zu glauben, dass sie einen Liebhaber hat."

„Ich unterbreche Sie ungern. Aber haben Sie dafür auch nur einen Anhaltspunkt gefunden? Mit Verlaub gesagt, ist Ihre Frau nicht mehr im passenden Alter." Als Neutze den Kopf hob, wehrte Hauschild mit der Hand ab. „Dafür gibt es natürlich keine handfesten Regeln. Ihre Gattin sieht nach wie vor sehr ansprechend aus."

Neutze schloss die Augen und schüttelte ansatzweise den Kopf. „Lassen wir das. Es tut nichts zur Sache. Ich habe für meine Vermutung keine Beweise finden können. Die Alleingänge meiner Frau setzten sich nach Nicoles Tod jedenfalls fort."

„Und dann haben Sie Ihre Frau heimlich verfolgt?"

„Dazu kam es nicht. Warum auch immer. Ich habe aber zu Hause die Gelegenheit genutzt, mir ihre Unterlagen anzusehen." Er holte Luft und lehnte sich zurück. „Wir haben Gütertrennung. Über unsere Konten darf zum großen Teil nur meine Frau verfügen. Deshalb hatte ich nie einen richtigen Überblick über Einnahmen und Ausgaben. Für mich war erst einmal schwierig, an die Papiere heranzukommen. Meine Frau verschließt alle Ordner. Ich habe keinen Zugriff auf die Schlüssel."

„Wie haben Sie sich geholfen? Haben Sie den Schrank aufgebrochen?"

„Natürlich nicht. Das wäre ihr aufgefallen." Er zögerte. „Ich habe sie in den letzten Tagen immer genau beobachtet. Sie erleichterte mir meine Nachforschungen, weil sie ständig in ihren

Papieren herumwühlte. Durch einen Türspalt konnte ich sehen, wo sie die Schlüssel aufbewahrt. Als sie wieder ausging, schaute ich nach."

„Und wurden Sie fündig?"

Neutzes Miene gewann etwas Hochnäsiges. „Allerdings. Wir haben bei der Geburt von Nicole ein Konto für sie eingerichtet. Uns war klar, dass man für ein schwerbehindertes Kind mehr Geld benötigt, als es für die Erziehung gesunder Kinder erforderlich ist. Die besondere Ausstattung der Wohnräume und die medizinische Betreuung verschlingen kleine Vermögen. Deshalb horteten wir Ersparnisse im Rahmen unserer finanziellen Möglichkeiten für unerwartete und unkalkulierbare Ereignisse. Mehr ließ unser Einkommen nicht zu. Dementsprechend fallen natürlich auch unsere Ausgaben überschaubar aus. Die Größenordnung liegt bei Alltagsbeträgen."

Hauschild rutschte ihm mit dem Stuhl entgegen. „Fanden Sie einen Ausreißer?"

Wieder machte Neutze ein wichtiges Gesicht. „In der Tat. In unmittelbarem zeitlichen Zusammenhang mit Nicoles Tod stand eine Abhebung von zehntausend Euro. In bar. Also ohne Angabe eines Empfängers und ohne Hinweis auf einen Verwendungszweck."

„Wie ging es weiter?"

„Ich war erschüttert."

„Das glaube ich unbesehen. Aber was haben Sie daraufhin unternommen? Wollten Sie der Sache nicht auf den Grund gehen?"

„Natürlich. Der Wille war da. Mir fiel nur nichts Gescheites ein, was ich tun könnte. Mein Gefühl sagte mir, dass es nicht geraten wäre, meine Frau darauf anzusprechen. Da sie mir alles verheimlicht hatte, konnte ich von ihr nicht die Wahrheit über den Verbleib des Geldes erwarten." Er machte eine hilflose Geste. „Freunde, denen ich vertrauen könnte, habe ich nicht. Auch keine Bekannte. Wir leben sehr isoliert, seit Nicole auf die Welt kam."

„Heißt das, Sie haben noch mit niemandem darüber gesprochen?“

„Nicht ganz. In meiner Not fiel mir Dr. Tempel ein. Er hat sich so aufopferungsvoll um Nicole gekümmert und immer echte Anteilnahme an ihrem und unserem Schicksal gezeigt. Außerdem hielt meine Frau große Stücke auf ihn. Ich hielt es für denkbar, dass sie ihn ins Vertrauen gezogen hatte.“

„Wann haben Sie mit ihm gesprochen?“

„Am Tag, bevor Sie uns aufsuchten. Mit Ihnen hatte ich nicht gerechnet. Sonst hätte ich vielleicht damit gewartet. Denken Sie, das war nicht richtig von mir?“

„Nein. Sie sagen ja selbst, dass er ein integrer Mann ist. Ich wollte nur wissen, wie viele Leute über Ihre Entdeckung unterrichtet sind und seit wann. In meinem Beruf weiß man nie, ob solche Informationen einmal wertvoll werden können. Was hat Dr. Tempel Ihnen denn geraten?“

„Zunächst war er verblüfft. Ich hatte sogar das Gefühl, dass ihm mein aufdringliches Vertrauen ein wenig unangenehm war. Dann hat er mir gesagt, er habe keine Vorstellung, wofür meine Frau das Geld aufgewendet haben könnte.“

„Er hat Ihnen also nicht weiterhelfen können?“

„Nicht wirklich. Er hat mich auf eine seltsame Spur gebracht, mit der ich allerdings kaum etwas anfangen kann. Deshalb wollte ich Sie unbedingt sprechen. Vielleicht fällt Ihnen dazu etwas ein?“

Hauschild kniff die Augen zusammen und krallte die Hände ineinander. Sein Gesicht verriet höchste Aufmerksamkeit. „Erzählen Sie.“

„Tempel hatte mich lange angesehen. Er schien über etwas nachzudenken. Dann ging sein Blick in die Ferne, und er begann mit monotoner Stimme zu reden. Ich war mir überhaupt nicht mehr sicher, ob er mit mir sprach oder nur laut einige Gedanken äußerte. Er sagte: ‚Alle Frauen sind gleich. Es macht keinen Sinn, sich mit ihnen auseinanderzusetzen. Jeder Mann kann dabei nur verlieren. Vergessen Sie einfach, was Sie gesehen haben, und halten Sie mit den Füßen still. Ich weiß, wovon ich rede. Gerade habe ich mit einer Angehörigen zu tun gehabt, die ein typisches Beispiel ist. Sie ist zwar sehr attraktiv. Allem, was sie erzählt, fehlt es aber an Logik. Die Dame gibt mir Rätsel auf. Sie spricht manchmal von einträglichen Geschäften und Erlösungsideen für gequälte Menschen. Dabei bleibt völlig unklar, was sie überhaupt will. Es macht überhaupt keinen Sinn, solch wirren Gedankenspielen auf den Grund gehen zu wollen.'"

Hauschilds Miene zeigte höchste Anspannung. „Haben Sie nachgefasst, um wen es sich bei der Frau handelt?"

Neutze war überrascht. „Nein. Wozu hätte ich das tun sollen? Ich habe mich bedankt und verabschiedet."

Hauschild spannte seinen tätowierten Bizeps an. Der Blick, mit dem er Neutze musterte, fiel provokativ aus. „Vielleicht sollte ich mal Ihre Gattin danach fragen."

Der Schreck stand Neutze ins Gesicht geschrieben. „Um Gottes Willen. Tun Sie mir das nicht an. Das Echo ertrage ich nicht."

Hauschild gab sich wieder locker. „Lassen wir das für den Augenblick offen. Vielleicht redet besser jemand anderer mit Ihrer Frau. Es gibt keinen Anlass, jetzt sofort nachzuhaken. Ich habe eine Vorstellung, um wen es sich bei der von Ihnen beschriebenen Dame handeln könnte. Das lasse ich auf andere Weise überprüfen." Er schaute auf seine Armbanduhr. „Nehmen Sie es mir bitte nicht übel, wenn ich jetzt sofort aufbreche. Es kann sein, dass Sie mir sehr geholfen haben. Ich muss dringend telefonieren."

21

Julia öffnete die Tür zu ihrem Zimmer bis zum Anschlag. Sie war dezent, aber perfekt geschminkt. Ihre Kleidung hatte sie mit einem kurzen schwarzen Rock und einer weißen, allerdings hautengen Bluse betont konservativ gewählt. Dennoch gelang es ihr, durch Haltung, Gestik und Mimik ihre körperlichen Vorzüge deutlich in Szene zu setzen. Nach einem letzten Blick in den Spiegel attestierte sie sich, hinreißend auszusehen. Sie war sicher, ihre Wirkung auch auf Beamte nicht zu verfehlen. Nur das Flackern ihrer Augen verriet eine leichte Nervosität.

Schreiner, der ihr am nächsten stand, öffnete halb den Mund und brachte kein Wort hervor. Schultz erfasste die Situation, zeigte Julia seinen Dienstausweis und drängte sich an Isa Mansfeld vorbei, die ihre Hände vor den Mund presste und ihn mit geweiteten Augen ansah. Sie zitterte am ganzen Körper. „Bitte entschuldigen Sie mich. Ich muss zur Toilette."

Schultz registrierte kommentarlos Isa Mansfelds Abgang und wandte sich wieder der Tochter zu. „Warum haben Sie nicht gleich auf meinen Zuruf hin geöffnet?"

Julia schaute an sich herunter. „Ich war gerade beim Umkleiden. Es hätte sich bestimmt nicht mit Ihren Aufgaben vertragen, wenn ich mich Ihnen nackt präsentiert hätte."

Schreiners Miene machte überdeutlich, dass ihn nichts weniger gestört hätte. Schultz ließ auf eine Antwort warten. Seine Stimme klang spröde. „Dürfen wir reinkommen und uns ein wenig mit Ihnen unterhalten?"

Mit einer galanten Handbewegung trat Julia zur Seite. „Bitte. Treten Sie ein und nehmen Sie Platz. Wenn ich kann, helfe ich Ihnen gerne. Worum geht es?"

Sie setzte sich an einen rosa lackierten runden Tisch in der Mitte des Zimmers. Die beiden Beamten folgten ihr und nahmen ebenfalls Platz. Eine matte Hängelampe verbreitete ein gedämpftes Licht, das kleine Kreise auf die Tüllgardinen vor dem Fenster warf. In der Ecke daneben stand eine mit einer hellgrauen Flauschdecke überzogene Ausziehcouch, auf deren Lehne, eng aneinandergekuschelt, eine Vielzahl von Stofftieren aufgestellt war. Gegenüber stand ein breiter weißer Kleiderschrank, daneben ein kleiner Schminktisch. Er ruhte auf zwei Kästen mit je einer Schublade, an deren Griffen Schlüssel baumelten. Der Schminktisch war überladen mit Flakons und Körperpflegeprodukten. In der Mitte stand ein Notebook. Vor dem Tisch befand sich ein weißer Plüschsessel. Das Zimmer vermittelte einen undefinierbaren Eindruck von Kitsch, Pubertät und Einsamkeit. Es roch nach einem schweren Parfum.

Schultz war anzumerken, dass er sich in dieser schwülstigen Umgebung unwohl fühlte. Als er Julia ansprach, nahm er eine steife Sitzhaltung ein. „Erzählen Sie uns bitte, in welcher Situation und in welchem Zustand Sie heute Ihre Schwester angetroffen haben."

Julia trat völlig gelöst auf. „Warum befassen Sie sich damit? Meine Schwester ist heute eines natürlichen Todes gestorben. Das hat der Arzt bestätigt, den ich unverzüglich angerufen habe, nachdem ich sie tot auffand."

„Dazu habe ich gleich noch ein paar Fragen. Was haben Sie gemacht, nachdem Sie Hedi leblos vorfanden?"

„Nach dem ersten Schreck habe ich nur noch gedacht, dass ich sie für meine Eltern schön herrichten muss. Ich wollte damit erreichen, dass sie Hedi in guter Erinnerung behalten."

„Haben Sie sich die Achseln und die Füße Ihrer Schwester angeschaut? Ist Ihnen etwas merkwürdig vorgekommen?"

Eine steile Falte bildete sich über Julias Stirn. Sie gab vor, nachzudenken. „Nein. Was hätte mir denn auffallen sollen?"

Das Lächeln von Schultz blieb zaghaft. Es wirkte unterkühlt. „Ich würde gern mehr Antworten als Fragen von Ihnen hören.

Haben Sie unter der Achsel ein Tattoo oder am Fuß eine kleine Verletzung festgestellt?"

Der Tonfall von Julia geriet schnippisch. „Weder noch."

Schreiner ließ ein bedrohliches Hüsteln hören. Schultz blieb die Ruhe selbst. Er nickte nur. „Dann kommen wir mal zu dem Bolzenschneider, der auf dem Hocker im Badezimmer abgelegt war. Was wollten Sie damit?"

Julia spürte die gespannte Atmosphäre und erkannte, dass sie sich zurücknehmen musste. Ihre Stimme klang nun beflissen. „Der gehört mir nicht. Der Arzt, den ich mit meinem Anruf von einer anderen Arbeit weggeholt hatte, trug ihn bei sich. Beim Weggehen hat er ihn liegen lassen. Das ist alles." Sie legte eine Pause ein. „Warum fragen Sie? Hedi ist doch nicht verletzt worden. Schon gar nicht mit einem solchen Gerät."

Schultzes Sprache wurde markiger. „Sie sind Juristin und können sich derartige Fragen selbst beantworten." Er zögerte. „Ihre Mutter erwähnte den Totenschein, der Ihnen ausgestellt wurde. Können wir ihn bitte sehen? Er lag vorhin nicht mehr auf der Ablage, die Sie Ihrer Mutter genannt hatten."

Für eine Sekunde verlor Julia die Beherrschung. Ihre Stimme zischte. „Dieses Biest. Sie will mich wohl in etwas hineinziehen. Vielleicht hat sie selbst einiges zu verbergen."

Schultz ignorierte den Gefühlsausbruch. Julia schaute sich mit suchenden Augen um. Sie nestelte am obersten Knopf ihrer Bluse und öffnete ihn. Während Schreiner einen verstohlenen Blick auf ihren Ausschnitt warf, gab sich Schultz unbeeindruckt und sah sie weiter an. „Sie wollten mir den Totenschein zeigen."

„Ich habe im Moment keine Vorstellung, wo er abgeblieben ist. Können Sie das nicht verstehen? Gerade ist meine Schwester gestorben. Da kommen Sie und fragen mich nach einem albernen Papier. Sobald ich mich gesammelt und das Ding gefunden habe, lasse ich es Ihnen zukommen."

„Schön. Lassen wir das einmal so stehen. Wie hieß der Arzt, den Sie gerufen haben?"

„Das ist mir entfallen. Ich glaube, dass ich in der Aufregung den Notruf gewählt habe. Kurz darauf kam dann ein Arzt."

„Hat er sich vorgestellt?"

„Schon, aber ich bin jetzt zu nervös, um mich zu erinnern." Aus Richtung des Schminktischs klingelte ein Handy. Julia errötete geringfügig. Sie wartete, bis die Melodie abbrach. „Mein Kopf ist momentan völlig leer."

„Na schön. Wir werden später sowieso noch eine ausführliche Vernehmung mit Ihnen machen." Er lehnte sich zurück und legte die Fingerspitzen aneinander. „Ich habe da vorhin noch ein paar interessante Hinweise bekommen. Kennen Sie eine junge Frau mit Namen Nicole Neutze?"

Julia beschäftigte sich mit ihren Nägeln und drückte Finger für Finger die Nagelhaut zurück. Die Ankündigung einer weiteren Vernehmung hatte sie nervös werden lassen. „Nein."

„Sind Sie vor einigen Tagen auf dem *Oberräder Waldfriedhof* gewesen?"

„Nein."

„Kann es sein, dass Sie sich dort in der Leichenhalle längere Zeit mit dem aufgebahrten Leichnam von Nicole Neutze befasst haben?"

„Nein."

Schultz legte den Kopf schräg und faltete die Hände. „Anderes Thema. Am Dom gibt es ein Geschäft *Liturgisches Apostolat.* Kennen Sie es?"

„Nein."

„Könnte es sein, dass Sie dort einmal nach Reliquienbehältern gefragt haben?"

Julia warf den Kopf zurück, als wolle sie einige lästige Fliegen abschütteln. „Nein. Ich weiß gar nicht, was das ist."

Schultz atmete tief durch. Er wirkte genervt. „Es gibt einen dritten Hinweisgeber, der Sie in die Nähe von finanziellen Transaktionen im Umfeld von Behinderten rückt." Er musterte sie mit durchdringendem Blick. „Aber ich glaube, alle weiteren

Fragen stelle ich vorerst zurück. Ihre Antwort kann ich mir unschwer vorstellen."

Mit den Fingerspitzen tupfte Julia an ihre Schläfen. „Sie stellen mir lauter komische Fragen, mit denen ich nichts anfangen kann. Haben Sie denn kein Verständnis dafür, dass ich den Verlust meiner Schwester verkraften muss und kaum klar denken kann? Ich weiß vor Schmerzen nicht, wo mir der Kopf steht."

Während Julia sich mit theatralischer Geste zur Seite drehte, zupfte Schreiner am Ärmel von Schultz und gab ihm mit dem Kopf ein Zeichen in Richtung des Notebooks auf dem Schminktisch. Mit einem Ruck erhob sich Schultz von seinem Sitz. „Gut. Sie können sich gern noch zu einem späteren Zeitpunkt äußern." Er machte mit dem Zeigefinger einen Halbkreis. „Wir schauen uns jetzt bei Ihnen erst einmal genauer um."

Die Augen Julias verengten sich. Sie fuhr auf. „Was soll das heißen? Das dürfen Sie nicht. Haben Sie einen Durchsuchungsbeschluss?"

„Den brauche ich nicht. Ich ordne das an. Wir müssen wegen des fehlenden Totenscheins und Ihrer Antworten, die den Angaben von Zeugen widersprechen, befürchten, dass Sie Beweismittel vernichten oder vorenthalten. Sie dürfen aber gern hier dabeibleiben."

Julia wurde aschfahl. Sie spürte, wie ihre Selbstsicherheit ins Wanken geriet. Ihr wurde klar, dass sie den weiteren Ablauf nicht mehr im Griff hatte. Fieberhaft suchte sie nach einem Ausweg und entschied sich schließlich für einen vorgetäuschten Schwächeanfall. „Ich kann mich nicht mehr auf den Beinen halten. Können Sie Ihre Arbeit nicht später machen?"

Schultz schüttelte den Kopf. „Falls Sie einen Kaffee oder ein Glas Wasser benötigen, besorgen wir das für Sie." Er lächelte. „Ihre Mutter kümmert sich bestimmt gern um Sie."

Julias Gesicht drückte Ekel aus. „Bringen wir es hinter uns. Aber gehen Sie davon aus, dass ich mich über Sie beschweren werde. Sie tun Unrecht. Alles, was Sie gegen mich konstruieren wollen, ist deshalb vor Gericht keinen Pfifferling wert." Schreiner ging zum Schminktisch. Er klopfte auf das Notebook und sah Julia an. „Den PC nehmen wir auf jeden Fall mit."

Julia war noch versucht, seine Entscheidung durch ein Augenzwinkern zu beeinflussen. Sie entschied sich dagegen und stattdessen für Protest. „Ich widerspreche ausdrücklich. Bevor ein Gericht nicht darüber entschieden hat, dürfen Sie sich nichts auf meinem Rechner ansehen."

Schultz verständigte sich mit Schreiner durch Blickkontakt und stellte sich vor der Zimmertür auf. Schreiner ignorierte Julias Hinweis, klemmte den PC ab und stellte ihn auf dem Tisch bereit. Dann wandte er sich den Schubladen zu. Er öffnete beide, zog eine kleine Taschenlampe hervor und leuchtete hinein.

Als der Lichtstrahl in den ersten der beiden Kästen traf, schrak Schreiner zurück und stieß einen spitzen Schrei aus. „Das kann nicht wahr sein. Was haben wir denn da?"

Schultz reckte den Kopf nach vorn, während Julia mit unsicherem Blick zum Fenster schaute. Schreiner griff mit beiden Händen in das Schubfach und stellte nach und nach eine Reihe von Einmachgläsern auf den Schminktisch. Die Behältnisse waren mit einer leicht gräulichen Flüssigkeit gefüllt. Ganz zum Schluss zog er ein irdenes Gefäß hervor, dessen Inhalt wie Honig aussah.

Als Schreiner sich erhob, zeigte sein Gesicht eine fahle Blässe. Die sonst so charakteristischen Lachfältchen in seinen Augenwinkeln waren verschwunden. Bevor er sich Schultz zuwandte, betrachtete er eine Weile seine Beute auf dem Schminktisch. Mehrmals schüttelte er den Kopf, so als könne er nicht glauben, was seine Augen sahen. Seine Stimme klang hohl. „Wissen Sie, was da drin ist?"

„Ich habe keine Ahnung", sagte Schultz.

Schreiners schlaffe Haltung vermittelte eindrücklich seine Fassungslosigkeit. „Das sind Finger. So, wie es aussieht, menschliche Finger. Was in dem Tontopf ist, kann ich nicht eindeutig erkennen. Ich will nichts anfassen, um der Spurensicherung nicht vorzugreifen."

Schultzes Gesicht glich dem Bildnis von Edward Munchs „Schrei“. Seine Stimme überschlug sich. „Finger?“ Er schaute zu Julia hin. „Was um Himmels Willen wollten Sie denn mit Fingern? Sind das echte Finger von Menschen? Haben Sie etwa diesen armen schwerbehinderten Frauen die Finger abgeschnitten? Und wozu?“

Julia löste sich in Tränen auf. „Es ist gut jetzt. Ich kann nicht mehr. Wenn Sie wollen, sage ich Ihnen alles.“

Schultz gab Schreiner ein Zeichen. Beide setzten sich zu Julia an den runden Tisch. Schultz sah Julia auffordernd an. „Machen Sie endlich reinen Tisch. Es ist eng für Sie geworden.“

In Julias Kopf jagten die Gedanken umher. Unter Aufbietung ihrer letzten Ressourcen gelang es ihr, sich zu kontrollieren. „Ich muss von Anfang an erzählen. Es gibt eine Musikband. Mit einem der Musiker, Markus Jünger, bin ich seit einiger Zeit befreundet. Er hat ebenso wie ich Jura studiert. Markus ist sehr lieb zu mir und trägt mich auf Händen. Wir wollen eine Familie gründen.“ Sie tupfte sich mit aller Vorsicht die Tränen ab, um die Schminke nicht zu verschmieren. „Der Schlagzeuger der Band heißt Stephan Freiberg. Nach einem Umtrunk hat ihn mein Freund einmal in ein kleines Geheimnis eingeweiht. Markus hat ihm gebeichtet, dass er mir mit ein paar kleinen Tricks bei der Prüfung geholfen hat. Das ist natürlich verboten. Wenn es herausgekommen wäre, hätte ich meine Berufsträume und meine Doktorarbeit an den Nagel hängen können.“ Sie schluckte laut und sah Schultz und Schreiner aus wässrigen Augen an. Ihr Blick drückte Verzweiflung aus und heischte gleichzeitig nach Mitleid. „Danach hat er mich erpresst. Auf eine ganz verrückte Weise. Nicht etwa, dass er mit mir schlafen wollte. Vielmehr erzählte er eine verrückte Geschichte. Ein Bandmitglied der *Rolling Stones*, ein Mann namens Brian Jones, sei vor vielen Jahren im Swimmingpool ertrunken. Er sei ohne Finger beerdigt worden, weil der Schlagzeuger seine Finger für sich aufbewahren wollte. Er habe angenommen, seine Vielseitigkeit dadurch ins Überirdische steigern zu können. Je mehr

Finger ihm als Trommelstöcke zur Verfügung stünden, umso unsterblicher würde seine musikalische Fähigkeit. Seine Spielkunst erreiche dadurch himmlische Sphären und mache ihn bei seinen Fans unvergesslich."

Schultzes Gesichtszüge drückten Zweifel aus. „Und jetzt wollen Sie mir sagen, Stephan Freiberg habe diesen Mythos in gleicher Weise fortsetzen wollen?"

Julia nickte. „Genau. Er meinte, er brauche tausend Finger als Trommelstöcke. Daher komme die englische Formulierung *to beat the devil's tattoo.* Obwohl dies nur bedeutet, dass mit den Fingern getrommelt wird. Freiberg ist verrückt. Er ist gemeingefährlich. Um ihn müssen Sie sich kümmern, nicht um mich. Er hat den toten Mädchen die Finger abgeschnitten und sie in die Gläser eingelegt. In Alkohol, sagte er mir. Ich solle sie bei mir aufbewahren, damit man sie, wenn man ihm auf die Spur komme, nicht bei ihm in der Wohnung finden würde. Deshalb lag auch der Bolzenschneider im Bad von Hedi. Freiberg war vorhin hier und wollte ihr die Finger abschneiden. Durch das Erscheinen meiner Mutter musste er unverrichteter Dinge flüchten." Julia rückte sich in Positur und strahlte die Beamten an. „So, jetzt wissen Sie alles. Die Finger können Sie mitnehmen. Alles andere von mir brauchen Sie nun nicht mehr."

„Stopp", sagte Schultz. „Der Menge der Finger nach stammen sie nur von einem Opfer. Was ist mit der ersten Toten, Mandy Dassler? Dem Vernehmen nach hatte sie an den Händen nur noch Stümpfe."

„Darüber weiß ich nichts. Den Zeitungsberichten nach lag sie längere Zeit im Wald. Vielleicht sind die Finger abgefault."

Schultz zeigte auf den Schminktisch. „Das mag dahinstehen und wird sich vielleicht nicht mehr aufklären lassen. Aber was ist mit dieser Amphore aus Ton?"

„Freiberg hatte auf der Antinoos-Ausstellung mitbekommen, dass der Direktor des *Liebieghauses*, Herr Stadelmann, ein Gefäß mit einem Finger des Antinoos gefunden hat. Er wollte dieses Teil aufgrund der historischen Bedeutung unbedingt für seine Fingersammlung. Deshalb zwang er mich dazu, in einem geeigneten Moment den Topf zu stehlen. Die Gelegenheit ergab sich, als Herr Stadelmann bei meinem Besuch kurz das Zimmer verließ." Julia sprang auf. „Meine Herren, soll ich Ihnen zum Transport der Gläser eine Tasche holen?"

Schultz strich sich über seinen schnurgeraden Oberlippenbart. „Nein, Frau Mansfeld. Ich nehme Sie jetzt wegen Mordverdacht in drei Fällen vorläufig fest. Herr Schreiner wird Ihnen Handschellen anlegen. Dann folgen Sie uns aufs Präsidium. Dort werden wir Sie ausführlich vernehmen und prüfen, inwieweit Sie uns die Wahrheit gesagt haben."

Julia zuckte zusammen. Ihr Blick war kalt, ihre Stimme metallisch. „Das ist nicht Ihr Ernst, oder?"

Schultz ging ohne Antwort zur Tür. Den Rest erledigte Schreiner.

22

Dennis Hauschild stellte sein Motorrad in einer Parkbucht der Waldfriedstraße ab. Als er ausstieg, dröhnte gerade ein Flugzeug im Landeanflug über seinen Kopf hinweg. Er zuckte zusammen und sah verstört nach oben. So heftig hatte er den Lärm in seiner Wohnung in Sachsenhausen bisher nicht erlebt. Mit tiefem Unverständnis stellte er sich die Frage, warum diese Ansammlung von Einfamilienhäusern ausgerechnet den Namen Waldfriedsiedlung trug.

Die Paul-Tillich-Straße musste Hauschild nicht lange suchen. Er erinnerte sich trotz seiner miserablen Ortskenntnis noch an das Viertel, seit seinem ersten Besuch bei den Neutzes. Allerdings hatte er das heutige Treffen erzwingen müssen. Zunächst hatte Frau Neutze eine erneute Begegnung verweigert. Darauf hatte er ihr unmissverständlich damit gedroht, er sei sonst, was den Fall ihrer verstorbenen Tochter Nicole angehe, in seiner Artikelserie komplett auf Mutmaßungen angewiesen. Dann seien natürlich auch Andeutungen nicht ausgeschlossen, die gewisse Vorwürfe enthalten könnten. Unter diesem Druck hatte Frau Neutze eingewilligt, ihn ein zweites Mal bei sich zu Hause zu empfangen, ihm weitere Fragen zu beantworten und das Zimmer und die Wohnumgebung von Nicole zu zeigen. Seine vorangegangenen Versuche, Herrn Dassler, den Vater der toten Mandy, und Minister Wohlfarth, dessen Sozius aus der Anwaltskanzlei, zu sprechen, waren erfolglos geblieben. Dassler hatte ihm überhaupt nicht geantwortet. Wohlfarth hatte durch seinen Sprecher erklären lassen, er sehe keinen Anlass, sich für seine Personalentscheidungen vor der Presse zu rechtfertigen.

Hauschild lief die Straße entlang und suchte wegen der Ähnlichkeit der Bauten auch heute wieder nach der Hausnummer.

Dies wurde ihm erschwert, weil die überwiegend sehr kleinen Häuschen hinter Garagen, Vorbauten und kleinen Vorgärtchen versteckt lagen. Einige trugen schon über dem Erdgeschoss die Dachschräge. Müde rieb er sich die Augen, um klarer sehen zu können. Es war gestern Abend spät geworden. Nach seinem Besuch eines Spiels der Frankfurter Eintracht in der Commerzbank-Arena hatte es mit den Fans von Dynamo Dresden noch heftige Auseinandersetzungen gegeben. Erst waren es nur verbale Attacken, dann folgten Handgreiflichkeiten. Er hatte sich nicht entzogen und den Hooligans des Gegners die eine oder andere Klatsche gegeben. Das hatte ihm durchaus Spaß gemacht. Allerdings hielt er diese Neigung gerne im Bekanntenkreis geheim. Trotzdem war ihm zu Ohren gekommen, dass er da und dort sogar in die Nähe der Hells Angels gerückt wurde. Na gut. Sollte man ihn ruhig so einschätzen. Langweilig waren nur diejenigen, über die es nichts zu reden gab.

Endlich fand Hauschild die richtige Hausnummer. Es dauerte lange, bis Frau Neutze auf sein Klingeln hin öffnete. Die Begrüßung fiel wenig herzlich aus. Ihre Miene und der Händedruck vermittelten deutliche Distanz zum Besucher. Hauschild fiel auf, dass sie ihre Handtasche unter den Arm geklemmt hatte, so als habe sie gerade vorgehabt, das Haus zu verlassen. Sie wies ihm den Weg ins spießbürgerlich eingerichtete Wohnzimmer, das von einem übergroßen dunkelroten Webteppich und einer grünen Polstergarnitur beherrscht wurde. Dort saß bereits Herr Neutze, der ihn mit niedergeschlagenen Augen und verlegener Körpersprache begrüßte. Frau Neutze bot Hauschild einen Platz an, gesellte sich dazu und gönnte ihm einen provozierenden Blick. „Was gibt es noch zu besprechen? Haben Sie inzwischen etwas Neues herausgefunden, was für uns wichtig sein könnte?“ Sie klopfte auf ihre Handtasche, die sie neben sich abgestellt hatte. „Ich habe nicht allzu lange Zeit, da ich noch etwas Wichtiges zu erledigen habe. Mein Terminkalender ist zur Zeit übervoll.“

Hauschild legte die Beine übereinander und verschränkte die Arme. Zunächst hatte er sich vorgestellt, Frau Neutze auf die Abhebung der zehntausend Euro anzusprechen, von der ihr Mann berichtet hatte. Ein paar Formulierungen, um Herrn Neutze nicht als seinen Informanten bloßzustellen, hatte er schon parat. Jetzt, nachdem Frau Neutze so übertrieben auf ihre Handtasche achtete, entschloss er sich spontan, seine Gesprächstaktik zu ändern. Nun wollte er mit aller Macht wissen, was es in der Tasche zu beschützen gab. „Es wird nicht lange dauern. Ich habe nur beim letzten Mal vergessen, einige wichtige Fragen zu stellen. Mir kommt es vor allem darauf an, zu erfahren, ob Sie irgendwann einmal das Gefühl hatten, dass aufgrund der ständigen Pflege eines schwerstbehinderten Kindes das Leben an Ihnen vorbeigehen könnte. Ob Sie nicht mit den Jahren glaubten, auch Ihnen, wie der Mehrzahl der Menschen, müsse das Recht zukommen, über Ihre Freizeit frei zu verfügen, um am Leben teilzunehmen."

Als Neutze eine Antwort geben wollte, hielt ihn seine Frau mit einer Handbewegung davon ab. „Nein, das kam nie vor. Wir liebten Nicole und haben uns nach ihrem Betreuungsbedarf eingerichtet. Haben Sie weitere Fragen?"

„Ja. Dann waren Sie es wohl, die Nicole die roten Rosen in die Friedhofskapelle gestellt haben?"

Nach kurzem Zögern fixierte ihn Frau Neutze unverhohlen. Ihr Gesicht drückte eine Mischung von Misstrauen, Überraschung und Ratlosigkeit aus. „Möglich. Woher wissen Sie das alles? Weshalb ist das wichtig für Sie?"

Hauschild ging nicht darauf ein, sondern griff sich an den Kopf. „Wenn es Ihnen nichts ausmachen würde, könnte ich einen kleinen Kaffee vertragen. Oder eine Aspirin. Ich weiß, dass Sie noch weg wollen, und will natürlich keine Mühe machen. Aber ich habe starke Kopfschmerzen und Koffein soll dagegen helfen."

Frau Neutze verzog das Gesicht zu einer sauren Miene und stand auf. „Ich kümmere mich darum und bin sofort wieder hier. So höflich wollen wir sein. Es geht ja schnell."

Kaum hatte Frau Neutze den Raum verlassen, als sich Hauschild zu ihrem Mann vorbeugte und seine Stimme zu einem

Flüstern herabsenkte. „Sie müssen Ihre Frau mit irgendeinem Trick aus dem Zimmer locken, um mir Zeit zu geben, etwas nachzusehen.“ Hauschild horchte auf und vernahm leise Schritte auf dem Flur, aus denen er auf die Rückkehr von Frau Neutze schloss. „Wir können nicht weiterreden. Lassen Sie sich unbedingt etwas einfallen.“

Mit einem misstrauischen Blick auf ihren Mann betrat Frau Neutze wieder das Zimmer. „Ich habe zwei Tassen Kaffee für unseren Gast aufgesetzt. Du bist so freundlich und schaust gleich, ob er durchgelaufen ist. Wir beide trinken ja sicher jetzt nicht mit.“

Ihr Mann zeigte keine Reaktion. Dennis Hauschild behielt drei Finger an der Schläfe und einen leidenden Gesichtsausdruck bei, während er sich wieder an Frau Neutze wandte. „Vielen Dank für Ihr Entgegenkommen. Ich würde mich gerne mit Ihnen noch über das Wort Erlösung unterhalten. Den Begriff habe ich auf einer Veranstaltung für die Eltern schwerbehinderter Kinder aufgeschnappt. Ich kann ihn weder jemandem zuordnen noch weiß ich, was ich davon zu halten habe. Ist Ihnen geläufig, ob nicht doch da und dort darüber gesprochen wurde, dass der Tod der Kinder für diese selbst ebenso eine Erlösung wäre wie für deren Eltern?“

Ein stechender Blick traf Hauschild. Frau Neutze musterte ihn lange, bevor sie antwortete. Ihre Stimme hatte eine unterschwellige Schärfe angenommen. „Ich habe langsam den Eindruck, dass Sie meinem Mann und mir etwas unterschieben wollen. Hoffentlich irre ich mich. Oder fällt Ihnen für Ihre Artikel nichts mehr ein? Wollen Sie irgendeine Horrorgeschichte erfinden, um die Auflage zu steigern? Was Sie da unterstellen, sind alles wirre Ideen, die jeder Grundlage entbehren.“ Sie fixierte ihren Mann. „Du gehst jetzt bitte nach dem Kaffee schauen. Er dürfte so weit sein.“

Herr Neutze verließ das Zimmer. Hauschild hoffte sehnlichst auf dessen Unterstützung und überlegte gerade, wie er die Zwischenzeit mit einer weiteren Frage überbrücken könnte. Als er eben zum Sprechen ansetzte, kam von draußen ein klirrender Schlag und ein spitzer Schrei, gefolgt von einem lang gezogenen Fluch. Frau Neutze sprang auf und rannte in Richtung Küche. „Was ist jetzt schon wieder los?"

Aus der Ferne hörte Hauschild Herrn Neutze. „Mist! Mir ist die Kaffeekanne auf die Fliesen gefallen und zerbrochen. Die ganze Brühe läuft in die Küche."

Hauschild strahlte vor sich hin. Dieser Neutze war doch für etwas zu gebrauchen. Rasch kniete er sich auf den Boden, rutschte zur Handtasche von Frau Neutze vor und öffnete den Verschluss. Mit einem einzigen Blick war ihm klar, dass es außer einem Terminplaner darin keine Gegenstände gab, von denen er sich irgendeinen Aufschluss erhoffen durfte. Als er den Kalender durchblätterte, zitterten seine Finger so heftig, dass er fürchtete, dabei zu viele Geräusche zu machen.

Fast wollte er schon aufgeben und seine Idee als unbrauchbar einstufen. Da stieß er auf einen Eintrag am Tage vor Nicoles Tod. *Geld an ...* stand dort in einer typisch weiblichen Handschrift geschrieben. Dahinter folgte kein Name, sondern vielmehr ein Zeichen. Hauschild jubelte innerlich. Es waren wenige Striche, die wohl etwas wie ein Haus symbolisieren sollten. Auf jeden Fall aber war es identisch mit den Zeichen, die sich an den Leichen von Mandy Dassler und Nicole Neutze gefunden hatten. Also musste sich hinter diesem Zeichen noch jemand verbergen.

Hauschild überlegte kurz, ob er die Seite herausreißen sollte. Dann entschied er sich, dies zu unterlassen. Frau Neutze sollte so spät wie möglich Verdacht schöpfen. Das würde ihm mehr Spielraum belassen. Sorgfältig klappte er den Terminplaner wieder zusammen und verschloss ihn in der Handtasche.

Es dauerte noch einen Moment, bis Frau Neutze zurückkehrte. Sie hatte jetzt eine geblümte Schürze umgebunden. Ihr Blick fiel zuerst auf die Tasche und dann auf Hauschild. „Es tut mir leid. Das mit dem Kaffee wird nichts. Mein Mann hat die Kanne fallen lassen. Sie ist zerbrochen. Ich musste die Küche aufwischen.“ Sie sah auf ihre Armbanduhr. „Nun ist es leider schon sehr spät. Ich muss weg.“ Mit einer Kopfbewegung lenkte sie Hauschilds Blick in Richtung ihres Mannes. „Er kann Ihnen auch nicht weiterhelfen, weil er mich mit dem Auto mitnehmen und noch ein paar Besorgungen für mich erledigen muss.“ Sie löste auf dem Rücken die Schleife der Schürze und wischte sich die Hände ab. Ihr Tonfall geriet jetzt schnippisch. „Es gibt auch nichts mehr zu fragen. Wie ich Ihnen schon sagte, sind Sie mit Ihren Gedanken auf dem Holzweg. Es gibt keine Veranlassung, von Verschwörungstheorien auszugehen.“

Hauschild erhob sich. „Und das Tattoo unter dem Arm von Nicole?“

Frau Neutze setzte eine zornige Miene auf. „Mein Gott, dieses Zeichen. Was wollen Sie damit? Es wird irgendwie dahin gekommen sein. Manche Leute machen sich einen Spaß daraus und haben keinen Respekt vor Toten. Vielleicht war es der Sektionsgehilfe oder sonst irgendwer. Was hat das schon zu sagen?“

Hauschild trat in den Flur. Dabei streifte er absichtlich Herrn Neutze und warf ihm einen dankbaren Blick zu. Er verabschiedete sich ohne Handschlag, verließ das Haus und ging zu seinem Motorrad. Als er auf die Maschine stieg, strahlte er vor sich hin. Nun brauchte er nur noch den Menschen zu finden, der sich hinter diesem Tattoo verbarg. Und er hatte auch schon eine Idee, wer ihm dabei weiterhelfen könnte.

23

Der sportlich-elegant gekleidete Mann steckte sich einen Kaugummi in den Mund und schob ihn nervös zwischen den Zähnen hin und her. Bevor er seine Penthouse-Wohnung zwischen Karpfenweg und Speicherstraße im Neubaugebiet am Westhafen-Pier verließ, ging er nochmals auf die Terrasse. Er schaute über den Main in Richtung der schon weit im Westen stehenden Sonne und stellte zufrieden fest, dass der Bootsverkehr schon merklich nachgelassen hatte. Auf dem Weg zur Wohnungstür nahm er im Flur seine dunkelblaue Segeltuchjacke von der Garderobe und warf sie über die Schultern. Mit einem vertrauten Griff in die Außentasche kontrollierte er ein weiteres Mal deren Inhalt auf Vollständigkeit. Zwar hatte er beim Einstecken der wenigen Sachen, die er für seinen Plan benötigte, schon einmal alles genauestens überprüft. Doch er durfte heute einfach keinen Fehler machen.

Er nahm den Fahrstuhl und verließ das Haus. Mit wenigen Schritten erreichte er den gegenüber gelegenen Bootssteg, den Anlegeplatz für die Wasserfahrzeuge der Wohnungseigentümer. Am Bug seiner kleinen weißen Yacht blieb er stehen und schaute auf die Armbanduhr. Bis zum Eintreffen seiner Verabredung würden noch ein paar Minuten verstreichen. Er überlegte, ob er noch einmal sein Boot betreten und nachsehen sollte, ob alles genau vorbereitet war. Doch er verwarf den Gedanken wieder. Man konnte Kontrolle auch übertreiben. Er war sicher, dass er nichts dem Zufall überlassen hatte.

Als er schon eine Weile dem glitzernden Spiel der Wellen zugeschaut hatte, hörte er hinter sich Schritte. Es war der markante Ton von Stöckelschuhen. Bevor er sich umdrehte, setzte er ein Lächeln auf, das er am Morgen vor dem Spiegel geübt hatte. Nach mehreren Versuchen hatte er entschieden, dass es echt aussehe.

Julia Mansfeld war für einen Schiffstörn unglaublich chic, aber dennoch passend angezogen. Ihre Schminke gab den Augen eine Tiefe wie Kohlebecken. Die aufgetürmte Mähne ihrer vollen Haare vermittelte dem Gesicht einen verruchten Anstrich. Sie sah mitgenommen aus, fast ein wenig verletzlich, als müsse sie besonders beschützt werden. Ihre Kleidung entsprach dem Make-up und verriet, dass sie sich mit nautischer Mode beschäftigt hatte. Das rote Halstuch korrespondierte mit der Farbe der Pumps, der blau-weiß geringelte Pulli endete oberhalb des Nabels und ließ den Bauch frei. Die hautenge weiße Hose betonte wie immer die Vorzüge ihrer fantastischen Figur.

Auf den letzten Metern vor dem Anlegeplatz begann Julia zu rennen und stürzte dann mit ausgebreiteten Armen auf den Mann zu. Er fing sie auf, hob sie hoch und drehte sich mit ihr im Kreis. Als er sie absetzte, gab er ihr einen lange andauernden Kuss. „Willkommen zurück in der Freiheit. Ich habe um dich gebangt und gezittert. Schön, dass du gekommen bist, Liebling. Und herzlichen Glückwunsch zum Geburtstag. Wie angekündigt, habe ich mir eine besondere Überraschung für dich ausgedacht." Er zeigte auf seine Yacht. „Das ist unser Ausflugsdampfer. Gefällt er dir?"

Sie nickte. Mit Wohlgefallen ließ sie ihre Blicke auf seiner schicken Bekleidung ruhen. Der Ausdruck ihrer Augen sollte Sehnsucht verheißen, konnte aber eine dahinterstehende Berechnung nicht völlig unterdrücken. „Gehört das Boot dir, oder hast du es gemietet?"

„Dieses feine, kleine Kajütboot ist mein Eigentum. Das soll aber heute gleichgültig sein. Komm erst einmal mit an Bord."

Sie bestiegen das Boot. Er setzte eine weiße Kapitänsmütze auf. Mit wenigen Handgriffen machte er die Yacht startklar und legte ab. Er steuerte mit der Strömung mainabwärts. Als er die Europabrücke hinter sich gelassen hatte, drosselte er den Motor und überließ Julia das Steuer. Gebannt konzentrierte sie sich auf die Fahrrinne und schüttelte sich dabei. „Furchtbar! Wenn ich auf dem Wasser bin, komme ich mir immer so hilflos vor. Auf der einen Seite liebe ich die Bewegung auf den Wellen. Andererseits macht mir Angst, dass ich nicht schwimmen kann."

Währenddessen hatte der Mann aus dem Bootsinneren eine Flasche Champagner herbeigezaubert. Er füllte zwei Gläser, tauschte den Platz wieder mit Julia und prostete ihr zu. „Keine Bange. Dieses Schiffchen ist aufgrund seiner hochmodernen Technik unsinkbar. Besser als die Titanic." Er lachte über seinen eigenen Scherz. „Später werden wir festmachen und einen unvergesslichen Abend miteinander verbringen. Ich habe uns ein Pfund iranischen Kaviar besorgt, dein Lieblingsessen. Schampus ist auch noch genug an Bord."

Julia strahlte. Sie lüftete seine Kapitänsmütze und fuhr ihm mit der Hand übers Haar. „Das ist Leben, wie ich es mir vorstelle. Du verstehst mich wenigstens. Nachdem dieses kleine Monster zu Hause nicht mehr da ist, atme ich auf. Jetzt brauche ich keine Rücksicht mehr zu nehmen."

Der Mann schien abgelenkt. Er schaute sich mehrfach um und registrierte zufrieden, dass sie allein zu sein schienen. Sie erreichten jetzt den Mainabschnitt unterhalb der *Griesheimer Schleuse.* Auf beiden Uferseiten waren keine Häuser mehr zu sehen. Das Boot glitt unter den überhängenden Trauerweiden entlang.

Mit einem tiefen Schluck leerte Julia ihr Glas und warf es über die Schulter ins Wasser. „Das bringt Glück. Ich habe mir etwas dabei gewünscht." Sie ging zu ihm und zupfte ihn am Ohrläppchen. „Freust du dich eigentlich wirklich auf unser Kind? Du sprichst so wenig darüber."

Er zog sie mit einem Arm an sich. „Wie kannst du nur zweifeln. Deshalb will ich dir doch heute diese Freude machen, zumal ich deine romantische Ader inzwischen kenne. Es ist nur noch alles so ungewohnt. Aber die Vorstellung, dass ich Vater werde, macht mich unheimlich stolz. Bei dieser bildschönen Mutter muss es ein Prachtkind werden." Wieder wanderte sein

Blick die beiden Uferseiten entlang. „Jetzt kommt der nächste Programmpunkt.“ Mit ausgestreckter Hand zeigte er zum Bootsheck. „Setz dich da drüben hin. Ich komme gleich zu dir.“ Er deutete neben sich. „Ich habe eine Kamera auf ein Stativ montiert und muss nur noch auf den Selbstauslöser drücken. Wir wollen unserem Nachwuchs doch irgendwann zeigen, wie wir aussahen, als er sich gerade im Bauch angekündigt hatte.“

Julia himmelte ihn übertrieben an und setzte sich dann auf den Bootsrand. Der Mann hantierte mit dem Rücken zu Julia an der Kamera herum. „Jetzt müssen wir uns beeilen. In zehn Sekunden löst der Fotoapparat aus.“

Dann ging alles sehr schnell. Der modische Freizeitkapitän rannte auf Julia zu. Eine Hand hatte er in seiner Jackentasche vergraben. Er ließ sich neben sie auf den Bootsrand fallen und drückte ihr den Inhalt einer präparierten Spritze in den nackten Bauch. Nahezu zeitgleich ergriff er ihre Beine und versetzte sie in eine kräftige Rückwärtsbewegung. Julia überschlug sich und ging mit dem Kopf voran über Bord. Nur noch ein lang gezogenes Gurgeln war zu hören. Dann trat Stille ein. Die heftige Strömung hatte Julia bereits ergriffen und Richtung Schleuse getrieben.

Der Mörder manövrierte mit dem Boot herum und täuschte eine Suche vor. Mehrmals schrie er um Hilfe, da er nicht ausschloss, dass sich Menschen am Ufer aufhielten und den Vorfall gesehen hatten. Als sich nichts rührte, spielte ein teuflisches Lächeln um seine Lippen. Während er prüfte, ob er Spuren von Julias Anwesenheit auf dem Boot beseitigen musste, murmelte er vor sich hin. „Deinen Krüppel im Bauch will ich nicht haben. Wer weiß, ob er überhaupt von mir ist.“ Dann lachte er laut auf und winkte in Fließrichtung des Mains. „Du hast dich doch so sehr für Kaiser Hadrian interessiert. Jetzt durftest du selbst das Schicksal des geliebten Antinoos nacherleben. Einen stärkeren Abgang konnte ich dir nicht bieten.“

24

Mit ausholenden Schritten durchquerte Dennis Hauschild die Staufenmauer und näherte sich der Töngesgasse. Von der Redaktion aus hatte er der U-Bahn den Vorzug vor seinem Motorrad gegeben. Obwohl er an der Hauptwache umsteigen musste, kam er mit öffentlichen Verkehrsmitteln schneller in die Innenstadt als mit seinem Zweirad. Außerdem entfiel damit das Parkproblem. Hinzu kam, dass es rund um die Zeil immer wieder ein paar Idioten gegeben hatte, die ihm den Spiegel ruiniert oder Teile der Maschine abmontiert hatten. Zudem wollte er im Anschluss an seine Recherchen noch in die futuristische Ladengalerie *MyZeil* zum Haareschneiden bei seiner Lieblingsfriseurin Claudia. Er wollte gepflegt aussehen, wenn in den nächsten Tagen seine Zwillinge zur Welt kommen sollten.

Hauschild passierte die Straße Im Trierischen Hof und stand vor den Schaufenstern des Piercing- und Tattoo-Studios *Kartell.* Bevor er die Eingangstür öffnete, betrachtete er die großen Poster mit den bunten Tattoos, die in allen Fenstern aushingen. Er zog seine Ärmel hoch und verglich die Bilder mit seinen eigenen Tattoos. Dann schmunzelte er vor sich hin. Er hatte noch ein bisschen Platz auf dem Körper. Höchste Zeit, bald einmal wieder ein paar neue Sachen stechen zu lassen.

Als er gegen die Glastür drückte, war sie verschlossen. Dahinter baumelte ein Schild mit der Aufschrift *closed.* Unsicher deckte er die Augen ab und schaute in den Raum. Hinter der Rezeption sah er einen mittelgroßen, kräftigen Mann mit Hornbrille stehen, der offenbar las. Er klopfte mit der Faust gegen die Tür. Das schwarzhaarige Kraftpaket schaute auf, gab mit einem Lächeln zu verstehen, dass er ihn erkannte und kam herbei, um zu öffnen.

Hauschild begrüßte den Mann mit einer Umarmung. „Ich dachte schon, du hättest unsere Verabredung vergessen, Charly."

Charly zog seine schwarze Trainingshose hoch und streifte das knallrote T-Shirt glatt. „Niemals. Hatte vergessen, das blöde Schild umzudrehen und die Türe wieder aufzumachen. Ich habe uns schon zwei Cola reserviert. Komm rein. Es ist noch alles ruhig. Wir fangen erst später an."

Die beiden Männer setzten sich an einen kleinen Tisch neben dem Tresen. Hauschild räumte die Zeitschriften zur Seite, die zur Verkürzung der Wartezeit für die Kunden auslagen. Er gähnte. Halblaut las er die Titel vor. *„Inked, Tattoo, Hooligan,* die kenne ich alle noch von meinen Sitzungen bei dir."

Sein Gastgeber hob die Cola-Flasche und prostete ihm zu. „Bedien dich." Er zeigte auf die zweite Flasche. „Die ist für dich. Tut gut. Macht munter. Du siehst so aus, als hättest du es nötig. War wohl wieder spät gestern?"

Hauschild nickte in Zeitlupe. „Ich war in der Festhalle beim Konzert von *Motörhead.* Wizzo, wie der Gitarrist der Band liebevoll genannt wird, war mal wieder in Hochform. Eigentlich heißt er Phil Campbell. Und dann erst Lemmy am Bass. Ian Kilmister, wie er mit richtigem Namen heißt. Der hat den Laden gerockt, dass es fast das Dach abgedeckt hat. Ich bin mit meinen Motorradkumpels dort gewesen. Anschließend ging natürlich noch die Post ab."

„Und deine Frau? Ich denke, Susanne ist schwanger. Bin ich da falsch informiert?"

„Nein. Du liegst völlig richtig. Es ist auch schon bald so weit. Aber es hat kleinere Komplikationen gegeben. Zur Kontrolle ist sie im Augenblick im Krankenhaus. Dort ist sie besser aufgehoben als zu Hause."

„Dann ist ja alles in Butter. Schieß mal los. Was willst du genau von mir wissen? Du kennst dich doch aus, was Tattoos anlangt."

„Nein, ich trage nur gern welche. Aber mit der Anwendung und den Hintergründen habe ich mich nie näher befasst."

„Warum willst du das auf einmal wissen?“

Hauschild griff in die Innentasche seiner Lederjacke und holte ein kleines Notizbuch hervor, das er auf den Tisch legte. „Liest du nicht die *Boulevardzeitung*? Mehrere Millionen Menschen tun dies jeden Tag. Ich schreibe dort gerade eine Serie über die getöteten Schwerbehinderten.“

„Das habe ich mitgekriegt. Wo liegt dein Problem, bei dem ich helfen soll?“

„Die drei jungen Frauen sind vermutlich nicht freiwillig aus dem Leben geschieden. Jedenfalls gibt es einige Merkwürdigkeiten. Unter anderem haben alle unter der Achsel eine Art Tattoo.“ Er griff nach seinem Notizbuch. „So sieht das ungefähr aus.“ Mit spitzen Fingern zog Hauschild ein überstehendes Blatt aus der Buchklappe und legte es vor Charly hin. „Sagt dir dieses Zeichen etwas? Es ist nicht farbig unterlegt, sondern nur schwarz. Ich habe es auch schon am Körper einer der Toten gesehen. Es sieht etwas verwischt aus. Nach meiner Erfahrung so, als wäre es provisorisch aufgetragen und nicht auf lange Haltbarkeit ausgelegt.“

Charly nahm das Blatt an sich und betrachtete es lange. Dann zuckte er mit den Schultern. „Sieht aus wie die Akropolis in Athen. Da war ich letztes Jahr in Urlaub. Ich kann mich nicht erinnern, dieses Tattoo schon einmal gesehen zu haben. Es ist sehr schlicht. Erst recht in Schwarz-Weiß. Darauf stehen unsere Kunden zur Zeit nicht. Nur vereinzelt gibt es welche, die sich so ein Herzchen oder einen Stern einstechen lassen.“

In Hauschilds Tonfall lag ein Gemisch von Verzweiflung und Hartnäckigkeit. „Kannst du mit meiner Beschreibung gar nichts anfangen?“

Eine Falte trat auf Charlys Stirn. „Deine Schilderung klingt so, als hättest du es mit einer altertümlichen Methode zu tun. Dein Zeichen wurde offenbar nicht mit einer modernen Tätowiermaschine mit Magnetspulen- oder Rotationsantrieb aufgetragen. Die gibt es auch als mobile Geräte im Batteriebetrieb. Allerdings sind sie sehr teuer.“

Hauschilds Miene hellte sich auf. „Geht das auch anders?"

„Früher ja. Dazu muss ich etwas weiter ausholen."

„Kein Problem. Ich habe Zeit. Legen Sie los, Herr Professor Tattoo."

Charlys Gesicht zeigte, dass er empfänglich für Schmeicheleien war. „Neulich hat sich der Vatikan auf Einladung der *Internationalen Gesellschaft für Christliche Kunst und interkulturellen Dialog* in einer Tagung mit Tattoos befasst. Das zeigt dir, wie alt und bedeutsam diese Kunst ist. Das Kainsmal soll als ältestes Tattoo der Menschheit gelten. Die Markierung mit den Passionszeichen Jesu wird als Stigma bezeichnet. Dies ist das altgriechische Wort für Stich. Die Menschen stachen damals mit Nadeln so in ihre Haut, dass unauslöschliche Bemalungen zurückblieben. Später gab es die sogenannten Jerusalemmarken. Das sind Unterarm-Tattoos, die spätestens seit dem fünfzehnten Jahrhundert auch bei westlichen Pilgern ins Heilige Land üblich wurden."

Hauschild winkte ab und lachte. „Geht es auch etwas kürzer? Bei Adam und Eva musst du nicht weitermachen."

Charlys Augenbrauen schnellten nach oben und bildeten ein Dreieck. Sein Mund formte sich kreisrund. „Jetzt bin ich beleidigt. Da halte ich dir auf deinen Wunsch hin eine exklusive Vorlesung, und du bist sofort gelangweilt." Er lachte laut auf. „Oder bist du schon intellektuell überfordert?"

Hauschild streckte Charly seine gefalteten Hände entgegen. „Ich tue sofort Abbitte, großer Guru. Mach weiter. Ich hatte mich nur nicht auf ein Ganztagsprogramm eingerichtet, da ich noch andere Termine habe."

„Entschuldigung angenommen." Charly schaute auf die Uhr. „Du hast recht. Ich muss auch gleich ran. Wir haben heute einen vollen Kalender. Es gibt immer noch viele Mädchen, die meine Kunst schätzen und in Anspruch nehmen. Die betreue ich sowieso lieber als dich." Er gab Hauschild die Zeichnung zurück. „Deine Frage will ich immerhin noch abschließend beantworten. Es gab früher noch eine andere Art zu tätowieren. Man ritzte die

Bilder mit einem Messerchen ein. In die entstandenen Wunden rieb man Tinte, Kohle oder Schießpulver ein. Diese Zeichen sahen nicht so sauber aus, erfüllten aber ihren Zweck. In Europa hat man diese Praxis vor allem in Österreich angewendet."

Mit nachdenklicher Miene studierte Hauschild seine eigene Zeichnung auf dem Blatt. „So könnte es gewesen sein. Aber was wollte der Künstler und Mörder uns damit sagen?"

„Da kann ich dir leider auch nicht weiterhelfen." Charly zeigte auf eine bankähnliche Ablage unter den Schaufenstern. „Aber wenn du noch Zeit hast, setz dich dort drüben eine Weile hin und schau die Ordner durch, die da herumliegen. Es sind Modellmappen oder Musterkollektionen. Darin können sich unsere unentschlossenen Kunden aussuchen, welches Tattoo sie gerne haben wollen. Es sind auch ein paar ältere Mappen dabei, die keine Liebhaber mehr finden. Vielleicht hast du Glück und siehst darin etwas, was deinem Zeichen ähnlich ist."

Hauschild stand auf. „Danke, Charly. Das mache ich. Lass dich nicht weiter stören. Ich sage dir nachher noch Tschüss."

Die Ordner auf der Ablage waren auf dem Deckblatt mit Hinweisen zum Inhalt beschriftet. Hauschild las Begriffe wie Sonne, Mond, Dämonen, Kreuze und Altertümer. Mit einem Seufzer machte er sich an die Arbeit.

Plötzlich stieß er einen scharfen Pfiff durch die Zähne aus. Er hielt einen der Ordner hoch, drehte ihn nach allen Seiten, ließ ihn fallen und schlug sich auf die Oberschenkel. Seine Stimme überschlug sich. „Dass ich darauf nicht früher gekommen bin." Er stürzte auf Charly zu, der gerade hinter der Rezeption mit Einträgen in ein Buch beschäftigt war. „Das ist es. Jetzt fällt mir alles wie Schuppen von den Augen. Wir haben ihn. Darf ich die Mappe ausleihen?"

Charlys Blick drückte aus, dass er mit seinen Gedanken gerade aus einer ganz anderen Welt gerissen worden war. „Wenn du mir dafür ein Bier und eine Bockwurst spendierst, kannst du das Ding von mir aus vier Wochen behalten. Die Tattoos in diesem Ordner sind out."

25

Hanspeter Schultz stand allein in seinem Büro im dritten Stock der Staatsanwaltschaft Frankfurt in der Konrad-Adenauer-Straße. Mit beiden Händen hielt er den Telefonapparat in die Höhe und schwenkte ihn hin und her. Schon seine roten Wangen verrieten eine starke Anspannung. Innerlich kochte er vor Ärger. Gerade hatte er das Gespräch mit dem Haftrichter grußlos beendet, nachdem er lautstark sein Unverständnis wegen der bereits veranlassten Freilassung von Julia Mansfeld artikuliert hatte. „Schwachkopf", brummte er vor sich hin. Der Richter hatte ihm kühl erklärt, dass die sichergestellten Beweise seiner Meinung nach nicht ausreichten, um auch den Verdacht der Tötung zu stützen.

Mit äußerster Anstrengung ermahnte er sich selbst zur Ruhe und stellte das Telefon wieder auf dem Schreibtisch ab. Immerhin war es Staatseigentum, und er würde es vielleicht heute noch brauchen. Nachdem er Schreiner wegen dessen Versetzung zur Hundestaffel nur noch inoffiziell um Unterstützung bei der Aufklärung des Falles bitten konnte, hatte er ihm freigestellt, im Laufe des Vormittags zur Besprechung des weiteren Vorgehens vorbeizukommen. Zwar stand als Ersatz für Schreiner und Köhler der Kriminalbeamte Alfons Pechstein vom K 11 zur Verfügung. Doch Pechstein musste sich erst einarbeiten. Das würde nach seinen Angaben etwa eine Woche dauern. Für Schultz zu lange. Deshalb hatte er noch während der Inhaftierung von Julia Mansfeld in Eigeninitiative den überaus anerkannten Psychiater Professor Rotherz mit der Erstattung eines Gutachtens über deren Zurechnungsfähigkeit beauftragt. Zugleich hatte er Rotherz und Frau Dr. Lubitsch vom Gerichtsmedizinischen Institut für heute Morgen zu sich eingeladen. Dennis Hauschild hätte er gerne wegen dessen unkonventionellen, aber brauchbaren Aktivitäten hinzugezogen, zumal dieser neue Erkenntnisse beisteuern wollte. Seine Anwesenheit verbot sich allerdings deshalb, weil Hauschild nicht zur Geheimhaltung verpflichtet war. Ihn würde er zu späterer Zeit in der Redaktion der *Boulevardzeitung* aufsuchen, da er ohnehin noch etwas in der Nähe zu erledigen hatte.

Schultz ging auf und ab und konnte sich nicht beruhigen. Völlig unvermittelt griff er nach einem dicken Gesetzbuch und schleuderte es gegen die Zimmerwand. Es gab einen lauten Schlag, wodurch Schultz überhörte, dass gleichzeitig jemand an der Bürotür klopfte. Da seine Wut noch immer nicht abgeklungen war, brüllte er vor sich hin. „Verdammter Mist. So ein Idiot macht mir den ganzen Fall kaputt."

Die Tür öffnete sich einen Spalt und ein gepflegter grauhaariger Herr in gehobenem Alter schaute über den Rand seiner auf die Nasenspitze gerutschten Brille. „Entschuldigung, wenn ich störe. Ich habe auf mein Klopfen keine Antwort erhalten. Ist alles in Ordnung?"

Die Verlegenheit stand Schultz ins Gesicht geschrieben. Er hielt die Tür auf. „Professor Rotherz! Treten Sie bitte ein. Vielen Dank fürs Kommen. Ich war wohl gerade noch etwas indisponiert."

Rotherz zeigte hinter sich. „Ich habe noch eine Kollegin mitgebracht."

Frau Lubitsch kam hinzu. Schultz platzierte beide an einem runden Besprechungstisch und schenkte Kaffee ein. „Wir fangen an. Herr Schreiner wird sicher noch kommen." Er unterrichtete seine Besucher über die Gründe der Freilassung von Julia Mansfeld und schaute sie nacheinander an. „Wer möchte zuerst seine Ergebnisse präsentieren?"

Professor Rotherz hob den Finger. „Das sollte ich tun. Mein Beitrag steht nicht in unmittelbarem Zusammenhang mit den Ermittlungen."

Lubitsch signalisierte ihr Einverständnis. Schultz machte gegenüber Rotherz eine einladende Geste. „Bitte. Sie haben Julia

Mansfeld vor ihrer Entlassung aufgesucht. Konnten Sie mit ihr sprechen?"

„Ja. Allerdings muss ich darauf hinweisen, dass meine psychiatrischen Erkenntnisse sich auf höchst unsicherem Eis bewegen. Das einmalige Gespräch sollte eigentlich die Vorstufe für eine Reihe weiterer Unterhaltungen mit ihr sein."

„Dennoch sollten Sie damit nicht hinter dem Berg halten. Für die Überführung von Julia Mansfeld als Täterin der Behindertenmorde kann der kleinste Hinweis wertvoll sein."

„Ich habe Frau Mansfeld auf diese Taten angesprochen. Mir fiel eine rätselhafte Seelenkälte an ihr auf. Gefühle wie Mitleid, Sorge oder Angst konnte sie überhaupt nicht nachempfinden. Ob ich Reue oder Furcht vor Strafe ansprach, war gleichgültig. Ihr war völlig egal, wie sie vor mir dastand. Die Antworten auf meine Fragen fielen total kalt aus. Sie war emotional nicht erreichbar und erschien mir völlig gewissenlos."

„Lässt sich so ein unglaubliches Bild medizinisch einordnen?", fragte Schultz.

„Ja. Es könnte sich bei Frau Mansfeld um die dramatischste aller Persönlichkeitsstörungen handeln. Sie könnte eine Psychopathin sein. Darf ich dazu noch ein paar Erläuterungen machen?"

„Selbstverständlich", sagte Schultz.

„Während unseres Gesprächs kokettierte sie auffällig mit ihrem Äußeren. Eine sexuelle Komponente war unverkennbar, obwohl ich ersichtlich mehrere Jahrzehnte älter bin als sie. Sie gab sich verletzlich, schutzbedürftig und anpassungsfähig. Tatsächlich wollte sie aber immer die Kontrolle behalten. Ihr Verhalten und ihre Erklärungen waren durchgängig kalkuliert. Dies ist für weibliche Psychopathen typisch."

Schultz reagierte überrascht. „Haben Sie Julia Mansfeld mit Ihren Eindrücken konfrontiert?"

„Ja. Sie war sofort in der Lage, ihre Gesprächsstrategie zu ändern. Mit einem Mal war sie in Tränen aufgelöst. Zuerst erzählte sie mir von ihrem verpfuschten Leben mit einer behinderten Schwester im Haushalt. Seit frühester Jugend hätten alle Jungens den Kontakt zu ihr abgebrochen, sobald sie auch nur ein Mal bei ihr zu Hause waren und die Schwester erlebt hätten. Sie sprach von einem unerträglichen, animalischen Verhalten." Rotherz trank einen Schluck Kaffee. „Dann berichtete sie mir plötzlich von einer Musikgruppe, der ihr Freund angehöre. Die übrigen Musiker hätten alle bösartigen Mittel bis hin zur Gewalt angewendet, um sie sexuell zu belästigen oder zu missbrauchen."

Schultz legte die Stirn in Falten. „Haben Sie ihr diese Geschichte abgenommen?"

Rotherz zeigte ein feines Lächeln. Er holte ein Taschentuch hervor, putzte seine Brille und schüttelte dabei den Kopf. „Im Gegenteil. Durch einige Fangfragen fand ich heraus, dass es sich genau umgekehrt verhalten haben muss. Sie sprach von ihrer großartigen beruflichen Karriere und ihren Geschäftsinteressen. Es stellte sich heraus, dass ihre Beziehungen zu sämtlichen Musikern, ihren Freund eingeschlossen, nur Mittel zum Zweck waren. Es war ihr gleich, wie viele Partner sie hatte. Sie nutzt jeden aus, der dies zulässt. Dabei hat sie wohl bedenkenlos ihre Reize eingesetzt, um zu bekommen, was sie wollte. Sie kann sich hilflos, liebevoll oder sozial geben. Selbst die Drohung mit dem Abbruch der Beziehung gehört zum Repertoire. Die Verlogenheit geht bis in die vollständige Veränderung der eigenen Persönlichkeit."

„Ihr Fazit, Professor Rotherz?", fragte Schultz.

„Dabei müssen wir die abgeschnittenen Finger einbeziehen. Wenn sich Seelenkälte mit einer krankhaften Neigung zum Sadismus verbindet, kann sich in der Psychopathin die Mordlust regen. Das bedeutet, dass Julia Mansfeld die Mörderin der drei schwerbehinderten jungen Frauen gewesen sein kann."

Schultz ballte die Fäuste. „Und dieser praxisferne Haftrichter lässt sie einfach laufen. Unvorstellbar, was sie noch anrichten kann. Wir müssen schnellstens sehen, dass wir die Beweislage verbessern." Er machte eine einladende Geste in Richtung Dr. Lubitsch. „Können Sie uns dabei weiterhelfen?"

Die kleine rothaarige Frau rutschte auf dem Stuhl nach vorn. Ihre Augen blitzten schelmisch. „Ich glaube schon." Sie stützte ihre Ellbogen auf und fixierte Schultz. „Sie erinnern sich, dass ich mich schon bei der Leiche von Nicole Neutze für eine kleine Verletzung am Fuß interessierte?"

Schultz bestätigte ihre Frage mit einem Nicken. Lubitsch lehnte sich zurück. Ihr Blick ging ins Leere, das Gesicht drückte Zufriedenheit aus. „Damals hatte ich nur einen vagen Verdacht. Da der Tod zu lange zurücklag, konnte ich meine Annahme nicht überprüfen. Das klappt nur innerhalb der ersten vierundzwanzig Stunden nach dem Tod."

Die Miene von Rotherz signalisierte Verständnis. „Wie raffiniert. Ich beginne zu begreifen."

Der Gesichtsausdruck von Schultz glich dem eines überforderten Kleinkinds. „Tut mir leid. Das sind für mich böhmische Dörfer. Ich scheine der Einzige am Tisch zu sein, der im Dunkeln tappt."

Lubitsch tätschelte ihn am Arm. „Das ist nicht verwunderlich. Ich muss näher erklären, was es damit auf sich hat. Hedi Mansfeld hatte ebenfalls eine winzige Verletzung am Fuß. Ich hielt es für möglich, dass ihr jemand eine Spritze gegeben hatte. Tatsächlich konnte ich dann bei meinen Untersuchungen feststellen, dass ihr Insulin verabreicht worden war."

„War sie Diabetikerin?", fragte Schultz.

„Nein. Eben deshalb war der Nachweis von Insulin so wichtig. Er lässt sich an der Einstichstelle und im Blut nur in den ersten vierundzwanzig Stunden führen."

Schultzes Gesichtszüge drückten weiter Ratlosigkeit aus. „Warum erhielt sie Insulin, obwohl sie nicht zuckerkrank war?"

„Weil es eine ziemlich unauffällige Art ist, jemand ins Jenseits zu befördern", sagte Lubitsch. Sie faltete die Hände, setzte sich aufrecht und sah Schultz an. „Die Insulinspritze führt zu einem Absenken des Blutzuckergehalts. Nur darüber kann aber das Gehirn seinen Energiebedarf decken. Die Unterzuckerung bewirkt Krampfanfälle und Lähmungserscheinungen. Schließlich kommt es zum Koma und Tod durch Atem- und Kreislaufversagen. Eine solche Bewusstlosigkeit kann innerhalb kürzester Zeit auftreten."

„Ich beginne zu verstehen", sagte Schultz. „Aber reicht für dieses Ergebnis bereits eine einzige Spritze?"

„Ja. Ist das Opfer kein Diabetiker, so sind nur geringe Mengen von Insulin nötig, um eine Unterzuckerung auszulösen. Genauer gesagt genügen zehn bis zwanzig Einheiten Insulin, je nach Körpergewicht. Es muss sich um sofort wirksames Insulin handeln. Üblicherweise enthalten die Insulinpatronen in einem Milliliter vierzig oder hundert Einheiten. Man braucht also nur 0,1 bis 0,5 Milliliter Insulin zu spritzen. Wenn man dann noch die Nadel in eine Vene im Fuß gestochen hat, wird die Punktionsstelle nur bei gezieltem Suchen auffallen, weil man üblicherweise Hand oder Arm benutzt."

Mit einer fahrigen Bewegung glitt die Hand von Schultz über seinen Bart. Er wirkte in Gedanken verloren. „Das hieße ja, dass es sich mit geringem Aufwand um ein fast perfektes Verbrechen handelt."

Lubitsch nickte. „Es kommt noch besser. Einem Arzt fällt beim Auffinden eines Toten normalerweise nichts in Richtung Unterzuckerung auf. Wenn dann das Opfer ohnehin regelmäßig wegen einer schweren Krankheit behandelt wurde, die keine hohe Lebenserwartung versprach, hat der behandelnde Arzt eher keinen Anlass, von einer unklaren Todesursache auszugehen."

Schultz kratzte sich am Kopf. Mit unruhigem Blick schaute er in die Runde. „Was ist aus dem Totenschein ...?"

Weiter kam er nicht. Es klopfte. Im gleichen Moment flog die Tür zu seinem Büro auf. Schreiner stürzte herein. Er sah abgehetzt aus. „Ich bitte um Entschuldigung. Sowohl für meine Verspätung als auch für mein seltsames Benehmen. Aber ich habe eine wichtige Nachricht für Sie alle. Sie wirft ein ganz neues Licht auf unsere Ermittlungen."

Mit einem Satz war Schultz aufgesprungen. Er schob Schreiner einen Stuhl hin und suchte auf dem Sideboard nach einer sauberen Kaffeetasse. Innerlich verfluchte er seinen Zimmerkollegen Augustin Diener, der wieder einmal die Tassen ungespült abgestellt hatte. Schließlich wurde er doch noch fündig und goss Schreiner einen Kaffee ein. „Setzen Sie sich erst einmal. Sie sind ja völlig aus dem Häuschen. Was ist denn los?“

Dem schon halb geöffneten Mund Schreiners entfuhr ein langer Seufzer. „Wir können wieder von vorn anfangen. Julia Mansfeld ist tot.“

„Tot?“, fragte Schultz. „Erzählen Sie. Schnell!“

„Sie ist heute Morgen an der *Griesheimer Schleuse* aus dem Wasser gezogen worden.“ Schreiner sah Lubitsch an. „Sie waren im *Gerichtsmedizinischen Institut* nicht erreichbar. Ihr Kollege Dr. Sauer ist hingekommen und hat eine erste Leichenschau vorgenommen. Die Todesursache ist ungeklärt. Es gibt ein paar Anzeichen, dass sie umgebracht worden sein könnte. Spuren von einem Schlag gegen den Körper, eine mögliche Einstichstelle im Bauchbereich, eine leichte Abwehrverletzung vielleicht auch noch. Die Leiche ist beschlagnahmt und ins Institut gebracht worden. Wir haben sie zweifelsfrei identifiziert. Sie trug alle Papiere bei sich. Hinweise auf einen Täter haben wir noch nicht.“

„Das stellt alles auf den Kopf“, sagte Schultz. „Was gibt es sonst noch an neuen Erkenntnissen, die uns weiterhelfen könnten?“

„Einiges.“ Schreiner nahm einen Schluck Kaffee. „Ich muss zunächst um Verständnis bitten, dass ich mich nicht im gewohnten Umfang um die Sache kümmern konnte. Seit ein paar Tagen bin ich ja auf höchste Weisung zur Hundestaffel abkommandiert. Gott sei Dank habe ich das heimliche Einverständnis meines Vorgesetzten, mich gelegentlich von dieser Aufgabe zurückziehen zu können, um etwas Vernünftiges zu tun. Aber dadurch dauert halt alles länger.“

Schultz winkte ab. „Keine langen Vorreden. Was sollten wir noch wissen?“

„Zunächst einmal, dass Julia Mansfeld Stephan Freiberg, den Schlagzeuger der Band *Hell on Wheels,* nachweislich zu Unrecht beschuldigt hat, der Drahtzieher für die bei ihr eingelagerten Finger gewesen zu sein. Ich habe Freiberg vernommen. Er hat für den Tag, an dem Hedi Mansfeld starb, ein wasserdichtes Alibi. Freiberg hielt sich ein paar Hundert Kilometer weit entfernt von Frankfurt auf. Dort hat er auch in den Nächten vor und nach dem Tod von Hedi Mansfeld übernachtet. Er war nämlich auf der Beerdigung seiner Mutter. Das konnte er durch Unterlagen beweisen, und unverdächtige Zeugen haben es bestätigt."

„Bleibt die ganze Sache mit den Fingern doch an Julia Mansfeld hängen?", fragte Schultz. „Warum ist sie dann umgebracht worden? Und von wem?"

„Eine bizarre Geschichte. Ihre Fragen kann ich bis jetzt nur teilweise beantworten. Unsere Spezialisten haben erwartungsgemäß den Computer von Julia Mansfeld geknackt. Erst sah alles nach einer ganz normalen Verwendung aus. Dann stießen wir auf einen eingescannten Zeitungsartikel aus der *Frankfurter Allgemeinen Zeitung* vom 19. August 2011 mit einem Bericht über eine Reliquie des verstorbenen Papstes. Sie war vom Vatikan nach Mexiko geschickt worden, um den Verehrern Gelegenheit zum Anbeten zu geben."

Schultz stutzte. „Den Zusammenhang mit unseren Todesfällen verstehe ich noch nicht."

Mit erhobener Hand bat Schreiner um Geduld. „Das kommt noch. Alles fing mit der fingerlosen Antinoos-Skulptur und dem mumifizierten Finger des Antinoos an, den sie anlässlich des Besuchs der Ausstellung im Liebieg-Museum bei Stadelmann entwendet haben muss. Dort ist ihr offenbar die Idee für ein ganz großes Geschäft gekommen. Bei der weiteren Recherche stießen wir auf eine völlig ungewöhnliche Homepage und die Internet Adresse *www.dein-persönliches-promi-souvenir.de*. Der Inhalt bot uns eine faustdicke Überraschung. Es heißt dort, dass man früher Leichenteile oder Nägel vom Kreuz Christi angebetet habe. Die Heiligen der heutigen Zeit seien die früh verstorbenen Popstars und Schauspieler. Sie lohne es zu vergöttern.

Dazu gehöre unerlässlich ein Unikat vom Leichnam der Toten, ein authentisches Stück mit Echtheitsgarantie. Als Reliquien werden vorgeblich echte konservierte Finger von Musikstars wie Elvis Presley, Janis Joplin, Jimmy Hendrix, Brian Jones und vielen anderen Berühmtheiten angeboten."

Rotherz, Lubitsch und Schultz sahen sich entgeistert an. Schultz stockte der Atem. „Das sprengt alle Tatmotive, die wir bisher kennengelernt haben. So etwas, im einundzwanzigsten Jahrhundert." Er sah Schreiner an. „Ist Julia Mansfeld damit an irgendwelche möglichen Interessenten herangetreten?"

Das breite Grinsen Schreiners ließ sein vernarbtes Gesicht wie einen Flickenteppich aussehen. „Selbstverständlich. Sie hat, natürlich unter falschem Namen, ihr Angebot bei Twitter und Facebook gepostet. Auch mit Google haben wir Schriftverkehr gefunden. Sie wollte dort einen möglichst einprägsamen Suchbegriff möglichst weit vorn platzieren. Es gab auch schon unerhört große Resonanz. Julia hätte schon jetzt einen dringenden Bedarf nach weiteren Fingern gehabt, obwohl ihre Preisvorstellung bei zehntausend Euro lag."

„Das erklärt alles noch nicht, warum sie ertränkt wurde", sagte Schultz.

Schreiner schaute betroffen. „Natürlich nicht. Wir haben zu lange an Julia Mansfeld als Mörderin geglaubt und wichtige Begleitermittlungen vernachlässigt. Unsere personellen Möglichkeiten ließen allerdings nicht viel mehr zu. Das kommt davon, wenn Politiker in den Personaleinsatz von Behörden eingreifen."

Schultzes Miene drückte Ratlosigkeit aus. „Wie soll es denn nun weitergehen?"

Als Schreiner zu einer Antwort ansetzte, klingelte sein Handy. Er warf Schultz einen fragenden Blick zu. Nachdem ihm dieser zugenickt hatte, stand Schreiner auf, ging in die Zimmerecke und nahm das Gespräch entgegen. Er hörte eine Weile zu, bedankte sich und setzte sich wieder an den Tisch. Mit nachdenklicher Miene schaute er die Beteiligten der Reihe nach an.

„Das war Dr. Sauer aus der Gerichtsmedizin. Sie haben Julia Mansfeld obduziert. Dabei haben sie eindeutig festgestellt, dass sie schwanger war."

Dr. Lubitsch horchte auf. „Schwanger? Nicht unproblematisch, wenn jemand eine schwerstbehinderte Schwester hat."

Schultz stützte die Ellenbogen auf und vergrub sein Gesicht in den Händen. „Ich beginne zu begreifen, worauf Sie hinauswollen. Das Motiv für den Mörder muss gar nicht in der Fingergeschichte gelegen haben."

„Ich stimme Dr. Lubitsch zu", sagte Professor Rotherz. „Vielleicht wollte jemand durch den Mord verhüten, dass behinderte Nachkommen in die Welt gesetzt werden."

Mit geballter Faust schlug Schultz auf den Tisch. „Dann kann es nur ihr Freund gewesen sein. Denn auch hier kehrt das Antinoos-Motiv wieder. Kaiser Hadrian hat ihn dem Papyrus nach, das Stadelmann ausgegraben hat, vom Boot aus ins Wasser geworfen, weil Antinoos ihm untreu geworden war und eine Frau geschwängert hatte.

Schreiner lachte auf. „Hört sich überzeugend an. Aber welcher ihrer Freunde? Wenn ich den Angaben von Stephan Freiberg folge, hatte sie jedenfalls zu allen Mitgliedern der Band intime Kontakte." Er hielt inne und schlug sich dann mit der Hand vor die Stirn. „Ich habe noch etwas vergessen: Dr. Sauer konnte noch nicht untersuchen, welche Substanz Julia verabreicht wurde, falls es sich bei dem Einstich im Bauchbereich um die Verletzung mit einer Spritze handelt. Das wird gerade noch geklärt."

Schultz blies den Atem aus und hob den Zeigefinger. „Immerhin haben wir noch eine Reihe von weiteren unerledigten Ermittlungsansätzen. Ganz oben stehen die DNA-Analyse und die Auswertung der Totenscheine. Bei Wasserleichen ist allerdings die Sicherung von DNA-Material mehr als unwahrscheinlich. Etwaige Spuren dürften vernichtet sein. Aber bevor wir das umsetzen, treffe ich mich gleich noch mit Dennis Hauschild, dem Reporter der *Boulevardzeitung*. Er hat mir Neuigkeiten angekündigt, die für unseren Fall wichtig sein könnten. Ganz sicher war er sich nicht, weil einige seiner Recherchen erst noch bevorstanden. Ich habe ihm angeboten, zu ihm in die Redaktion zu kommen. Meine Frau Traudel hat mich gebeten, etwas in der Musikhochschule zu erledigen, die gleich gegenüber vom Pressehaus liegt.“ Er wandte sich an Schreiner. „Ich setze mich jedenfalls im Laufe des Tages wegen des Ergebnisses meines Gesprächs mit Ihnen in Verbindung. Lassen Sie die Hunde noch ein bisschen ohne Sie bellen. Es kann sein, das es in unserem Fall Wichtigeres zu tun gibt.“

26

Für die Dauer eines Herzschlags stoppte am Spätnachmittag der Berufsverkehr auf der Eschersheimer Landstraße stadteinwärts. Auf der großen Nord-Süd-Achse Frankfurts hatte sich ein Auto halb auf die Gegenspur gedrängt, um nach links in die Finkenhofstraße einzubiegen. Hanspeter Schultz näherte sich gerade zu Fuß aus Richtung der Metropolis-Kinos. Die kurze Unterbrechung des Verkehrsflusses genügte ihm, um mit einem beherzten Sprint die vier Spuren zu überqueren. Auf der anderen Straßenseite blieb er stehen und schnaufte. Bei seiner Körperfülle hatte ihm der Spurt Leistungsgrenzen aufgezeigt.

Er besorgte in der Musikhochschule auf Wunsch seiner Frau Eintrittskarten für ein sonntägliches Klavierkonzert. Anschließend ging er zwei Häuser weiter. Dort war in einem fünfstöckigen, hellgrauen Zweckbau die Redaktion der *Boulevardzeitung* untergebracht. Er ging auf die gläserne Drehtür zu und drückte dagegen. Sie gab nicht nach. Gleichzeitig fiel ihm ein, dass Hauschild ihm gesagt hatte, er wolle ihn an der Tür abholen. Schultz holte sein Handy hervor und rief Hauschild an.

Nach wenigen Minuten ließ Hauschild ihn herein. Sie fuhren mit dem Fahrstuhl in den vierten Stock. Hauschild ging vor und führte Schultz in das ausladende Großraumbüro der Redaktion. Überall saßen Bedienstete hinter ihren Computern und arbeiteten. Ziemlich nahe am Eingang war der Arbeitsplatz des Chefredakteurs. Schultz kannte ihn aus der früheren Zusammenarbeit in mehreren bedeutungsvollen Prozessen. Da die Chemie zwischen ihnen stimmte, begrüßte Schultz ihn herzlich, wechselte ein paar Worte und folgte Hauschild dann zu dessen

Schreibtisch. Dort zog ihm Hauschild einen Schreibtischstuhl heran. „Darf ich Ihnen einen Espresso anbieten?“

Schultz nickte. „Ja, gerne, wenn es keine Mühe macht.“

Hauschild schüttelte den Kopf und ging. Schultz nickte den beiden Damen, die von den Tischen gegenüber aufgeschaut hatten, freundlich zu. Dann warf er einen Blick auf Hauschilds Bildschirm. Er sah das Bild einer farbigen Zeitungsseite mit mehreren Artikeln, die jedoch alle nichts mit seinem Besuch zu tun hatten. Er schaute in die Runde und bewunderte die Menschen, die bei diesem Geräuschpegel und dem Mangel an Privatsphäre ihrer Arbeit nachgehen konnten. Die ertragen mussten, dass einige Kollegen laut telefonierten oder sich mit Besuchern unterhielten. Ihm schoss durch den Kopf, wie angenehm es doch war, ein Büro für sich allein zu haben. Schön, er teilte sein Zimmer mit dem Kollegen Augustin Diener. Aber das war etwas anderes als hier. Zu zweit konnte man sich immerhin abstimmen.

Von der Seite näherte sich Hauschild aus einem Hinterzimmer mit trippelnden Schritten, die beiden randvollen Espressotassen in den Händen. Er setzte sie ab, ließ sich in seinen Stuhl fallen und deutete auf Würfelzucker und Milchportionen. „Mehr kann ich Ihnen nicht bieten.“ Er rollte die Ärmel hoch und zeigte auf ein kleines schwarzes Tattoo, das ein Herz darstellte. Sein Gesicht blieb konzentriert und ernst. „Darauf kommen wir gleich. Vorher muss ich Ihnen noch etwas anderes erzählen. Ich war noch einmal bei Neutzes.“

Schultz horchte auf. „Donnerwetter! Sie halten keine langen Vorreden. Kommen wir also gleich zur Sache. Haben Sie Neuigkeiten erfahren?“

„Allerdings.“ Hauschild erzählte Schultz fast in allen Einzelheiten den Ablauf seines Besuchs. Nur das Tattoo hob er sich bis zum Schluss auf. „Sie werden zugeben, dass dieser Eintrag im Kalender von Frau Neutze mit dem Tod ihrer Tochter Nicole im Zusammenhang stehen kann. Zehntausend Euro sind für die Lebensverhältnisse der Neutzes eine Menge Geld. Das gibt man nicht einfach so aus und verheimlicht den Zweck seinem Ehepartner."

„Das sehe ich auch so. Selbst bei meiner Frau Traudel unvorstellbar. Die spannende Frage ist aber doch, wofür Frau Neutze das Geld abgehoben hat. Haben Sie darauf eine Antwort bekommen?"

Hauschild schabte mit den Fingernägeln über seinen blonden Kurzhaarschnitt. „Ja und nein. Ich habe neben dem Eintrag ein kleines Bildchen vorgefunden. Eine Zeichnung."

Schultz reckte den Kopf nach vorn. Die Neugier stand ihm ins Gesicht geschrieben. „Was für eine Zeichnung? Hat sie versucht, den Empfänger des Geldes zu malen?"

Mit einem Handgriff holte Hauschild ein Blatt Papier und einen Bleistift aus der Schublade. „Nicht den Empfänger. Aber das Symbol seines Mordens. Es ist eine Strichzeichnung, mit der sie das Tattoo nachgemacht hat, das die toten jungen Frauen unter der Achsel trugen."

„Sie hat das Haus gemalt?"

Die Miene Hauschilds blieb unbestimmt. „Bleiben wir erst einmal bei dem Begriff Haus. Jedenfalls war die Zeichnung im Kalender absolut identisch mit dem Tattoo."

„Was schließen Sie daraus?"

„Das dürfte klar sein. Sie hat jemand das Geld ausgezahlt, damit er ihre Tochter umbringt."

Schultz kniff die Augen zusammen. „So ganz einfach ist das nicht. Das ist Ihre Schlussfolgerung. Ob so etwas vor Gericht als Beweis genügt, halte ich zumindest für zweifelhaft. Wenn Frau Neutze keine ergänzenden Angaben dazu macht, tappen wir weiter im Dunkeln." Er hob den Finger, als wolle er Hauschild drohen. „Sie übersehen dabei auch, dass ich mit Ihrer Recherche nicht viel anfangen kann. Die Information aus dem Kalender haben Sie unerlaubterweise gewonnen. Ich darf sie weder für meine Ermittlungen noch später im Prozess verwerten. Außerdem haben Sie weder das Original noch eine Kopie ziehen können. Damit haben wir nichts in der Hand. Wenn

Frau Neutze den Eintrag vernichtet und alles bestreitet, steht bestenfalls Aussage gegen Aussage."

Hauschild blieb unbeeindruckt. Seine Hände glitten über die Tastatur des Rechners. Eine bunte Maske mit einem Abbild des Tattoos und einem längeren Artikel erschien. „Sie wissen noch nicht alles. Als ich zurück in der Redaktion war, habe ich die Umrisse des Tattoos eingegeben und lange betrachtet. Dann fiel mein Blick auf meine Arme und das simple Tattoo mit dem schwarzen Herz. Da fiel mir ein, ich könnte einen Freund um Hilfe bitten, der eine enorme Erfahrung mit Tattoos hat und in dem Studio arbeitet, wo ich mich selbst tätowieren lasse."

Schultzes Augen wanderten an den tätowierten Armen Hauschilds entlang. „Aus Ihrer Sicht lag das wahrscheinlich nahe. Hat Ihr Kontakt etwas gebracht?"

In knappen Sätzen berichtete Hauschild von seinem Besuch bei Charly im *Kartell*, dem Piercing- und Tattoo-Studio in der Töngesgasse. Mit einer Haltung zwischen Stolz und Selbstverständlichkeit legte er eine erzählerische Pause ein, bevor er auf die Mustermappen einging. „Als mein Tätowierer meinte, das Tattoo in den Achseln der toten Mädchen erinnere ihn an die Akropolis, nahm ich mir auch den Bildband mit der Überschrift *Altertümer* vor. Was glauben Sie, was ich darin fand? In dem Musterbuch stieß ich auf genau dasselbe Motiv. Wissen Sie, als was es bezeichnet wurde?"

„Natürlich nicht."

„Das Tattoo nannte sich *Tempel*."

Schultz atmete durch. Er fühlte sich von der schleppenden Erzählung Hauschilds gequält. Vor allem begriff er noch immer nicht, worauf dieser hinauswollte. Andererseits war er ihm für sein Engagement dankbar und wollte ihn nicht mit ungeschickten Bemerkungen verprellen. „Und das gab Ihnen Anlass, noch weiter zu recherchieren? Darf ich fragen, in welche Richtung?"

Hauschild riss die Arme in die Höhe und schaute Schultz belustigt an. „Es gab nichts mehr zu suchen. Ich hatte das Rätsel gelöst. Das Tattoo ist in unserem Fall ein Namenszeichen. Es muss nicht ein Tempel, sondern der Tempel heißen. Diese Tätowierung auf den Opfern ist die Visitenkarte des Mörders." Als Hauschild noch immer das Fragezeichen in den Augen von Schultz sah, ging er in seiner Erklärung noch einen Schritt weiter. „Sie bedeutet *Dr. Felix A. Tempel.*"

Schultz schlug sich vor die Stirn. „Da könnten Sie recht haben." Dann verfinsterte sich seine Miene. Er zögerte. „Aber was hilft uns das weiter? Auch das ist kein Beweis. Sie mutmaßen. Das reicht alles noch nicht, um gegen Tempel vorzugehen. Wenn ich vom Richter einen Durchsuchungsbeschluss oder gar einen Haftbefehl will, brauche ich mehr als Vermutungen."

Der Gesichtsausdruck Hauschilds blieb gleichmütig. „Aber jetzt liegt doch alles auf der Hand. Können Sie denn mit meiner Idee nicht anfangen, Tempel zu durchleuchten? Vielleicht hat er gar keine Alibis für die Mordzeiten."

Als Schultz das Renommee der Staatsanwaltschaft in Gefahr sah, bekämpfte er seine Lethargie und zwang sich, wieder selbst zu handeln. „Natürlich liegen Sie richtig. Es ist jetzt an uns, Butter bei die Fische zu geben." Er lächelte Hauschild an. „Ich habe auch schon eine Idee. Die von der Politik bevorzugten Kampfhunde werden warten müssen."

27

Die Anzeigetafel des elektronischen Parkleitsystems bot an diesem Abend für die Frankfurter Innenstadt nur noch Plätze im Parkhaus Alte Oper an. Schreiner stellte sein Auto ab und ging aus der Tiefgarage Richtung Kleine Bockenheimer Straße, die von den Frankfurtern liebevoll Freßgass genannt wird. Von dort überquerte er den Goetheplatz, warf einen kurzen Blick auf die Statue des großen Dichters und lenkte seine Schritte in den Steinweg. Auf halber Höhe bog er um die Ecke in eine kleine Ladenpassage ein. Dort betrat er das Thai-Restaurant *Suvadee* und schaute sich vom Tresen am Eingang aus in dem Lokal um.

Gut, dass er vorhin noch telefonisch reserviert hatte. Das Restaurant war sehr gut besetzt. Auch vom Stil her lag er richtig, nicht in seiner üblichen Jeansmontur aufzutauchen, sondern einen Sakko zu tragen. Für solche Fälle hatte er in seinem Büroschrank mit einer kleinen Auswahl geeigneter Kleidung vorgesorgt.

Er wartete auf eine der traditionell gekleideten Bedienungen, die ihm seinen Tisch zeigte. Erfreut registrierte er, dass es ein guter Platz war. Direkt an der Wandseite und etwas abgeschirmt. Hier würde er in Ruhe plaudern können, sobald seine Verabredung eintraf.

Bevor die Serviererin sich zurückzog, bestellte er rasch ein Pils, setzte sich und atmete erst einmal durch. Alles hatte heute fantastisch geklappt. Am Morgen hatte er die Personalien von Tempel und die sonstigen Erkenntnisse über ihn in den polizeilichen Systemen ermittelt. Danach war er zahlreiche einschlägige Internet-Einträge durchgegangen, bei denen es sich meist um Selbstdarstellungen handelte. Tempel hatte in Innsbruck und anschließend in Frankfurt Medizin studiert und dort auch seine Doktorarbeit vorgelegt.

Die Bedienung brachte das Bier. Schreiner rieb sich die Hände und nahm einen großen Schluck. Das war nötig. Der Tag hatte zunächst mit einem Fehlschlag begonnen. Natürlich hatte er daran gedacht, die Totenscheine für Mandy Dassler, Nicole Neutze und Hedi Mansfeld zu besorgen, um zu sehen, welcher Arzt sie ausgestellt hatte. Die nicht vertraulichen Teile der Totenscheine mussten sich bei den jeweiligen Familien befinden. Aus Gründen der Zeitersparnis hatte er von den drei Besuchen abgesehen und sich lieber auf die nicht vertraulichen Teile verlegt, die beim Gesundheitsamt vorliegen mussten. Für langwierige Ermittlungen fehlte ihm die Zeit, da nicht abzusehen war, ob Tempel wieder morden würde.

Leider hatte sich der zuständige Beamte auf dem Gesundheitsamt trotz Vorlage des Dienstausweises nicht erweichen lassen, ihm die Urkunden zu zeigen. Als er ihm keinen Beschlagnahmebeschluss nachweisen konnte, hatte der Mann geltend gemacht, aus Datenschutzgründen erteile er keine Auskunft. Das müsse er erst mit seinen Vorgesetzten klären. Schreiner hatte kurzerhand die Prüfung der Totenscheine zurückgestellt und gehofft, auf andere Weise noch heute ausreichende Gründe für einen Haftbefehl gegen Tempel zusammentragen zu können. Das Datenschutzproblem wollte er am Abend mit Schultz besprechen. Vorerst hatte er diesen Ermittlungen keine vordringliche Bedeutung beigemessen. Er wusste aus den Statistiken, dass die meisten Bereitschafts- oder Hausärzte überwiegend eine natürliche Todesursache ankreuzten, weil sie keine Spezialisten waren. Unter dem Druck der trauernden Angehörigen und der Furcht, dass ihnen die Patienten wegliefen, wenn in jedem zweiten Fall die Polizei anrückte, entschieden sie sich im Zweifel für eine geklärte Todesursache.

Die Befassung mit der Doktorarbeit Tempels war ein erster Volltreffer. Tempel hatte über Hypoglykämie promoviert, also über Unterzuckerungsprobleme. Das passte bestens zu den

Untersuchungsergebnissen von Dr. Lubitsch. An den Leichen von Julia und Hedi Mansfeld hatte Lubitsch immerhin festgestellt, dass den beiden Frauen vor ihrem Tod Insulinspritzen verabreicht worden waren.

Zu seinem Bedauern konnte Schreiner Tempels Doktorarbeit nicht als Datensatz im Internet auftreiben. Er wollte sie auf mögliche Hinweise durchsehen, aus denen sich Bezüge zu den Morden hätten ergeben können. Also war er in die Universitätsbibliothek gefahren, wo ihm das Personal sofort ein Exemplar zur Verfügung stellte. Damit zog er sich in den Lesesaal zurück. Gleich auf den ersten Seiten hatte er den Namen des Doktorvaters gefunden, Professor Walfried Schatolny, und sich kurzerhand entschieden, mit dem Professor ein Gespräch über Tempel zu führen. Vielleicht würde er ihm ein paar Informationen entlocken, wie die Arbeit zustande gekommen war. Die Promotion lag noch nicht so lange zurück.

Schatolny hatte sich zu einem Treffen außerhalb des Polizeipräsidiums bereiterklärt, aber erst am Abend. Schreiner hatte das Thai-Restaurant vorgeschlagen und erklärt, als Erkennungszeichen die heutige Ausgabe der *Boulevardzeitung* auf den Tisch zu legen. Schatolny hatte zugestimmt. Die scharfe thailändische Küche traf durchaus seinen Geschmack.

Immer wieder schaute Schreiner zur Eingangstür. Als eben ein neuer Gast den Raum betrat, war ihm sofort klar, dass es sich um Schatolny handeln musste. Das Äußere des Professors hielt, was sein kurioser Name versprach. Ein kleiner Mann mit hellwachen blauen Augen, glatt-gescheiteltem schwarzen Haar, einem gezwirbelten Schnurrbart und einer überlangen Hakennase. Bei Schatolny hätte es sich um einen totgeschwiegenen Bruder des Malers Dalí handeln können. Auch die Bekleidung verriet eine gewisse Extravaganz. Der Professor trug einen grüngelb karierten Leinenanzug, dem das unifarbene olivgrüne Hemd kaum Ruhe verlieh.

Schreiner fuchtelte kurz mit der *Boulevardzeitung* in der Luft herum, bis ein aufflackerndes Lächeln Schatolnys verriet, dass er ihn bemerkt hatte. Die beiden Männer begrüßten sich, tauschten ein paar Höflichkeiten aus und entschieden sich, vor ihrem Gespräch das Essen zu bestellen. Nachdem sie der Bedienung ihre Wünsche mitgeteilt hatten, entschloss sich Schreiner, sofort zur Sache zu kommen. Bevor er Fragen an Schatolny richtete, machte er ihn mit dem Verdacht gegen Tempel vertraut. „Erinnern Sie sich überhaupt noch an Dr. Felix A. Tempel?"

Die Augen Schatolnys verengten sich, was seinem Gesicht einen überaus listigen Ausdruck verlieh. Seine Stimme nahm jetzt die Monotonie einer Vorlesung im Hörsaal der Universität an. Der Gestik nach hätte er aus dem italienischen Kulturkreis kommen können. „Natürlich, junger Mann." Schreiner verdrehte bei dieser Ansprache die Augen, doch Schatolny fuhr ungerührt fort. „Ich bin noch nicht so alt, wie ich aussehen mag. Deshalb behalte ich auch noch viele Dinge aus meinem Alltag." Er ergriff Schreiners Arm. „Spaß beiseite. Tempel war ein solcher Paradiesvogel, dass man ihn nicht vergessen kann."

„Also gibt es Auffälligkeiten, die sich Ihnen eingeprägt haben?"

„Selbstverständlich. Dafür müsste ich allerdings weiter ausholen."

Unter den Locken seines schwarzen Barts präsentierte Schreiner sein verbindlichstes Lächeln. „Darauf bin ich eingerichtet. Ich bin Ihnen dankbar, dass Sie sich so viel Zeit nehmen wollen."

Schatolny neigte den Kopf leicht zur rechten Schulter und klimperte mit den Augenlidern. „Ich halte immer ein fachspezifisches Seminar ab, an dem alle meine Doktoranden teilnehmen müssen. Das verlange ich von ihnen. Damit will ich die jungen Leute besser kennenlernen und ihnen zugleich Gelegenheit geben, mir Fragen zu stellen." Er machte eine Pause und verschränkte die Arme. „Das Seminar findet immer an einem separat aufgestellten Tisch im italienischen Restaurant *Raffaelo* auf dem Paulsplatz statt. Dort herrscht eine familiäre Atmosphäre, und der Rotwein ist ordentlich."

Schreiner grinste so breit, dass die Narben auf Stirn, Nase und Wangen einem ausgetrockneten Flussbett glichen. „Ich beginne zu verstehen."

Das Nicken Schatolnys ließ nicht erkennen, ob er Schreiners Reaktion als despektierlich aufgenommen hatte. Er dozierte unverändert weiter. „Tempel fiel mir am ersten Tag des Seminars in unserer Vorstellungsrunde auf. Er gab den Wortführer. Mit enormem Selbstbewusstsein stellte er sich vor und bemühte sich dabei, Besonderheiten zu präsentieren. Aus seinem vorangegangenen Studium in Innsbruck machte er eine Eliteausbildung, obwohl jeder Mediziner weiß, wie sehr dort mit Wasser gekocht wird."

„Das war mir nicht bekannt."

Die Bedienung brachte das Essen. Schatolny nahm keine Notiz davon. Mit einem tiefen Atemzug sog er so stark die Luft ein, dass seine Nase ganz schmal wurde. Seine Miene erhielt dadurch einen Hauch von Überlegenheit. „Deshalb habe ich es Ihnen ja gesagt." Er hüstelte. „An einem der nächsten Seminartage plauderten wir über unsere Hobbys. Wieder war es Tempel, der als erster Kommilitone das Wort ergriff. Er erzählte, dass er sich parallel zum Studium in Österreich intensiv mit der dortigen Militärgeschichte befasst habe. Dabei sei er auf eine besonders ausgefallene Art der Tätowierung gestoßen. Die Soldaten hätten sich die gewünschten Bilder mit Messern eingeritzt. Dann hätten sie aus der Munition das Schießpulver herausgelöst, über die Einschnitte verstreut und mit den Fingern fest eingerieben. Diese Technik hat ihn so fasziniert, dass er sie uns ausführlich beschrieben hat. Am Ende seiner Erzählung kam er lachend darauf zu sprechen, dass er wegen seiner Begeisterung für diese Kunst den Spitznamen Ink-Rubber trage. Er habe die Verleihung dieses Kosenamens als außerordentlich ehrenvoll empfunden."

Schreiner hatte die ganze Zeit aufmerksam und regungslos zugehört. In seinem Inneren sah es anders aus. Mit fortschreitendem Verlauf von Schatolnys Erzählung breitete sich ein behagliches Triumphgefühl in ihm aus. So war es ihm immer ergangen, wenn er mit schwierigen Ermittlungen in einem überaus komplexen Fall kurz vor der Lösung stand. Jetzt war es wieder so weit. Mit Schatolnys Aussage rückte der Haftbefehl gegen Tempel in greifbare Nähe. „Danke. Dieser Bericht aus Ihrem Seminar hilft mir sehr weiter."

Das Gesicht Schatolnys legte sich in zahllose Falten, sodass es einer zersprungenen Windschutzscheibe glich. Mit langsamen Drehbewegungen seiner Finger kontrollierte er die Spitzen seines Oberlippenbarts. „Wollen Sie damit sagen, dass Sie den Rest meiner Geschichte gar nicht mehr hören wollen?" Ein süffisantes Lächeln überflog seine Lippen. „Oder war der junge Herr Beamte etwas zu vorschnell gewesen?"

Die Haltung Schreiners zeigte gespielte Demut. „Ich beuge mein Haupt und schäme mich. Wie konnte ich nicht hoffen, dass Sie noch nachlegen werden!"

Die Geste Schatolnys machte deutlich, dass er Schreiner verzieh. „Sie sollten noch wissen, dass Tempel selbst ein Tattoo trägt. Als er wieder einmal total begeistert von der österreichischen Militärgeschichte erzählte, knöpfte er sein Hemd auf und zeigte uns das Bildchen. Es ist unter seiner Achsel eintätowiert und steht für den Familiennamen. So eine Art Wappen. Selbstverständlich mit dem Messer eingeritzt und mit Pulver, Tinte oder Asche schwarz eingerieben. Dasselbe Symbol ist auf seinem goldenen Siegelring eingraviert. Tempel trägt eben gerne Gold."

Mit einem Griff zog Schreiner ein Notizbuch aus seiner Jacke. Er blätterte darin und nahm dann ein Blatt heraus, auf dem das Tattoo wiedergegeben war, das er bei den Leichen aufgenommen hatte. Die Zeichnung legte er Schatolny vor. „Ist es das?"

„Genau. So sah es aus." Schatolny nahm das Besteck zur Hand und zog die Schüssel seines Curry-Gerichts zu sich heran. „Wenn Sie jetzt mit meiner Geschichte zufrieden sind und etwas damit anfangen können, sollten wir mit dem Essen beginnen. Sonst wird es kalt."

Schreiner zeigte sich betroffen. „Bitte fangen Sie nur an. Ich habe lediglich noch eine nebensächliche kleine Frage, die noch nicht beantwortet ist. Wissen Sie vielleicht, was in seinem Namenszug der Buchstabe A bedeutet? Er nennt sich überall Felix ‚A.' Tempel."

Schatolny hatte den ersten Happen im Mund, kaute genüsslich und wartete mit der Antwort. Als er den Bissen heruntergeschluckt hatte, warf er Schreiner einen triumphalen Blick zu. „Klar! Auch das weiß ich. Manche Professoren wissen eben alles."

Schreiner schmunzelte. „Darf ich es auch erfahren?"

„Selbstverständlich. Es heißt Axel. Oder vielleicht auch Achsel."

28

Der Westhafen Frankfurts lag noch im Halbdunkel, als sich die beiden zivilen Polizeiautos den Neubauten näherten. Im ersten Fahrzeug saßen Schultz und die beiden Kriminalbeamten Schreiner und Pechstein, im zweiten Wagen folgten zwei weitere Polizisten. Es war sechs Uhr früh. Damit wollten die Strafverfolger sicherstellen, dass Tempel sich noch zu Hause aufhielt.

Schultz hatte mit der Müdigkeit zu kämpfen. Am Vorabend war es spät geworden. Schreiner hatte ihm die letzten Ermittlungsergebnisse berichtet. Demzufolge hatte die Untersuchung der Einstichstelle im Bauch von Julia Mansfeld ergeben, dass ihr mit einer Spritze eine tödliche Dosis Insulin verabreicht worden war. Mit DNA-Vergleichsspuren waren die Ermittler nicht weitergekommen. Dennoch hatte es beim Ermittlungsrichter keine Probleme mehr gegeben, den Haftbefehl und einen Durchsuchungsbeschluss für die Wohnung Tempels zu erhalten. Es war nicht schwer gewesen, ihn als Eigentümer der Wohnung festzustellen. Die Kripo hatte beim Auskundschaften auch herausgefunden, dass er ein Boot besaß. Den Durchsuchungsbeschluss hatte Schultz darauf erweitern lassen.

Während der gesamten Fahrt hatte er sich Vorwürfe gemacht. Zu einem wesentlich früheren Zeitpunkt hatte er die Idee, seine Frau Traudel inkognito in eine der Versammlungen für Eltern schwerbehinderter Kinder zu schicken. Sie hätte nach einer Möglichkeit suchen sollen, Veranstaltern und Gästen den Verlust ihres Lebensglücks vorzugaukeln, um mit einem versteckten Geldangebot nach Lösungen zu fragen. Schultz hatte sich nicht dazu durchringen können, da er seine Frau nicht in den späteren Prozess hineinziehen wollte. Außerdem war seine

Frau nach dem frühen Tod ihres eigenen Kindes auf alles, was mit Kindern zu tun hatte, nur mit äußerster Zurückhaltung anzusprechen.

Als die beiden Autos abgestellt waren, gingen die beiden Kripoleute aus dem anderen Fahrzeug auf die Suche nach dem Boot. Sie hatten in einer Vorbesprechung nicht ausschließen wollen, dass dort noch Spuren zu sichern seien.

Schultz, Schreiner und Pechstein standen zur gleichen Zeit vor Tempels Haustür und studierten das Klingelbrett. Sie fanden seinen Namen auf einem nach oben abgesetzten Schild. Aus der Überprüfung seiner Wohnverhältnisse heraus hatten sie ermittelt, dass er das Penthouse bewohnte. Pechstein hatte herausgefunden, dass die Eingangstür von den Bewohnern nicht verschlossen wurde, sondern nach Betreten oder Verlassen des Hauses lediglich ins Schloss fiel. Als Schultz fragend in die Runde schaute, grinste Schreiner ihn an, griff in seine Jeansjacke und zog ein schmales, stufenförmig gebogenes Stück Blech hervor. Er steckte die Längsseite zwischen die Türflügel, zog das Blech mit einer schnellen Bewegung über den Schnapper und drückte gegen die Tür. Mit strahlendem Lächeln deutete er eine Art Verbeugung an und ließ Schultz den Vortritt. Die Beamten schlüpften in das Haus und nahmen den Fahrstuhl ins oberste Stockwerk.

Vor der Wohnungstür schob Schreiner Schultz mit sanftem Druck zur Seite. Die beiden Polizisten zogen ihre Schusswaffen, entsicherten, hielten sie zu Boden gerichtet und stellten sich auf beiden Seiten der Tür auf. Dann drückte Schreiner den Klingelknopf.

Eine männliche Stimme war von irgendwo aus der Wohnung zu hören. „Maggie, bist du es? Dann schließ doch auf. Oder hast du den Schlüssel vergessen?“

Pechstein setzte zu einer Antwort an. Schreiner bedeutete ihm mit dem Finger vor dem Mund, zu schweigen. Sein geflüstertes Kommando war kaum zu verstehen. „Abwarten! Der kommt. Wenn nicht, treten wir die Tür ein.“

Es dauerte nur eine halbe Minute, bis Tempel mit nassen Haaren in einem flauschigen weißen Bademantel einen Spalt die Tür öffnete. „Musst du mich aus dem Bad jagen, Maggie?“

Schreiner setzte im gleichen Augenblick seinen Fuß in den Türspalt und lehnte sich gegen die Füllung. „Herr Dr. Tempel? Treten Sie bitte zurück. Kriminalpolizei!“

Tempel schrak zusammen und ging zwei Schritte rückwärts. Sein ursprünglich rötlicher Teint verfärbte sich aschfahl. Er begann seine Arme zu reiben, konnte damit aber sein Zittern nicht verbergen. „Wer sind Sie? Können Sie sich ausweisen?“

Während Pechstein hinter Tempel trat und seinen Bademantel nach Waffen durchsuchte, zog Schreiner seinen Dienstausweis und hielt ihn Tempel hin. „So! Und jetzt gehen wir erst einmal rein in Ihre Wohnung und schließen die Tür. Es müssen nicht alle im Haus mitbekommen, was hier vorgeht.“ Er zeigte nacheinander auf Schultz und Pechstein. „Das sind Staatsanwalt Schultz und Kollege Pechstein.“ Umständlich fingerte er in seiner Innentasche herum. „Wir haben einen Durchsuchungsbeschluss für Ihre Wohnung. Hier ist ein Exemplar für Sie.“

Tempel nahm mit zittrigen Fingern das Papier an sich und warf einen Blick darauf. Es war deutlich, dass er nicht imstande war zu lesen. Sein Protest fiel zaghaft aus. „Was wollen Sie eigentlich von mir?“

Schultz ergriff das Wort. „Sie sind des Mordes an vier Frauen verdächtig. Sie müssen dazu jetzt nichts sagen. Dann durchsuchen wir erst einmal Ihre Wohnung. Besser wäre es, wenn wir uns in Ruhe irgendwo hier hinsetzen und über die Sache reden könnten.“

Tempel war jetzt noch aufgeregter. Trotzdem war er in der Lage, auf einen schwarz lackierten Esstisch mit sechs bischofslila gepolsterten Stühlen hinzuweisen und die Beamten mit einer Kopfbewegung aufzufordern, Platz zu nehmen. „Dort, bitte.“

Als alle saßen, beugte sich Schultz zu Tempel hin, der sich auf den Stuhl gegenüber gesetzt hatte und von Schreiner und Pechstein eingerahmt wurde. „Wollen Sie sich erst mal etwas anziehen?“

Die Antwort klang trotzig. „Nein. Das ist nicht nötig. Ich bin hier zu Hause und friere nicht."

„Na schön." Schultz holte Luft. „Herr Dr. Tempel. Wir werfen Ihnen vor, die Frauen Mandy Dassler, Nicole Neutze, Hedi Mansfeld und Julia Mansfeld getötet zu haben. Geben Sie die Taten zu?"

Tempel machte gar nicht den Versuch, fassungslos oder überrascht zu wirken. Er behielt vielmehr seine Abwehrhaltung bei und setzte eine abweisende Miene auf. „Wie kommen Sie denn darauf? Einen solchen Blödsinn habe ich noch nie gehört. Wo sind die Beweise, meine Herren? Ich werde mich bei Ihren Vorgesetzten über Ihr rüdes Vorgehen beschweren. Sie sollten wissen, dass ich über Kontakte verfüge. Also kommen Sie mir entweder mit einem ernsten Anliegen, oder Sie gehen am besten gleich wieder." Sein Zittern hatte aufgehört. Mit ausgestrecktem Finger zeigte er zur Tür. „Sie wissen ja, wo es hinaus geht."

Schreiners Blick blieb auf dem übergroßen Goldring haften, der auf der vorgehaltenen Hand Tempels sichtbar geworden war. „Darf ich diesen Ring einmal sehen?"

Das leichte Zucken in Tempels Gesicht gab ihm einen verbissenen Ausdruck. „Wozu? Was geht Sie mein Ring an?"

Schreiners Lächeln fiel tückisch aus. „Wir interessieren uns für alles, was mit Ihrer Person zu tun hat. Dazu berechtigt uns der Durchsuchungsbeschluss." Mit einem pfeilschnellen Griff hatte Schreiner Tempels Hand ergriffen. Ein kräftiger Zug am Finger, und er hatte den Ring in der Hand. Schreiner betrachtete die Oberfläche. „Wollen Sie uns bitte verraten, was für eine Gravur dieses Schmuckstück trägt? Ist das Ihr Familienwappen?"

Tempel schmollte. „Auf derartige Übergriffe und Fragen gebe ich keine Auskunft."

Schultz stand auf. „Na schön! Dann fangen wir mal mit der Durchsuchung an." Er wandte sich Pechstein zu und hob die Stimme. „Rufen Sie bitte die Kollegen vor dem Haus an und bitten Sie um baldige Verstärkung. Das Boot können wir später noch gründlich unter die Lupe nehmen."

Beim Hinweis auf das Boot zuckte Tempel zusammen. Nach Haltung und Stimme nahm er sich jetzt deutlich zurück. „Bitte, tun Sie Ihre Arbeit. Ich werde Sie nicht dabei stören."

Die Beamten ignorierten Tempels Bemerkung. Während Pechstein telefonierte, zupfte Schreiner ihn am Ärmel und deutete auf Tempel. „Behalte ihn im Auge. Herr Schultz und ich schaffen das bisschen Wohnung alleine."

Nach kurzer Suche entdeckte Schultz in einem Sekretär neben dem Schreibtisch von Tempel einen Ordner mit der Aufschrift *Kontounterlagen*, den er oberflächlich sichtete. Zeitgleich präsentierte Schreiner auf dem Esstisch einen braun-weißen Arztkoffer, in welchem sich ein Skalpell, Spritzen, Insulinpatronen und eine Dose mit einem dunklen Puder befanden. Die Substanz in dem Behälter sah wie Schwarzpulver oder Asche aus.

Schultz flüsterte mit Schreiner, bevor er sich wieder an Tempel wandte. „Das Spiel ist aus, Herr Dr. Tempel. Schauen Sie sich nur die Sachen hier auf dem Tisch an. Wir werden noch weitersuchen und mehr Beweismaterial finden. Aber das ist schon gar nicht mehr nötig. Ein Blick über Ihre Kontoauszüge zeigt, dass Sie jedenfalls im zeitlichen Zusammenhang mit der Ermordung von Mandy Dassler und Nicole Neutze jeweils zehntausend Euro auf Ihr Konto eingezahlt haben. Es wird Ihnen nicht leicht fallen, dafür einen unverdächtigen Grund zu nennen. Ich biete Ihnen jetzt ein letztes Mal an, sich mit uns zu unterhalten und die Karten auf den Tisch zu legen. Nur dann können wir versuchen, noch das Beste für Sie herauszuholen. Auch dazu bin ich nach dem Gesetz verpflichtet, nicht nur die Verteidiger." Er studierte Tempels Gesicht und bemerkte, wie dieser unschlüssig wurde. Deshalb beschloss Schultz, noch einen Trumpf draufzusetzen. „Ich könnte Ihnen zunächst einmal erzählen, was uns Ihr Doktorvater Schatolny über Ihre österreichischen Militärinteressen und Tätowierungen mit dem Messer erzählt hat. Dann kommen wir zur Bedeutung des Tattoos unter den Achseln der getöteten Mädchen und schauen einmal unter

Ihrer Achsel nach. Und so hangeln wir uns von Beweismittel zu Beweismittel weiter, bis Sie eingesehen haben, dass Leugnen keinen Sinn mehr macht. Sie sind überführt."

Nach einer kurzen Pause des Nachdenkens schaute Tempel resignierend in die Runde, nickte Schultz zu und forderte die Beamten mit einer Geste auf, wieder Platz zu nehmen. Er setzte ein gequältes Lächeln auf. „Na gut! Sie haben gewonnen. Bringen wir es hinter uns."

Während er sich wieder den lila gepolsterten Stühlen näherte, sah Schultz die Wohnung erstmals genauer an. Sie wirkte leer. Nur zweckorientierte Möbel. Keine Bilder, keine Vasen, kein Nippes. Aber wie er von seiner Frau wusste, entsprach diese Nüchternheit dem Zeitgeist. Keine Gemütlichkeit, nur das Notwendigste. Wahrscheinlich hatte Tempel sogar noch einen Innenarchitekten bemüht. Aus der Sicht von Schultz sprachen die ungewöhnlichen Farben der Möbel, Rollos und Teppiche dafür. Wenn er die Wohnung mit einem einzigen Wort hätte beschreiben müssen, hätte er sie als teuer bezeichnet. Das war sie nach all seiner Lebenserfahrung wohl auch gewesen. „Wollen Sie erst noch einen Verteidiger konsultieren? Das ist Ihr Recht", sagte Schultz zu Tempel.

Tempel schüttelte den Kopf. „Was bringt das noch? Es hält uns nur auf."

Schultz faltete die Hände und stützte seine Arme auf die Tischplatte auf. „Erzählen Sie uns im Zusammenhang, wie sich alles zugetragen hat. Falls nötig, stellen wir dann noch ein paar Fragen. Eine richtig strukturierte Vernehmung holen wir später nach."

Es klingelte. Schreiner sprang auf, ging zur Wohnungstür und kehrte mit seinen beiden Kollegen zurück. „Kollegen, ihr könnt mit der Durchsuchung weitermachen. Wir vernehmen derweil den Beschuldigten." Er setzte sich wieder an den Esstisch und gab Tempel ein aufmunterndes Zeichen. „Aus meiner Sicht können wir."

Die Miene von Schultz machte deutlich, dass er Schreiners Initialzündung nicht für sehr passend hielt. Er nickte Tempel zu. „Bitte, Herr Dr. Tempel."

Tempel zog seinen Bademantel vor der Brust zusammen. Es machte den Anschein, als fröstele er. „Wo soll ich anfangen? Sie haben zuerst nach Mandy Dassler gefragt. Ein armes Ding. Aber ihre Eltern waren noch schlimmer dran. Sie hatten sich im Laufe der Jahre in ein völlig vergiftetes Klima hineingeschafft. Als ich meine Zulassung als Arzt erhalten und kaum mit meinen Veranstaltungen zur Unterstützung der Eltern schwerbehinderter Kinder begonnen hatte, suchte mich eines Tages Herr Dassler auf und bat um ein Gespräch unter vier Augen. Er schilderte mir eindringlich, dass durch die bloß fortdauernde Existenz von Mandy seine Ehe in die Brüche gegangen sei. Alle Interessen würden nur noch Mandys Bedarf untergeordnet. Er könne nicht mehr für sich und seine Familie garantieren, weil ihn aus Verzweiflung ständig zerstörerische Gedanken heimsuchten. Auch in seinem Beruf drohe er zu scheitern. Seine Klientel sei an einer heilen Welt orientiert. Sie verzeihe niemand, wenn er von Schicksalsschlägen getroffen werde." Tempel ließ seinen Oberkörper nach vorn kippen und machte eine Geste, als bitte er um Verzeihung. „Kurzum. Er bat mich inständig, alle Beteiligten aus dieser Situation zu erlösen. Es werde mir nichts geschehen. Dafür sorge schon sein Sozius, Herr Wohlfarth, der Minister sei."

„Sie gaben schließlich seinem Drängen nach?", fragte Schultz.

„Ja. Irgendwann leistete ich keinen Widerstand mehr. Ich hatte tiefes Verständnis für ihn."

„Wie gingen Sie vor?"

„Für mich als Arzt war eine unauffällige Behandlung, so will ich es einmal nennen, nicht schwierig. Ich entschied mich für eine Insulinspritze mit entsprechender Dosis. Zeit und Ort der Verabreichung hatte ich mit Herrn Dassler genau abgesprochen." Er machte ein unbeteiligtes Gesicht. „Bei einem Nicht-Diabetiker reichen 0,15 bis 0,3 Einheiten Insulin pro Kilogramm Körpergewicht, um eine Unterzuckerung auszulösen. Es genügen also zehn bis zwanzig Einheiten. Üblicherweise enthalten die Insulinflaschen oder -patronen in einem Milliliter vierzig oder hundert Einheiten, sogenanntes Insulin-40 oder Insulin-100. Man braucht also nur 0,1 bis 0,5 Milliliter Insulin zu spritzen. Eine Ampulle enthält meist drei Milliliter, was einhundertzwanzig Einheiten Insulin-40 oder dreihundert Einheiten Insulin-100 entspricht. Man legt also eine Nadel in eine Vene und wartet ab, ob der Patient bewusstlos wird. Das dauert nur wenige Minuten. Zur Not kann man noch mehr nachspritzen. Wenn man, wie ich es getan habe, die Nadel zudem in eine Fußvene legt, wird die Punktionsstelle in der Regel nur bei gezieltem Suchen auffallen, weil man üblicherweise Hand oder Arm benutzt." Er lachte gequält. „Es sollte eine Herausforderung für Sie als Ermittler sein. Das perfekte Verbrechen war es aber offenbar trotzdem nicht. Meine Hochachtung."

„Waren Sie daran beteiligt, die Leiche in den Schwanheimer Wald zu schaffen?"

„Nein. Das muss Frau Dassler allein gemacht haben. Sie ging wohl irrtümlich davon aus, ihr Mann habe Mandy getötet."

„Das Tattoo?"

Tempels Lächeln geriet kühl. „Ein Jux, den ich mir gönnte. Vielleicht steckte ein psychologisches Moment dahinter. Ich wollte ein Rätsel aufgeben und sehen, ob man mir darüber auf die Spur kommt. Immerhin mein Wappen, das bei entsprechendem Scharfsinn auf meinen Namen schließen ließ." Er lachte laut auf. „Alles Quatsch. Irgendetwas trieb mich dazu an. Was genau, weiß ich nicht. Wahrscheinlich hing es mit meinem Hobby zusammen, das ich in Österreich perfektioniert habe. Tätowieren mit Messer und Schießpulver war Teil der österreichischen Militärgeschichte, für die ich mich während meines Studiums in Innsbruck besonders interessierte. Als Arzt konnte ich mit dem Skalpell problemlos umgehen. Der Erwerb von Pulver war nicht schwer, da ich Mitglied in einem Schützenverein bin. Über diese Schiene bekommt man alles." Er schmunzelte. „Es gab übrigens noch ein Rätsel. Warum habe ich wohl die Tattoos unter der Achsel angebracht? Darüber hätten Sie meinen zweiten Vornamen erraten können. Ein Spaß, sonst nichts."

„Warum schlug Ihr Verständnis für Familie Dassler in tatkräftige Unterstützung um?"

Tempel schaute in die Ferne, als sei er mit den Gedanken woanders. „Alle Beteiligten sind froh, wenn es diese Klötze am Bein, diese Mühlsteine auf der Brust nicht mehr gibt. Alle sind dann erlöst. Hilft man dabei nach, so ist es eine gute Tat. Niemand weint darüber, und niemand hat ein Interesse daran, das Rad wieder zurückzudrehen." Er betrachtete Schultz, als müsse er einem unverständigen Kind die einfachsten Dinge der Welt erklären. „Bei Nicole Neutze war es ähnlich. Ich musste nur nicht mehr so lange überredet werden. Eines Tages kam Frau Neutze zu mir und flehte um ein vertrauliches Gespräch. Ich ahnte schon, worauf es hinauslaufen würde. Unter Weinkrämpfen erzählte sie mir, sie habe ein Leben lang geschuftet, um ein kleines bürgerliches Glück zu begründen. Dann sei Nicole auf die Welt gekommen, und nichts sei mehr so wie vorher gewesen. Die Abläufe der Tage und Nächte seien nur noch von Nicoles Betreuung diktiert worden. Ihre Ehe, die früher auf Zuneigung beruhte, sei zu einer reinen Zweckgemeinschaft verkommen." Er rieb sich die Handflächen am Bademantel ab. „Irgendwo war ich Frau Neutze auch dankbar. Sie hatte viele Interessenten auf meine Veranstaltungen aufmerksam gemacht und mir einen großartigen Zulauf beschert. Der Schritt, ihr ebenfalls zu helfen, war nicht mehr so groß wie bei Herrn Dassler."

„Wissen Sie, was es mit den Ringelsocken auf sich hatte?"

„Das war Frau Neutzes Idee. Sie hatte Angst, dass der Einstich am Fuß sonst sofort auffallen würde. Daher deklarierte sie die Dinger als Nicoles Lieblingsstrümpfe. Ich hielt nichts davon, da ich eher glaubte, die Socken würden besondere Aufmerksamkeit erregen. Die Entscheidung über das äußere Bild der Leiche lag letztlich bei Frau Neutze als Mutter."

„Aber bei Hedi Mansfeld muss doch alles ein bisschen anders gewesen sein, oder?"

„Im Prinzip nicht. Auch hier wurde ich herzergreifend angefleht, einer Familie wieder ein menschenwürdiges Dasein zu ermöglichen. Dabei spielte aber auch meine Liebe zu Julia Mansfeld eine Rolle." Er plusterte sich auf, doch sein graues, zerrüttetes Gesicht verriet die fehlende Wahrhaftigkeit. „Sie müssen wissen, dass ich, aus welchem Grund auch immer, großen Erfolg bei Frauen habe. Ich gehöre zu den Männern, die an jedem Finger zehn haben könnten. Deshalb lege ich gewöhnlich Frauen ebenso schnell wieder ab, wie ich sie erobere." Er zuckte mit den Schultern. „Bei Julia war das etwas anders. Sie schlug mich mehr oder weniger mit meinen eigenen Waffen. Sie war eine Frau, die jeder Mann begehrte, wenn er sie nur das erste Mal sah. Mir ging es ebenso. Ich setzte alles daran, sie zu gewinnen. Das gelang mir auch. Die Besonderheit lag nur darin, dass ich sie unbedingt behalten wollte. Ich begann, um sie zu werben und zu kämpfen. In dieser Phase warf sie sich tränenreich an meine Brust und sagte, sie werde nie für mich frei sein, wenn ihre Schwester Hedi weiterhin als bestimmende Kraft das Leben aller übrigen Familienmitglieder unterdrücke. Jeder im Hause laufe nur flüsternd umher und definiere seine Art zu leben nach den Verpflichtungen gegenüber Hedi. Zu Hause könne man keine Gäste oder Freunde empfangen. Zu abstoßend seien die Gerüche, die Hedi absondere. Zu alarmierend und dauerhaft seien die Schreie und Klagelaute, die ständig durch die Wohnung drängten. Das mache alles kaputt."

„Darauf packten Sie also den Bolzenschneider ein und gingen in die Wohnung der Mansfelds?"

„Das nicht. Ich verhalf Julia auf die bekannte Weise dazu, zu Hause wieder eine lebenswerte Umgebung vorzufinden." Er lachte. „Die Geschichte mit den abgeschnittenen Fingern war eine Idee von Julia. Das war ganz allein ihre Sache. Sie wollte ihrer Schwester die Finger abtrennen, nachdem ich mich wieder davongemacht hatte. Den Bolzenschneider hatte sie schon bereitgelegt." Er machte eine entschuldigende Geste. „Ich war zu der

Zeit verrückt nach Julia." Er stockte. Seine Stimme klang trocken. „Den Rest kennen Sie."

Schultz nickte. „Schon. Dass man aus Mitleid, Liebe und Verständnis handelt, ist für mich begreiflich. Aber Sie liefen doch Gefahr, Ihre Existenz zu ruinieren, für deren Aufbau Sie jahrelang gearbeitet hatten."

Tempel ließ die Schultern sinken. Seine Augen schauten verbittert, sein Gesicht wirkte um Jahre gealtert. „Sie kennen noch nicht die ganze Geschichte, den Albtraum in meiner Familie, als ich noch ein Kind war. Dazu muss ich etwas weiter ausholen. Darf ich?"

„Sicher."

„Meine Eltern lagen altersmäßig viele Jahre auseinander. Als sie heirateten, war meine Mutter zwanzig Jahre alt. Sie war ein Einzelkind, wohlhabend, verwöhnt und behütet. Zu meinem Vater schaute sie fast ehrfurchtsvoll auf. Aber sie liebte ihn wohl auch. Als Arzt brachte er interessante gesellschaftliche Kontakte mit. Optisch verkörperte er den Prototyp eines galanten Lebemanns. Gut geschnittenes Gesicht, volles Haar, sportliche Figur, gewinnendes Auftreten, Charme und Eloquenz. Der Typ eines Playboys, wenn Sie so wollen. Er hatte das Sagen, weil er die Lebenserfahrung mitbrachte." Tempel seufzte. „Er trat sehr dominant auf und setzte sich mit allem durch. Für meinen Vater war die Bindung an meine Mutter bereits die zweite Ehe. Aus seiner ersten Verbindung waren zwei gesunde Söhne hervorgegangen, zu denen er regelmäßig Kontakt hielt. Ich betone noch einmal, dass seine Kinder aus erster Ehe absolut gesund waren." Tempel legte eine Pause ein. Er schien nachdenklich. Dann nickte er, so als habe er sich endlich an etwas erinnert. Seine Fingernägel trommelten auf der Tischplatte einen abgehackten Takt. Tick, tick. Pause. Tick, tick. „Kurz nach meiner Geburt kam meine kleine Schwester auf die Welt. Sie war schwerstbehindert, geistig und körperlich. Eine Heilung kam nicht in Betracht. Mein Vater ignorierte sie von Geburt an. Er tat so, als gäbe es sie nicht. Gleichzeitig begann er damit, meine Mutter zu schikanieren. Er machte sie für die Behinderung der Schwester allein verantwortlich, indem er sich immer wieder auf seine gesunden Kinder aus erster Ehe berief. Mehr und mehr war das Klima bei uns zu Hause vergiftet. Es gab täglich Auseinandersetzungen und Vorwürfe, die mein Vater meiner Mutter lautstark entgegenschleuderte. Auch mir gegenüber wurde er zusehends aggressiver. Als er Mutter die Scheidung vorschlug, weigerte sie sich. Daraufhin kaufte er ein großes Haus. Er begründete dies damit, dass er Raum brauche, um uns allen aus dem Weg gehen zu können und uns nicht mehr sehen zu müssen. Ich war gerade acht Jahre alt, als wir umgezogen sind." Tempels Hände verkrampften sich. Er begann zu schlucken. Tick, tick. Pause. Tick, tick. Seine Stimme klang jetzt schnarrend. „Dann kam diese entsetzliche Nacht, nur ein paar Tage nach dem Umzug. Ich war ein kleiner Junge von acht Jahren, dazu in einer fremden Umgebung. Ein unheimliches Ticken, das nicht aufhören wollte, weckte mich aus dem Schlaf. Begleitet wurde dieses impertinente Geräusch durch das permanente Schreien und Heulen meiner kleinen Schwester. Ich kämpfte gegen meine Angst an. Andererseits stellte ich mir dauernd den Spott und die Hänseleien meines Vaters vor, wenn das Ticken eine ganz natürliche Ursache haben würde. Also stand ich auf und durchsuchte mit klopfendem Herzen das Haus." Tempel stockte. Seine Augen füllten sich mit Tränen, die Stimme brach und blieb fast weg. „Und dann fand ich meine Mutter. Tot. Sie hatte sich umgebracht, weil sie die dauernden Vorwürfe nicht mehr ertragen hatte. Das folgte aus einem Abschiedsbrief, den ich bei ihr fand." Er schluckte. „Sie können sich das Bild nicht vorstellen. Wie sie dalag, so zusammengekauert, mit verzweifeltem, verlorenem Gesichtsausdruck. Und sie war so starr, ihre Augen so gebrochen. Nie mehr, so dachte ich, würde sie mich in den Arm nehmen, trösten, mir gegen den Vater beistehen." Er zog die Nase hoch. „Meine einzige Stütze in der Familie war plötzlich weggebrochen. Was dann folgte, waren Kälte, Befehle und das ständige Brechen meines Willens. Von heute auf morgen war ich mutterseelenallein."

Schultz senkte seine Stimme. „Was wurde danach aus Ihrer Schwester? Wurde sie ...?"

Tempel schnitt ihm das Wort ab. „Nein. Sie wurde nicht erlöst. Mein Vater brachte sie kurz nach dem Tod der Mutter in ein Heim. Dort starb sie vor ein paar Jahren." Er setzte eine trotzige Miene auf. „Nach endlosen Qualen, die ihr hätten erspart werden können, wenn sich ihrer eine verständnisvolle Seele angenommen hätte."

Schultz blieb gelassen. Er überlegte, wie er die Sprache auf den Tod von Julia Mansfeld bringen sollte, weil hier die Beweiskette noch geringfügig dünner war als in den übrigen Tötungsfällen. Da der Mörder aber Insulin gespritzt hatte und Julia über das von Tempel erwähnte Geschäft mit den abgetrennten Fingern in den Dunstkreis um die übrigen Morde eingebettet war, entschloss sich Schultz, vor Tempel so zu tun, als hätte er jetzt schon ausreichende Beweise gegen ihn in der Hand. „Glauben Sie mir, dass ich mich in Ihre Lebensgeschichte einfühlen kann. Für mich passt dies alles nur nicht auf die Tötung von Julia Mansfeld. Wenn Sie so verrückt nach ihr waren, wie Sie behaupten, machte ihre Ermordung doch keinen Sinn. Immerhin war sie schwanger. Das haben unsere Ermittlungen ergeben. Vermutlich doch von Ihnen, oder?"

Wieder zeigte Tempel eine Mimik, die Zweifel aufkommen ließ, ob er mit Schultz über dieselbe Sache sprach. Die Gleichgültigkeit in seinem Tonfall legte nahe, dass er sich zumindest unverstanden fühlte, wenn nicht sogar zu Unrecht belästigt. „Begreifen Sie nicht, dass man immer eifersüchtig darüber wachen muss, ob man einen solchen Engel je für sich allein haben kann? Sie, die mich aus diesem Sumpf von lebenslangem Mitleid und Kampf hätte befreien können, spielte mit mir. Alle meine Zweifel, die ich ihr vortrug, tat sie mit einem wegwerfenden Lächeln ab. Ganz bewusst ließ sie offen, ob ich der einzige Mann in ihrem Leben bin. Manchmal ließ sie mich sogar vermuten, dass sie mich nur brauchte, um ihre Idee der Vermarktung von Fingerreliquien angeblicher Stars und Prominenter umzusetzen. In diesem Dunst von Misstrauen eröffnete sie mir plötzlich ihre Schwangerschaft. Meine Bitte, mir zu schwören, dass das Kind von mir sei, quittierte sie mit einem Lachen." Er machte eine Geste der Ausweglosigkeit. „Auf der anderen Seite musste ich befürchten, dass dieses Kind, gerade wenn ich sein Erzeuger sein sollte, missgebildet auf die Welt kommen würde. Dafür sprach die Vorbelastung in Julias Familie." Er stockte. „Und auch in meiner eigenen." Tempel barg sein Gesicht in beiden Händen. „Mit einem Mal war es mir egal, ob das Kind von mir war. Ich hatte Angst, dass die fürchterliche Atmosphäre, die ich in meinem Elternhaus erlebt und hinter mir gelassen hatte, mich für den Rest meines Lebens wieder einholen würde."

„Das stand aber doch noch keineswegs fest. Als Arzt mussten Sie doch wissen, dass man feststellen kann, ob ein Kind missgebildet zur Welt kommen wird."

Tempel warf die Augen zur Decke. „Sie können meine Gefühlswelt offensichtlich nicht verstehen. Für Sie gibt es nur die Begriffe sauber oder schmutzig, Schuld oder Unschuld, Strafe oder Freiheit. Alles dazwischen kennen Sie nicht."

Die Wangen von Schultz färbten sich rötlich. Er schlug mit der Hand auf den Tisch. „Nun kommen Sie mal von Ihrem hohen Ross des Samariters herunter. Gehen Sie davon aus, dass auch andere Menschen außer Ihnen mit Schicksalsschlägen fertig werden mussten. Ich will Ihnen nur so viel sagen, dass ich mein einziges Kind durch Leukämie verloren habe, als es neun Jahre alt war. Daraus habe ich keine innere Rechtfertigung hergeleitet, kriminell zu werden."

„Sie sind auch kein Arzt. Wenn ein Arzt die Berufung hat, Leben zu erhalten, steht es ihm auch zu, Leben zu beenden. Jedenfalls dann, wenn es sinnlos ist und viele andere in diesen Sog mit hineingezogen werden. Dieses Verständnis der Korrektur unerträglicher Verhältnisse ist in vielen alten Kulturen anzutreffen."

Schultz winkte ab. „Wollen Sie mir jetzt mit der Geschichte des Antinoos kommen? Kaiser Hadrian war kein Arzt."

Die Augen Tempels leuchteten wie Irrlichter. Er klatschte in die Hände. „Jetzt haben Sie das richtige Thema angesprochen. Die Antinoos-Geschichte hatte sich übermächtig in Julias Gedanken eingenistet. Das lag einerseits an ihrer Doktorarbeit, deren Vollendung ihr größter Traum war. Auf der anderen Seite ging sie von der Vorstellung aus, dass es das äußerste Zeichen von Zuneigung sei, wenn man den Partner aus keinem anderen Grund als echter Liebe umbringe." Er schlug sich mit der Hand auf den Oberschenkel und lachte laut auf. Im Gegensatz dazu drückte sein Gesicht Bitterkeit aus. „Diese Freude konnte ich ihr machen."

Schultz hatte genug. Auf der einen Seite tat ihm Tempel leid. Andererseits nervte ihn zunehmend dessen selbstgerechtes Auftreten, mit dem er fortwährend Sonderrechte für sich reklamierte. Mit einem versteckten Augenaufschlag gab Schultz Schreiner ein Zeichen. Dann griff er in die Innentasche seiner Anzugsjacke und zog den roten Haftbefehl heraus. Währenddessen stand Schreiner auf und holte ein Paar Handschellen hervor. Schultz gab Tempel das Signal, sich zu erheben. „Herr Dr. Tempel, ich nehme Sie wegen Mordes in vier Fällen fest. Herr Schreiner geht noch kurz mit Ihnen nach nebenan, damit Sie sich etwas anziehen können. Anschließend fahren wir zur Staatsanwaltschaft, wo wir Sie dem Haftrichter vorführen."

Tempel zeigte auf die Handschellen. „Glauben Sie im Ernst, dass Sie mit diesen Methoden die richtige Antwort auf mein Hilfsprogramm gefunden haben? Ich bewege mich damit in einer Dimension, die überhaupt kein anderer Mensch beurteilen kann. Um in Ihrer Sprache zu reden: Für mich ist eine ganz andere Instanz zuständig."

Mit einem vielsagenden Blick nahm Schultz wieder Augenkontakt zu Schreiner auf. „Ich glaube, wir werden in diesem Fall Professor Rotherz ein zweites Mal bemühen müssen."

Epilog

Als Dennis Hauschild das geräumige Kinderzimmer der Geburtenstation des Sachsenhäuser Krankenhauses in der Schulstraße betrat, umspielte ein verklärtes Lächeln seine Lippen. Längst hatte er sich geschworen, keinem Laster dieser Welt mehr zu verfallen, wenn nur diese Wartezeit vorüber wäre und keine Komplikationen mehr sein Glück trüben würden. Nach seiner Meinung hatte er sich zwischenzeitlich einen Heiligenschein verdient.

Zuerst nahm er nur eine Reihe kleiner Bettchen wahr, die von mehr oder weniger behaarten Säuglingen belegt waren. Bevor er sichs versah, ergriff eine Kinderschwester schon seinen Arm und fragte ihn nach seinem Namen. Sie führte ihn zu den Bettchen, nahm nacheinander mit sicherem Griff eines der beiden Bündel in die Arme und führte sie dem unsicheren Papa vor. Sie drehte die Köpfchen so, dass sie in Richtung des Vaters schauten. Hauschild wechselte aufgeregt von einem Fuß auf den nächsten. Sein Blick wanderte immer wieder von einem Säugling zum anderen. Er konnte von dem Bild nicht genug bekommen. Zwei derart hübsche Babys hatte er noch nie zuvor gesehen. Davon war er überzeugt. Gut, dass er auf die Stationsschwester gehört hatte. Sie hatte ihm geraten, zuerst nach seinen Zwillingen zu schauen, bevor er seine Frau besuchte. Nach dem Füttern seien die Zwillinge gerade schön friedlich und aufs Kinderzimmer gebracht worden. Seine Frau sei wegen des Kaiserschnitts noch sehr schwach und könne die Kinder nicht ständig bei sich haben. Um seine Anwesenheit während des Kaiserschnitts hatte er sich mit einem Hinweis auf seine berufliche Unentbehrlichkeit gedrückt.

Auch den Blumenstrauß wechselte Hauschild beständig von einer Hand in die andere. Wenigstens würden die Blumen nicht welken. Dafür sorgten schon seine verschwitzten Hände. Ein warmes, wohliges Gefühl erfüllte seinen Körper. Er musste mehrmals schlucken. Eine Träne rann langsam von seiner Wange in den Mund. Es gab keinen Zweifel. So schöne Babys gab es nur einmal auf dieser Welt. Schnell nahm er die kleine Digitalkamera zur Hand und machte ein paar Bilder. Dann nickte ihm die Schwester auch schon zu und brachte die Säuglinge wieder zurück.

Ein Ruck ging durch Hauschilds Körper. Etwas wie Stolz. Kein Wunder. Mochte es auch nicht mehr dem offen erklärten Zeitgeist entsprechen. Aber er hatte Stammhalter in die Welt gesetzt. Keine schlechte Leistung.

Nachdem seine Gedanken und Gefühle wieder in den Alltag zurückgefunden hatten, riss er sich los und bewegte sich mit schnellen Schritten in Richtung des Krankenzimmers seiner Frau. Von einem Rollwagen im Flur nahm er eine Vase, steckte die Blumen hinein und ging zur Toilette, um Wasser hinzuzugeben. Anschließend klopfte er zaghaft an die Zimmertür und trat ein.

Seine Frau Susanne hatte ihre Rückenlehne hochgestellt und saß mit strahlendem Gesicht im Bett. Er stellte die Blumen ab, küsste seine Frau und hielt sie im Arm. „Das haben wir gut gemacht."

Ein kräftiger Rippenstoß traf ihn. „Vor allem du!"

Hauschild stemmte die Fäuste in die Taille. „Ich bitte mir mehr Respekt aus. Du sprichst immerhin mit einem Kriminalkommissar."

Susanne Hauschild tippte mit dem Finger mehrmals an die Stirn und schüttelte dabei den Kopf. „Bist du jetzt total übergeschnappt? Hat dich das Recherchieren für deine Artikelserie so durcheinandergebracht?"

„Keineswegs." Er setzte sich auf einen Stuhl neben ihrem Bett und hielt dabei ihre Hand. „Wenn du in den nächsten Tagen nach Hause kommst, zeige ich dir eine wunderschöne Urkunde. Staatsanwalt Schultz hat das Ding gemeinsam mit Schreiner, dem Mann von der Kripo, täuschend echt nachgemacht. Sie haben eine Farbkopie von einer Polizeiurkunde genommen und den Text mit meinem Namen eingedruckt. Sieht super aus. Kriminalkommissar Dennis Hauschild. In Klammern steht das Wort ‚ehrenhalber'. Damit wollten sie sich bei mir für meine Unterstützung bei der Aufklärung des Falles bedanken."

Mit gespielter Bewunderung tätschelte Susanne ihm die Hand. „Was habe ich für einen tollen Mann. So vielseitig. Tattoo-Träger, Metallica-Fan und jetzt noch Kriminalkommissar. Kaum zum Aushalten. Gibt es denn noch etwas Neues in deinem Fall?"

Hauschilds Gesichtszüge verdüsterten sich. „Allerdings. Dr. Tempel hat es nicht genügt, die Antinoos-Geschichte gemeinsam mit Julia Mansfeld in der Gegenwart neu zu beleben. Er hat auch an seine eigene Familientradition angeknüpft. Wie schon seine Mutter hat er sich mit Tabletten das Leben genommen. Wahrscheinlich hatte er die Dinger vor seiner Verhaftung zu Hause heimlich eingesteckt. Sie sind offenbar bei seiner Einlieferung im Knast nicht gefunden worden. Schultz hat ein Problem damit, weil sein Minister öffentlich erklären muss, wie es dazu kommen konnte. Deshalb bin ich froh, dass wir meinem neuen Freund Schultz mit einer kleinen Freude auf andere Gedanken bringen können."

Von der Seite warf ihm seine Frau einen skeptischen Blick zu. „Was meinst du damit?"

Hauschild setzte eine ernste Miene auf. „Wir sollten ihn zum Taufpaten nehmen und einem unserer Söhne seinen Vornamen geben. Hanspeter. Das klingt so modern."

Susanne starrte ihn mit fassungslosem Gesichtsausdruck an. „Wenn du mich nur ein bisschen liebst, kann das nicht dein Ernst sein." Ein weiches Lächeln umspielte ihren Mund. „Und lass dir eines von mir gesagt sein. Der stärkste Beweis für Liebe ist die Opferbereitschaft. Wo sie nicht vorhanden ist, ist keine Liebe. Da ist vielmehr nichts. Als Ausdruck meiner Liebe zu dir bin ich damit einverstanden, dass einer der Jungs Dennis heißen soll. Dennis Junior. Über den anderen Namen werden wir uns einigen."

Danksagung

Viele Menschen haben unter meinen Gefühlsschwankungen während der Geburt dieses Romans gelitten, denen ich hier einen namenlosen Dank aussprechen möchte.

Besonderen Dank schulde ich einer Reihe von Personen, ohne die dieses Buch nicht zustande gekommen wäre. Dazu gehören:

Frau Angelika Katharina Albert für ihre sachkundige Gesamtbewertung;

Frau Heike Borufka für die erneuten professionellen stilistischen Hilfen und die fortgesetzte Mühe, mein Deutsch verständlicher werden zu lassen;

Herr Horst Cronauer, Herr Kolja Gärtner und das Team der BILD-Zeitung für die vorbehaltlose, authentische Präsentation der Redaktionsarbeit;

Herr Dr. Reinhard Dietrich für die einfühlsame Vermittlung von Grundkenntnissen der Denkmalpflege, insbesondere der Archäologie;

Herr Stephan Eggeling für die kompetente und anschauliche Erläuterung grenzwertiger Praktiken in der Elektronischen Datenverarbeitung;

die Frankfurter Gerichtsreporterinnen und Gerichtsreporter für die Gastfreundschaft bei meiner gelegentlichen Teilnahme an der Kaffeerunde und die unauffällige Unterstützung auf meiner Suche nach einer allgemeinverständlichen Sprache;

Herr Kriminalhauptkommissar Paul Heid für die Beschreibung der kriminalpolizeilichen Arbeitsweise bei der Suche nach Vermissten und unbekannten Toten;

die Betreiber des Tattoo- und Piercing-Studios „Kartell“ in Frankfurt am Main für die Einweisung in Grundkenntnisse der Tätowierung;

Herr Dr. Albert Möller für die medizinische Unterweisung in Fragen des Umgangs mit und der Verabreichung von Insulin;

Herr Kriminaldirektor Robert Schmitt für seine Hinweise zu DNA-Spuren an Wasserleichen;

die Mitarbeiterinnen und Mitarbeiter des Societäts-Verlags für die Verbreitung einer familiären Arbeitsatmosphäre.

Der Autor

Udo Scheu, ehemaliger Leiter der Staatsanwaltschaft Frankfurt und früherer Präsident der Hessischen Landespolizei, entführt die Leser auch in seinem neuen Krimi wieder an Frankfurter Tatorte. Seite für Seite verstrickt er uns tiefer in die Unter- und Nebenwelten der Mainmetropole, stets begleitet durch die Beobachtungsgabe und feinsinnige Ironie des jahrzehntelangen Ermittlungsprofis.

SOCIETÄTS
VERLAG

FRANKFURTER SOCIETÄTS-
MEDIEN GMBH

Udo Scheu

Lupenrein

Ein Frankfurt-Krimi

Eine grausam arrangierte Leiche im Frankfurter Filmmuseum ruft Kommissar Schreiner und Staatsanwalt Schultz auf den Plan. Doch das ist noch nicht alles: Ehrgeizige Politiker, die für die Karriere (fast) alles tun würden, ein vorwitziger Sensationsjournalist, Zarenjuwelen, der russische Geheimdienst und Ehefrauen mit Doppelleben trüben die Aufklärung der Tat. Nichts ist, wie es scheint. Denn lupenrein sind bei diesem Krimi nur die authentische Schilderung der Ermittlungsarbeit und die Beschreibung der Frankfurter Tatorte. Udo Scheu, ehemaliger Leiter der Staatsanwaltschaft Frankfurt und früherer Präsident der hessischen Landespolizei, schafft es auch in seinem dritten Frankfurt-Krimi, Insiderwissen geschickt zu einem spannenden Rätselraten um Täterschaft und Personenverstrickungen zu verarbeiten. Seite für Seite versenkt er den Leser immer tiefer in Frankfurts Unterwelt und in die faszinierende Psyche von Tätern, Opfern und Ermittlern.

320 Seiten, Broschur / ISBN 978-3-942921-17-6 / 14,80 Euro

AUF WWW.SOCIETAETS-VERLAG.DE